260万册
纪念版

刘卫华 张欣武 著

作家出版社

哈佛女孩
刘亦婷
素质培养纪实

即使是普通的孩子，只要教育得法，也会成为不平凡的人。

——艾尔维修

目录

第五章　小学阶段：塑造灵魂＋训练技能

4

第九章　高中阶段：走向成熟

第十章　应邀访美，初露锋芒

引 子

四所美国名牌大学同时录取刘亦婷

婷妈妈刘卫华的话

一则轰动全国的独家新闻

1999 年 4 月 12 日，《成都商报》用大字标题在头版头条登出了一则独家新闻：《我要到哈佛学经济》。记者雷萍报道：包括哈佛大学在内的四所美国名牌大学同时录取了 18 岁成都女孩刘亦婷，并以全额奖学金的方式免收每年高达 3 万多美元的学习和生活费用，以帮助她完成学业……

这四所美国名牌大学分别是：著名的哈佛大学、哥伦比亚大学、威尔斯利学院和蒙特豪里尤克学院。

威尔斯利学院是美国前总统克林顿夫人希拉里、前国务卿奥尔布赖特及宋美龄、冰心等名人的母校；而哥伦比亚大学和蒙特豪里尤克学院也都是世界一流的高等学府，每年申请入学者多如过江之鲫，就连美国本土的学生也很难考上。至于报考世界顶尖级的哈佛大学，更是被"留学指南"专家叹之为"难于上青天"的事情。

然而，正在紧张备战高考的刘亦婷，却被这些明星大学同时录取，并获得全额奖学金！"全额奖学金"，是指学校全额免收在该校就读的全部学费、书费和食宿费用。

消息借助因特网，顷刻之间传遍全国，引起轰动：

——新华社向全球发了通稿；

——数十家媒体争相采访刘亦婷和她所在的成都外国语学校；

——各地的畅销报纸纷纷转载有关消息；

——无数中学和小学的老师们，自发地在课堂上向学生们推荐刘亦婷的事迹；

那些望子成龙望女成凤的家长们，更是又激动，又羡慕，无不渴望把自己的孩子培养得更出色……

四封来自美国的特快专递

1999 年 4 月，对婷儿和我们全家，的确是一段不平常的日子。

经过近 9 个月极其艰苦的努力，婷儿申请美国大学的拼搏，到了该看结果的时候了。

不同的美国大学，发通知的时间是不一样的，对秋季入学的学生而言，发出通知的日期从头一年 12 月到当年 4 月不等。婷儿申请的大学，主要是美国东部的长春藤大学以及与这些大学齐名的几所著名学院。

为了在招生中协调各校的时间表，所有 8 所长春藤大学一致商定，把它们寄出录取通知书的时间全都定在每年的 4 月 1 日。因为每年都有一些特别优秀的考生被它们不约而同地录取，为了让它们公平地被考生选择，这些名牌大学都严格遵守约定，以便让考生同时收到它们的录取通知书。

这些长春藤大学，就是我们等候的重点目标。

在与哈佛大学的代表面谈过后，婷儿就全身心地投入到高考复习中去了。爸爸妈妈却掰着手指头一天一天地数日子，差不多每天都要猜这三个谜的谜底：

"能被录取吗？能被哪些学校录取？能被哈佛录取吗？"

这些名牌大学录取新生的最后一关，是招生委员会的委员们集体投票。哈佛大学的招生投票时间，是在每年的 3 月中旬。即使投票结果出来，在规定发通知的最后一分钟之前，谁也不知道结果。

可是，爸爸（婷儿的继父张欣武）却有一个办法推测结果——他从婷儿五六岁开始介入对婷儿的教育，并成功地指导了婷儿 7 岁至 18 岁的成长过程，被妈妈誉为"婷儿后继教育的总指挥"。张欣武深知我们家庭素质教育方法的实际效果，因此，非常肯定地认为，婷儿至少会被这些名牌大学中的一所录取。一流大学要招收的，不就是优秀学生吗？张欣武坚信，十几年来我们坚持不懈的家庭素质教育，足以使婷儿达到大多数世界名校的录取标准。

不过，能否被哈佛录取，爸爸却没有绝对把握。哈佛毕竟是金字塔的塔尖。

第一个谜底，被他猜中了。3月29日下午，我们收到了一封寄自蒙特豪里尤克学院的特快专递，里面有供婷儿签证用的入学资格证明（I-20表）和录取通知书，由该学院的国际事务办公室副主任亲笔签名：

亲爱的亦婷：

你已被蒙特豪里尤克学院录取为二月份入学的新生。祝贺你！在这一学年，申请本学院的总人数在本学院的历史上是一个相当大的数量。有2430多名年轻的女性为2003级的500个名额而展开了竞争。你被录取的事实本身，说明你是一位具有极大的学习潜力和极好个人素质的年轻女性。我，同时也与国际事务办公室主任克里斯托夫·莱维斯和副主任乔恩－皮卡德一起，向你表示祝贺……

看来，婷儿已经有一个"保底"的好学校了。蒙特豪里尤克学院（Mount Holyoke College）是美国东部的一所著名女校。多年以来，它一直是与8所长春藤大学相对应的"七姐妹"女子学院之一。

傍晚婷儿回家，我们把这个好消息告诉她。婷儿高兴了一阵，又平静了下来。毕竟，还有更重要的"谜底"等待揭晓。

第二天妈妈又带回了威尔斯利学院的特快专递，里面也是供婷儿签证用的入学资格证明（I-20表）和录取通知书：

亲爱的艾米（婷儿的英文名）：

祝贺你！威尔斯利学院招生委员会已投票录取你为2003级的学生。你是值得赞赏的，因为你以多方面的成就，将自己与威尔斯利学院有史以来最大的申请者群体相区别，对威尔斯利学院而言，是你的学业和个人的成就，将你置于具有极强竞争力的各类富有才华的竞争者的前列。

我希望你能在今年秋季加入到威尔斯利学院的共同体中来。

真诚的

詹妮特·莱文·拉普利
招生主任

　　威尔斯利是美国排名第一的女子学院，能到该校就读，婷儿也可以心满意足了。可是婷儿还是没向学校报告喜讯。她还要等，因为她的梦想在哈佛。那些日子里，她耳边时常回响起那位哈佛大学毕业生在面谈之后对她说的话："我相信你会对哈佛和中国做出贡献，我希望你会被哈佛大学录取。"所以，尽管另外两所大学的录取通知书先到，她仍坚定地等待着哈佛的回音。

　　很快，4月5日到了。按照哈佛大学的规定，这一天该校将开通一部查询电话，供那些想"先知为快"的考生查问申请结果用，并要求用指定的信用卡付账。由于我们没有对方要求的信用卡，远在美国的拉瑞·席慕思先生，一位中美中学生交流组织的负责人，主动提议帮我们查询结果。作为婷儿的推荐人之一，他也非常想尽快知道结果。

　　晚上10点，正是美国东部时间早上9点，我们的电话铃响了，是拉瑞打来的。他先拨通了我们的电话，接着又拨通了哈佛大学的查询电话，然后让婷儿向那位哈佛招生办公室的值班小姐发问，因为哈佛大学只回答考生本人的查询。

　　"请告知你的姓名、出生时间。"电话那边，浓浓的美国口音的英语要求道。

　　婷儿一一报了过去。接着是最令人忐忑不安的几秒钟。电话听筒里，听得见噼噼啪啪的电脑键盘敲击声。

　　"Congratulation（祝贺你）！你被哈佛录取了！"值班小姐热情地说。

　　立刻，我们全家爆发了一阵欢呼声。

　　这一刻，我们已经等了很久很久。它是我们从十几年前为婷儿选择了素质培养之路之后，一直等待得到证明的某种结果，一个对父母心血的极高奖赏！也是对婷儿十几年来卓有成效的奋斗历程的最佳奖赏！

　　电话那一头，拉瑞也非常激动。他跟婷儿说了好一阵祝贺的话，意犹未尽，还要婷儿把话筒给爸爸和妈妈。他要同时向我们表示祝贺。

　　4月7日，我们又同时收到了哈佛大学和哥伦比亚大学寄来的特快专递。

哈佛为什么选中了她

拆开这两封特快专递的时候，激动的心情已经被好奇所代替。我们全家反复看了几遍哈佛大学的录取通知书，用最质朴的形式品味着胜利的喜悦：

亲爱的刘小姐：

我很高兴地通知你，哈佛大学招生与经济资助委员会已经投票，赞成在 2003 年级为你提供一个名额。对你的这一杰出成就，请接受我个人的祝贺。

今年，有 18000 名以上的学生申请我校的 1650 个名额。面对众多富有才华、素质极高的申请者和相对较少的名额，哈佛招生委员会极为仔细地选择了那些表现出非凡的学业、课外活动和个人的实力的候选人。委员会相信，由于你不寻常的优秀素质和综合能力，你将会在就读哈佛期间和毕业后做出重要的贡献。

我极其希望，你能到剑桥（注：哈佛大学所在地）加入到我们之中。

真诚的

威廉·R·菲茨西蒙斯
招生与经济资助办公室主任

好像意犹未尽似的，这位主任在签名下又用手写了一行："希望你能加入到我们之中。"

哈佛大学的特快专递里还有一封玛洛女士的贺信。这位素不相识的招生代表也许是最早对婷儿的申请感兴趣的人。为婷儿安排与哈佛大学代表面谈的就是她。婷儿被一向挑剔的招生委员会投票通过，她当然也非常高兴。玛洛女士热情地写道：

亲爱的亦婷:

　　我为你被录取，也为你所取得的许多成就而写信向你表示祝贺！作为你的招生代表，我感到非常快乐。

　　我非常盼望你将能决定在九月份来登记注册。我为你未来的一切成功，致以我最好的祝愿。

　　曾经被我们最为看重的哥伦比亚大学，同样青睐刘亦婷，提供的奖学金比哈佛还要优厚，连假期都不需要为自己的食宿而工作。哥伦比亚大学的哥伦比亚学院录取通知书上写着:

亲爱的亦婷:

　　祝贺你！哥伦比亚学院的主任奥斯汀·奎格利和招生委员会的全体成员与我一起通知你，你已经被哥伦比亚学院录取了。作为2003级的一名成员，你将以你的天赋智力和个人的才能，成为一个学术群体中富有活力的组成部分。我们期待，所有你的这些能力都将能在哥伦比亚被激发，被充实，被培植。

　　由于你是在哥伦比亚学院历史上竞争最激烈的申请者之中被录取的，你和你的家人有一切理由感到自豪。今年，哥伦比亚学院为本届的955个名额而收到了13000件入学申请。

　　真诚的

埃里克·J·佛达

本科招生主任

　　在哥伦比亚大学的特快专递内，还有哥伦比亚本科经济资助通知:该校将以奖学金形式，为婷儿支付在未来四年中所需要的全部学费、住宿费、书本费以及其他费用。第一学年的费用即高达35400美元。

　　可以说，放弃任何一所学校都让人惋惜到心疼。可是又有哪所大学的吸引力能超过世界顶尖级的哈佛大学呢？

刘亦婷是怎样培养出来的

正当婷儿为究竟选择哪所大学而四处征求意见的时候，社会上的人们却在反复琢磨，哈佛大学看重的"不寻常的优秀素质和综合能力"究竟指的是什么？刘亦婷身上的"优秀素质和综合能力"又是怎样培养出来的？

《成都商报》为刘亦婷开通的四部热线一下午就接到了近千个电话，望子成龙的家长们，渴望从刘亦婷和我们这儿取得教子成才的"真经"。

读者来信也从全国各地雪片似的飞来。

有年轻的妈妈问："怎样对5个月大的儿子进行早期教育？"

有小学生的家长关心："怎样给孩子缺什么补什么？"

有大学生向婷儿请教：怎样学英语？

有军校教员要和婷儿探讨经济、文化和人生。

有天真的孩子问："为什么刘亦婷姐姐在父母眼里只是一个普通的孩子？"

还有很多想冒尖、想留学的中学生把刘亦婷看作学习的榜样。他们更想知道："怎样利用时间？""怎样申请留学？"……

就连一些悲观失望的青年人，也把刘亦婷看作从"消沉中奋起的动力""迷茫中的灯"……

深圳有一家公司甚至提前发来了聘书，力邀刘亦婷毕业后加盟他们公司……

这些信婷儿和我们都很想回答，却又限于十分紧张的时间，不可能分别作答。我们只能用一本精心写成的书，同时回答所有读者的提问，并向所有来信的人致以我们真诚的谢意和歉意！

那段时间，婷儿实在是太忙了。

除了应接不暇的采访，婷儿还要办理各种手续；还要抓紧时间强化英语；还要按父母的要求去快餐店打工，学习围着别人转，因为在高中阶段经常是父母围着她转；还要看很多很多原计划在中国的大学去看的书，尽可能补充一些民族文化的精华……为了这些不做不行的事情，婷儿怀着歉意，谢绝了多家报刊电视台的采访，已经交了钱想学开车考驾照的事，也只好停下来了。连着多少个月，婷儿每晚只有四五个小时的睡眠，她还得补补觉……

1999 年 8 月 1 日，刘亦婷终于办完一切手续，登上了去美国的飞机，开始了她人生新的奋斗历程。临行前，她亲热地搂着爸爸妈妈说："我走了，你们就有时间写书了。快把你们培养我的过程写出来，去帮助那些渴望得到指点的父母和孩子吧！"

——这正是我们共同的心愿。

（**再版补记**：一年后的暑假，婷儿作为哈佛大学"亚洲与国际关系研讨会"的 14 名组委会成员之一回北京开会，恰逢此书刚刚出版。在笑答《中国青年报》记者提问时，婷儿坦言："我能上哈佛，对父母而言是家庭素质教育的成功；对我而言，只不过是考上了一所很好的大学而已，离'成功'还远着呢！"

婷儿的话也是我们的心声。在我们看来，即使是被哈佛大学录取，婷儿也只是完成了一个阶段性目标，前面还有漫长的人生之路要她独立前行。我们写这本书，并非为女儿"立传"，而是想与千千万万渴望优秀孩子的父母分享我们培养婷儿的过程和心得，希望有更多的中国人关注家庭素质教育这件既利国利民，又利家利己的大好事。此外，我们也想提醒那些对家庭素质教育有兴趣的读者朋友们：刘亦婷的成长过程是一个"个案"，她走过的路，既包含了优秀孩子成长的一些共同特点，也包含了"个性化培养"的原则和方法。如果有读者朋友愿意有所借鉴，请注意以下的原则——要从激发孩子的兴趣入手，在孩子乐于接受的前提下，逐步推出有益的措施，才会真正有利于孩子素质的提高。"强制执行""揠苗助长"的态度，会妨碍取得预期的效果。同时，书中提及的那些原则和方法，也要依据每个孩子不同的特性和潜能去因材施教，才有利于更大程度地开发孩子的潜能，实现更有价值的人生。）

第一章

幸运，在出生前降临

婷妈妈刘卫华的话

怀孕期间，妈妈得到了一本好书

作为生她养她的母亲，我非常清楚，刘亦婷能有今天，离不开一条环环相扣的因果链。但使这一切因素能够起作用的，全靠她生在了中国繁荣发展、快速进步的时代。

当这个幸运的小生命以受精卵的形式存在于母体的时候，愚昧落后的极"左"时代已随着"文化大革命"的结束而结束，"改革开放"的新国策，正在把中华民族引向科学与民主的新纪元。正是在为"改革开放"大声疾呼的"思想解放运动"中，她的父母才接触到了欧美和日本的早期教育理论和方法，也才有可能通过从 0 岁开始的教育，为刘亦婷后来的发展开始奠基。

经历过那个时期的人都记得，在国门打开的初期，潮水般地涌进各种新奇的思想和学说。习惯于忧国忧民的中国知识分子们，都在兴奋地寻找和介绍能推动中国现代化的新思想和新方法。在连连出版的外国理论著作中，河北人民出版社推出了一本功德无量的书——《早期教育和天才》。这本连译者姓名都没有的小薄册子，在 1980 年成都举办的早期教育学习班中，引起了原红光小学校长邱淑华的极大兴趣。她兴奋得一口气买了好几本，分送给正忙着生儿育女的晚辈朋友们，我也幸运地得到了一本。

那时候，"只生一个好"的独生子女政策刚刚出台，我和婷儿的生父经过精心计划已怀上了她。得到这本书的时候，我刚在医院做过定期的孕期检查。检查结束之前，妇产科的洪医生在我腹部抹了一些润滑剂，又放上一个听筒，打开仪器的开关，"嚓嚓嚓"的噪音中传出一阵急促的"咚咚咚"的声音，就像火车在远处奔驰。洪医生笑着说："这就是你孩子的心跳，多有力啊！"

这是我第一次听到婷儿的心跳，也是第一次听到别人对我孩子的夸奖。我又高兴，又得意，暗自庆幸长达三个半月的严重妊娠反应并未对胎儿造成不良影响。我知道，头三个月是胎儿大脑的形成期，必须避免妊娠反应造成胎儿营养不良。尽管每天下午 4 点和晚上 9 点我都会剧烈地呕吐，但中午和晚上两餐饭我都尽量吃多吃好，能吸收多少是多少，唯一不吐的早餐更是每天保证两个鸡蛋，10 点多还要加餐喝豆浆……一句话，自己再难受也要满足胎儿的需要。我想，这大概是所有独生子女母亲的想法——只许生一个的现实，已经使政府号召的"优生优育"变成了我这一代人自发的愿望。

得到《早期教育和天才》之前，我已经看了好几本科学喂养孩子的书，在怎样使孩子健康方面已有充分准备。但怎样把孩子培养成聪明能干的人呢？除了靠遗传，我还没有找到什么办法。

从遗传的角度来说，刘亦婷的父母两方似乎都有一些可夸耀之处。婷儿的爷爷是一个精力充沛、头脑清晰、记忆力过人的老干部，婷儿的姥爷则是一个才华横溢、意志顽强、恃才傲物的老"右派"。婷儿的姥爷言可原名谈济民，据他说，数十年前他在家乡看过族谱，上面记载着：谈家的祖先是汉代的太史公司马谈。后来司马谈之子司马迁受了宫刑，被认为是家族的奇耻大辱，族人为避辱避祸，遂改姓"谈"。

族谱的记载固然令人兴奋，但毕竟是无法考证的传说，何况克雷洛夫早就在他的寓言《罗马的鹅》里说过："就算你们的祖先真的是将军，但你们仍然只是罗马的鹅！"

事实上，再好的遗传也只是生物学意义上的潜质，要想取得社会学意义上的成功，任何人都只能靠后天的教育和自身努力。

在这种心态下，我得到了邱校长赠送的《早期教育和天才》，可想而知，我有多么兴奋和感激！

打开眼界，早日成才不是梦

得到那本《早期教育和天才》之后，我如获至宝，每天从杂志社下班回来都要捧读到深夜。早期教育先行者们的辉煌成就，使我大开眼界。他们的教育思想和培养孩子的具体做法，更是深深地吸引了我。

书中首先介绍的，是 19 世纪初的德国"神童"卡尔·威特的培养过程。

威特的父亲是一位非常有创造性的乡村牧师，也叫卡尔·威特。还没有孩子的时候，他就提出了必须从幼儿开始教育子女。用他的话来说，"对子女的教育必须同孩子的智力曙光同时开始"。他确信，即使是普通的孩子，只要教育得法，也会成为不平凡的人。

威特牧师的儿子生于 1800 年 7 月，小威特出生之后显得比一般的婴儿要傻，邻居们都认为他是个白痴。小威特的妈妈也说："这样的孩子教育他也不会有什么出息，只是白费力气。"威特牧师虽然感到沮丧，但并没有放弃自己的主张。为了儿子十七八岁上大学时不至于落在其他同学后面，他决定仍然按计划进行早期教育的试验。谁也没有想到，试验的结果竟会那样令人吃惊。

威特八九岁时，就能够自如运用德、法、意、英、拉丁和希腊语 6 种语言，而且通晓动物学、植物学、物理学、化学，尤其擅长数学。威特 9 岁那年考上了莱比锡大学；不到 14 岁，就由于提交数学论文而被授予哲学博士学位；16 岁时又获得了法学博士学位，并受聘为柏林大学的法学教授；23 岁时成为优秀的法学家和研究但丁的权威。威特一直讲学到 83 岁逝世为止，度过了幸福、快乐和有价值的一生。

值得庆幸的是，威特的父亲把威特 14 岁以前的教育写成了一本书《卡尔·威特的教育》。这本书在当时并未引起人们的重视，几乎绝版，保留至今的只有很少的几部了。有趣的是，哈佛大学图书馆里藏有一册，据说是美国的唯一珍本。因此该图书馆把它作为珍品，陈列在贵重品室里。凡是有幸读到这本书并按书中方法去做的父母，都像威特父亲一样，成功地培养出了十分优秀的孩子。

20 世纪初，美国的一位神学教授读了《卡尔·威特的教育》之后，用威特父亲的方法教育自己的儿女，把 13 岁的儿子巴尔和 15 岁的女儿利娜分别培养成了哈佛大学和哈佛女子学院的少年大学生。另外一位 11 岁的哈佛大学生塞德兹和 18 岁的哈佛博士威纳，也是这本书的受益者。他们的父亲都读过《卡尔·威特的教育》，也都把对孩子进行早期教育的过程写成了书。

他们的成就和著作，在 20 世纪初期引起了一位日本学者木村久一的注意。为了使日本民族多出人才少出庸才，木村久一于 1916 年写了《早期教育和天才》这本书，介绍威特父及其追随者的教育理论和方法。我从日本当代教育家的书中得知，这本书引进的早期教育学说，对提高日本民族素质具有意义深远的影响。

我至今不知道当年是哪些好心人把《早期教育和天才》译成了中文。我只知道，应该永远感谢这些早期教育的倡导者和实践者，是他们给所有渴望把孩子培养成才的父母亲开创了一条可借鉴的路。许多父母已经按书中的方法培养了一批中国早慧儿童。刘亦婷被几所世界名校所看重的优秀素质，也是用书中的方法在婷儿 7 岁前打下基础，然后由婷儿的继父张欣武指导其后 11 年的后继教育，而培养出来的。

那会儿，我根本想不到，由哈佛图书馆里的孤本藏书所传播的教育思想，最终会把刘亦婷引向哈佛。

反复研读，立志开发女儿潜能

读完《早期教育和天才》，我萌发了一个强烈的心愿——只要我生出一个智力正常的孩子，就一定要把她培养成能力超常的人！为此，我反复研究威特父亲的教子方法，琢磨他的教育思想。

威特父亲说："对孩子来说，最重要的是教育而不是天赋。"

威特父亲认为，孩子的天赋是有差异的，有的孩子多一点，有的孩子少一点。然而这种差异是有限的。假设天生的天才天赋为 100，那么生就的白痴其天赋大约只能在 10 以下，而一般孩子的天赋只能在 50 左右。如果所有的孩子都能受到同样有效的教育，那么他们的命运就取决于其天赋的多少。可是一般孩子大都受的是不够有效的教育，所以他们的天赋连一半也发挥不出来。比如说天赋为 80 的只能发挥出 40，天赋为 60 的只能发挥出 30。如果父母实行可以把孩子的天赋发挥到八九成的有效教育，即使孩子的天赋只有 50，也会超过天赋为 80 的孩子。当然，如果对天赋为 80 的孩子实行同样的教育，那么前者肯定赶不上后者。不过，生下来就具备高超天赋的孩子是不多的。大多数孩子的天赋都在 50 左右——对一个有志于实施早期教育的人来说，这已经足够了。

威特父亲敏锐地意识到：要使孩子的天赋发挥出八九成，必须尽早开始教育。这一点已被后世的心理学研究证实。因为儿童的潜能有递减法则。比如说生来具备 100 度潜能的儿童，如果从 0 岁就对他进行理想的教育，那么他就可能成长为具备 100 度能力的人。如果从 5 岁开始教育，即便是教育得非常出色，也只能具备 80 度能力。如果从 10 岁才开始教育，充其量只能具备 60 度能力。

　　木村久一解释说，这就是"儿童潜能的递减法则"。

　　根据一些科学家的研究，产生这一法则的原因是这样的：每个动物的潜能都有自己的发达期，而且这种发达期是相对固定的，有的动物潜能的发达期很长，有的动物潜能的发达期则很短。不少动物潜能，如果不让它在发达期发展的话，那么就较难或不能再发展。例如小鸡"追随母亲的能力"的发达期大约是在出生后 4 天之内，如果在最初 4 天里不让刚生下来的小鸡跟在母亲身边，那它就永远不会跟随母亲。小鸡"辨别母亲声音的能力"的发达期大致在出生后的 8 天之内，如果这段时间里不让小鸡听到母亲的声音，那么这种能力也就永远枯死了。小狗"把吃剩下的食物埋在土中的能力"的发达期也有一定时限，如果这段时间里把小狗放到一个不能埋食物的房间里，那么它就永远不会具备这种能力了。我们人类可以通过后来的努力，弥补早期教育不足造成的某些损失，但宝贵的儿童潜能如果不在其发达期给它发展的机会，潜能也会逐渐递减。反过来说，早期教育相对容易造就人才的原因也正在于此。

　　美国著名心理学家布鲁姆曾对近千名婴幼儿进行过追踪调查，直到他们成年为止，并根据观察研究的结果写了《人类特性的稳定与变化》一书。他的基本结论是：如果把人在 17 岁时的智力水平定为 100%，那么 5 岁前将是儿童智力发展的快速期，到 8 岁时可获得大部分的智力，其后人的智力还会继续提高，到 17 岁大致完成智力的发展过程。

　　（需要说明的是，这里说的"智力"，仅仅是指记忆力、注意力、逻辑思维能力、观察力等，是大脑对信息的"一般加工能力"，不包括成熟的情商、必要的知识、经验和能力等对成才更为重要的因素。而后面这些重要因素主要是通过后继教育获得的。）

　　布鲁姆的研究成果，是当代最具重要意义的教育研究成果之一。但是 19 世纪初期的人们并不懂得这些，除了几个知情者外，人们都说卡尔·威特是天生的"天才"，而不是教育的结果。威特父亲的教育思想也并没有在德国普及。我想，也许"天赋比教育更重要"的说法对大人比较"有利"吧——既可以自我安慰，又可以逃避责任。但是如果威特父亲也这样想的话，他就培养不出如此优秀的儿子了。

怀孕期间的阅读和思考，使我明确地认识到：除了生活上的科学喂养，培养孩子最重要的就是要尽量避免"儿童潜能递减"的现象，对孩子的每一种潜能，都要不失时机地提供发展的机会。更重要的是，父母亲要以强烈的责任心，坚持不懈地做下去。好在婷儿的生父与我的看法一致，他也想用威特父亲的办法把女儿培养成智力超常的人。

（十多年后，我和婷儿的继父张欣武曾多次讨论早期教育与后继教育的关系。我们的结论是：那些接受过较全面的早期教育，但却没能受到良好的后继素质教育的人，会由于情商、知识、经验和能力不足，难以自动成才。而那些只受过开发智力的早期教育，却忽视了早期情商培养和后继素质教育的人，受到的局限就更大。我们收到过不止一封读者来信，既述说他们因受早期教育而带来儿童期的出色表现，也述说他们因缺乏良好的后继教育，导致进入中学后渐渐辉煌不再，陷入困惑的经历。这提醒人们不应该把早期教育看作"大功告成"的教育，而忽视后继素质教育的重要性。

此外，没有接受过早期教育的人也不必灰心，他们通过良好的后继教育，不仅能继续提高成年之前的智力，更能继续大大提高情商，增长知识、经验和才干，同样可以使自己走上成才之路。应该说，这样成才的人是大多数。张欣武常说，即使是成年人，也不必为以前不够完善的教育灰心丧气，因为只要有决心，成年人也一样可以大大提高自己的情商水平，改善知识结构，使自己的人生变得更加辉煌。唐代有个姚崇，当年是飞鹰走马的纨绔子弟，到20岁才醒悟过来认真读书。后来他成为武则天时代的宰相，做了不少有利于国家和百姓的大事，被誉为"救时之相"。诺贝尔化学奖得主格林尼亚教授，在21岁前还是个游手好闲的花花公子。大画家齐白石，32岁前还只是个做雕花家具的普通木匠。这类例子很多，都说明即使是成年人身上，也往往蕴藏着相当大的潜力可开掘，甚至能创造奇迹。

正因为如此，我们也是终身教育的拥护者。）

第二章

早期教育，从0岁开始

婷妈妈刘卫华的话

初临人世，婷儿多灾多难

　　思想准备完成之后，我就像威特父亲所希望的那样，把怀孕期间一切不适的感觉，都看作孩子向我走来的脚步声，欣喜而平静地期待着孩子的诞生，并准备在孩子出生后，正式开始将要影响孩子一生的早期教育。

　　1981 年春，为了打扫单位分给我的一间平房，我累得提前 10 天临产了。熬过 31 个小时的剧烈阵痛，期盼已久的孩子终于出世了。接生的护士长告诉我："是个妹妹！ 6 斤 1 两！"

　　我筋疲力尽地撑着眼皮追寻女儿的身影。因为她哭不出来，护士倒提着她的双脚不停地拍打她的背。她睁着两只又黑又亮的大眼睛，直直地看着我。圆圆的脸蛋鼓鼓的，还有个小双下巴呢！皮肤也很好，几乎没有新生儿常有的那些皱纹，简直像个半透明的红苹果。

　　尽管我不信神，尽管我知道这是我孕期食谱的功劳——这个孩子是用鸡蛋和水果堆出来的，我还是忍不住一次又一次地感谢上帝，感谢他赐给我一个发育正常而且吸收了父母优点的孩子。我急切地等待着用威特父亲的方法，把女儿培养成一个素质优秀、人格健全、有能力创建幸福生活的人。

　　然而，事情远没有想象的那样顺利。

　　由于羊水多，胎动厉害，婷儿出生时因脐带绕颈差点窒息。护士们忙着抢救，又是打针，又是输氧，好不容易她才哭出声来，保住了小命。

　　忙乱中，婷儿的脐带没有剪好，被留长了，又没有扎紧，本来 7 天就该脱落的脐带，一直拖了 12 天才脱落。然后又老有渗血，一直拖到 20 天才干。这 20 天哪，哪一次喂奶前给婷儿换脐带绷带不像打仗一样啊！可怜的女儿，又饿又痛，哭得气都接不上来。

　　脐带干了之后终于可以洗澡了，她又拉开肚子了。一天十几次，什么药都吃过了，仍然止不住，也查不出原因。满月不久就住进了医院，为了输液把头发剃得像癞子似的，腹泻仍然止不住。喂奶也拉，喝水也拉，血色素不断下降，瘦得跟猴子似的。

姑姑说："婷婷这样多灾多难，还不如改名叫'难难'呢！"

奶奶的熟人甚至建议："婷婷病成这个样，不如不要算了，再生一个吧！"奶奶回答说："孩子是妈妈的骨肉，能舍得吗？"

听到这话的晚上，我流着眼泪在育儿日记上写道："女儿啊！你即使成不了不平凡的人，妈妈和爸爸也永远爱你，保护你……"

那时候，我为婷儿流了多少泪呀！我既担心脐带的磨难影响婷儿的性格，又担心在头三个月里因为腹泻营养不良而妨碍大脑发育。我真想让女儿回到我肚子里重新降临人世，让一切都从头开始，好避开这日益严重地威胁我女儿身心健康的无名病魔。

直到婷儿的爸爸经人介绍找到了成都有名的中医"王小儿"王静安医生，我们才知道，腹泻不止的罪魁祸首竟是我那又浓又稠四个婴儿都吃不完的"油奶"！

其实在住院的时候，化验室就化验出我的奶"脂肪球满视野"，但医生只是让我将奶吸出来脱脂后继续喂孩子。经验丰富的"王小儿"一听病情，马上让我停止喂奶，改吃一星期的米浆，并开了一服健脾利水的中药。婷儿当天就不拉"水样蛋花便"了，腹泻56天的苦日子，终于熬到了头。

刺激大脑发育，从训练五官做起

尽管婷儿出生后情况很不顺利，我仍然没有放弃对她实施早期教育的计划。但究竟从哪里着手才最快、最有效呢？

根据《早期教育和天才》中介绍的美国教育家斯特娜夫人教育女儿的方法，我决定从训练五官（耳、目、口、鼻、皮肤）、刺激大脑发育开始。因为听觉、视觉、味觉、嗅觉、触觉，是人类感知外部世界的生理基础，充分刺激孩子的感觉器官，能够促使大脑各部分机能积极活动，形成积极的条件反射，调节大脑的各种功能。如果孩子大脑的各个功能区都能够发挥出最大效能，她就会成为一个聪明伶俐的人。

婷儿出生后的头半个月里，我除了尽力保障她一天22小时的睡眠之外，就是坚持定时给她喂奶、喂水，使她的生物钟一开始就形成规律。直到她能吃饭后，两顿饭之间仍然是只许喝水不许吃别的，免得她的胃老是得不到休息，血液也老是在胃部工作而不是集中在大脑。发明家爱迪生曾经说过，胃过于疲劳大脑功能就会减弱。威特父亲也认为，如果让孩子的精力只用于消化，那么大脑就不会得到很好发育。因此，他严禁威特随便吃点心、零食，即使为了给孩子加强营养，也规定有固定的吃点心时间。我对婷儿也是这样。

当婷儿的脐带长好后，我们每天都给她洗澡、按摩手脚和做婴儿体操，这样既能发展她的触觉，又能促进血液循环和肢体的灵活。每次做完体操，我都要让婷儿抓住我的手指练习"起来"，由于婴儿与生俱来的"抓握反射"，她就像吊单杠一样用力拉起自己的上身。等到两个月大反射消失时，她的胳膊已经练得相当有力，为提前进行爬行训练创造了条件。

这种体能训练对增强婷儿的自我保护能力很有用。从小到大，婷儿的脸和头从来都没有受过伤，因为每一次摔跤她的手都有力地支撑着上身，最多手或胳膊擦破点儿皮。在她1岁8个月的时候，还自己救了自己一回呢。那一次她爬上两米多高的攀登架后突然一脚踩空了，我在攀登架对面来不及跑过去，心里绝望地喊着："完了！"谁知她仅用一只手抓紧了架子，还"嘻嘻嘻"地低着头对我笑呢！

训练五官时，我们首先训练的是婷儿的耳朵。因为婴儿的听力比视力发展得要早，孩子学习语言，积累词汇，主要也是依赖听觉。每当婷儿在喂奶前醒来，我就在她眼前摇响彩色的摇铃，刺激她的听觉和视觉。并把摇铃慢慢地左右移动，吸引她的注意力。

至于味觉，除了给她各种味道的刺激之外，考虑到"糖吃多了不觉甜，盐吃多了不觉咸"，而糖和盐吃多了对身体没好处，我始终坚持"清淡原则"，既可保持她的感觉灵敏度，又可避免养成多吃糖和盐的坏习惯。

婷儿满月之后，在床上能够抬起头来了，我就用手推着她的脚丫，训练她爬行。美国费城人类智力潜能开发研究所所长葛兰·道门博士说："若只用三个字来说明怎样才能开发你孩子的智力潜能，那就是——让他爬。"为什么爬这样重要呢？因为俯卧是最适合婴幼儿的活动姿势，婴儿爬时，其颈部肌肉发育快，头抬得高，可以自由地看周围东西，受到各种刺激的机会也增多了，这就会大大促使大脑发育，使孩子变得聪明。

在新生儿阶段开始训练的好处是显而易见的。不到20天，婷儿就能"视线跟随过中央线了"，比国际通行的"丹佛小儿智能检查"测定的平均值早出现20天左右；4个月大时，婷儿就已经会自己翻过身来，小屁股一撅一撅地跃跃欲爬，比平均值提早两个月……婷儿满6岁以前，我一直使用"丹佛小儿智能检查表"追踪婷儿的发育情况，在1—6岁总共4大类105个检查项目上，婷儿有近100项发育进程远远超过平均水平。

尤其可贵的是，对感觉器官的训练使婷儿变得感觉灵敏，反应积极。5个月大时，抱在镜子跟前喊她"亲一个"，她张着嘴就扑向镜子里的小家伙；让她坐在膝盖上把着手教她跳舞，她集中注意力的时间远远超过几分钟（同月龄只要求几秒钟）；第一次被我抱上大人饭桌时，一个比她大几个月的孩子坐在饭桌上几乎没有反应，婷儿却表现出强烈的参与意识——她紧盯着我的筷子伸向菜盘，我夹起菜来她马上张开小嘴追着迎，没料到菜送进了我的嘴里，急得她又是跳，又是叫，恨不得扑到桌上自己吃去……如此种种，都预示着婷儿正在形成积极、主动的性格特征。

15 天大，开始"输入"词汇

根据前人的经验，开发智力一定要早教孩子语言。因为语言是人类接受知识的工具，没有这个工具，孩子就得不到任何知识。如果孩子不及早掌握语言，其他的教育就都谈不上。为此，在跟脐带和腹泻纠缠不休的日子里，我也没有忘记，必须尽早开始语言训练。

那么，究竟从什么时候开始训练才好呢？帮我解答这个问题的，是日本当代教育家、索尼电器公司的创始人及名誉董事长井深大先生。

井深大也是《早期教育和天才》的忠实读者，他从商界功成身退之后就热衷于研究早期教育问题。他分析了很多所谓天才和早慧儿童的教育过程之后，写了一本很有价值的书——《从零岁开始的教育》。虽然这本书和《早期教育和天才》一样，早就在我推荐给朋友们传看的过程中丢失了，但书中的基本观点和方法在婷儿7岁前的教育中起了重要的作用，我永远也不会忘记它们。

　　井深先生认为，孩子一生下来就在被动地接受各种各样的信息，如果大人能够有选择地给孩子输入有用的信息，就能有效地刺激大脑神经的发育，这对开发孩子的智力潜能有着十分重要的意义。井深先生主张，对孩子输入有用信息的时间，可以从 15 天大开始。于是，在婷儿 15 天大的时候，我就像井深先生所希望的那样，开始给女儿"输入"词汇。

　　那天早上，我趁婷儿醒着的时候，把食指轻轻地塞进她的小手心。她像所有 15 天大的新生儿一样，本能地抓紧了我的手指。这时，我就用和缓清晰的语调反复发出"手指，手指"的声音给她听。

　　只要她醒着，我或者跟她说话，或者轻声给她唱歌，唱得最多就是："我爱我的小猫，小猫怎样叫……"当她散漫的眼光停留在床上吊着的彩色气球时，我也会不厌其烦地重复着："红气球……"或"黄气球……"如果我在做事，我也会用亲切的语调对她说话，告诉她我正在干什么。

　　我从婷儿触摸到的生活用品开始，反复教给她各种实物的名称。当她稍大一点，我就抱着她教她认房间里的各种器具和用品、身体的各个部位、衣服的各个部分、房子的各处、院子里的花草树木、飞鸟虫鱼等所有能引起孩子注意的实物，基本上是看到什么说什么。还教给她动词和形容词等。

　　刚开始，婷儿除了专注凝视和身体的兴奋以外，并没有表现出是否记住了这些词汇。但我仍然坚持不懈地这样做。我很清楚，从 15 天大开始教语言，并不是指望孩子尽早开始说话，而是为了给孩子提前输入信息，让孩子尽早开始积累词汇。因为人类的思维是以语言为载体的，而语言最基本的材料就是词汇。当孩子掌握的词汇达到一定数量的时候，不论他会不会发音，他的认识能力和理解能力都将出现一次飞跃。等到孩子的发音系统发育成熟，他早已懂得的那些词汇和语句会像喷泉一样冒出来，他的表达能力将远远超过这个时候才开始学习词汇的孩子。就像刘亦婷所经历过的那样。

　　婷儿满半岁的时候，我和她爸爸给她买来一只上发条的玩具鹿。两个星期后，我像平时教她一样，指着玩具鹿用和缓清晰的语调说道："鹿鹿，鹿鹿，鹿鹿。"隔了一会儿，我试着考了她一下："鹿鹿呢？"婷儿马上扭过头去，用目光紧紧盯住那只玩具鹿。我惊喜地对她爸爸说："看，她认识鹿鹿了！"爸爸马上又试了她一次，婷儿又一次表现出她已经理解了"鹿鹿呢？"这句问话，并用目光做了回答。高兴得我抱着女儿亲了又亲。

为了检验她的理解能力是不是真的发生了飞跃，我又用同样的办法连试了好几样物品，婷儿的表现都一样出色。我们付出了6个月的努力，终于迎来了第一道"智慧的曙光"。

姥姥来帮忙，"先培训，后上岗"

婷儿满5个月之前，一直都住在奶奶家，我那间平房的厨房修好之后，就从奶奶家搬出来了。那时候，成都还是以烧含硫较高的蜂窝煤为主，由于厨房唯一的通风口就是住人的那间房，一进门就有一股刺鼻的硫磺味儿。婷儿在这里住了半个月，常常被熏得哇哇乱哭。为了她的健康，我只好把婷儿送到了她爸爸教书的学校。

学校离成都市区有两个小时的汽车路。那里空气清新，牛奶新鲜，但我只能在节假日或请事假到那里去。临行前，我给婷儿姥姥列了一张"婷儿生活安排表"和"饮食安排表"，请姥姥帮我继续进行早期教育，并指导保姆照顾好婷儿的生活。

婷儿姥姥离休前是一家大工厂幼儿园的负责人，是一个极有爱心的人。为了帮我带孩子，她在全国普调工资之前主动要求退下来，从湖北来到成都。在姥姥接触婷儿之前，我先请她看了《早期教育和天才》这本书，以便统一教育思想。值得庆幸的是，婷儿姥姥也非常佩服威特父亲的教子方法，满怀热情地参与了对婷儿的早期教育。婷儿1岁8个月到姥姥家去生活之前，我也是先请卫忠舅舅和丹莉舅妈看了《早期教育和天才》这本书后，才把婷儿送过去，他们都以满腔的爱和极大的耐心参与了早期开发婷儿的智力潜能。

婷儿考上哈佛后，记者采访我们的时候笑道：你们都是"先培训，后上岗"啊！

事实上，让与孩子朝夕相处的人"先培训，后上岗"，是我培养婷儿的一条重要经验。记得井深先生说过：人类在0—3岁时，接受外界信息的方式属于"模式时期",也就是说,婴儿不是像成人那样先分析理解之后再接受,而是一股脑儿全盘记住。此期间最重要的是,为婴儿选择最好的信息刺激大脑神经的发育,同时要尽量避免那些不良信息印入婴儿的大脑网络。我认为,最大最多的"不良信息",就是大人们互相冲突的教育思想。别的不论,单说必须花时间抵消错误做法的坏影响,就够糟糕、够浪费的了。

"先培训,后上岗",使我培养婷儿的计划在家庭内部没有遇到任何阻力。比如说在给婷儿输入词汇方面,我们全家都像威特父亲做过的那样,对婷儿说的都是规范的语言,基本上不用许多大人对婴幼儿常用的那种"奶话",比如"嘎嘎"(肉)、"汪汪"(狗)、"咕咚咕咚"(喝水)之类。因为爸爸、姥姥和舅舅都懂得:对孩子来说,记住"狗"和"汪汪"所花的时间是同样的;前者是迟早总要学的语言,后者则是不久就要抛弃的语言,教"奶话"等于白白浪费孩子的时间和精力;有人觉得跟孩子说"奶话"很有趣,但这是代价高昂的趣味,何不用说"奶话"的时间给孩子输入一些准确无误的词汇呢?

不教"奶话"的好处是十分明显的。只教规范化的语言避免了在孩子头脑里堆积废物,能有效地促进孩子理解能力的发展。婷儿9个月的时候回奶奶家过春节,我试着对婷儿发出"把这袋糖果送给奶奶"的指示,并不指出奶奶在哪儿——这是一道3岁孩子的智力测验题呢!婷儿居然接过糖果袋,在学步车里转过身来,连蹬带滑地挪到几米以外的奶奶跟前,举起糖袋"哎——"地叫着要奶奶接。她听懂并执行了超过她月龄许多倍的智力测验题。

饭后散步时,播撒兴趣的种子

井深先生把家庭气氛也算做教育的一个方面。在这方面,婷儿主要受益于姥姥。

姥姥是个热情、善良、诚恳的人,她经常在饭后带着婷儿去户外散步,跟别的大人孩子交谈、玩耍。姥姥在学校和女婿、保姆及邻居们都相处得非常和睦、亲切。这种积极的友善之情,无疑印入了婷儿的神经网络。从小到大，婷儿对与人交流都充满兴趣，亲和力特别强。

1982年初，婷儿的姥爷蒙冤23年之后终于彻底平反，从沙洋劳改农场子弟校回到鄂西大学教书。姥姥恋恋不舍地离开婷儿回湖北和姥爷团聚去了，婷儿又回到了奶奶家。

那时我全天上班，又是住在单位宿舍，只能在吃晚饭时回奶奶家和婷儿一起待一两个小时。8点半一到，婷儿就要按时睡觉了。在这一两个小时里，我的嘴巴几乎没有空闲的时候，不是在对她说，就是给她唱，一直到用摇篮曲把她哄睡着。

我给婷儿唱的都是中外有名的摇篮曲，如莫扎特的"睡吧，睡吧，我亲爱的宝贝……"，中国的"风儿轻，树儿静……"，希望在有限的条件下给婷儿一些音乐的熏陶。

井深先生说：所谓教育，并不仅仅指读书、认字，而是培养健全的人格，激发多样的兴趣，使孩子将来有可能更充分地实现自我。对我来说，和婷儿在一起的每一分钟都是宝贵的，都要用在开掘潜能、激发兴趣上（为了观察早期教育的培养效果，我坚持用"育儿日记"追踪记录开发婷儿智能的具体过程）：

我几乎每天下午6点至8点半都同婷儿在一起。我给她喂完苹果，自己吃过饭，就带她出去散步。从家里到足球场，一路上我看到什么讲什么，有意识地叫婷儿注意：高高的树，宽宽的芭蕉叶子，飞动的小鸟，粗粗的电线杆，路灯，楼房，各种花草，各种车辆，各种人，还有忙忙碌碌的小蚂蚁……现在婷儿一出门就指这儿看那儿，咿呀不休。我有意给婷儿创造一个童话的世界，对那些树木花草都像对人一样表示亲切友好。看到婷儿的小手轻轻地拍着地上的报春花，还要俯下身去用额头亲它们；一见花啊，鸟啊，就兴奋得手舞足蹈喜笑颜开，我的心就幸福得发抖。我真感谢把早期教育介绍给我的邱校长，更感谢创建这一理论的人，我还感谢把婷儿带得结结实实使我有可能教育好她的李阿姨，我还感谢爷爷奶奶让我们住在自然环境这样美好的地方，我感谢大自然，感谢生活本身。

我抱婷儿在大院里玩时，不仅用对人的态度去对待花草木石，而且对于路上遇到的每个人都表示敬意、善意和爱意。具体地说，就是让婷儿对这些身份各异、互不相识的人都要"敬礼""欢迎""再见"。如果对方高兴地停下来逗她、夸她，还要叫婷儿向对方"问好"——握手、"谢谢"——作揖……

这种训练的结果是，婷儿从小到大都不怯生、不怯场，越是人多或越是重要的场合，婷儿就发挥得越好。

对婴儿来说，只要你肯教，他时时刻刻都可以学，尤其是在大人带他玩儿的时候。可惜人们往往对此认识不足，浪费了多少开发孩子潜能的好时机啊！

……邻居菲菲的妈妈也是早期教育的信奉者，只是在这个"奉"字上欠一点儿。昨天她抱着比婷儿大半岁的菲菲站在棕树前，可她什么也没告诉女儿。我忍不住对她说："你应该对菲菲讲'这是棕树'呀！"她笑了一下，对菲菲讲了两遍。菲菲一下就来了兴趣，想去摸一下棕树叶梗。她妈妈赶紧后退一步说："不能摸！不能摸！那上面脏，有好多刺！"我忽然意识到——娇气就是这样培养出来的。而且，菲菲刚才伸手抓了个空，好不容易表现出的一点兴趣，多么容易就被掐灭了啊！

……孩子在学和玩的时候，就不要想什么脏不脏，只要她的手不喂到口里，脏东西不沾在肛门等袒露的地方就行。手脏了可以洗嘛，而兴趣之芽一旦被掐断就再难长出了。

……婷儿两岁之前，我定期给她化验大便，从来都没发现有蛔虫卵。可见只要洗得勤，学习和玩耍的时候脏脏手是无所谓的。

真正有所谓的，是抓紧分分秒秒给孩子输入有用的信息，激发孩子对周围环境的浓厚兴趣，让孩子在婴儿期充分发展与学习有关的各种能力。

学得越多，记忆力发展越快

俄国科学家谢切诺夫说过：一切智慧的根源都在于记忆。根据"用进废退"的原理，早期教育可以使记忆力发展的时间表大大提前。尤其是在婴儿期，每天重复输入相同的词汇，不断地刺激孩子大脑里的词汇库，可以促使孩子的记忆力迅速发展。

"认生"是婴儿第一次表现出记忆能力，婷儿3个月大就开始认生，比平均水平提早6个月；有50%的婴儿能在10个月大出现"理解记忆"，即明白词汇与物体的关系，婷儿6个半月就出现了；"同类物品识记能力"因为包含了概括能力（能识记物品的相同点），一般婴儿要到1—3岁才能逐步形成，婷儿8个月大就开始出现了。那时她因扁桃腺发炎住院，退烧后一醒来，婷儿就指着电灯笑了起来，还用眼神向我示意："那是电灯。"可见，在家常玩儿的"找电灯"的游戏，已经使她记住了：可开关、会发光的玻璃球就是"电灯"。

从婷儿记住第一个词"鹿鹿"之后，她记住词汇的时间周期，一般都需要几天。当她长到1岁零1个月之后，记忆力的发展又出现一个飞跃。

那段时间，婷儿的身体也发育得很快，钙和铁都跟不上需要。1岁多了才两颗牙，囟门闭合得很慢，血色素也在下降。缺钙不仅影响小孩儿的骨骼发育，还使小儿睡不好觉，影响大脑发育。缺铁则使小儿头昏、烦躁，直接妨碍孩子的思维活动，使记忆力下降。为了给婷儿的智力发展提供坚实的物质基础，我除了定期给她检查血色素和骨骼发育情况，还从食物和药物这两个方面给婷儿补充矿物质。那时候，我还是每天晚饭之后和婷儿在一起待两个小时，每天的早期教育，都是从出去打针开始。婷儿智力上的进步，多半都是在打针的过程中表现出来的：

……昨天我抱婷儿去门诊部打补钙的针，路过草坪时，我发现婷儿在注意跑道旁边的沙坑，便马上告诉她："这是沙坑，这是沙坑。"紧接着又反问她："沙坑呢？"婷儿毫不犹豫地一指。打针回来的路上，又重复了一遍。

第二天我抱婷儿送爸爸上班车回学校，远远地婷儿就指着沙坑嚷起来了。我有点儿不相信，这么快就记住了吗？于是就问婷儿："那是沙坑吗？"婷儿兴奋得手舞足蹈使劲儿往沙坑那边欠身，大概，她也想像对其他东西那样去亲热一番吧？

　　婷儿的识别能力也进步多了，她已不仅仅是根据树木所在位置来和某一称呼对号，而是开始在别的环境中准确指出她所记住了的树木。如棕树、芭蕉树、广柑树、柏树等。这些在我两天前给朋友的信中都是没有预见到的。这些小小的进步，都在表明婴儿的潜在能力多么大。

　　这里提到的识别能力，在记忆力的发展上有重要意义。它意味着，在记忆方式上，婷儿已不再仅仅依靠一般幼儿3岁以前所特有的"模式记忆"，而是提前萌发了3岁之后才有的"分解记忆"能力。因为即使是同一种树，每一棵都长得不一样，比识别外形相同的白炽灯需要更多的"抽象概括物体特征"的能力。由此可见，早期开始的语言教育确实可以促进大脑发育。

　　离上篇日记几天之后，在婷儿生父的坚持下，婷儿再一次离开了奶奶家，搬回了煤气熏人的文联宿舍。不久，我到西安采访第三届电影"百花奖"和第二届"金鸡奖"颁奖活动，随后又到湖北看望妈妈和24年未曾见面的父亲，和婷儿分别了一个半月。重逢的时候，恰好就是一个检验她长时记忆力的机会：

　　……婷儿刚刚见我时还不要我，才过了一个多小时，阿姨边喂她吃饭，她边用手指着我说："妈妈。"表示她已想起来我是谁了。我想，她也该连带想起来和我在一起的愉快亲切的感觉，否则怎么会有那么欢乐的目光和微笑呢？

　　从湖北回来后，我还发现婷儿多出了一个非常可笑的行为：

　　……她一看谁的衣服晾在外面或放在沙发上，就非要拉谁去收，或者把衣服抱给衣服的主人。

　　这说明，每天告诉婷儿"这是谁的什么"，已促使她超前发展出分类记忆的能力，婷儿的大脑将因此而提高处理信息的效率。

睡够睡好，思维训练常飞跃

从湖北回来后一直很忙，我的"育儿日记"漏掉了多少值得一记的事情啊！直到 8 月 10 日我看到婷儿智力上的一个新进步，我才又在深夜里拿起笔来：

……今天我要记的，是婷儿在智力上的一个新的进步。我认为，从中可以看到她已经开始了比较高级的思维活动——想象。

傍晚，我在花坛旁边哄婷儿入睡。婷儿老不肯闭眼睛，我就说："老天爷喜欢你，想看你闭上眼睛。"婷儿看了看天空，就用手蒙上了眼睛。我看她从指头里窥视天空，觉得有趣，就顺口编起了老天爷和云姑娘的歌。婷儿听得很专心。忽然，她抬起手指着天空说："天。"然后又蒙上了眼睛。我看她睡意全无，干脆试着问她："想听妈妈讲老天爷的故事吗？"婷儿一下就把手揶开，眼睛睁得溜圆地等待着。我就接着讲起老天爷和云姑娘都希望婷儿快点睡着，快点做梦，好在梦中和她玩耍的童话。婷儿一会儿看着我，一会儿又看着天，逐渐地入睡了。我想，今晚她也许会做个和老天爷及云姑娘玩耍的梦。只是我想象不出，天和云在她梦中会是什么形象？

据《图解心理学》介绍，"睡眠和做梦与脑的成熟、与心理机能的发生、发展的变化是有密切关系的"。我在这里推测婷儿的梦，是因为她早在 3 个月前就经常梦哭梦笑。如果她没睡够就被叫醒，她就表现得烦躁不安，不愿学东西。因此，我特别重视让婷儿睡够睡好，按不同月龄的需要每天坚持睡几次觉。这对大脑的发育也非常重要。

婷儿 12—16 个月大时，白天每隔 4 个小时睡两个小时的觉。下午 6 点我下班时，她正好睡够了醒来，吃完果泥或果汁，边玩边学，精神特别好。婷儿满 16 个月后，我重新给婷儿安排了作息时间，每天晚上 8 点睡，早上 6 点起，中午 12 点睡一个午觉，这两觉，基本上都由我来哄，在她晚上睡觉之前，6—8 点是我带她游玩的时间。

准确地说，上篇日记的内容只是一次开发想象力的训练。我想，既然一切创造性的活动都离不开想象，何不用拟人的手法来开发婷儿的想象力呢？这种训练开始于1岁两个月：

……今天，婷儿吃饭不专心，我只好用"小喜鹊都吃了"的话和动作来诱使她吃。她倒好，给小喜鹊吃了，还要给小蜜蜂吃，还有小白兔、小猴子、小鸡、小鸭，她对这一切都当是真的了，童话已经从这里开始了。

随着思维能力的发展，婷儿学习的速度越来越快，储存的词汇越来越多，联想能力也迅速发展起来了（那时婷儿1岁5个月大，正在打提高血色素的针）：

……婷儿的联想能力又有了新进步。一到傍晚，我让她跟我走，她就疑心重重不肯来。我说："去打针。"她马上就哭了。我走着哄着，想用"倒影"啊，"美人蕉"啊，转移她的注意力。可她一看我走的路线，马上就哭喊着想要婆婆（保姆）救她。

有意思的是，在对"打针"的恐惧情绪的笼罩下，她还没忘记跟我学说话。我指着路边的东西教她说，几乎只需重复一两次。当我抱着打完针哭兮兮的她出来时，她马上就说出了刚才认的东西：红花（还要一一抚摸）、煤、瓦……

4天之后，婷儿的思维能力又表现出新的飞跃——她不仅预想到了"打针"的全过程，还事先安排了对每个步骤的反应：

傍晚，我又抱着婷儿去打针，奇怪的是，婷儿没有表示害怕。在总机室遇到了注射室的护士，她还边叫"阿姨"边指着隔壁注射室的门。我按婷儿的意思跟在护士身后进了门，婷儿又指着屋里的椅子让我坐下。我忽然为婷儿表现出来的勇敢与镇定感动了。我一边表扬婷儿，一边把她的两腿夹在我的大腿之间，婷儿没有一点反抗，还着急地让我帮

33

她把小裤头往下拉。当她向护士表示过"往这儿打"之后，就抱着我哭起来了。这是一种预感到疼痛即将来临的哀哭，但仍无反抗之意。进针之后，婷儿疼得忍不住号哭着挣扎起来。我一面夹紧她的腿，抱紧她的上身，一面不停地安慰她："勇敢一点，马上就打完了。"注射器一抽出来，我就把婷儿抱好，让她对护士说："谢谢！"她哭着说了，护士一高兴，把一个空针盒递给了婷儿，婷儿马上就高兴起来了。

作为奖励，我带着婷儿在春熙路转了半天，婷儿兴高采烈地在"儿童商店"跑进跑出，玩得痛快极了。

为什么我这么看重这件事呢？因为单是这种记住事情的过程和细节的能力，一般都要在快3岁时才能形成，婷儿不仅在不到1岁半就做到了，还明显地表现出抽象思维能力，让我怎能不兴奋！

培养艺术细胞，开发创造潜能

本世纪初的美国教育家斯特娜夫人说："没有任何艺术的生活，就如同荒野一样。我认为，为了使孩子的一生幸福，生活丰富多彩，父母有义务使他们具有文学和艺术的修养。"我十分赞同这一看法，不仅因为懂得欣赏艺术可以给生活增添情趣，还因为艺术是一种创造性的活动，在培养艺术细胞的过程中，可以有效开发孩子的创造潜能。

斯特娜夫人认为，"母亲的悦耳歌声是极其重要的"。我从月子里就开始轻轻地给婷儿唱歌，一边唱一边有节奏地摇晃或轻拍怀抱里的她。十几年后，专家们在《学习的革命》里这样评价这种做法："花一刻钟的时间来摇动、抚摸和轻拍婴儿，每天只要4次，就能够极大地帮助孩子发展协调运动的能力，从而提供学习的机会。"

在我的努力下，婷儿5个月大时，便对音乐和舞蹈表现出日益明显的兴趣：

……喂奶喝水都要听着歌儿才肯吃，不管多调皮的时候，一听见歌声就乖了。大人一唱歌，她就全神贯注地听着，还哼哼唧唧地想跟着学。我若在她面前跳舞，更是把她高兴得不得了。

到她满 10 个月时，婷儿的艺术细胞似乎已经形成了：

……那天我抱着她哼了几句歌，她居然自己又哼又舞起来，虽然只是乱晃着胖胖的小手，但她是在"跳舞"，却不容置疑。当我扶她站在穿衣镜前时，她更是兴高采烈地手舞足蹈起来。

这种"跳舞"虽然只是一种模仿行为，但创造多半都是从模仿开始的，而且模仿也是一种有待发展的能力，需要大人随时鼓励，以增强孩子的兴趣和自信心。

婷儿刚满 1 岁，模仿能力就发展得相当好了：

……大概是一个星期前吧，我发现婷婷会自己"玩家家"（做游戏）了。她拿着小宋的牙缸，一会儿装做刷牙，一会儿装做吃、喝，还"吧嗒"着小嘴儿品味呢。兴趣大得呀，抱都抱不走。这大概是一种自发的模仿吧。

还有一天，我发现婷儿老是兴奋地踩脚，就称之为"跳踢踏舞"，还鼓励她一次又一次地跳。我认为这就是在培养孩子的兴趣和自信心。

婴儿时期形成的即兴创作舞蹈的兴趣，使她在后来的校园生活中无数次地体验到了成功的喜悦。尽管没有训练过的舞姿不可能很规范（因为我不希望婷儿长大了从事表演艺术，所以我很少在这方面训练她），但全身心地沉浸在欣赏或自娱中，尽情享受音乐和舞蹈的艺术美，的确是人生的一种幸福。

与科学相比，艺术的最大特点是它的抒情性和非功利性。我在教婷儿词汇的时候，不仅教那些明显有用的东西，也教她那些似乎没有用的东西：

……今天，我第一次让婷儿闻花香，正好，被闻的是白兰花那优雅清爽的芳香。这是我最喜欢的香型，多闻几次，婷儿就会理解"闻"的含义（而不仅仅是外形动作）和"香"的概念了。

……这几天，我教会她认识了鱼池水中的倒影、阳光下的阴影，她还会很有兴趣地注视自己的手的影子，小手一翻一翻的，真好玩儿……她已能在石竹花丛中指出玫瑰花来。还有，不论月亮是什么形状，在什么位置，她都会主动提醒你注意，"天上有月亮"。

这种训练的好处是，可以帮助婷儿扩大视野，扩展联想的范围，形成更多的情感兴奋点。因为艺术说到底就是为了抒发人的思想感情。

为了刺激婷儿大脑的情感系统充分发育，我让她先从抒发感情的形式学起。在婷儿1岁3个月的时候，我教给她一个"抒情"动作：

……我让婷儿伸开双臂发出"啊！"的赞叹声。希望从此开始，教她学会表现喜悦。她很快就学会了，做得好像真是有情可抒似的。

由于受发音能力的限制，婷儿还不能用语言来抒发感情，我就教给她一个"飞吻"的动作，没过多久，她就自发地用"飞吻"来表达喜爱之情了：

……婷儿已经能对自己喜爱的事物主动飞吻，当她看到新修的干道上辉煌的路灯时，小手一扬一扬地洒着她的吻，真是可爱极了。

我认为，发展表达能力要从培养表达欲望入手。在语言表达能力形成之前，婷儿的表达欲已经相当强烈了，而且确实有情可抒：

……婷儿现在最逗人爱的，是她闻花的样子。每当她一边喊着："扯！扯！"一边把手里的花凑在鼻子跟前嗅时，你真没法责备她摘了花。而且，她嗅上一会儿，就会咧着嘴笑眯眯地感叹一声："啊呀！"那神情，仿佛要陶醉在花香之中了似的。我的可爱的1岁4个半月的女儿啊！

学会"再坚持一下",磨炼意志力

婷儿还没出生的时候,我就决定要把她培养成一个成功的人。尽管我不知道将来她会在哪个领域里取得成功,但我十分清楚,通向成功的路只有一条,那就是:认准目标,坚持不懈。我很欣赏样板戏《沙家浜》里郭建光的那句话:"胜利往往来自于再坚持一下的努力之中!"我希望当婷儿以后遇到困难的时候,有足够坚强的意志促使她"坚持一下,再坚持一下……"直至取得胜利。为此,当她只能趴在床上蠕动的时候,我就开始培养她的持久性。

我认为,注意力持久是行为持久的前提。我的训练,就从培养注意力的持久性开始。我的道具是一个一捏就会叫的红色塑料吹气公鸡,我先用公鸡的叫声在婷儿的前后左右吸引她的注意力,然后把公鸡放在她伸出手差一点就够得着的地方,吸引她去抓。当她老是抓不着准备放弃的时候,我便用手推着她的脚鼓励她"使劲儿!使劲儿……"婷儿使劲儿蹬几下腿,公鸡就到手了。我就用欢呼和亲吻来庆祝她的胜利,让她体验"奋斗——成功"的喜悦。

当婷婷能够爬行的时候,我便增加了训练的难度,在她马上就要够着目标的时候,把吸引她的玩具挪到更远的地方,然后鼓励她继续爬着去拿。这样做既培养了毅力,又练习了爬行,真是一举两得。

……为了培养孩子的顽强精神,我总是在她放弃自己还没达到的目标时,鼓励、吸引她继续下去。比如找球、捡东西等。有时她想拿什么,又拿不起来,就用表情、声音和动作来求助于我,我只是帮着解决一下她克服不了的困难(如提包被卡住了等),然后仍让她自己进行到底。如果婷儿在哪儿碰痛了,我也不会安慰她,而是要求她"勇敢""不怕",尽快地转移她的注意力,吸引她观察新事物,忘记疼痛。我相信,这样坚持下去,婷儿的毅力和恒心都会比我强的。

我的努力在婷儿满1岁之后,就见到了成效:

1岁1个月——

……晚饭前，婷儿兴致勃勃地拎着一个塑料喷壶走了好半天，还未尽兴，在她的哭喊抗议下，我只好让她把喷壶带到了饭厅的竹童车里。

当婷儿因喷壶被卡住了拎不起来而哭喊时，饭桌边的几位大人都批评她说："婷婷就是爱哭。"其实，哭也是孩子的一种语言。婷儿急哭了，向大人求援，不也表达了她的意志吗？比起那些弄不起来就放弃的孩子，不是可以看出孩子注意力的持久程度的差异吗？这种哭，是孩子智力进步的一种表现，只能使我感到高兴。这种情况绝不能用吃、喝、抱、哄来转移孩子的注意力，只可给她必不可少的一点帮助，鼓励她继续下去。

4天之后——

……昨天，我带婷儿到邻居菲菲家的院子里玩，婷儿的注意力几乎始终集中在那只鸭子身上。这是她第一次看到活的、会"嘎嘎"叫的大鸭子。我为了鼓励和满足婷儿的好奇心，根本不顾鸡鸭圈附近那股臭闷的味道。我想，婷儿在这种观察中表现出来的主动性是十分难得的，就像她经常在步行的时候低下头去找蚂蚁一样，只能协助她去完成，而不能为了怕脏怕臭而躲开。

1岁4个月——

……我过去培养的意志力已经在婷儿身上显露出来了，当她要干什么特别有兴趣的事时，你要干涉她，只会招来简直不会屈服的反抗。除非你能用另一件更加新奇的事物吸引她的注意力。这个办法也有许多次毫无用处，只好迁就从她的角度看来十分应该的要求。

又过了半个月，婷儿就把她的意志力用到了不该用的地方。听保姆李阿姨说，婷儿跑到邻居小袁家要糖，小袁按我的嘱咐不给，婷儿就哭着回来要阿姨去帮她要，不达目的誓不罢休。这种执着的精神固然可喜，但也提醒我，必须尽快教婷儿掌握"范围"的概念，让她从小就知道，有些事是可以做的，有些事则是不能做的。

划定"可""否"范围，为培养自制力奠基

有的人管得住自己，有的人管不住自己。管得住自己的人不仅不会沦为"人渣"，还有可能成为"人杰"。管不住自己的人不仅不会成为"人杰"，还有可能沦为"人渣"。既然我希望婷儿往"人杰"的方向发展，当然要把她培养成一个管得住自己的人。

所谓"管得住自己"，就是有足够的自制力推动自己做该做的事，并约束自己不做不该做的事。当婷儿已经有了一定的独立行动能力，却又不具备是非观念的时候，我是怎样让她学习"管住自己"的呢？

1977年，在认识婷儿爸爸之前，我曾从一本"文革"前出版的小册子上看到过一个苏联人教育孩子的故事：

小伊万1岁多的时候，特别喜欢撕他爸爸的书和本子，爸爸就给伊万一些废报纸让他撕，并告诉他说："这些废报纸是可以撕的，那些书和本子是不可以撕的。"以此使孩子建立起"范围"的概念。

我对这个故事很感兴趣，早就想实践一番。婷儿也开始撕书的时候，我就用伊万爸爸的办法，给婷儿划出了第一个"可以"与"不可以"的范围。我认为，划定范围，建立"可""否"观念，并要求孩子遵守规定，对孩子的成长非常重要——在克制着不做某些事的过程中，培养的是通向成功的另一种重要素质：自制力。

范围一旦划定，就必须始终如一地要求孩子遵守。用日本皇后美智子当太子妃时教育孩子的话来说，就是"一次也不能例外"，违反了就得受罚。孩子为了避免受罚，就会学着约束自己不做大人不让做的事。

有人说，孩子这么小就如此严格要求，是不是太过分了呢？我的体会不是这样。一般来说，严格的教育对孩子都是难受的，但一开始就严格

的教育却并非如此。就像城市建设一样，如果广州市政府以广州市街道不整齐为理由强行重建市区，那么一定会给市民带来很大的痛苦。可是珠海就不同了，由于一开始就按市政规划修建街道、住宅，结果市区像棋盘一样整齐，却没有给市民带来任何痛苦。对孩子的教育也是这样，不允许的事，一开始就不允许，这对孩子就没有什么痛苦。正如一位诗人说的："我们对从未得到的东西就不会感到不足。"有时答应，有时不答应，反而要给孩子带来痛苦。

威特父亲教育孩子就是非分明、始终如一。从威特1岁时起，就严格要求他，不行就是不行。他从未考虑过"小时候可以放宽一些，稍长大后再严格一些"。然而，这却是世上一般父母的普遍做法，他们的"禁律"反复无常，有时不行，有时就行。这样不知不觉就在培养孩子的投机心理，而不是自制力。应该说，父母没有定见以及父母的意见不一致，都是教育孩子的大禁忌。

当然，在孩子刚刚开始出现破坏性行为的时候，大人就必须分清无意破坏和有意破坏。无意破坏是由于肌肉不够发达和动作不够协调造成的，不是粗心大意和有意破坏。有些有意破坏属于孩子的探索性的行为，如打破鸡蛋，乱翻抽屉；还有些属于试探性行为，如推倒积木，撕碎报纸；还有些属于参与性和模仿性的行为，如将种好的花或菜拔起来又重新种下去，等等，应区别对待，不能一味禁止。尤其重要的是，当你发出"不能这样"的警告时，一定要告诉孩子"可以怎样"：

……对才1岁5个月的孩子光靠说教是不行的。要制止婷儿胡闹，如把东西往地上扔，你越制止她越来劲儿，这时需要的是转移。你只要说"请婷儿把床上的毛巾放在被子上（或沙发上）"，或"请婷儿把地上的书放回书架上"……她马上就会停止胡闹，高兴地执行命令。

一天我在切冬瓜，婷儿要抢菜刀。我就对她说："婷儿，帮妈妈把冬瓜皮丢到簸箕里。"婷儿马上就帮我干起来。一块块、一趟趟地丢着冬瓜皮，既管住了她，又在培养她爱劳动、爱帮忙的好品质。

与划定"可""否"范围同步进行的，是及时建立起奖惩制度，帮助婷儿强化"对、错"观念。

……婷儿每做错一件事，我就让她象征性地自己打屁股。她就把小胳膊伸到后面使劲地拍，嘴里还念叨着："打！打！"打上几下，就"妈妈！妈妈！"地叫着让我来打。我开始以为婷儿把这当成游戏了，后来才发现，婷儿懂得这是惩罚行为。你看，每当她认识到自己做错了事，如弄脏了手等，就自己请"打"，或把手伸到你面前讨"打"。

不过，这是没有痛苦的惩罚。我不希望孩子因惧怕肉体疼痛而不做错事，这不仅因为打孩子并不能教好孩子，还会使孩子用同样手段对待别人。我在制止孩子干什么事时，只说："你要怎样怎样，我就不高兴了。"以此培养她对别人情绪的重视。

一个重视他人情绪的人，就像一面响鼓，不必重捶也能管住自己。事实上，在婷儿真正懂得为什么要"抓紧时间，刻苦学习"之前，她最大的学习动力，就是"想让爸爸妈妈和老师高兴"。

提前输入信息，定会开花结果

婷儿快满1岁半的那两个月里，在智力迅速发展的同时，她的体能和协调能力也在继续超前发展：

……婷儿现在跑得很快，很难摔跤，她可以从沙发到床铺随便爬上爬下，还动不动就爬到饭桌上或写字台上。叫人又好气又好笑。

……在运动方面，她已能在门前60厘米高的花坛上随便爬上翻下。我不是看到孩子登高就把她抱下来，而是教她怎样下，告诉她："先坐下来，再往下滑。"只要她学会了下的方法，就是大人不在跟前，登高的危险也减轻了许多。

令人惊讶的是，一些男孩子教会了婷儿做俯卧撑，前几天婷儿趴在过道上一连做了五六个俯卧撑，简直把我惊呆了，笑坏了。

婷儿的胳膊腿都那么有劲，她能一条腿独立片刻（女孩一般2—3岁才能做到），还能抱起 7 斤 9 两重的哈密瓜呢！在细动作上，婷儿用勺子吃饭和端碗喝汤都很像那么回事，只要不故意调皮，可以吃得很干净。

记不清是在哪本书里看到这样一种说法：运动系统发育得快的孩子，发音系统成熟得就较慢，反过来也是同样。婷儿恰好属于运动系统发育得快的孩子。尽管和平均水平相比，婷儿的发音系统依然是发育得早的，但与超前发展的智力和协调能力相比，就显得落后多了：

1 岁 4 个月时，婷儿已能清晰地说出"白鸡鸡"。夹竹桃说不清，叫做："夹叫"。美人蕉、草，都只能含糊地叫。"天、黑"说得还可以，有些比较好发的音，一教就会。可"衣"音她老发不好，把"阿姨"说成"啊——呀"。我教她一句英语"How do you do？"她很快就记住了，不过说成了"How do do"！

我并没有因为婷儿的发音系统不够早熟而放慢教她语言的进度。因为语言能力是由理解和表达这两种能力构成的。表达能力的发展固然受制于发音系统成熟的早晚，理解能力的发展却只受制于认知事物的多少。在期待婷儿的说话能力出现飞跃的日子里，我特别提醒自己，别忘了继续给婷儿提前输入各种有用的信息：

……婷儿 1 岁 5 个月的时候，我给她买了两套《看图识字》，她第二天一早就说出了"白菜"这个词。可她很难安静地跟我学，而是喜欢自己翻来翻去，瞎念叨着一些含混不清的话。难道是她还小么？想起从月子里就开始给婷儿讲话的事，我又明白了一点：在识字的过程中，同样有个信息积累的过程，需要十二分的耐心。

这星期，婷儿在商店橱窗前学说"洗衣机""电视机"，发音虽含糊，但说三个字的意思很明白。我叫她说"打火机"，她可以清楚地说出"打火"二字，这些词汇都是在认识实物时教的。等以后她看图片时，就可以把主要精力放在认字上了。我发现，把字音拖得太长，婷儿反而学不连贯，稍微说快一点，她就能意识到这三个字是一个词了。教英语"早上好""晚安"等，也是如此。从她努力说、说不清开始，很快就会说清楚的。

……26号在邻居泱泱家玩，我拿起写着数字的卡片教她"1、2"，她已能发出"1"来，"2"虽然没有说，但她已认得，能够准确地按我的命令把"1"和"2"拿来换去。此事使我兴奋。从现在开始，不仅要让她形成数的概念，还要学认数字，数"1、2、3……"很久了，我每时每刻都不放弃给婷儿输入数的概念的机会，如上楼梯时，打屁股时，这些努力不会白费的，这比单教孩子数数更有意义。

……近半个月来，婷儿进步很大，已经能够说出很多她已经懂得的词汇，还表现出强烈的说话欲望，你说一句话："这是叔叔的蜂窝煤。"她就会按自己的方式把这句话说出来，呜呜噜噜的，真好玩。

凡是婷儿还不认识的事物，我都要求保姆不要用"这个""那个"的说法，只有对婷儿已经记熟了的事物，我才教她用代词称呼：

……这几天，我在教她人称代词"你、我、她"，我们每天都有这样的对话："你是谁？""婷婷。""我是谁？""妈妈。""她（保姆）是谁？""她？她，婆婆。"这是见面拥抱后进行的。

9月24号，我所期待的飞跃终于出现了，在"××抱我"这类模仿性的话语之外，婷儿突然自发地说出了一句短语："妈妈买糖。"我高兴坏了，真的就带她去买了几颗糖。

当然，更突出的进步还是表现在婷儿的理解能力上：

……她能听懂比较复杂的话，如让她"先做什么，后做什么"，她已能准确执行一次包含五个动作的命令。

……她能专注地听我讲解画册上的小故事，并且还能做出一些反应。你看她自己抱着画册，自言自语地指点着书中的"娃娃""猫猫"，看得多专心啊！

……邻居小袁对她好，她就把称呼由"袁阿姨"改成了"袁妈妈"，对"叶妈妈"也是。你让她"爱",她就会伸出小手抚摸你的双颊,嘴里念叨着"爱呀,爱呀",然后又自己来"爱"自己。

……婷儿的同情心很强。一天,看到一个男孩跌在水洼里,哭了。她一个劲儿地叫着"哥哥",非要看着他回家才肯放心。我除了跟她解释眼前的事情外,曾想在拐弯处把她抱开。可她非要我转回来找到"哥哥"不可……

婷儿满 1 岁半那天,我试着教她背唐诗。刚开始,我两个字一断地教她,没过几天,婷儿就可以和我流利地对诵"朝辞、白帝、彩云、间……"了。虽说她并不懂诗的含意,但唱歌一样的朗诵,却能使她感悟到诗歌韵律的美妙。我深信,提前输入的所有信息,都是春天里撒下的一颗颗种子,将在她人生的各个阶段陆陆续续地发芽开花。

第三章

在父母离异的日子里

婷妈妈刘卫华的话

寄居姥姥家，婷儿日夜想妈妈

婷儿1岁8个月大的时候，我的育儿计划遇到了两大危机：一是我和婷儿的生父决定协议离婚，一旦手续办妥，我的工资加上婷儿的抚养费只能维持婷儿的营养水准，再也请不起保姆了；二是编辑系列职称评定工作已经开始试点，我从试点单位借来的文件上看到，像我这种只有作品没有文凭的年轻编辑，必须通过大学文科同等学历测试，才能参加评职称。为了不被时代淘汰，我必须赶在评职称之前，补上从中学到大学的课程。而且，我只能利用业余时间在职自学。

怎么办？该牺牲我的前途来继续婷儿的教育？还是牺牲婷儿的未来以完成我的自学？万般为难之际，我亲爱的妈妈和卫忠弟弟无私地伸出了援手。他们让我把婷儿送到湖北姥姥家，由他们替我照料婷儿，并按我的要求实施麻烦而琐碎的早期教育。

从1982年11月23日到1984年春节，婷儿都是在姥姥和舅舅身边度过的。那时候，电话还属于奢侈品，与普通人的日常生活无缘，我们只能用写信的方式互通信息。我在回成都后的第一封信中请求妈妈："您能否简单记录一下婷儿的发育情况？如：何时量身高、体重？是多少？何时开始说新的词语？何时开始做什么新动作等。或者您每次来信都写上几句，我保存起来也行。"

我的好妈妈不仅自己给我写这样的信，还让我弟弟把他带婷儿逛动物园的情景详细地写给我。重读这些17年前的宝贵信件，往日的爱与忧愁历历在目，那份浓得化不开的亲情，让我的心几天都无法平静！

婷儿出生以来，平均两个月就要搬一次家，频繁变更的生活环境无法给她带来安全感，只有紧紧抓住她所熟悉的大人，才能使她感到安全。离开成都的第七天，我带着她在姥姥家附近的菜市场买菜的时候，婷儿突然对卖菜的农民说："我婆婆走啰！"她那忧郁的眼神和倾诉的语调，使我深感震惊，永远都无法忘怀。她不懂得是自己离开了保姆李婆婆，还以为

47

是与她朝夕相处的李婆婆扔下她不管了。在陌生的环境里，妈妈是她与过去生活的唯一联系，几天之后，妈妈也突然消失在深秋的夜幕中，这个刺激实在是太大了。

从姥姥回我的第一封信中可以看到，婷儿超前发展的记忆力，使她比同龄儿童更多地感受了分离的痛苦：

……婷儿经常思念她的妈妈、婆婆。一睡午觉就要找妈妈的房子，说前面的房子是妈妈的房子，哭着不在我这里睡午觉。远远看见一个年轻阿姨，就说是妈妈下班回来了……吃东西的时候就说："妈妈吃，婆婆吃，舅舅吃，姥姥吃，我们大家吃。"……她有时叫我婆婆，有时叫我妈妈、姥姥，可能她时常想念你们，就叫我来安慰自己。

姥姥为了纠正婷儿的称呼，反复告诉婷儿："我是你姥姥。你妈妈回成都上班去了。"婷儿为了满足经常叫"妈妈"的渴望，想了种种办法来使这个错误的称呼合理化：

……昨晚上她可能在梦里看见你了，早晨醒来向我要了半天的妈妈。我问她是否做梦看见妈妈？她说是的。昨天10点左右，她对我说："我当刘卫华，你当妈妈。"因为过去我说过"我是刘卫华的妈妈，婷婷的姥姥。"可见她的脑筋多么灵活。现在她叫我妈妈我就答应，尽量使她不思念你们。

这大概是婷儿出生以来独立解决的第一个复杂问题。这是1983年2月，我们分别两个多月后的事。在此后的一年里，在我把她接回成都之前，对妈妈的深深思念就像一台功率强大的发动机，大大加快了她抽象思维能力的发展。姥姥在5月10日的信中写道：

……婷儿仍然老是叫我"妈妈"，我说叫姥姥、奶奶都行，不要叫妈妈。婷儿说："我妈妈在成都，叫妈妈亲些！"她的记忆力好，也还经常提到婆婆。

姥姥给我写信的时候，只要婷儿是醒着的，就得抱着她边写边念，因为她既要听又要看。我在回信时也会单独给婷儿写一段，或写一张漂亮的明信片，由姥姥念给婷儿听。

这种由书信传递的信息，给婷儿的印象特别深刻。比如说，我在给妈妈的第一封信里交代的各种注意事项中，提到过要经常让婷儿吃豆腐，婷儿虽然不喜欢吃湖北的卤水豆腐，还是吃一口豆腐就念叨一句："我听妈妈的话。"

离婚不改初衷，"育儿计划"照常进行

婷儿刚满两岁，我和她的生父在断断续续分居了半年之后，正式解除了婚姻关系。作出这个决定的前提是：我坚信，我有能力保障女儿的幸福；一个人带孩子生活条件虽然要下降，但只要早期教育的计划照常实施，婷儿仍然会被培养成一个素质优秀、人格健全、有能力创建幸福生活的人。

婷儿到姥姥家去之前，基本上处于一个被动学习的状态，出生不久就被我连推带拉地在启蒙的小路上快跑。和我分别之后，每天给她输入大量信息的人暂时没有了，但学习的习惯已经养成，她就像一辆没有刹车的汽车一样，凭着惯性依然在向前冲。

在新的环境里，婷儿的生活中不仅多了思念，还多了许多新鲜的内容。姥姥家离幼儿园不远，姥姥离休前把幼儿园创建成了一个先进单位，在幼儿园的人缘很好，婷儿这个编外学生在幼儿园里被每个班级的老师所欢迎。她从1岁8个月起，就和3—7岁的孩子们混在一起学习她所感兴趣的一切。

我回成都后的头一个月里，姥姥一连写了三封信来描述婷儿的近况：

……她很聪明，脑子反应快。我们到幼儿园去玩，别人做什么动作，她就跟着学。学幼儿园的老师拍铃鼓，唱"排排坐，吃果果……"看别人跑步，喊"预备起"，回家来也叫我和她跑步，喊"预备起"。

……一天下午在幼儿园小班玩，婷儿看见一个哥哥为争积木哭了，就主动走过去给他擦眼泪，摇着小手叫他莫哭。她在幼儿园听了小朋友唱的歌，这两天也经常学着唱。

……她学青蛙跳着叫，学小鸟飞、小花猫的动作，还有弹琴的动作。她弹琴要我拍手，又叫我弹琴她拍手。婷儿边弹琴边唱乐谱"11335……"

或是在幼儿园里学的歌曲，唱完了还说："唱得好！唱得好！"

婷儿的表现令我深感欣慰。一个月以前，她还在我的指挥下学这做那，分别才一个月，她就开始指挥姥姥做游戏了！虽然这只是模仿幼儿园的教学活动，但这种有意模仿是婷儿"组织领导"的。我不由得惊叹：早期教育在开发婴儿潜能方面，的确威力巨大。

婷儿能主动学，我固然感到高兴，但也有点不安。姥姥的信描述婷儿的行为比较多，描述大人或外界事物对她的影响也有，但没有谈到大人有计划、有目的地引导。于是我在第二封信中提醒姥姥：

……婷儿现在除了吃、喝、玩、睡，最重要的就是培养观察事物的习惯和能力。这种观察力是智力开发的首要课题。对婷儿来说，就是要让她知道所见所闻的事物的名称。

您那儿有多少我这里所没有的新鲜事物啊，工厂、铁路、自由市场、池塘、蒸气，等等。要一样样地教她认识这些事物，叫出名称，记住一些特点。如工厂有一大片厂房，有许多管道，管道弯弯曲曲的，冒出白蒙蒙的蒸气，蒸气又湿又热，是水烧开了变成的，等等。这些，婷儿不一定全能说出来，但大人经常讲，她自己就记住了。等到她发音能力进一步增强后，她自己就会把记住的这些名词、量词、形容词组织在一起，说成一段话，这对她的语言能力、知识积累、思维能力、综合能力都有很大锻炼。对她今后的分析能力和写作能力也是打基础。这是讲的对一个事物的全貌的观察。

还有一种观察是区别同类事物的不同，如看娃娃时给婷儿讲男娃娃和女娃娃的不同，头发啦，衣着啦，对玩具的兴趣和选择啦。看植物时讲叶子形状的不同（或长、或圆、或肥、或瘦、或宽、或窄），茎的形态的不同（或直、或弯、或是干、或是藤），果实的形状、质量（软、硬）、颜色、吃法、用途的不同。这些大人心里有数就行，见到什么讲什么，也不用做什么计划。但是要想有较好的效果，就得在一段时间内经常重复一个内容。如辨认颜色，等她记住了红色和绿色之后，再教她认黄色和蓝色，在教新的颜色时，不时地让她继续辨认一下学过的颜色，以利巩固。

在教育婷儿时，可以把颜色和形状连起来教，如红红的球、黄色的开关、蓝色的天、白色的云，等等，也可以用颜色和形状把事物进行归类，如萝卜是红的，美人蕉是红的，衣服也是红的，或红萝卜是圆圆的，白萝卜是长圆的，饼干是扁圆的，等等。

我知道，教育婴幼儿是很费心、很啰唆、很麻烦的，而且又不能追求急功近利、立竿见影，好在我们母女俩都坚信早期教育必然结出硕果，甘愿为婷儿提供尽可能好的生长环境（物质的和精神的）。如果婷儿能长成一个有用之才，也是我们家对祖国对人民的一个贡献哪。由于分离太远，信来信往中，我可能会重复某些事（因为忘了写没写过），也可能前后自相矛盾，这些，都请您多加谅解，说错了您就提醒我。我们一起来探索在中国家庭里搞早期教育的经验，争取能造福于更多的孩子。

姥姥接信后马上加强了"主动教"的成分，尽管每天照料婷儿的饮食起居已经很累，她老人家的三叉神经也经常在痛。

姥姥的"小尾巴"，见啥就学啥

在远离妈妈的日子里，婷儿就像小尾巴似的整天缠绕在姥姥身边。姥姥的一言一行都成了婷儿的模仿对象。这种模仿，从姥姥的第一封信里就看出来了：

……我们到别人家去玩，回来时别人送我们，我说："不送，你们忙。"以后别人一送我们她就说："不送，你们忙。"还说："到幼儿园滑滑梯，坐转椅呀！摇摇船，摇摇马呀！"邻居的小儿子到我们家来，我说和弟弟玩儿，她马上说"不打架"。

婷儿的这些话都是此前从姥姥那儿听会的。只不过姥姥当时还不知道1岁8个月的婷儿既听得懂，又记得住，还用得对。

从姥姥来信所描述的情景来看，在分别的头一个月里，婷儿的发音器官已经发育成熟，不仅能一口气背很多儿歌，潜伏的表达能力也迅速表现出来。虽然她才1岁9个月，但她已会恰当使用4岁的小儿才开始用的具有修饰意义的词汇，如"马上、现在、快点"，等等，开始像大人一样运用恰当的词汇、合乎语法的完整句子来表达她的要求了。

我刚离开的时候，姥姥认为婷儿太小，不准备教她背古诗。半个月后，婷儿在姥姥用儿歌哄她睡觉时忽然说了句："现在我教你唱小蜜蜂。"她用词之准确，语句之完整，使姥姥大感吃惊。姥姥因此而改变主意，开始选一些"春眠不觉晓"之类的古诗教给婷儿。姥姥先讲解每一句诗歌的含意，然后教婷儿背诵。

姥姥家没有保姆，一切家务活都要亲力亲为。模仿姥姥做家务事也是婷儿"主动学"的一大内容，这种模仿对孩子学习生活常识和积累办事经验都很有价值。姥姥在信中写道：

……婷儿明天就 1 岁 10 个月了，昨天在厨房里，我在炒菜，她也拿个东西炒，要放油，放盐，放酱油，还品尝菜的味道。她知道天上的云、雾等，我推豆浆她还帮忙喂豆子。洗脸、洗手、搽油一般都要自己干。

……婷儿有时端一小杯水到阳台上去浇花，边走边说："我有事，我忙。"有时自己拿着小抹布把椅子各个地方擦洗得很干净，边擦边说："我在搞卫生。"

在模仿为主的学习阶段，婷儿的创造力也开始萌芽了。当她学会了姥姥唱的催眠曲之后，便开始要求姥姥改歌词：

……睡觉仍要唱《小蜜蜂》。有时她叫唱"大蜜蜂"，我就唱"大蜜蜂，嗡嗡嗡，飞到西，飞到东，爱学习，爱劳动"。我有时给她唱"我家有个胖娃娃"，她还叫我给她唱"胖哥哥"。我就给她唱"胖哥哥，胖弟弟，胖娃娃，胖婷婷"，她就很高兴。

姥姥感叹"婷儿很聪明，我的教育方法有些赶不上"。当婷儿不愿背那些早已滚瓜烂熟的古诗时，姥姥也无可奈何。我赶紧选购了十几本彩色的儿童读物，在六一儿童节之前寄给姥姥做教材。我在给姥姥的信中写道：

……希望您和卫忠尽可能抽出时间讲给婷儿听。书要一本一本地给婷儿看，不要贪多嚼不烂。也免得一下都撕坏了。如果保护得好，还可以留给卫忠的孩子看呢。不过这不是主要的，主要是要培养婷儿对书的兴趣和感情，养成爱书的习惯。另外，一次不要看得太久，免得小孩儿厌烦。

为了训练手部的肌肉群，为早日拿笔做准备，我还特别问道：

婷儿开始学穿衣服了吗？应该让她学习扣扣子什么的，可以教她用胶泥捏苹果、香蕉等水果。还可以捏炊事用具和人头、动物，等等。

婷儿听了这封信后，每次一穿衣服就说："妈妈叫我学穿衣。"一看书就说："妈妈叫我一本一本地看。"婷儿还经常说："妈妈最喜欢我，给我寄书看。"她怕姥姥把她的缺点告诉我，说："告诉妈妈，妈妈就不给我买书了，也不喜欢我了。"

六一节之后，婷儿的姥爷从他任教的鄂西大学到武汉开"先进工作者代表会"，第一次看到了他想念的孙女，婷儿的表现让这位昔日的"神童"又惊又喜。姥爷写信说：

……婷儿虽然是两岁多的娃娃，但是一个很聪慧的儿童。她背诗给姥爷听，模仿性很强，会说很多大人话。什么是"好习惯"，什么是"坏习惯"，她能分辨出来。我带她上街去买东西，买了四瓶啤酒，用网子提着。她说："网子小了，好危险！"她喜欢吃稀饭，吃完后，要自己洗奶锅，洗了一道还要清一道……有时，她拿一本书，正经八百地坐在椅子上，嘴里嘀嘀咕咕。我问她："婷儿，你哼什么？"她说："我爱妈妈，妈妈爱我……"反复嘀咕这两句。有时我说："婷婷，来亲一下。"她把小嘴巴噘得尖尖的，伸向我，吧嗒一个响嘴，哈哈一阵稚笑，笑得那样清甜……回家才3日，乐趣万万千，99%是来自小孙女的天真。

最有趣的是离家这会儿，她要帮爷爷洗脚。捧了半茶杯水，"爷爷，洗脚"。我把脚一伸，她就帮我脱袜子，然后用她的一只小手扶着脚，一只手蘸点水，一下一上地在脚背上，脚趾头上，脚跟上抹呀抹的，一遍遍地"洗脚"。洗完，还要用抹布擦干，然后把拖鞋帮姥爷套上。前后一共花了她十来分钟，一直干完为止。简直不是两岁多的儿童所能想到和做到的，把姥姥也笑坏了。

全家一条心，带好"肉娃娃"

在1983年，离婚还是一件惊世骇俗的事，我的亲人们都认为婷儿太不幸了，对她更是疼爱有加。过春节的时候，武钢的湘南大舅妈回婆家过年，给婷儿赶做了好几件新衣服，卫忠舅舅的未婚妻丹莉也在忙着给婷儿织毛衣。

那年月，肉蛋菜果还不是随时随地想买就买得到。多亏卫忠舅舅有几个熟人是司机，常帮忙采购，保证了我给婷儿制定的营养标准：每天半斤奶，一个蛋或二两豆腐，一两瘦肉或鱼肉，午睡后一次水果。吃法也是按我的要求：每顿饭先喂她吃完蛋白质，再让她自己吃蔬菜和米面，两顿饭之间仍然是定时喝水，不许吃零食。这种吃法使婷儿长得很结实，却一点也不肥胖。舅舅在信中说：

……她爱吃肚子、肝、腰等内脏。她说她是肉娃娃。她特别爱吃鱼。这里花样可常变化，现在有鳝鱼、田鸡等，我们常调剂，怕她吃厌了。

婷儿刚满两岁，就自觉长大了，什么事都想自己做，洗脸要自己洗，一切事情不管做得做不得，都要自己做，姥姥为了培养她的独立性，也尽量满足她的要求。但婷儿毕竟还是一个不懂事的小孩子，就在过生日之前还干了一件傻事——她在电视里看到跳水运动员从高处往下跳，就把舅舅给她买的小汽车从三楼阳台上往下扔，说是"让汽车游泳"！有时姥姥怕婷儿被烧伤、烫伤，也只好让她哭几声。

在姥姥眼里，婷儿真正谈得上是"缺点"的只有一样，那就是婷儿常对招呼她触摸她的陌生人（都是姥姥和舅舅的熟人）做出打、骂等攻击性行为——我猜这是由于害怕重演"出现陌生人→失去熟悉的人→失去安全感"的痛苦经历而采取的"自卫手段"。为了让婷儿改掉这种习惯，姥姥除了随时教她认识新事物之外，还重点对婷儿进行了礼貌教育，不准她打人、骂人，遇见人要招呼奶奶好、爷爷好、伯伯好等。很快，姥姥他们就收获到了"主动教"的第一批果实：

    ……如家里来客人，事先给她讲清道理，要她友爱、热情，她能接受。如最近齐爷爷（卫忠舅舅未来的岳父）来，她很热情地招待齐爷爷，又是给他装烟，还非要把整盒的烟放在齐爷爷的口袋里，又是给齐爷爷端茶喝，还主动把小椅子放在食品柜边上，然后自己站在小椅子上把花生和瓜子拿下来送到齐爷爷的身边放着，要他吃。

    舅舅则在信中详细记叙了婷儿两岁两个月时在表达能力和观察能力方面的新进展：

    ……5月29日带婷儿去中山公园玩了半天。买门票时，婷儿先说："舅舅去买票，我在这儿等舅舅，不走。"进公园后，她看见别人划船，婷儿就说："等丹莉阿姨来了我们就划船，光我们两个不划。丹莉阿姨来了热闹些。"这些话是她一口气说下来的。那天我非常想带她划划船，一来时间紧，二来因我一人，无人照护她，怕出危险，故未划成。后来我们到动物园，那天运气特别好，所有的孔雀都开屏了。婷儿非常高兴，然后说："我们家有孔雀开屏（指书本）。"看海豹时，别人都说有两只，可婷儿说只有一只，说它是反着游的。事实上的确是一只海豹，它有时反着游，有时正着游……

    婷儿两岁3个月时，为了提高她背诗的兴趣，姥姥特地为她新选了一些有着优美画面的诗，如"绿树荫浓夏日长，楼台倒影入池塘。水晶帘动微风起，满架蔷薇一院香。"还有巧妙的数字诗："一去二三里，烟村四五家。亭台六七座，八九十枝花。"姥姥来信说：

    ……婷儿最喜欢背的是李白的"床前明月光"。有时背诗背到"低头思故乡"，婷儿接着就说："我的故乡在成都。你的故乡在哪里？"

另外，姥姥还告诉我婷儿的两个"新动向"——学认字和模仿对门的小姐姐画画：

……她边画边说，"我画了一个气球，还画了一个船。"后来她又边画边说："这是代表水的。"她每次画都说："画了给妈妈寄去，妈妈真高兴。"

随着时间的推移，婷儿对姥姥、舅舅的感情日益加深，舅舅和姥姥相依为命的生活方式，对婷儿的智力发展也产生了明显的促进作用。有一段时间舅舅工作和自学都很忙，还要筹备婚事，陪婷儿的时间有限，婷儿竟能把自己的心愿编成幼稚的儿歌："亲爱的姥姥，亲爱的舅舅，陪婷婷；婷婷陪姥姥，陪舅舅。"

舅舅在信中说：

……她现在能听出我的脚步声，并告诉姥姥："舅舅回来了。"今天我去买米，突然下起了大雨，婷儿就对姥姥说："雨停我去给舅舅送伞。"……晚上姥姥给她洗完澡，她会主动说："谢谢姥姥洗澡。姥姥辛苦了！"有时她说："姥姥，我还是回成都吧，我在这里你太辛苦了！"

没想到婷儿在湖北还学会了心疼人，即使其他什么东西都没学会，我看也不虚此行了。

母女重相聚，"验收"很满意

转眼间，婷儿在姥姥家已生活一年多了，婷儿对不断重复烂熟于心的那些知识已经开始表示厌烦，姥姥深感自己的教育跟不上婷儿的智力发展，希望由我直接进行下一步的教育。为了婷儿，也为了让辛苦许久的姥姥能够到姥爷的学校去团聚，我决定利用1984年春节的探亲假，把婷儿接回成都。

为了避开春运的高峰期，我是在除夕那天上的火车。头一天晚上还是人山人海的火车，这会儿空得整节硬座车厢就只有我一个人，没人挤可也没热气儿，虽然可以躺在三个人的座位上，但就是冷得睡不着。跺了一夜的脚之后，我终于在大年初一的早上，见到了朝思暮想的女儿。

亲人团聚的欣喜之情难以尽述，婷儿的情况也让我感到满意。

她的性格发展得很理想，热情、主动、参与意识非常强。春节期间给姥姥拜年的人很多，客人一来，婷儿又是帮忙招待客人，又是主动表演节目，客人一夸奖，婷儿兴致更加高涨，常常在大人挽留客人时拉着客人的手说："你们不要走嘛，我还没表演完呢……""吓得"姥姥赶紧帮着客人说，他们还要到别处去拜年——真要让婷儿表演完的话，几乎需要一小时呢，因为她除了表演学来的歌、舞、诗之外，更喜欢自编自演，这种即兴创作的歌舞，一直要到她自己觉得累乏了才会结束。

婷儿的理解力和自制力仍在超前发展，凡是不允许她做的事，只要对她讲清道理，她都会努力克制着不做。比如说，舅舅托同学从深圳买了一台立体声的录音机，经常把婷儿的唱歌、背诗、说话录下来，然后放给她听，以此来鼓励她学习。婷儿很想摆弄录音机，但舅舅让婷儿别动录音机，说长大了再教她用，她就一直忍着不玩。有时舅舅的同学怂恿婷儿玩录音机，婷儿总是说："等我上学了，舅舅就教我，舅舅要我现在不动。"她是非观念很强，如果她做错了事，会主动请求处罚说："你打我吧。"就是真打两下她也不哭。

婷儿的抽象思维能力也在迅速发展，已经能够进行标准的逻辑推理。在等我来接她的十多天前，婷婷说："我要妈妈。"舅舅逗她说："我要姐姐。你把我姐姐要来，你就有妈妈啦。"婷儿想了一小会儿就说："你把我妈妈要来，你就有姐姐了。"

婷儿的学习热情也很高，姥姥教她背了一首诗："雄鸡一唱天下白，千家万户把门开……"在从工厂的路南区到路北区的路上，她看见一只公鸡就把诗背一遍。半年前我在夏天回来探亲的时候，她已经认得二十多本幼儿画册的书名了，这次她还能边翻书边给我讲她已经听熟了的内容，如《蝴蝶来到花儿家》和《四季的故事》，等等。她还非常喜欢玩对词游戏，一种是对反义词，一种是对有同音字的词。

对反义词是在两岁3个月开始的，开始得很偶然。那天姥姥和婷儿一起站在四楼阳台上，姥姥随口说了句："站得高，看得远。"回到厨房后，婷儿自言自语地说："站得高，看得远。"姥姥听了很高兴，就告诉婷儿：

"我说站得高，你就对看得远。"并练了两遍。第二天中午吃饭时，卫忠舅舅说"站得高"，婷儿张口就对"看得远"，舅舅说"看得远"，婷儿就对"站得高"。我从信中得知此事后，马上请姥姥他们顺势开始教婷儿学习反义词。我夏天回来探亲的时候，又教给婷儿一些反义词，也许是这种游戏不断地提醒她去注意事物的区别，玩了几个月还是乐此不疲。

对有同音字的词则是因为春节前在幼儿园学了这样一首儿歌：

青青的草地红红的花，
唱着歌儿骑着马儿。
什么马？大马，
什么大？山大，
什么山？高山，
什么高？塔高，
什么塔？宝塔，
什么宝？国宝，
什么国？中华人民共和国。

我觉得这首儿歌的问答形式非常有趣，只要把最后一句改成：什么国？中国，什么中？心中，或：家中、手中……就可以变成一种无限扩大词汇量的训练方法。于是，我就先教婷儿划拳，再教她对词游戏的规则：先划拳，输家问，赢家答，答不上来时，就失去答词的资格，变成提问的人。为了让婷儿在游戏中多学到一些新词，我会在她答不出来时"借"给她一个词，每当我答出或借出一个新词的时候，我就会趁机给她讲解一番，然后再接着玩。婷儿非常喜欢这个对词游戏，事实上，直到她上小学之后，她还经常利用我们一起走路的时候让我跟她玩"对词"。这个游戏对婷儿迅速巩固和扩展词汇，起到了很好的作用。

3岁测智力，已是万里挑一

此行还有一个意外收获——我在卫忠和丹莉的新房里发现了一本《家庭日用百科全书》，书上有一份"3—7岁组儿童智力测量表"。这份测量表是法国心理学家比奈和美国心理学家西蒙共同编制的。我怀着极大的好奇心用它给婷儿测了一次智商，想要检验一下近三年的努力究竟成效如何？

这种智力测量，是通过儿童的智力年龄与实际年龄的比例，来判断他的智力水平，它的公式是"心理年龄 ÷ 实际年龄 ×100= 智商"。也就是说，如果一个儿童通过了一般 3 岁儿童均能通过的测验，那么他的智龄（即心理年龄）就是 3 岁；通过了 4 岁儿童一般均能通过的测验，那么他的智龄就是 4 岁，依此类推。在超出实际年龄的测验中，每通过一道测验题，加两个月的智龄，反过来也是一样。如果智龄是 8 岁，实际年龄只有 6 岁，智商就是 8÷6×100=133，如果智龄是 8 岁，实际年龄已有 12 岁，智商就是 8÷12×100=67。

我第一次给婷儿测智商的时间是 1984 年 2 月中旬，婷儿差 1 个月满 3 岁，测出的智龄为 5 岁 4 个月，智商为 183。凡是语言能力方面的测试题，3—7 岁全部通过；常识方面（如"玻璃和木头有什么不同？"）3—7 岁的题绝大部分通过；7 岁的 7 道测验题只有一道"倒述三位数"的题做不出来，还有一些 4—6 岁组需要小肌肉的题（如画图形、系绳结等）不能通过。

这个结果已经够让人振奋了——据心理学家的调查统计，在 3 岁时，一个心理年龄"早两年"的儿童是绝顶聪明的，5 万人中才有 1 个！

（需要说明的是，在 13 岁后，"早两年"就不足为奇了。因为人类在 6—12 岁之间，智力增长与年龄呈直线关系，12 岁以后，就很难根据年龄的增长来推测人的智力水平了。因此，12 岁至成人的智商，是从统计学的角度来计算，即以同龄人测验得分的平均分作为 100，以个人得分所处的分数段来判定他的智力在同龄人中所处的位置。）

为了用中国的标准检验一下婷儿的智力发育情况，我特地请妈妈从工厂幼儿园借来了国家教委颁发的《幼儿园教育大纲》。对照的结果是，婷儿已经掌握了从小班到大班的全部教学内容，也就是说，从掌握知识的角度来看，她已经可以直接上小学了。

但是，这在当时的中国是绝对做不到的——由于教育资源有限，国家规定 7 岁才能上小学，我既没钱为女儿请个家庭教师教她小学的功课，也不能放弃工作自己在家教她。这就是我无法和欧美及日本的早期教育先行者们相比的地方。

不过，我对此早有思想准备——这就是绝大多数中国家庭所面临的现实呀！我想，如果我能够在这种条件下摸索出一条培养早慧儿童的路，不是更有意义吗？当时，我的计划是在成都为婷儿找一个好一点的幼儿园，下班之后再单独教她一切该学的东西，重点是中文阅读和学习英语。

提起中文阅读，可以说是我在婷儿0—3岁的教育中的一个遗憾。当时，我只想到在模式记忆阶段认了字也不会搬家，无法用于阅读，却没有想到可以利用模式记忆直接学习中文词语，就像从单词入手学习英文一样。尽管婷儿在两岁4个月就自发地认识了几十本儿童读物的书名，这种学习能力我和姥姥却没能及时开发利用。

7年后，中国有一家专门从事婴幼儿早期教育的机构出版了一本内部读物《高素质孩子的培养方法》，那上面有怎样训练不到一岁的婴儿识字的方法，简单地说，就是利用模式记忆的原理，让孩子像识记物品一样反复识记词语卡片，用这种方法日积月累，孩子到两三岁时就能自己看书了。很遗憾，当年我没能自己发明这个办法。

除此之外，该做的我们都很好地完成了，而且，我们所做的是更重要的部分，那就是"全面刺激和发展孩子的各种能力"，而不仅仅是早期学习知识。现在有不少家长和一些学前教育机构，简单地以早期教孩子识字来代替全面的早期教育。他们以为早期教育便是早期教孩子识字，这是对早期教育的误解。如果将早期教育的重点放在早期识字上，忽视智力潜能的开发，那么学龄前儿童仅仅只是早学了一点字而已，这些知识虽然也是有用的，但比起开发智力来效果就差得太远了。

其实智力和知识并不是一回事。知识是人类对事物及其发展规律的认识和实践经验的积累，而智力却是人的认识能力的综合，是由注意力、观察力、想象力、思维能力和其他各种能力所组成的。难怪有人说："开发智力是无价之宝，教给知识是有价之物。"懂得这个道理之后，可以大大增强父母教育孩子的耐心，放弃急功近利的想法，一点一滴地去塑造孩子的素质和灵魂。

正因为我们全家人都愿意为婷儿点点滴滴的进步付出时间和心血，才使她在父母离异的情况下，仍然很好地完成了0—3岁的智力开发和情感教育。

第四章

3-6岁，全面开发心智

婷妈妈刘卫华的话

告不告诉婷儿，父母已经离婚

过完春节，姥爷和姥姥启程去鄂西，我和婷儿也从三峡逆流而上，经重庆返回成都。

一路上我都在考虑这个问题：告不告诉婷儿父母已经离婚的事？

以婷儿的观察力，我不能指望她注意不到自己的家庭和其他小朋友的不同。

想来想去，我觉得只能本着这个原则行事，那就是，怎样做才有利于婷儿的心理健康？

从我自己的经历来看，越小知道父母离婚，造成的心理冲击越小。我4岁的时候就知道父母因为爸爸被划成"反革命右派"而离婚了，在小小的我看来，离婚是一件奇怪而自然的事情，就像白天出太阳、晚上出月亮一样奇怪而自然。比我大两岁的哥哥和比我小3岁的弟弟也和我一样自然而然地接受了父母离婚这件事。"文化大革命"的时候，一些初中同学骂我是"反革命的女儿""妈妈是离了婚的"，当时我也只觉得她们说的是事实，并不感觉特别受伤。

如果我是在15岁被别人骂的时候，才知道父母离婚的真相，冲击就要大得多！还是让婷儿像我一样，在弄不清"离婚到底是什么"的年龄，就知道父母离婚这个事实吧，就像知道太阳和月亮东升西落一样。

随之而来的问题是：怎样告诉？

据我观察，对不懂事的孩子来说，大人对坏消息的态度远比坏消息本身的冲击力大得多。想当年，我妈妈绝望得几次试图自杀，但在我们面前却始终表现得很平静，在我的记忆中，她没让一丝一毫的恐慌和哀怨与"离婚"这个词联系在一起。我们既没有见过父母争吵打骂的恐怖场面——父亲早已入狱，也没有从妈妈和保姆姚婆婆那儿听到任何解释，就这样平静而抽象地接受了"离婚"这个坏消息，并没有觉得自己的生活有什么改变（当时我们兄妹都寄养在保姆姚婆婆家）。此刻回想起来，我非常感谢妈妈没有让离婚的阴影笼罩我们稚嫩的心灵。既然如此，那就让我像妈妈那样平静而抽象地把离婚的消息告诉婷儿吧。

拿定主意之后，我就在船过三峡之时，态度平静、直截了当地把父母已经离婚的消息告诉了婷儿。正如我所估计的那样，孩子对超出自己理解力的事情是不会产生多大兴趣的，婷儿听说"离婚后，妈妈会和婷儿住在一起"，就不再追问下去了。对她而言，只要能生活在朝思暮想的妈妈身边，天天享受吸取新知识的乐趣，就已经很满足了。

对我来说，让婷儿不受震动地知道父母离婚的现实，只不过是"万里长征走完了第一步"，前面等待着我的，是更为严峻的挑战：从现在起，我只能单枪匹马地实施我的育儿计划了，我究竟该怎样做，才能在现有的条件下把婷儿培养成杰出的人呢？

我所知道的那些早期教育的先行者们，都没有遇到过我这种情况，他们都是家境富裕、夫妻和谐的家庭，而且，他们都把良好的家庭气氛看作孩子成才的一个必要条件。

但是我想，父母双全并不是"良好的家庭气氛"的必要条件，有时候还是不利因素，尤其是当大人吵架和对子女教育意见不一致的时候。从这个角度来说，单亲家庭也有单亲家庭的好处——不会与其他的教子方法产生矛盾。只要我能预防家庭残缺对孩子成长的不利影响，坚定不移地在婷儿身上实践早期教育的理论，就可以把婷儿培养成素质优秀、人格健全、有能力创建幸福生活的人。

具体而言，家庭残缺的最大不利是容易导致孩子心理残缺。如果大人因为过分溺爱（或心怀怨恨）而不能用正常的心态去对待自己孩子（要么因为离婚而百般迁就孩子；要么认为孩子是自己的累赘而随意打骂或不管……），就有可能使孩子形成无法弥补的心理缺陷。为了避免这样的悲剧，单亲父母的心理一定要健康，要尽最大努力让孩子觉得单亲之家和双亲之家没多大区别，自己和别的小孩一样正常。

如果婷儿是个男孩儿，家里没有爸爸提供男子汉的榜样要难办得多，好在婷儿是个女孩儿，我自信有能力为她提供一个现代女性的好榜样。我打算白天上班时送她去上幼儿园；幼儿园放学后到她睡觉之前的这段时间，全部用于她的智力开发和性格培养；等她睡觉之后，我再开始自学电大中文课程——这不仅是编辑职业的需要，也是教育婷儿的需要，我必须不断补充新知识，才能继续引导女儿，和女儿一起成长。

录故事做"奖品"，一举多得

回到省文联宿舍，时值 1984 年 2 月底。简单地把家里收拾了一下之后，我赶紧带着婷儿去找我的一位同事，问他帮我联系的幼儿园情况如何？

同事告诉我，他联系的是教育局的教学示范单位——成都市第三幼儿园，园长和书记是他的老熟人，她们都说让婷儿在三幼上小班没问题，但上半年不能插班，只能等 9 月份开学的时候入园。

这下我可遇到难题了！我当时的 70 元工资加上婷儿父亲每月 20 元抚养费，只够我和婷儿吃饭和买书，连添衣服的钱都没有，根本不可能请保姆，更不可能请半年假在家带孩子。我只有硬着头皮带婷儿到编辑部去上班。恰好那时候领导安排我脱产两个月参加"整党"学习，婷儿就天天跟着我到单位开整党会。

我们当时的主编李累老师是一个很有人情味的好领导，为了方便我照顾婷儿睡午觉，他特意把每天下午的会议安排在我家客厅。这样一来，婷儿可以睡到下午 3 点才起床，起床后可以很方便地喝水吃水果，还可以带着耳机用录音机放故事听——那时候，老办公室里还没有电源插座呢。

那段时间，婷儿的日子可真难熬啊，但是她从来没有在整党会议上缠着我吵闹过。因为我十分注意不让婷儿处于"精神饥饿状态"，总是让她有事可干，而不是放任自流，随她在会议上吵闹或在院子里无所事事地游荡。每天上午在办公室开会，我都带着一大堆图书和画画的用具，一会儿让婷儿看书，一会儿让婷儿画画，一会儿让她到小花园里去数花、找蚂蚁……文联的人见了都夸"婷儿好懂事，好乖哟！"其实，只要孩子不感到无聊，都会像婷儿一样乖。

婷儿表现得好，还跟我的"奖励政策"有很大关系——从她回成都起，我总是把她最想要的东西拿来做"奖品"，要求她用好的行为来换取。在整党期间，我给她设的奖就是："只要妈妈开会的时候你表现得乖，晚上妈妈就给你念书录故事。"为了领到"听故事奖",婷儿已经自然而然地开始学习自我克制。

随着夜幕降临,婷儿的幸福时光也开始了。每天晚上我都要把婷儿抱在怀里给她读一两本连环画,一边读,一边录音——婷儿听的故事磁带都是我自己录的。录音时凡是遇到她没接触过的新词,就马上给她讲解,每次讲完故事,还要引导她简单地复述故事,第二天下午就让她边听录音边自己翻书看。

我这样做有五个目的:一是为了让婷儿在识字之前也能看懂图书;二是为了节约大人的时间,录一遍音她就可以自己反复放着听;三是为了培养孩子的语感,在反复听的过程中,可以不断加深对语句和语境的理解,迅速提高阅读能力;四是为了扩大孩子的词汇量,那些听熟了的词语和句型会不知不觉地存入大脑,有助于孩子掌握准确而规范的表达方式;五是为了熏陶高尚的道德情操,我选录故事的原则是尽量找名著,人类各种美好的思想感情,会在潜移默化中塑造她的灵魂。

除了上述五点之外,我还想用听故事录音的办法让婷儿尽快学会标准的普通话。因为婷儿在姥姥家学成了一种奇怪的口音——半河南,半湖北,再夹杂一些不标准的普通话。一离开湖北,我就开始随时纠正婷儿的语音,并要求她只许用普通话与我对话。我认为,尽早教生活在方言区的孩子说普通话非常重要。因为从小听普通话,学普通话,普通话自然说得标准,对识字和阅读有直接帮助。如果普通话学得晚,孩子会认为"这不是我的语言"而不愿意说;就是肯说也不容易流利,这不仅影响早期阅读,还会减缓把书面语言变成思维语言的进程,对孩子的智力开发很不利。

我之所以采取自己录音的方式,不仅是因为当时还没有现成的故事磁带卖,更重要的是,从心理学的角度讲,妈妈的声音比买来的故事磁带更亲切,更能吸引孩子的注意力。美国当代儿童心理学专家劳伦斯·沙皮罗认为,故事是影响孩子思维的最好方式。因为孩子们会不厌其烦地一遍又一遍地听与读,你的参加更是会带来无法比拟的魔力。为使这些故事录音对婷儿具有长久的吸引力,每次给她念书的时候,我的语调都非常有感情,遇到不同人物的对话,我总是用音调的高、低、粗、细来加以区别。至于语速,则不快不慢,快了孩子反应不过来,会因为听不懂而失去兴趣;

慢了孩子形不成"词"的概念，不仅妨碍理解，还会影响孩子的思维速度。

这段时间我们录下了大量好听的故事，有连环画上的，也有字书上的；有成套的《彩色世界童话故事》《昆虫世界漫游记》《一千零一夜》《小无知奇遇记》《孔雀石箱》等，也有单本的《神笔马良》《戴铃铛的猫》《天鹅湖》《海的女儿》《小国王奇遇记》……这些书和故事就像一个聚宝盆，装满了取之不尽的精神财富，在婷儿能够独立阅读字书之前，她总是听了又听，看了又看，不断地从里面汲取精神营养。

儿童教育学家们说，多读多听生动有趣、语言优美的故事，可以使孩子的语言优美流畅。这正是婷儿听故事的直接收获。常常是头天晚上才录的故事，第二天就有故事里的词汇或句式出现在她的语言中。我清楚地记得，听过《海的女儿》，第二天上楼梯的时候婷儿就说："我走路也要像水泡一样轻盈。"婷儿3岁生日时，她已经能绘声绘色地把很多故事糅合成一个大故事，当时足足记下了800多字呢。

快乐的星期天，到户外去学习

尽管白天表现得好，晚上就有故事听，但每天开会的生活对一个3岁的孩子来说还是太枯燥了。一连开了6天会后，星期天早上婷儿一睁眼就央求我说："妈妈，我们今天别去整党了好吗？""好哇！"我说，"因为你前几天整党表现得很乖，今天妈妈要给你一个大奖品，带你到郊外去玩儿。"婷儿高兴极了，起床的动作比哪天都快。

吃完早点，婷儿就忙着和我一起收拾出去要用的吃的喝的看的，然后乖乖地让我把她抱进她的"专车"——自行车后座的小藤椅。那时候，还没有人生产自行车上带小孩儿用的小椅子，为了防止婷儿在车上打瞌睡时摔下来，我"土法上马"，把一只小藤椅的腿锯短，牢牢地绑在自行车的后架上，等婷儿坐进去以后，再用带子把她固定在小藤椅里。

婷儿知道这样做是为了她的安全。为了让她从小树立安全观念，我总是随时随地把我采取的安全措施解释给她听。比如说，过马路为什么要先看左边再看右边还得走斑马线？过十字路口为什么要"红灯停，绿灯行，黄灯请稍等"？到小饭馆去吃饭为什么要自己带碗筷？小朋友为什么不能给陌生人带路？等等。我认为，在城市生活的孩子，安全教育应该放在第一位。只有确保孩子是安全的、健康的，才谈得上进行其他的教育。

对这么小的孩子进行安全教育，你不能指望她听一遍就行了，你得反复在需要注意安全的情境中重复输入信息。在去郊外的路上，我们要路过全市最大的十字路口，1984年，成都市公安局每个月都要在这儿公告交通事故伤亡人数。路过这块巨大的公告牌时，我特地停下来一字不漏地念给婷儿听，还悲伤地提到那些死者的妈妈有多么难过，那些伤残的人们有多么痛苦，末了还要和婷儿一起祈祷：这样的悲剧千万不要发生在我们和亲人的身上（后来我们再从这儿过的时候，婷儿总是要提醒我注意这块公告牌，我也总是用悲叹和祈祷来加深她的印象。这种做法使婷儿养成了自觉注意安全的好习惯，"不论做什么事，安全总是第一位的"，多年来一直是我们的共识）。

骑过公告牌之后，婷儿问我："成都为什么有这么多车祸？是不是有些人不怕车祸？"我告诉婷儿，车祸是人人都怕的，就像人人都害怕得癌症一样，但是很多人都有侥幸心理，总是自欺欺人地认为"厄运不会降临在我的头上"。于是，尽管谁都喜欢健康和安全，却总是有人不幸地成为车祸、犯罪和病魔的牺牲品。

我知道，这段话里有几个婷儿不懂的词汇，如"侥幸心理、自欺欺人、犯罪、牺牲品"，我就像念故事的时候一样，遇到生词就随时给她解释，绝不稀里糊涂地绕过去。你可能会说：孩子这么小，这么难的词汇解释了她也听不懂，记不住，解释了又有什么用呢？实际上，孩子这一次记不住和懂不懂没关系，重要的是你在"采取行动处理不懂的问题"，你解释生词的行为本身，就是在教给孩子学习态度和方法。如果大人在传授知识的时候遇到难点、疑点就绕过去，孩子就会养成"不求甚解"的坏习惯，日后在学习上肯定会把漏洞百出当正常。

为了让婷儿养成不懂就问的好习惯，我不仅让婷儿遇到生词一定要弄清楚，而且在看到不认识的东西或遇到不懂的事情时，也要随时让她弄清楚，让她习惯于"视野之内不存疑点"。如果遇到我也不懂的事物，我就会对婷儿说："等我们问一个懂的人，或者等我们回去查书吧。"这时候，婷儿就会说："我要记着提醒妈妈！"

我把婷儿搭到城边后，便寄存了自行车，换乘专跑郊区的公共汽车。这样安排的好处是，在野外步行谈话更方便，回来时婷儿疲倦了也不必走路，下了汽车就可以上她的"专车"接着打盹儿。

车行一刻钟，就到了真正的农村，大片大片的麦苗和油菜花，正等着我们去享受它们的芳香，探索它们的秘密。下车后，我们拐上了一条河边小路。在开始新的谈话之前，我先任婷儿无拘无束地撒了一阵欢，婷儿看见一朵野花就欢呼着扑过去把它采下来，不一会儿，就采了一把各种各样的花。

我们的话题就从"你认识这些花吗"开始了。有些花婷儿从书上见过，就兴奋地对号入座，有些花婷儿没见过，就请我告诉她。我们先确认了这些花的名称，然后再比较花的颜色和形状。在比较形状的时候，我顺便就把花的构造讲给婷儿听，婷儿自然而然地就使用起"雄蕊、雌蕊、萼片"等专用名词，而且实实在在地懂得了它们的含义。在教婷儿认识紫云英的时候，我顺便讲到了"绿肥"和"化肥"，并把正在田间施肥的农民指给婷儿看。当然啰，在婷儿惊呼"好臭"的时候，正好讲讲"没有大粪臭，哪有五谷香"的道理……

对婷儿来说，这样的星期天玩得最有趣，也学得最有效。因为在幼儿阶段，孩子学习的"内驱力"还谈不上崇高理想，坚强意志，高尚志趣或形势压力，要想有效地开发智能，必须依靠天性中的好奇心和求趣心。我每个星期天都要带婷儿出去玩儿，每次都要在有趣的玩耍中教给她各种知识。许多家庭也常常带孩子到公园去玩，但很少注意引导孩子认识大自然、热爱大自然，孩子除了活动身躯，呼吸新鲜空气外，没有多大收获，往往玩了一整天，回家只会说一句话："今天我和某某到公园去玩了"，实在是很可惜！

选择幼儿园，谢绝上全托

每天带婷儿上班，我最大的感觉就是忙。每天早上闹钟一响就忙得像打仗，直到晚上婷儿终于睡着了，才能结束"战斗"，把注意力转移到电大的教材上。

邻居小袁觉得我的处境太狼狈了，主动托付她女儿的班主任（一个全托幼儿园小班的老师），私下允许婷儿混在班里度过白天。我正在庆幸白天终于解放了，没想到，第三天没到中午婷儿就大哭大闹非要回家不可。老师怕领导发现，赶紧让小袁领回了她。我觉得很奇怪，婷儿是很喜欢幼儿园的呀，为了表达这种喜欢，她还"得罪"过人呢——在姥姥家，她曾幼稚地告诉邻居："丁爷爷，我对你没有感情，我对幼儿园的老师有感情！"

我抱歉地请小袁代我向那位老师致歉，并批评婷儿做得不对。婷儿却理直气壮地说："这个幼儿园又不教唱歌，又不教跳舞，也不讲故事，还不许玩玩具，我才不上这个幼儿园呢！"小袁不以为然地说："小班就是这个样子嘛！"她热心地劝我应该让文联帮我联系进这个幼儿园，文联人事处也愿意给我一个全托的指标，那几天，正在等我回话呢。

可我从婷儿的反常表现中意识到，这个幼儿园大概就是那种"单纯保育化、照看化"的老式幼儿园，孩子在这种地方学不到什么东西，纯粹是浪费时间。不像同事给我联系的第三幼儿园，实行的是开放式教学，各种智力玩具都在几块大门板上堆着，小朋友想玩就玩，玩过了把玩具放回原处就行了。

我带婷儿去三幼考察过几次，她对三幼很感兴趣。要上这个教学示范幼儿园的话，还得再等几个月，但考虑到一旦选定幼儿园就得一连待三年，我还是情愿等。

至于上不上全托，尽管我深知全托的指标来之不易，也明白上全托大人轻松，我还是谢绝了人们的好意。

我的想法是，别说是不重视开发智力的幼儿园，即使是重视开发智力的幼儿园，也不能让孩子去上全托。因为六岁以下的孩子最需要的是家庭的个别教育。他们注意力极易转移，情绪很不稳定，意志非常薄弱，不适合以集体教育为主。他们离不开父母的体肤接触、细腻的情感交流，他们在语言模仿、动作发展、性格塑造等重大方面都离不开父母的个别教育。如果不能每天都得到这种只能来自家庭的个别教育，就会失去促进孩子成长发展的主要环境和动力。为了天天都能给婷儿开"精神小灶"，我是绝对不会让婷儿上全托幼儿园的。

既然如此，婷儿就只有跟着我继续"整党"了。

没过多久，我在报纸上看见两个好消息，一个是上海戏剧学院要招一个戏剧理论专修班，五月份考试，学制两年，班主任是余秋雨。另一个是成都有位待业妇女办了一个私人幼儿园，离我家只有两站路远。我很兴奋，吃过午饭就到家庭幼儿园去考察。那儿的条件虽然简陋，老师也只有女老板一人，可十来个孩子们玩得还挺高兴，收费也不算贵，更重要的是，第二天就可以入园，我马上就给婷儿交了费。回到单位我赶紧就向李累主编汇报，希望领导批准我脱产补习中学的文化课，以便能考上余秋雨带的这个大专班。

李累主编非常重视给年轻人提供学习和进修的机会，不仅同意由编辑部支付我的进修费用，而且特地向文联领导打报告，批准了我的补习计划。我也不辱使命，在来自全国各地的专业人员的激烈竞争中，顺利地通过了文化课考试，专业课考试和面试自我感觉也不错，还在上海戏剧学院和上海电影制片厂为我们编辑部组织了一批稿件，才坐上火车回到成都等消息。

我到上海考试期间，婷儿就全托给那家私人幼儿园。为了让婷儿在我离开的 20 天里得到好一点的照顾，我特地多付了 10 天的全托费，老板夫妇也再三地让我放心。可当我回来接婷儿的时候，婷儿瘦得我都不敢认了，那张崭新的洗脸毛巾也变成了一块脏兮兮的黑抹布。对此我虽有思想准备，但是，当婷儿捡起地上的馒头就连忙往嘴里塞的时候，当婷儿在洗澡盆里露出一根根肋骨的时候，我的心还是忍不住痛得发抖。

我至今也不知道婷儿在那 20 天里到底遭了些什么罪，因为我不想去问亏待她的人，也不准备再去上那家私人幼儿园。我只是在从湖北回来之后重新开始的"育儿日记"中匆匆写道：

……分别 20 天后，婷儿在记忆上似乎出现了一个断层，对姥姥舅舅的印象突然淡漠了，原来会背的唐诗几乎都忘了。原来的一些习惯也没了，爱卫生的习惯和饮食上的习惯，好的坏的都没了。性格上也发生了变化，天真活泼减少了，猜疑心、小心眼多了，委琐、易怒、爱哭、渴望爱抚和拥抱。脸也瘦了，被蚊子咬得一脸一身都是疙瘩。我费了很大的劲来矫正她的性情习惯，恢复她的身心健康，最后决定请个小姑娘来帮我照顾她。一个月后，婷儿才算复原。当时我很担心这 20 天的经历对她今后留下不良影响，一直在小心地认真观察。现在（两个月后）看来，这20天的经历没有留下什么不良影响。

那段时间，我父母每个月省下10块钱支援我一半保姆费，直到婷儿终于上了三幼。

妈妈的遗憾，错过了和余秋雨的师生缘

1984年7月，我以第一名的成绩被上海戏剧学院理论专修班录取，而且是40名幸运儿中的唯一女生。手捧录取通知书，我不禁又喜又忧：喜的是终于考上了专业对口的名牌大学，可以受教于我景仰已久的余秋雨老师——当时，余秋雨在专业圈外还并无名气，我对他的好感完全来自于他在戏剧理论专著中表现出的独到眼光和开放心态；忧的是如果我到上海去读书，婷儿怎么办？

在上海考试期间，我曾专门到上戏附近的幼儿园去问过，像婷儿这种情况是不可能在上海上幼儿园的。我也到街道里弄去打听过寄放孩子的价钱，即使是条件很差的人家，连吃带用一个月最少也要交60元钱，也就是说，交完托儿费我的全部收入就只剩10块钱了，虽然进修费由单位帮我出，但我又要吃饭又要买书，10块钱根本无法生存。

左右为难之际，又是母亲向我伸出援手，让我把婷儿再次送到湖北。可是这次我却不能接受母亲的好意。因为我弟媳马上就要生孩子了，如果我在这个时候把婷儿推给母亲，让母亲同时带两个婴幼儿，不是要减我妈的寿命吗？我可不能这样自私！

如果把孩子寄放在成都，我自己去上海，那也是一种自私的选择。我到上海考试的那20天，婷儿在私人幼儿园已经遭了不少罪，不良后果好不容易才消除掉，我可不敢重蹈覆辙。

就此放弃到上海读书的宝贵机会吗？我还是不甘心。作为最后一种选择，我找到了婷儿的生父，希望能让婷儿在他身边生活两年，可他也有他的难处。眼看走投无路，我便给余秋雨老师写信说明情况，问他能不能允许我在成都读书、到上海考试？没想到，余老师居然说服院领导接受了我

的请求。但我越想越觉得用函授方式读上戏实在太划不来了，还不如在成都在职自学电大，还可保留一个脱产到院校进修的机会。

就这样，我错过了和余秋雨老师的师生缘。半年后余秋雨老师路过成都，想见见我，但不知为什么答应通知我的那位女剧作家没有通知我。两年后，余秋雨老师来信希望我考他的研究生，我自知英语过不了关，只能回信说"谢谢你"。

说来也奇怪，这种有缘无分的情景竟然也发生在我父亲和余秋雨之间——几年后，我万分惊讶地在《文化苦旅》的"后记"中看见我父亲的身影！那时候，余秋雨的大名已经和《文化苦旅》一起响彻神州大地，国内国外都好评如潮。余秋雨在"后记"中写道："在所有的评论中，我觉得特别严肃而见水平的是鄂西大学学报所设'《文化苦旅》笔谈'专栏中该校五位中文系教师发表的文章。我很惊讶鄂西大学对中国历史文化和当代散文艺术的思考水平。"余秋雨当然不知道，这组评论的作者就有我父亲严可，鄂西大学学报的这个笔谈就是他发起的，虽然我父亲的直接目的是为了提高写作课的吸引力，但《文化苦旅》的确使他深感"高山流水遇知音"。余秋雨说自己"后来曾到武汉打听，得知这所大学躲在该省的边远地区恩施……我问能不能坐飞机去，被告知：'坐飞机也得好多小时，是小飞机，而且常常降不下去又回来了，因为那里雾多山多。'我不知道这种说法是否准确（不太准确），却深感中国大地上藏龙卧虎的处所实在不少"。

当我看到这段"后记"时，我父亲已经去世。这种有缘相知无缘见面的情节重复发生在我们父女身上，简直让人怀疑冥冥中真有一种宿命的力量。

放弃师从余秋雨的机会，可以说是我为婷儿做出的最大牺牲，也是我这辈子最大的遗憾。十几年来，我一想起这些就深感惆怅，以至于忍不住说了这些题外话。好在婷儿培养得十分成功，我的牺牲也算得到了足够的报偿。

严格地说，我甘愿为婷儿牺牲的行为，仍然停留在"血缘爱"的范畴。在我看到婷儿寄放在私人幼儿园的不良后果之前，我对"血缘爱"的重要性是缺乏认识的。

因为"血缘爱"是盲目的、朴素的爱，以满足亲人心理需要为主，主要设法满足孩子物质生活的需求和欲望，是所谓"水往低处流"的"单向"的爱。高尔基曾批评说："这是连母鸡都会的。"在教育学家眼里，这种低级的"血缘爱"只有升级为"教育爱"（即有育儿成才的理想、目标和信念；讲究爱子的态度、原则和方法；在满足孩子必要的物质生活的同时，特别注重丰富孩子精神生活和情趣；建立民主的、相互关心的"双向"爱的关系等），才能培养出高素质的人才。

当我看到婷儿在缺乏"血缘爱"的环境里的可怕变化之后，才真切地认识到，在孩子成长的过程中，"教育爱"虽然最重要，"血缘爱"也是绝对不可缺少的（这种有高尚牺牲精神的爱并非只能来自有血缘关系的人）。如果孩子连"母鸡都会的爱"都得不到，又怎能享受得到更加高级的"教育爱"呢？

既然如此，就让我们在需要牺牲的时候忍痛去牺牲吧！

买书专挑名著，熏陶审美情趣

听说我考取了上海戏剧学院却不去读，同事们都感到十分惊讶。好在李累主编非常理解我的苦衷，支持我兼顾工作、自学和孩子的决定。于是，生活又回到原来的轨道上向前运行。

有小保姆帮着照料婷儿，我总算可以多用一些业余时间准备电大的期末考试了，但晚饭后到婷儿睡觉之前这段时间我还是用于她的早期教育。我依然是利用饭后散步的机会看见什么就和婷儿谈什么，继续扩大她的知识面，培养她的观察力。

等到星期六，我们三个就高高兴兴地去春熙路逛夜市。那几年正是廉价的传统连环画和高档的彩色连环画产品换代的时期，星期六的夜市上经常会有新华书店减价处理传统连环画，只花两毛钱左右就可以买一本很有趣的书。我和婷儿最喜欢在减价书摊上沙里淘金，每次都能买回几本物美价廉的连环画。那时候，市面上刚刚推出三毛钱一支的"娃娃头"冰激凌，婷儿很爱吃，但我只让她尝过一两次。有一次逛夜市，我很想看看婷儿对书籍到底有多重视，就给了她三毛钱，说："随便你买一支娃娃头或是买一本画书。"婷儿毫不犹豫地说，当然要买书。我问她为什么，婷儿说:"冰激凌吃完就没有了,而书却可以看了又看。"婷儿的选择让我非常高兴,于是既买了书,又奖励了她一支冰激凌。

在为婷儿买书、录故事时,我有一个原则,那就是尽量选择名著。我相信,经过时间检验的中外名著具有恒久的艺术魅力,对婷儿的智力发展和审美心理结构的形成具有深远意义。除了那些她听得懂的儿童文学名著之外,那些根据古典名著改编的连环画,也是具有长久吸引力的好书。我在重新开始的"育儿日记"中写道:

我到上海考试时,买了一套《红楼梦》的连环画,婷儿简直太喜欢《红楼梦》了,兴趣大得令人难以置信,总是缠着我和小李讲《红楼梦》,很快就记住了《宝黛初会》《熙凤弄权》《黛玉葬花》《红楼二尤》的书名、人名和模模糊糊的情节。一天在戏剧家协会看舞剧《红楼梦》的录像,因为录得不好,看到"金玉良缘"对黛玉的刺激时,就停下来放起苏联的一部芭蕾教学片,婷儿顿时大哭起来,非要看《红楼梦》不可。我怎么哄都不行,只好让小保姆把她带走了。

我也是很爱看《红楼梦》的,在怀孕期间,我第二次读了《红楼梦》,难道这也能遗传吗?姥姥也爱看《红楼梦》,曾带着婷儿看过电视里放的越剧《红楼梦》,婷儿不到三岁时就会讲《红楼梦》的故事:"贾宝玉有个林妹妹,后来贾宝玉和薛宝钗结婚了,林妹妹就死了。"这当然是姥姥教婷儿讲的。难为婷儿还知道喜欢林黛玉,讨厌薛宝钗,其接受能力和理解能力,非同龄儿童可比。

七月底,婷儿因高烧40℃住院,住院期间,婷儿退烧后主要靠听、看《红楼梦》连环画消磨时间。她那股入迷劲儿、缠人劲儿,使同病室的大人们非常吃惊。现在,我为了让她长大一些后还有完好的《红楼梦》连环画可看,暂时把这套书收起来了。不过九月的一天我带她看了一场电影《红楼梦》,其效果抵得过讲十遍书。

这么小就接触《红楼梦》好不好呢?我认为没有什么不好。《红楼梦》作为中华民族最优秀的古典文学作品,其影响不仅仅局限在文艺领域,而且已渗入社会生活、历史传统,是中华文明的一部分,早一点接触它,加上古典诗词的熏陶(到目前为止婷儿已背诵过十几首古诗),可以早一点使孩子感染古典文学的美，这对孩子的审美心理结构的形成过程意义重大。古典美加上民间故事的民间艺术美和自然美，加上我言传身教的道德观、价值观、人生观，将使婷儿具备异常丰富的内心活动和很强的表达能力。只要我持之以恒地培养她，严格而科学地训练她，她就能早日出成果。这一切，对一个没有经过早期教育的孩子来说是不可能的。但对于婷儿，则是正在实施、正在实现的理想。

与看不见的未来相比，当时有一个细节非常有力地坚定了我的信心。那是在看一场大型儿童剧的时候，3岁3个月的婷儿突出地表现了不同寻常的审美能力：

7月2日看《月琴与小老虎》，婷儿很动感情。她的反应很强烈，而且很准确，很正确。不仅表现在对角色的爱憎上，而且表现在对角色心理和处境的体验、理解上。最突出的是：小主人公拉嘎落进坏财主的陷阱后，再三催促他的朋友小老虎离开这危险的地方。小老虎不肯丢下朋友逃命，怎么也不肯走。这时候，台下的小朋友都在帮拉嘎催小老虎走。好多孩子都喊出声来："快走啊！小老虎！"婷儿却对我说："妈妈，小老虎不能走。"我问她为什么？她说："拉嘎还在陷阱里呢，小老虎要保护朋友，怎么能走呢？"我很高兴她理解了这个戏剧情境中更深一层的含义：友谊比生命更宝贵。这一点，许多小观众——他们大都是小学生，都没有领悟到。

痛苦而正确的选择：不做神童

3岁前后，婷儿身上表现出来的兴趣很多，如学英语的欲望，学认字、学写字、学算数、学画画的欲望和对弹钢琴的渴望，等等，我都只能满足极少的一部分，另一些则因为无时间、无钱、无能力而忍痛搁置一旁。比如说，婷儿现在很想说英语，她已经能熟练地用英语说"请"，自己还编了一些"英语"咕咕叽叽地念叨，真可笑，就像她编的谁也不懂的"七言古诗"一样。可惜那时候还买不到儿童英语磁带，我也无法教她。

这样耽搁下去，按照"潜能递减"的法则，婷儿必然会失去成为"神童"（即早慧儿童）的机会。

我非常清楚，婴幼儿的每一分钟都是十分宝贵的，可是我又要忙工作又要忙学习，在1985年底电大毕业之前，我都不可能有更多的时间和财力来完成把她培养成"神童"的计划。

怎么办呢？难道我还应该为婷儿作出进一步的牺牲，连自学电大也放弃吗？顺着这个思路，我进一步地设想到：如果我放弃自学电大，就可以开始教婷儿小学的功课，我估计婷儿三年左右就可以掌握小学的课程，即使再用六年时间来学习中学的课程，也可以在12岁左右考上大学——这个"时刻表"多么吸引人啊！可我当时的处境是，如果我放弃自学电大，就可能失去我所热爱的编辑工作，我和婷儿的生活来源就会失去保障，在她考上大学之前，我仍然可能因为经济原因被迫中止培养"神童"的计划。而且，如果让婷儿在家里完成从小学到高中的功课，光靠我这点业余时间是绝对不够的，再说中学的数理化我自己教不了，也没钱请家教。

怎么办？我痛苦地问自己：难道就此放弃培养"神童"的计划吗？为了说服自己，我决定在不考虑财力的前提下审视一下走"神童"之路对婷儿的负面影响。

首先，如果在家里攻书，婷儿将失去与同龄人一起度过童年的机会，这将大大限制她发展人际交往能力。考虑到我的知识结构对她的影响，她不大可能成为一个理科人才，作为一个文科人才，人际交往能力和社会生活能力恰好应该是她的强项，而这些能力只能在集体生活中培养。因此，在家里自学的方案实际上会妨碍她将来的发展。

其次，母亲的行为是女儿最有力的榜样，如果我彻底放弃自修计划，怎么能把她培养成认准目标努力上进的人呢？

还有个坏处既可笑又现实——本来才女就不好找丈夫，如果婷儿真的成了个"女神童"，将来嫁给谁呢？

经过几天几夜翻来覆去的思考，我的结论是：也许放弃当"神童"更为明智一些。一是可以按部就班地与同龄人一起从幼儿园一直上到大学，在时间上避开与现行教育体制的冲突；二是放弃在学业方面"单兵突进"的策略后，可以把教育的重点仍然放在全面发展上，这将更加有利于她的智能开发和性格培养，为将来的可持续发展积累足够的"后劲"；三是自学电大对我来说具有补充和调整知识结构的作用，可以给她当一个更加称职的家教；另外，在经济上这也是唯一可行的计划，毕竟，自学电大关系到我能否评聘编辑系列的专业技术职称，我必须为改善我们的生存条件投入最起码的时间。

想通了这几点，让人辗转难眠的痛苦也随之而去了。

从我和婷儿后来的发展来看，我当初的选择是正确的。1985 年底我以优异的成绩结束了电大的学业，业务上也成为编辑部的骨干，1987 年开始评职称，我直接评上了中级职称，几年后又晋升为副编审（编辑系列的高级职称）。婷儿呢，即使在世界顶尖的哈佛大学里，她也依然能够取得令人高兴的好成绩。就在我写这一段文字的时候（2000 年 3 月），她刚在大一春季学期的半期考试中得到了 3 个 A、1 个 B（全年级平均分为 B），而且有些课的得分远远超出得 A 的水平。

尽管如此，我仍然主张各级学校应为"早慧儿童"提供超常发展的快车道。著名科学家钱学森曾多次呼吁，要培养一大批 18 岁的硕士，从根本上改变我国科技落后的局面。诺贝尔物理学奖获得者李政道也多次强调，现代科技领域二十几岁出科研成果已经成了规律。如果我们只看到中国古代曾有神童仲永"少时了了，大未必佳"，却看不到教育科学的理论和实践早已超越了"早慧儿童自生自灭"的时代，难免继续错过"早出人才，出好人才"的时机。

据我所知，"18 岁的硕士"大都走的是"跳跃型"成长的路。他们先有早期培养的良好基本素质，后有各级学校破格特许跳级学习，以及家长后继的性格培养和精神熏陶。这条路上的少年大学生迄今已有上千名。

毋庸讳言，也有几个少年大学生中途退学。他们有的是因为年龄太小，心理素质、分辨是非能力、自我控制的能力以及遇到挫折后克服困难的能力不足，而家庭和学校在非智力因素方面的后继教育也没有跟上；有的则因为虽然数、理、化冒尖，文、史、哲却很单薄，继续钻研理科问题的分析推理能力受到了限制，也就是说，知识结构的缺陷影响了他们的继续发展。这些问题，大都可以用"因材施教，缺什么补什么"的办法来解决。

当然，高素质的人才幼苗不一定都要"跳跃型"发展，更多的孩子应该走"充实型""创造型"和"特长型"的发展道路。婷儿 3 岁之后所走的其实就是"充实型"的路。

值得庆幸的是，在客观条件不允许婷儿按原计划"跳跃型"发展的时候，我没有放弃对婷儿的早期教育，而是坚持利用极其有限的时间，继续"在生活中教，在游戏中学"，终于把婷儿培养成了"头脑灵、身体好、兴趣多、性格优、情趣美"的高素质儿童，为爸爸张欣武在婷儿 6—18 岁的后继教育中全面培养"自主发展素质"和"发挥素质"打下了良好的基础。

继续开发智力，玩要玩出"名堂"

对我来说，放弃培养"神童"的计划，只是放弃提前学习小学功课而已，并不等于放弃家庭早期教育。相反，我正是要把追求学业进度的时间和精力，继续用于婷儿的全面发展。

3—6 岁期间，最重要的仍然是智力开发优先。因为科学家们研究的结果表明，在不考虑情商、知识和经验所起作用的前提下，如果把 17 岁时的智力定为 100%，在 7 岁以前，就能获得其中的 80%。因此科学家认为，跟踪大脑发展的不同阶段施教，才能最大限度地促进儿童智力和感情的发展。智力开发的最佳时段，无疑还是在大脑迅速发展的 0—7 岁期间。

继续开发智力，也就是继续培养婷儿的语言和非语言能力，包括观察力、记忆力、词汇量、理解力、解决问题的能力、抽象推理能力、视觉驱动能力等。这些都与各种学习能力和学习成效密切相关。可以说，我和婷儿相处的每一分钟，心里都绷着开发智力这根弦儿。

1984 年 7—8 月，婷儿的智力出现了一个飞跃，使我不能不在繁忙的事务之余挤出点时间把这个飞跃的表现记下来：

这个飞跃，最突出表现在她完全独立的即兴吟诗上，大概是 8 月中旬吧，一天下午，我和小保姆带她去《四川日报》食堂吃晚饭，路上，婷儿在我的邀请下为小树苗作了一首诗：

小树苗啊，

给我们一些风吧，

把我们走出来的汗都吹掉，

大家多高兴啊，

大家多喜欢小树苗啊！

这是一口气念出来的，还带着表情。

我如此重视这件事，并不是因为这首"诗"写得有多好，而是因为它表明了婷儿的创造性思维和表达能力又有了新的突破。第二天晚上，我们到人民南路的街心花园去看新修的彩色喷泉，婷儿又念了一首描述性的"诗歌"。这种活动，我经常有意识地引导她搞，不论到哪儿玩耍，都变成了她高高兴兴地训练观察力和表现力的机会。

婷儿的飞跃，还表现在她的观察力上。过去，她只是注意哪里有什么，而且多半是她认识的东西，现在，她开始注意同类事物有什么不同，如东西干道的路灯，一到总府路以东，就比总府路以西少亮好几盏，她自己指出来告诉我。

前些天，我带婷儿看了美国电影《星球大战》和《转折点》。看了前者，她知道了别的星球上也有各种各样的人，提出了许多问题:如"瓦德为什么出气的声音和我们不同呢？""那些情报怎么能藏在阿图的肚子里呢？""冲锋队为什么要戴白色的面具呢？"

同我一起上班的路上，她总是指出自己不认识的事物，要我告诉她名称。我告诉了她，还问她:"凌霄花的叶子像什么？"她说:"像针！"我说像羽毛，仔细一看，这种很像羽毛的叶子，的确像是一根根绿色的绣花针排列组成的。她的比喻是准确的。这使我意识到大人和小孩儿的视觉形象是有差异的。

在我记日记的时候，婷儿问我"是不是在看魔鬼的书"，我说是在帮她记日记，以后，这本日记就是她的故事。婷儿高兴地说:"太好了，我谢谢妈妈！"过了一会儿，她把8张书签要过去"打牌"，突然又冒出一句话:"妈妈，我要你活100岁，一岁都不死。"现在她又演开戏了，说什么:"啊，今天是我的生日……"真是个可爱的小东西。

1984年9月，婷儿进了教学示范幼儿园，为了给她一个积极的心理暗示，也为了不再请保姆，我买了一样新玩具表示庆祝。

新玩具就是弹珠跳棋。我认为，一种叫作"等距离跳"的下法非常有利于培养孩子的思维能力。因为"等距离跳"的思路具有别的棋类无法比拟的直观性，既便于孩子理解和思考"条件"和"结果"的逻辑关系，又便于大人观察和指导。这种组织棋路的过程迫使孩子一次就得思考几个步骤，也有利于孩子发展专注地思考问题的能力。我先教婷儿弄懂什么是"等距离"，然后教她怎样利用自己或对手的棋子做"桥"，组织一连串的"等距离跳"。婷儿很快就掌握了"等距离跳"的方法，但要想取胜，必须组织出很多成功的"大跳"，每组织成功一次"大跳"，马上就能给婷儿带来一种成就感，因此，即使最终没有下赢妈妈，仍然越玩越自信，越玩越有趣。这种每次都具有挑战性的玩法，对婷儿始终具有很大的吸引力，加上我把陪她下跳棋也是作为奖励她某种好表现的奖品，直到她小学毕业，和妈妈下跳棋都是一件能让她欢呼雀跃的事情。

婷儿的玩具不多，我每买一件玩具，都要考虑它对婷儿的心智发展有什么影响。0—1岁选的是感知触摸玩具，1—2岁选的是走动玩具，2—3岁选的是难度较低的智力玩具和模仿性玩具，发展孩子想象力，3岁以后选的是难度较高的智力玩具如跳棋、五子棋、建筑模型、电子琴等。还通过使用放大镜、磁铁、指南针、小温度计、玩具手表、钢卷尺等小工具，在玩耍中不断增强婷儿的好奇心和求知欲。

打好性格基础，努力提高情商

自从美国学者丹尼尔·古尔曼的《情感智力》一书1995年出版以来，"情商（EQ）"的概念已经深入人心，稍懂一点教育的人都知道，"情商才是决定人生成功与否的关键"。为什么"情商"如此重要呢？看看它的内容就不难明白了。

所谓"情商"指的是：良好的道德情操、乐观幽默的品性、面对并克服困难的勇气、自我激励、持之以恒的韧性、同情和关心他人、善良、善于与人相处、把握自己和他人情感的能力，等等。简而言之，它是人的情感和社会技能，是智力因素以外的一切内容。情商高，可以使智力平平的孩子最终创建不寻常的人生，情商低，也可以使智力超常的孩子最终变成一个碌碌无为的人。

有趣的是，"情商（EQ）"的概念1990年才由哈佛和另一所美国大学的两位心理学家首次提出，而我在1997年看到《EQ之门：如何培养高情商的孩子》一书时，惊喜地发现，我们对婷儿的许多要求和训练，都是在培养她的"高情商"！只不过当时还没有"情商"这个洋说法，为了让婷儿具备我所希望的各种能力和美德，我一心想的就是怎样从日常生活的点点滴滴对其进行长期的性格培养。

早教专家、"0岁方案"创始人冯德全教授认为：优良性格有6个基础，一是快乐活泼；二是沉静专注；三是勇敢自信；四是勤劳善良；五是有独立性；六是有创造精神。这些性格品质其实都是情商的重要内容，也是我让婷儿从小就通过行为去体验、又在日积月累中去强化的基本素质。

我认为，性格基础受到早期生活很大影响，最初几年的生活习惯、父母态度、家庭气氛，以后都会慢慢变成孩子的性格特点，每一个习惯在其开始形成的时候特别重要。因此，每件事一开头就坚持要婷儿按要求做，不该做的事一开头就坚决不让婷儿做，以后也从不迁就，怎么哭都不行。

有的父母看见孩子一哭心就软了，以后孩子稍遇一点不顺心，就靠哭来解决，以为一哭大人就会满足他，以哭来作为要挟大人的"武器"。我从婷儿离开姥姥家起，就提前打好招呼：任何时候都别想用哭的办法来换取任何东西。婷儿体验了一两次就明白了，哭是没有用的，只有按要求做才是解决问题的唯一办法。

为了防止婷儿养成不爱惜物品、奢求物质享受、浪费金钱和不体贴他人的坏习惯，我从不随意满足婷儿的物质要求，以免她习惯于不劳而获。而且，为了培养同甘共苦的好品德，我从不让她独自一人吃任何好吃的东西，尽管那时候我的工资还不够母女俩都吃水果，我还是硬着心肠每天和她分享一个水果，让她觉得"分享"是正常的、愉快的，"独吞"是不正常的、可耻的。

为了强化她的自制力，我经常在下班的路上把婷儿带到商场门口，然后让她选择："如果你不喊我买东西，我们就进去逛，如果你喊我买东西，我们就不进去。你选吧。"婷儿每次都说："妈妈，我不喊你买东西。"我就带着她在商场里到处逛，教她认识各种物品。

我们流连最多的地方就是玩具柜和食品柜，玩具柜的售货员叔叔每次都让婷儿试用一下各种新玩具，这是婷儿逛商场最愉快的时候。最难受的时候大概就是逛食品柜了。那时候几乎每天都有一些包装越来越漂亮的新食品出现在柜台上，别说是婷儿，连我都很想品尝一下，但是婷儿始终忍着，从来没有要求我买过。长期多次地重复这种克制欲望的过程，对于培养婷儿的自制力有着极大的好处。从小到大，婷儿很容易做到抵制大大小小的各种诱惑，坚持按照理性的选择去行事。应该说，正是这种强大的自制力帮助她有效地减少了走弯路的概率。

我在 1984 年 12 月 21 日的日记中，还记录了性格培养的其他方面：

这段时间着重培养婷儿的几种能力。

一、快速反应。要求婷儿对大人的话迅速做出相应的反应，不要让大人再三再四地说。这包括做一些具体的事，如洗手、收拾玩具、帮妈妈做事等。还有就是纠正错误行为，如摆弄不该玩的东西，对不喜欢的人不礼貌等。这样有助于养成雷厉风行的作风。

二、掌握方法。在日常生活中遇到问题时，大人主要教给婷儿解决问题的方法，很少帮她做，如开保险锁、玩拼板游戏、拧毛巾、穿衣服、扣扣子、拿东西、开关录音机，并强调方法的重要。这样有助于培养其独立解决问题的能力。

三、双语能力。要求婷儿跟说四川话的人说四川话，跟说普通话的人说普通话。她老是忘记后一点，我请她想办法解决这个问题，她让我用一声"嗯？"来提醒她。这个办法很灵，因为是她自己想出来的。同时掌握两种语音和词汇，有助于培养对语言的敏感，对今后学外语，有适应力快而强的好处。

四、辨别是非的能力。包括大人通过讲故事，分析一个人或事情等方法进行的诱导和适当的奖惩。奖主要是大人高兴的称赞和拥抱，惩主要是不理睬她，或关卫生间，后者很少用。我也用过打屁股的方法，在朋友的批评下取消了。朋友说得对，不应该让孩子屈服于肉痛和莫名的恐惧心理，而应该讲清道理。我的耐心少了一点儿，经常声色俱厉地训斥婷儿，以至于脸色和声调都失去了威慑力。这些天我不这样了，婷儿也为了不让我生气而努力表现得好，比过去自觉多了。

这里提到的朋友，就是婷儿后来的继父张欣武，他是另一家省级杂志的编辑。有一天婷儿做了错事，按事先跟婷儿的约定，应该打屁股，恰好被张欣武遇到了，他坦率地说了自己的看法。我发现他对教育相当内行，也熟悉早期教育的理论和方法。张欣武还提醒我注意这样三点：怎样培养孩子为别人着想的习惯、怎样迅速有效地纠正孩子的毛病、怎样排除孩子的反抗心理。

我觉得张欣武的话很有预见性，马上就采纳了他的建议。

学着心疼妈妈，训练为他人着想

同情和关心他人，是情感智力的一个重要内容，它关系到孩子将来能否成为一个受欢迎的人。对独生子女父母来说，孩子在这个方面的情商如何，更是关系重大。如今的中国是独生子女为主的社会，一个孩子是3个家庭的未来，是3个家庭的希望，是6个成年人的精神寄托！如果培养出一个性格优良的好孩子，大人会感到无比幸福，但如家里出了一个逆子，内心也会痛苦不堪。

在我熟悉的人们中间，有对父母非常好的，也有对父母很不好的。那些严格要求子女的家庭，孩子都比较孝敬父母，那些娇惯溺爱孩子的家庭，子女对父母都比较凶。这说明朋友之间"以心换心"的模式在父母和孩子之间很难奏效，那些指望孩子"长大了就懂事了"的纵容型父母，多半都会痛感"亲生的孩子怎么像只狼？"

情商专家的研究结论是：善良和体贴是孩子遗传基因中就具备的天性，但如果后天得不到很好的培育，那么就会消失。如果你希望孩子长大后具备同情心、爱心以及责任心，那你现在就必须对他们寄予这些希望。尤为重要的是，光靠说教是绝对不够的，必须要让孩子有亲身经历。因为人的大脑分为思维和情感两个部分，人际关系方面的情商技能，只有通过亲身体会才能有效地在情感大脑中发育出来。

这些道理十几年前我并不清楚，我只是简单地想到：应该及早采取一些措施，防止孩子变成一个只顾自己不顾别人的人。对于 3 岁 10 个月大的婷儿来说，最好的方法当然是从心疼妈妈入手，培养其为他人着想的习惯。值得庆幸的是，这些训练成功地培养起了婷儿的同情心，使她对别人的情感和思想非常敏感，老师和同学都能感受到她减轻他人痛苦、替他人分忧的纯真情感，并因此而喜欢她。不仅如此，这些训练也给我们当年的生活增添了许多乐趣：

从（1985 年）元月 2 号起，我要求婷儿在我生气的时候给我消气，很灵验。每当我因为她做错了事而生气的时候，婷儿便依偎在我身边对我说："妈妈，我错了，你别生气了，我给你背首诗消气啊！"说完便奶声奶气地背着："朝辞白帝彩云间……"诗还未背完，我早就愉快地笑了。婷儿还用唱歌的办法为我消气，她头两天喜欢唱"我们的祖国像花园……"后来又唱"摇啊摇，我的宝宝要睡觉"，今天唱的是《草帽歌》。我还没有细想，这样做对她到底有什么益处或害处，但是对我却太有好处了。前些时，我总是很难把生气的情绪很快消除，这样一来，我只用几秒钟就换了心情。客观地说，我高兴起来，婷儿也很高兴，这对我的身体和我们之间的气氛是很有益处的。我想，也许这是在要求婷儿对他人尽责吧？至少她要对我的情绪负责任，妈妈心情愉快就活得长，她就可以和妈妈在一起多过许多年幸福的生活。

因为我咳嗽，说不出话，不能给婷儿唱歌、讲故事，婷儿说："那我就给你讲。"她要讲好笑的故事，就开始编"愚蠢的故事""奇怪的故事"（如：地里面长了一棵树，它长啊长啊，长得很大，树叶全是手电筒，你说奇怪不奇怪？）。编了许多，大同小异。这是个很好的兆头，要注意启发她的想象力、幽默感，这对她今后的事业，益处无穷。

这会儿，我可爱的女儿已给我挤好了牙膏，等着我去刷牙，她自己则坐在被窝里唱京剧，还说："这段京剧要拿着袜子才能唱！"因为她的红袜子就放在枕头边，是她唯一能拿到的"道具"。

……

这些训练使婷儿同我的感情交流变得很频繁，也很有内容：一次在路上走，她要求我把手套去掉，说是"隔着手套就不能把我的爱传给你了"。一个3岁多的孩子能有如此动人的情感体验，何愁她长大以后不懂感情！

不过，我在"关心他人"的训练上也有操之过急的时候，这种现象主要发生在1985年春节我带婷儿到姥姥家探亲期间：

回家后，家里有个比婷儿更小的孩子需要包括婷儿在内的人照顾。对此，我缺乏思想准备。当婷儿不能自觉地小声说话、关门、轻轻走路，以利于小弟弟睡觉时，我就对她简单粗暴地威吓，人多的时候，也是用粗暴的态度来控制，动不动就吼她，斥责她。这一点使我吃够了苦头，一是婷儿很快就学会了我新使用的那些词，什么"跟我顶嘴""犟嘴"等，而且也动不动就吼我；二是我的高压政策失灵后，脾气就更急躁，心情更烦，态度亦更坏。

当我意识到这一点时，已经快到离家的时候了。我马上决定调整和婷儿的关系，恢复耐心讲道理。我同婷儿约好，双方都不吼，谁吼，对方就提醒谁。这样见效也很快。

这段弯路提醒我：身教确实重于言教，简单粗暴的方式绝对教不出温文尔雅的孩子。

最佳时间段，专心学识字

每天晚上临睡前，婷儿的精力最集中，只要允许她坐在床上做事，她干啥都愿意，而且不嫌时间长。我就把对这个年龄段来说难度最大的学习活动安排在这个最佳时间段：

二十几天前，我开始训练婷儿倒述数的能力（这是一道7岁孩子的智力测验题，婷儿快3岁时没通过的），3天时间（临睡前几分钟），她通过分解两位数中哪位在前哪位在后，然后反过来说的方法，学会了倒述两位数。第5天，我就要她直接回答，居然成功了。间隔了十多天后，昨晚她忽然想起这个游戏，又要考我，考来考去，她忽然也能倒述3位数了。

我认为，这样做可以促使幼儿尽快从"模式记忆"发展到"分解记忆"，有利于早日转向通过偏旁部首和笔画来学认字。我一直希望婷儿快点学会认字，早日进入自己阅读的阶段，我好腾出时间搞学习。

从婷儿4岁生日起，我正式开始教她认字。我给她念一个故事，教她认故事中的两三个笔画较少的字，效果很好。现在婷儿认字正在脱离"模式记忆"阶段，她已能接受从字的笔画、构造入手来识字了。

这一点是从去年冬天学三横一竖的"王"字开始的。"王"字上面加一点，就是"主人"的"主"，于是婷儿写出了第一句话"一个小主人"。开始写的时候，"一"是竖着的，"人"是横着的，五个字各在一方，互不相干。现在她已能从左往右写了，但笔画还是乱的。大前天写"萝卜"的"萝"，她就写倒了，可见还缺乏倒顺观念。这正是"模式记忆"的特点之一。我认为四岁时写字是次要的，只是识字的一个辅助手段，于是就想出让她在塑料小板上拼字、用锡箔纸搓的小棍摆字的办法，这个办法挺有效。我准备用纸壳剪成笔画来让她拼。

刚开始，我担心婷儿还缺乏分解声母韵母的能力，没有打算正式教她学拼音，但是我马上就反应过来：也许要学会了拼音才能分辨声、韵母？是的，我错了，应该马上就开始教她声母和韵母。刚巧我的老领导里克爷爷从北京给婷儿寄来一套带拼音的彩色童话故事集，正好用来做教材。

这样做的效果很快就显现出来了。我在一个多月后写道：

一、识字

1. 速度加快了，我注意选择跟学过的字有关的生字让婷儿认，如从"工"到"土""干"，从"大"到"天""太"，从"刀"到"力""刃"，抓住特点，一次就能记住几个字形相近的字。

2. 分解能力加强。已习惯于通过笔画、偏旁部首识字、记字。

3. 兴趣更高，我很注意讲解字义，尤其是字的本义，字形和字义之间的关系，使婷儿感觉有趣，无形中加深了理解。这种对字的本义的探求，积累起来，便会对民族观念的形成和发展有所认识，对于探求民族精神是有益的。

二、写字

进步幅度出乎我的意料，13日夜婷儿要求我讲《宝石灯》，我说你要能自己学会写"宝石"二字，我就讲。等我洗漱完毕，婷儿已写好"宝"字，正在学写"石"，写完后首先问我："你看'横'平不平？"我说："比过去平多了，但还不够！"婷儿又写几横让我看，表现出对"横平竖直"的自觉追求。14号在李累家里，她自己写的"宝石"二字，无论大小、排列都很合适，同当初那个倒着的"萝"字相比，简直是天上地下，时间不过相隔一个来月。

今天写昨天学的"宫"和今天学的"奇"，我就有意识地教她笔画顺序，坚持要她按"从上到下""从左到右"写字，不许把一笔写成两笔。同时注意字的间架搭配。不错，写会了"宫、奇、可"三字，自己又画了个"口"，加了个"玉"，写了个"国"字。

三、常识

现在教她常识或是从她的提问入手，或是就眼前的事物谈起。婷儿爱联想，常有："大桥的桥和瞧你的瞧是不是一个字？"这样的问题，我便从两个字的字义不同讲到偏旁不同，同时尽量把与"桥"同音的字讲给她听，如乔木的乔，又从乔木讲到灌木，趁机教她学会区别这两种植物。

很明显，这种"联想识字法"和学校的系统教学有很大不同。因为我的目的不是为了去参加某个年级的考试，而是为了继续开发婷儿的智力，让她体验到学习的快乐，并在快乐的学习中发展联想能力，积累学习方法。这种"快乐体验"将成为孩子热爱学习的心理基础，比识字的数量和速度都重要得多。

婷儿运用"联想法"学到了不少字词和知识，也闹了不少笑话。有一天，我让她向我们的第二任主编文爷爷问好，婷儿问过好后接着就问："文爷爷是不是蚊子的蚊？"还有一次，住在我们办公室隔壁的著名作家周克芹问婷儿："你姓什么？"婷儿认真地回答道："我姓谈，痰盂的痰。"（我爸爸依祖姓给婷儿取了个别名叫"谈蕙"，婷儿很喜欢。）最出彩的一次是，婷儿问省音乐家协会的安爷爷"你是不是姓安徒生的安"？把安爷爷高兴坏了，连连夸奖："这个小不点儿还知道安徒生呢，不简单！不简单！"

说话数数都要快，训练思维速度

法国和美国的科学家在大量研究智商测验成绩时发现：影响智力的一个因素是心理活动的速度。例如"说出数列3，6，9，12……"这一类的简单题目，有的人可能在几秒钟内说出十几个数字，有的人则只能说出几个。这种速度上的差异，将在那些难度较大的问题上得到同样的表现。他们认为，这种心理活动的速度差异，是决定智力差异的基本的和固有的基础之一。

我在《自己测智力》上看到这段内容后，就把训练思维速度纳入了婷儿的培养计划。具体做法除了前面提到过的"说一遍就要听"，主要是通过快速算数来促使婷儿加快对信息的反应速度。不论是书上画的还是实物，只要有简单计算的机会，我都要请婷儿数一数，算一算。数数的时候，我要求婷儿看和说的速度要尽可能快，不要"嗯嗯啊啊"地磨蹭。

广泛数数的同时，我经常让她去比较有明显差别的物体，教认形体并数清各种形体的数量。教她加减计算的时候，则不强调快，只强调准。因为只有建立在准确基础上的快才有意义。事实上，当婷儿已经习惯于快速反应的时候，也就不习惯慢腾腾地磨了。这时候，我反而要提醒她不要慌，不要急于把没有核对的结果拿来交账。

遇到分配好吃的东西，更是趣味教学的好机会。婷儿过生日的时候，我问婷儿："罐头里还有7个荔枝应该怎样分配？"那天晚上，她用玩具计数器算了半个多小时，好不容易从"你吃7个我吃3个"之类的方案中，做出了"你吃4个我吃3个"的正确选择——模仿"孔融让梨"，双重正确。最后，我们一人吃了3个，多出来的那一个荔枝先是做了一分为二、二分为四的"教具"，然后才被我们愉快地分享了（我本想把这个荔枝奖给她吃，但考虑到"孔融让梨"不能假让，还是"狠心"吃了一半）。

婷儿从三月份分配罐头里的 7 个荔枝起，对算术的兴趣明显增加，进步很快。现在，她已能较有把握地进行 10 以内的加减了，一般说来，5 以下的不容易错，5 以上的大都要第二次才能找到正确答案，学会了"大于、小于、等于" 3 个概念和符号。

除了识字和算数，画画和看图说话也在随机进行。需要说明的是，所有这些都不是为了掌握技能（我打算把婷儿的技能训练放在小学阶段），而是为了在 3—6 岁的宝贵时段有效开发高智商和全面激发求知热情。

婷儿画画的进步表现在两方面，一是更专心，更好学，有点入迷劲。二是画的对象增多了，从太阳、花草、男孩、女孩，逐渐增加到蝴蝶、蜻蜓、鸟、蝌蚪、树、果子、房屋、河流、桥、兔子、小鱼、金鱼、云彩。下半年让她参加幼芽艺术班学绘画，一定会有更大的进步。

看图说话时，婷儿习惯性地要海阔天空地去编。我要求她首先按图上的事物说，做到之后又教给她如何组织材料，有动物时先说动物，再通过动物的眼睛去看周围的景物；没有动物时，就先说周围的东西，再说大的东西。刚才，我请婷儿又说了一张画，只提示了一下先后的原则，婷儿说得很好。以后有时间专门记几段她的看图说话。她说的是自己画的图。我想，这种训练将有助于她进一步注意构图的内在联系，并增强她的表现欲和表达能力。

为了让婷儿体验学习的实用性，我让婷儿给姥姥、姥爷写了三十几个字寄去，并寄去了两张她的画，婷儿在信中提出"请姥姥给我写点小信"，姥姥每次回信，都没忘记专门给婷儿写张"小信"。

可惜的是，学英语的事还无法搞，因为买不到有声教材，我又不会。在湖北老家的时候，婷儿每天晚上还在电视机前看半小时的英语教学节目《跟我学》，从 1 岁 8 个月看到两岁 11 个月。这一年多的经历在婷儿进外语学校上初中时才显出它的效果。婷儿告诉我："不知为什么，我总觉得英语是自己的语言，就像母语一样亲切。"其实，这就是婴幼儿时期有意培养的"外语敏感"，在一系列条件的作用下被激活了。

婷儿上小学之前，我还买不起电视机，婷儿也未能继续跟着电视学英语。现在回想起来，还真得庆幸。如果当时家里就有电视机，我很可能会像其他人一样，把电视机当保姆，让孩子一连几个小时呆坐在电视机前被动地看电视，自己去忙其他的。这样就不可能在婷儿的智力开发和情商培养上花那么多的时间，下那么大的功夫，婷儿也绝不会有今天。

欧美科学家在研究中发现，人们在看电视的时候脑电波和睡眠时的脑电波非常接近，这种状态对于 6 岁以下的孩子来说，显然是在耽误刺激大脑发育的最佳时段。据我观察，那些用电视机当保姆带大的孩子，最容易养成懒得动脑筋的坏习惯，因为和电视机在一起傻傻地看就够了，没有人迫使你做出反应。除非是大人陪着孩子边看边问边讲，把电视节目当教材，才能起到扩大幼儿知识面的作用。即使如此，对两岁以下的婴儿来说，仍然不如用实物作认知对象的效果好。

在婷儿的成长过程中，我们主要是把电视剧作为教她认识社会生活的复杂性的教材，在促进思维能力方面，电视只被用来训练过婷儿快速观察和描述活动画面的能力，那时她已经读小学四年级了，已经有能力进行具有相当难度的快速思维训练了。

从小多做事，益德又益智

这里说的"做事"，主要有两个内容：一个是小家务，另一个是小事务。

婷儿从 3 岁起就开始承担一些打扫家庭卫生的任务，每次吃完东西，桌面和地面的果皮和瓜子壳都由她收拾。上街买东西的时候，问路、问价钱、请售货员过来，提要求等简单的事务，都是由她出面去办。有时候我们没有时间排队，也是由她上前去向服务人员和排在前面的人说明情况，请求得到优先照顾。这些事，婷儿每次都办得很成功。为了不让婷儿产生道德观上的混乱，我事先已经教过婷儿："用欺骗或耍赖的办法插队，是令人讨厌的自私行为。如果排队确实有困难，应该正大光明地请求帮助，只要你说得清楚需要帮助的理由，人们一般都会让你优先的，因为中国人有尊老爱幼的好习惯。但是如果你说不清楚，那我们就只好不办这件事了。"婷儿十分清楚"加塞儿"和"请求优先"的区别，每次得到照顾，都忘不了真心诚意地向那些好心人连声道谢。

我让婷儿从小多做事，并不是因为需要她分担家务，我这样做的唯一理由是：多动手、多办事，对孩子的智力发展和性格培养具有其他训练手段无法替代的作用。

美国哈佛大学的学者威特伦花费了40年时间，追踪观察了256名波士顿少年，结论是：从小爱劳动、能干事的孩子成年后，与各种人保持良好关系的比不爱劳动的孩子多2倍，收入多5倍，失业少16倍，健康状况也好得多，生活过得美满充实，因为劳动能使孩子获得各种能力，感到自己对社会有用。

这是从社会学的角度看。从生物学的角度看，人的个体成长也需要劳动和制作。因为劳动和制作需要动手，手上大量的神经束通向大脑，促进脑神经元的发育和完善；还因为劳动和制作，肯定伴随思维和想象，必然促进智力发展，所以自古以来都把"心灵""手巧"连在一起，相互促进。

婷儿很爱劳动。（1985年5月）12号买的3斤土豆全是她洗的，我只说了一下洗的方法。13号拌的黄瓜是她洗好切成块的，还有中午炒肉用的蒜和姜。当然用的是"杀人不见血"的餐刀。

婷儿扫地比过去干净，衣服叠得比过去稍整齐一点。玩具、床收拾得很好，不比我收拾的样子差多少。

卫生方面能自己冲澡、只需帮她洗背。如不冲澡，只需帮她倒热水和洗一些难洗的地方，水温她自己掺冷水调。不随地吐痰，果皮果核都吐在盘里。

暑假，我考试，婷儿就到我表姐那去住了两个半月，回来后每天午饭都由婷儿洗碗，通过坚持做没有趣味的事来练毅力。

早教专家冯德全说：会生煤炉的孩子最懂得工作的步骤，因为他积累了经验，掌握了规律，他的能力在各种场合又互相潜移。而很少劳动的孩子就会失去这一切。早期劳动和制作，还能培养起热爱劳动、热爱科学的品质，养成劳动的习惯，培养起乐于创造和克服困难的精神。从小不劳动和不会操作的孩子，他一生就可能失去以上优良的品质和品德。

让一个已经习惯于"饭来张口、衣来伸手"的小懒虫改变好逸恶劳的恶习是很困难的，这往往需要一整套奖励和惩罚的制度才能奏效，而且不一定能做到从内心变得热爱劳动。但在把模仿大人当游戏的幼儿阶段，养成热爱劳动的习惯却并不难。心理学知识告诉我们，刚会走路的孩子，就有了帮妈妈做事的要求，两岁时会帮着递送物品，3岁时便产生了参与成人生活的愿望，4—5岁时就能自己收拾玩具衣服和洗刷自己的碗筷，这说明孩子的娇懒不是天生而成的，从人的本性来讲，是愿意做事的，只能怪父母过分照顾，事事都要包办代替，才使孩子养成了不劳而获、娇懒成性的恶习。

对独生子女父母来说，不在幼儿时期培养孩子的劳动习惯和办事能力，使孩子养成懒散、怕吃苦、爱面子、讲虚荣的坏习惯，是一件后患无穷的事。

社会心理学家曾做过一项有趣的调查，调查发现：父母与子女之间的纠纷，大多缘于子女过分依赖父母，使父母感到力不从心，子女则因为某些要求没得到满足，而埋怨父母无能。那些从小习惯于大小事都依赖父母的孩子，成人后的自立自理能力都比较差，遇事总是指望父母一帮到底。随着子女的需求和父母的能力之间的差距越来越大，相互间的不满和怨言也与日俱增，以至于出现纠纷和冲突。这些孩子很少考虑自己为父母做了什么，他们把父母为他们付出的艰辛劳动看作理所当然，一旦父母失去了自理能力或劳动能力，这类人往往很少去尽起码的孝道。

城里的独生子女父母也许并不一定需要孩子出钱赡养自己，但是得不到唯一的孩子对自己的关爱和体贴，总是一件令人伤心的事情。农村的孩子们目睹父母的劳动，也参与一些辅助劳动，对父母的辛苦有直接的体验，大都比城里的孩子心疼父母。城里的孩子很难体会到父母工作的艰辛，也就更需要让他们在家务活中体验父母的劳累，即使家里有保姆，也应该让孩子洗自己的小衣物和打扫自己房间的卫生，以免养成"少爷小姐作风"。

其实，做家务也是孩子拓展知识面的好机会，比如说，我教婷儿洗袜子时，就谈论肥皂和洗衣粉的去污原理，婷儿协助我做菜时，就谈论糖或盐的溶解、浓度、味道和味蕾的关系，等等。我们的开场白通常是：你知道为什么……吗？

灌输双重标准，练习宽容待人

我对婷儿要求很严、很细，一次都不肯放宽标准，婷儿对别人也表现出这种要求甚严的态度。我要求她做事情和纠正错误都要做到"说一遍就听"，她也要求我说一遍就听。我当然很听话，但别人就不可能按我们的标准行事了。婷儿在弄懂"严于律己，宽以待人"的道理之前，不止一次地陷入双重标准带来的心理冲突之中。婷儿曾不止一次地哭着问我："为什么比我小的我要让，比我大的我也要让？""为什么他这样就可以，我这样就不行？"

我第一次发现这个问题是在 1985 年春节的探亲途中：

2 月 9 日，我带婷儿从窗户爬进火车，整整一昼夜，又热又臭又闷，然而最难忍的是渴。婷儿盯着别人的一堆"手榴弹"（塑料包装的水），愤愤地说了半天："哼，光顾自己不顾别人！"我又好气又好笑地制止她，"手榴弹"的主人却被婷儿的神情所打动，递给了她一瓶，使我的说服教育工作增添了不少力量。

她对幼儿园的小朋友也像我对她那样严格要求，有一次，婷儿竟然因为两个小朋友没有回答她礼貌的招呼而难过得哭起来。别的小朋友做错了事情不能像我们那样"说一遍就听"，婷儿也会像我对她那样要求别人当场认错马上改正，遇上娇宠惯了的孩子，就会发生冲突。我再三教她"对自己要严格，对朋友要宽容"的道理，但她一遇到实际问题，就宽容不来。

我在日记里分析着：难道是因为她对宽容缺乏感性认识，没有体验过而造成这种情况的么？看来，我今后要想办法让她体验体验宽容的滋味，学点宽容的办法，但要避免把迁就当成宽容。

后来我才意识到，我当时的情况其实是"严格有余，从不迁就"，可惜自己还缺乏认识。直到我第一次在婷儿面前情绪失控，我才做出了真正有效的反思和调整。

那次令我感到惭愧的经历，发生在 1985 年 6 月 19 日，快到电大期末考试的时候：

今晚婷儿终于学会了折纸船。我只是用嘴巴提醒了几点注意事项，如线条要整齐，翻船时要捏紧斜线和横线的交界，等等。看到女儿独自折成的小船，我惭愧地向女儿道歉："刚才不该因为折船的事吼你，请原谅！"女儿回答说："没关系。以后你记住，大人看到小孩犯了不能原谅的错误实在想打的时候才能吼一下。"然后帮我把拖鞋拿来，并不顾我的阻拦，帮我把摔得老远的凉鞋捡起来放好。我真的惭愧了。

刚才，我为婷儿不能迅速地学会折叠精确的线条而大发雷霆，甚至把她没有翻好的纸船揉成一团丢在地上，把婷儿弄得不知所措，吓得哭了起来。我自知过分，才让她去拿手绢擤鼻涕、擦眼泪，并帮她重新裁了两张纸让她自己去折船玩。婷儿立刻破涕为笑，又专心地折起来。为了折得好一点，婷儿又来请教我。我教了两遍对齐的方法，她还没掌握好，我又要火了，干脆走开到长沙发上躺下来。

一想到40天要赶三门功课，而每天晚上都被婷儿缠住不能背书，我简直烦死了，摔掉了鞋。婷儿要我捡起来，我捡起鞋来使劲又一摔。

婷儿从没看过我这样火，吓得哭着跑过来劝我："别生气了！"我克制着说："我没生你的气。"婷儿不哭了，又跑回去专心地折她的船去了。我看婷儿如此入迷地做事情，心里又爱又怜，忍不住责备自己："早几个月不抓紧时间，今天上午还在看小说，现在却拿婷儿出气。实在太不像话了。如果过去一直在准备功课，哪至于连教女儿折船的时间都割肉似的疼呢！"

想到这儿，气也消了。又回忆起自己好像是上小学时才会折船，至少也是七八岁的样子，而婷儿才4岁，我4岁时会干啥呢？只不过会捡地上的梨核罢了（困难时期，饿的）。现在我这样对待婷儿实在是太苛刻了。

正想着呢，婷儿又来求教了。这回，我和蔼地指导她完成了翻船的工序。她又拿出一张纸，要再折一只船，我应允了，并提出她独立完成，我来把这事记入日记。

……我是快16岁时才开始培养"严于律己，宽以待人"的习惯，我对婷儿提出这种要求是否太过分了呢？她毕竟才4岁半呀！卡尔·威特的父亲正是为了避免出现对两个孩子要求不一致的局面，才不让威特成年前与同龄儿童交往，以免给孩子的是非观念造成混乱。我没有这个条件，我只有努力想办法，既减少孩子思想混乱的程度，又防止婷儿形成苛求别人的习惯。要做到这一点，恐怕我首先要改变对婷儿的苛求态度。我愿和婷儿一起改正缺点。

我在想办法调整，婷儿也在想办法调整，当天晚上婷儿就提出，妈妈考试期间她愿意到秀树姨妈家去住（我表姐很痛快地答应了）。从那以后，我对婷儿的态度缓和多了，当她干某件事兴致正高的时候，我不再强迫她马上停下来做我要求她做的下一件事，而是对她说："好吧，那就再给你5分钟吧，但是你必须守信用，时间一到，你必须去做什么什么。"这种时候，婷儿总是很守信用的。

这些天婷儿画画进步也很大，几乎每天都要给我带张画回来，那天却因为黄维怡抢了她准备送给我的画，伤心得哭了半天。我从"可爱的人要忠厚待人"这一点劝了她半天。她因为对"银匠哈桑"为人忠厚这一点印象很深，很想有这些美德，才勉强止住了泪。

但她仍然奇怪为什么对人对己要用不同的标准？后来我想了个简单明了的理由说服了她："因为你受的教育比他们好，懂的道理比他们多，应该给他们带个好头。但你不是小朋友的妈妈，小朋友的错误应该由他妈妈管。"此后我只消问一声：你是他／她的妈妈吗？婷儿马上就能跳出心理误区。

重视集体生活，培养社会技能

《情商之门》的作者说："在孩子的所有情商技能中，与人相处的能力与日后的成功和生活质量关系最为重大。要想在社会中如鱼得水，孩子们必须学会了解、熟悉社会环境，并对之做出适当的反应。孩子们必须懂得如何把自己与他人的期望和需要相协调。"中国人奉行"严于律己、宽以待人"的双重标准，实质上也是为了协调与他人和社会的关系。

我认为，为了学会很好地与人相处，婷儿还需要学习更多现在被称为"情商技能"的东西，最好的学习地点就是幼儿园和学校。

需要集体生活和游戏才能养成的性格和能力很多，如：友爱、协作、大方、守纪、开朗、公道、礼貌、自尊、集体观念、竞争意识、责任心、组织能力、服从精神、领导能力、牺牲精神，等等，这些都是高素质人才必须具备的品质，离开了集体几乎无法培养。上述种种都使我为没把婷儿培养成"孤家寡人"式的"神童"而感到庆幸。

社会技能也和其他情商技能一样，是可以学会的。办法很多，比如，父母的典范作用、父母有针对性的教育、确保孩子精神发育与年龄相适应，都能达到使孩子学会社会技能的目的。

正如我所估计的那样，婷儿在幼儿园没有学到什么新知识，但却在我的指导下学到了很多重要的情感和社会技能：

……婷儿说：她和唐颖为争当娃娃的妈妈，都哭了，我就事论事，告诉她："先争后哭是愚蠢无能的办法，聪明人应该主动去安排组织小朋友轮流当妈妈。"当晚在市歌舞团排练厅，她和一个6岁的女孩子玩得很好，我只是提醒过她一句："早上谈过的要会安排。"事后问她，她高兴地说："我先当卖菜的阿姨，让姐姐当妈妈，后来我又当妈妈，姐姐当卖菜的阿姨。"（组织能力就是这样萌芽的）

……婷儿在礼貌方面很有进步，道歉、致谢，已成为她下意识的行为，问好的习惯也在养成。为了这一点，我总是主动向别人问好，她就自然地跟我学。这比单独强迫她问好效果好多了。另外，到什么地方去，我总是记住提醒她注意礼貌。提醒之后，她就更加注意自己的礼貌问题，这对于培养自制力也是有好处的。

婷儿在幼儿园同小朋友关系不错，她爱幼儿园。今天迟到了，教室里没有人，都蹲大便去了。婷儿说她能一个人待在这里，"我又不动桌上摆的纸和笔！"我就放下她走了。这一点很不容易。让她一个人待在什么地方，这真太难了（1岁多时妈妈突然"消失"，给小婷儿留下了害怕往事重演的"后遗症"）。以后要逐步训练她独处的胆量。

婷儿在幼儿园能想起吃感冒药，基本上按我的吩咐，自己吃药。

……为了让婷儿建立集体荣誉感，幼儿园开花会时，我带她跑了很远的路买回一盆红黄两色的"白头翁"，成功地参加了花会。

买花的例子在情商专家看来很有建设性——有时候要帮助孩子"做出成绩"，使孩子获得"很大的成功"，这种喜悦的力量可能推动孩子向新的更高目标努力。

除了在幼儿园学习与人相处外，邻居小朋友之间的玩耍也是十分重要的，大小孩子都在一起玩很好，这有助于弥补独生子女的天然缺点。但也不能放任自流：

3岁多时，婷儿弄坏了小袁的女儿邓玲的压发圈，我就告诉婷儿得用准备买气球的钱来赔偿邓玲的压发圈。那会儿婷儿刚从巴西电视连续剧《女奴》中认识了"女"字，学会了运用"心中的痛苦"这一说法，婷儿就说："我忍受着心中的痛苦，等你下个月发了工资再买气球。"

这是为了让婷儿为自己的过失承担后果。顺便说一句：要忍受痛苦的意识，婷儿十分明确。她身上的痛、痒只要不需治疗，我都要求她忍耐，不哭闹、不乱抓。这不仅因为"坚忍"也是意志力的重要组成部分，还因为一个人老是用身体的小不适来搅扰别人，也是不受欢迎的行为。婷儿认为这是理所当然的。她这样做了，也这样要求我。

与用不同观念、不同方法教育出来的孩子们在一起玩，难免会有一些负面影响。我平时尽量减少她同这种孩子的接触——我不能让还不能自觉把握自己的女儿去受消极面多于积极面的孩子的影响。实在避不开的时候，也要及时消除不良影响，并帮助婷儿积累经验：

十来天前，一个朋友给了婷儿一枝金银花藤，婷儿和××在一起玩了不到两分钟婷儿就哭了。我来询问原因，××抢先说："她扯花，我拿过来不让扯，她就哭了。"我又问婷儿："是不是这样？"婷儿只是哭着喊："妈妈！"说不出话来。

我边批评婷儿不该扯花和哭，边牵她回家。路上，婷儿哭着说："不是我扯花，是××把花抢过去扯的，××撒谎，我讨厌××。"说完就大声痛哭起来。

我猛然想起作家周克芹说的，"看看小孩第一次感觉到欺骗的时候，有些什么反应。"我明白，这就是婷儿的第一次。我很理解她的心情，但不能跟着她诅咒××。我纠正她说："只能讨厌××的缺点，不能讨厌这个人。而且哭是无能的，哭只会坏事。如果你当时就冷静下来，对自己说不要哭，把真实情况告诉妈妈，妈妈就会批评××的缺点，让她改正。你一哭什么都完了，别人只听到××的说法，只能认为是你扯花。所以以后千万不要哭。怎么样，撒谎的滋味好受吗？这下你也尝到了，以后千万不要撒谎。"事过之后，婷儿确实没有撒过谎（以前有过做了不对的事不敢承认的情况，每次都受到严厉的惩罚，主要是斥责、生气，气极了也打过屁股。事情虽小但性质严重，不敢宽容。必须从小培养以诚实为本，以撒谎为耻、为恶的品质，养成敢作敢当的好习惯，这是与人格、与责任心密切相关的问题）。看来，反面教育、直接刺激有特殊意义。

从小目标开始，培养上进心

让受过早期教育的孩子与同龄人一起成长，最大的问题就是幼儿园和学校中所教授的课程仅仅相当于儿童平均水平，那些能力很强的儿童会因为挑战性不足而对这些课程丧失兴趣，以至于出现听老师说话时注意力不够集中的情况。日本的早教专家把这种情况称之为"兔子与乌龟一起赛跑"，并认为实力悬殊太大是兔子中途睡觉最终失败的根本原因。

婷儿听故事、画画、写字或自己玩时，注意力倒很集中，而且很持久，但在幼儿园上课时注意力就不够集中。我想，为了避免重蹈兔子的覆辙，必须从幼儿园开始就消除婷儿在"龟兔赛跑"的格局中容易产生的懈怠心理，培养她注意倾听别人谈话的习惯。这里面也有个能力问题，要会听、会想才行。既然学有余力，那就设置一些对她来说有一定难度、但又较容易达到的小目标，以此来培养婷儿的上进心。这些目标，绝大多数都与提高情商有关。

我为婷儿提出的第一个目标，就是在幼儿园中班争得红星：

1985 年 10 月 5 号，我发现婷儿班上的"红星栏"上婷儿没有得红星，便让婷儿去问班主任王老师。"我主要有哪些缺点需要改正？"王老师说，婷儿听课时没有主动回答陈老师的提问（你的小手会干什么？），所以没得红星，并指出婷儿听课、吃饭、拼玩具时，都爱东张西望，跟别人讲话，注意力不够集中。我和王老师谈话时，婷儿急于解释，大哭了一场，很不服气。

回家后，我很耐心地同婷儿谈了一次话。帮婷儿回忆那天上课的情景，并重新提问让她回答。婷儿回答的不是"手会干什么"，而是"我会干什么"。我指出之后，她服气了，还想起那天根本没听见老师的提问。

我告诉婷儿："老师讲课时，小朋友应该看着老师的眼睛。这样才能集中注意力。"这时，婷儿的眼睛又在看她手里玩弄的纸片，我马上批评了她，并要求从现在开始练习。等婷儿的大眼睛注视着我的眼睛时，我表扬她做得对，这是懂礼貌、有教养的人的好习惯，希望她能坚持到底。说着说着，婷儿忽然打断我说："对不起，我又看了一下我的手。"我趁机说："你自觉地不让自己做不该做的事，这是很不容易的。一个人有毅力，不仅表现在坚持做应该做的事情上，还表现在不做不该做的事情上。"这些话，婷儿听得很专心，往下将近四十分钟的谈话，包括婷儿回答在课堂上未回答的问题和教婷儿看图说话，都很顺利。

……

上次谈话的第二天，上课谈国庆节看到了什么，婷儿因为用普通话回答，得了奖品。

今天上课谈秋游（游人民公园）印象，真倒霉，今天偏偏不贴红星，只给发个用废包装纸剪的"小山"。

（还好，第二天补贴红星，有婷儿一颗。）

10 月 24 日。今天上课认数字，1—9，婷儿全认下来了，是全班唯一的一个，老师奖励婷儿一颗红星。我和婷儿喜出望外，谈了许久。婷儿从认字书的目录中学会了认百位数，认个位数当然不成问题，我们喜的是红星数目同多数小朋友一样，是两颗，仅次于詹培（他因拼智力玩具意外地得了一颗），老师说谁得红星多，就到北京"旅游"（把照片贴到地图上）。这下，婷儿有可能争取先去了，我们谈论的就是如何争取每次上课都得红星。

我为婷儿提出的第二个目标，是改正吃饭时东张西望乱洒饭的缺点：

这个星期，一直在想办法纠正婷儿吃饭爱东张西望、乱洒饭的毛病，谈了多次都无效，今晚决定，从明天起，不改这毛病，就关10分钟厕所，犯一次，加10分钟，改掉为止。

……婷儿自己提出，改正东张西望，吃饭要小心，不要洒饭（有的老师要求，饭洒到桌上就要赶到碗里吃，不卫生）。这三条，婷儿反复了一次，基本做到了。今天婷儿第一次当值日生，很认真、很自豪，饭吃得特别快。

第三个目标是争取入选舞蹈班：

幼儿园嫌舞蹈班的孩子条件差，决定另办一个不收费的班，婷儿毛遂自荐，居然被吸收了。这种积极的态度当然受到了我的表扬。这个班想在节日表演节目，要从17个孩子中挑10个出来。我鼓励婷儿认真学、刻苦练，争取入选。我希望婷儿从小就有"在竞争中取胜"的意志，并为此付出相应的努力。

第四个目标是争取睡午觉时快点入睡：

午觉入睡难的问题，用边勾脚趾头边数数的办法解决得很好。这个办法利用气功原理，使意念集中在脚上，催眠效果极灵。只要坚持下去，对身体就很有好处。但不知婷儿能坚持下去不？（这个办法直到现在都还在用。）

这些小目标对别人也许没有什么意义，但对婷儿来说，却有"不积跬步，无以至千里"的效果，正是这种不断更新的小目标，使婷儿始终有需要争取的东西，始终保持着强烈的上进心：

昨天，婷儿问我，为什么那么多人都骄傲？我用小桶、大桶、井、河、江、海的不同容量来解释骄傲的原因，骄傲的可笑。效果很好，婷儿马上用小杯、大杯来作比。

今天婷儿说："刘蓓看老师先喊别人不喊她回答问题，很不高兴，有点光顾自己不顾别人的样子。"我告诉婷儿："那叫嫉妒。"婷儿说："有点嫉妒。"我问婷儿嫉妒不？婷儿说："我才不呢，妈妈说过不应该嫉妒别人，别人上去回答问题我很高兴。"我趁机说："是的，别人进步，你才会有好朋友，对落后的人，你可以宽容他们的缺点，但很难做朋友，进步的小朋友多了，国家才会进步。"

既要学会争取，又要学会放弃

孩子要全面发展，兴趣必须广泛。所以早期教育特别强调多方向培养，反对过早的、人为的定向培养。因为孩子最初几乎没有中心兴趣，或中心兴趣极不成熟也极不稳定，其生理和心理素质还会不断发展变化，过早把孩子推上"定向培养"的轨道，不利于孩子全面而充分的发展。

我一向鼓励婷儿从事艺术活动，如学习和欣赏音乐歌舞绘画造型等，但我在培养婷儿的"艺术细胞"的时候，从来就没有让她将来当某种艺术家的想法。我所看重的是，学习艺术既是智育也是美育，对促进幼儿大脑右半球的发达，增强想象力、形象思维力和创造力有重要意义，发展这些兴趣有助于培养对美的感受力、鉴赏力、表现力，并获得具有创造特点的性格品质。

我总是在抽象思维训练的休息时间里和婷儿一起唱唱跳跳，我把它称之为"积极休息法"。婷儿就在这些零零星星的学习间隙里学到了不少东西。如：

近一个月来，我开始教婷儿练音阶，婷儿的音准大有进步，但还是不能固定用一个调唱完音程跳动较大的歌，奇怪的是唱《记得有一天》这首歌却很准，在梦里唱都不走调！

婷儿很爱听《江姐》中的唱段，也爱听《月亮颂》和优美的陕北民歌，她居然听会了《不要用哭声告别》的前一段，她爱听京剧，自己乱哼时，还有点像呢！

婷儿想学动脖子，结果脖子没动好，倒扭会了迪斯科……

需要注意的是，当孩子迷上了某种与他的先天条件不相适合的事物时，我认为父母有责任帮助孩子走出"迷津"。因为多方向培养并非要求面面俱到或齐头并进地发展所有爱好，还必须视环境、条件是否许可，尤其是要根据孩子的身心特点、兴趣爱好、发展前景而因材施教。年幼的孩子天性都很自信，即使面对无法逾越的困难和无数次失败，这种自信也毫不减弱。尽管有经验的人早就看出来没有可能成功，小孩子却天真地相信只要坚持下去，最终会成功的。虽说这是预定的心理发育过程（一般说来，要等孩子进入五年级之后才能区分能力与努力的区别），但我不想让婷儿在没有成功可能性的路上白白耗费宝贵的生命，一旦遇到这种情况，我就马上抓住机会，教她学习"现实地思考问题"。

比如说，婷儿从小就喜欢跳舞，对舞蹈的接受能力特别强，刚满 4 岁时她还对跳芭蕾产生了强烈兴趣——那是在我带她看了美国电影《转折点》之后，在这部舞蹈家传记片的艺术感染下，婷儿一心要当芭蕾舞蹈家。但是从遗传的角度来推断，婷儿的身材肯定不适合当芭蕾舞演员，我就在不伤及她对舞蹈的兴趣的前提下，因势利导，帮助她放弃了跳芭蕾的愿望：

……上床后，婷儿要练舞功，她做了几个"小踢腿"还挺像回事的。只不过脚是半勾半绷，很可笑。我帮她纠正了，她自己又来做"擦地"。前天我曾笑话过她的弯膝"擦地"，今晚，她做的就是直膝"擦地"。练了一会儿坐地压腿，又练了一会儿下腰，婷儿提出要练"挥鞭转"。我说这个太难了，妈妈转不来，只知道怎么转。她就要我做个样子，她来转。

婷儿转了几下，当然不行，我趁机告诉她，必须先练"立前脚掌"。婷儿马上就扶着床栏杆踮起脚练起来，小肚子圆鼓鼓地挺着。我帮她摆好了手位，她说："帮我买双芭蕾鞋吧。"我说："除非你能连续立半个小时，否则是不能穿芭蕾鞋的。""我能立半小时。"我笑了，说："那好，你看着钟，现在长针指着6，等它指到12，就是半小时，你试试看吧。""我行！长针一会儿就指到7，7过了就是8、9、10、11，然后就是12，你就给我买芭蕾鞋。"5分钟过去了，婷儿还是信心十足，中途挠了一次痒痒，学会了收腹，放松脖子。我怕她明天腿疼，劝她算了，没有人能立半个小时。她不肯，只顾收腹。又过了两分钟，她只好认输了。我忙让她坐下，替她搓小腿。她说："主要是脚趾头受不了。"

我趁机做了半个多小时的劝说工作——主要是搞芭蕾不能吃糖、肉、巧克力及许多好吃的东西，她总算打消了将来当芭蕾舞蹈家的念头。

孩子需要学会"该放弃的就放弃"，家长也要学会。当你让孩子学习演奏乐器的时候，如果你想的是演奏乐器可以使手指变得特别灵巧，有利于智力开发，你就会仅仅因为孩子在练琴而高兴，决不会为孩子又弹错了几个音而生气失望。你高兴，对孩子就是一个积极暗示，孩子就会更加喜欢练琴，即使琴弹得不好，也培养了对器乐的兴趣，更何况还促进了大脑发育。

早期美术教育的标准，主要也不是以孩子画得像不像来衡量，而是要看孩子是否爱美的事物，是否能大胆动手绘画和造型，是否能发挥想象力，创造和制作美的形象、美的作品。家长没必要为孩子画得不像而急躁不安，如果大人对孩子斥责不断，"懒、笨、不专心、不刻苦"之类的消极暗示不绝于耳，孩子又烦又怕，哪里还顾得上兴趣不兴趣呢？对此，我也经历了一个提高认识的过程：

……晚上，婷儿蒙画，练习画圆、画人。她说要连着练3个月的圆圈。袁老师说画好了圆就可以教许多新东西，另外，要教孩子学会看示范，这是练习观察力。其中包含"找特点、找要领"的能力，此话有理，这给我以启发，不再为婷儿学不像而发火。

结果，婷儿对绘画的兴趣又得到了健康发展的环境，在幼儿园中班的图画班表现出很好的发展势头。

和姥爷做朋友，快乐又有趣

1986 年春，我的电大课程进入关键时期，又要准备大三下学期的期末考试，又要准备毕业论文答辩，恰好这时弟弟的岳母把我弟弟的孩子接走了，我妈妈一腾出手来，就到成都来看我们，并决定把婷儿带到鄂西大学去住半年，让我专心准备毕业论文。

这一回轮到婷儿为我做牺牲了。因为幼儿园的图画班请了个很好的图画老师，姓袁，是东城区青少年宫的美术老师，她对培养美术人才很有经验。婷儿在她的指导下，进步很快，是图画班的尖子之一。等婷儿又回成都时，由于缺了半年课，已经跟不上这个图画班的课了，而另一个当时和婷儿水平相当的女孩子王玉则继续保持领先状态，后来更是在袁老师的指导下，走上了学习美术专业的路。

如果当时有一个适合婷儿学习进度的班，我一定会让婷儿继续学习下去，遗憾的是，当时我国的幼儿园和小学中学还没有根据各人进度选择学习等级的制度（现在有些学校已有这类制度），我又没有时间陪婷儿去上幼儿园以外的图画班——因为我是从电大二年级开始在职自学的，完成毕业论文的写作和答辩之后，我还得在两个月之内补考完电大一年级的全部课程，才能结束电大的学习任务。因此，我只能眼睁睁地看着婷儿在绘画能力上与她的好朋友王玉差距越来越大。事实上，婷儿一直到现在也没有时间去满足自己仍然存在着的对绘画的兴趣。

不过，世间的事情总是有失必有得，在鄂西大学度过的半年时间对婷儿的成长也很有建设性。

鄂西大学所在地恩施是一个山清水秀的小山城，城的四周是一层比一层高的山，城边的丘陵上长满了青翠的马尾松，鄂西大学就坐落在青松掩映的丘陵之上。晚饭后，姥爷经常带婷儿到山坡上去散步，姥爷就像我在成都所做的那样，看见什么就教婷儿什么。

刚开始，婷儿有点怕姥爷，但很快就喜欢上他了。姥爷也很喜欢婷儿，他们俩只要在一起就笑声不断。姥姥在信里写道：

今天晚饭后，婷儿和姥爷到山上去捡松果，收获不小。婷儿捡了松果，还作了一首诗：

松果松果你别躲，

捡回家去烧煤火，

煨的排骨香又香，

三人吃得乐呵呵。

姥爷是个多才多艺的学者，他不仅教婷儿编顺口溜、编谜语、背古诗、背乘法表，有时还教婷儿英语和画画。鄂西大学往后几公里的山上挂着几条小瀑布，水源来自山腰上的"龙洞"，抗日战争时期，国民党元老陈诚在龙洞附近修了一座别墅，这个未经开发的溶洞因此而闻名于恩施。一个星期天，姥爷特地带婷儿到龙洞去玩了大半天，他们带着画笔，又是爬山，又是写生，不知有多快活。

从那天起，和姥爷一起爬山就成了婷儿最喜欢的活动。六一儿童节，姥爷带婷儿跑了不少路去爬城东的五峰山。婷儿和11岁的邻居小姐姐一直爬上山顶的连珠塔顶层，极目远眺，真切地体验了一次"一览众山小"的意境。回来后婷儿精神好极了，在阳台上蹦蹦跳跳的，直说连珠塔不高，一点也不累。姥爷却累坏啦！

我认为，经常登山望远对她日后反复听到的提醒"不要做井底之蛙"，有很好的反证作用。在成都就很难有这样的登高机会，就是登上了摩天大楼，视野也没有山顶广阔，而且坐电梯登高，也体验不到奋力向上终于成功的喜悦。

姥爷在阳台上种了一些花，有一天，姥爷发现一只蝴蝶在一盆花上产了一些卵，马上叫婷儿来看，从此，每天观察蝴蝶卵的变化就成了爷孙俩的一大趣事。婷儿就像我小时候养蚕一样，惊喜地关注着蝴蝶由卵变成毛毛虫，又由虫变蛹，再由蛹化蝶。姥爷则在观察过程中给婷儿讲授了许多生物学方面的知识。婷儿进中学后，生物课学得很轻松，跟她从婴幼儿时代就经常观察动植物，产生了对生物学知识的敏感性是分不开的。

5岁的婷儿对姥姥的模仿也上了一个台阶，姥姥在信里写道：

……现在我早上上街买菜，给婷儿留个字条，她就不哭，起来自己穿衣服。下午她上幼儿园，我在睡觉，她也要给我写个字条。她说园字不会写，我说你就画个○吧！结果幼儿园写成了"又儿○"。

当然，婷儿还是太小，不懂事，姥姥姥爷也想了不少办法来调教她：

……婷儿拿剪刀把新门帘剪了一寸长的口子，我罚她在厕所关过10分钟。

……她表现得好，每天都给她奖励一个红蝴蝶贴在日历上，4月份是从6号开始的，婷儿共得了13个红蝴蝶，5月份她计划要争取得28个红蝴蝶。她吃饭有些调皮，我们就选她当"席长"。这样她吃饭就好多了。

……姥爷没有打过婷儿，只是婷儿犯了错误，姥爷对她的态度很严肃。姥爷说她的优点是是非分明，她错了，她承认错误，但不能冤枉她。姥爷说婷儿的性格是可贵的。

……昨天婷儿还到学校收发室给姥爷拿回报纸和信。姥爷说：婷儿要接走了，我真是舍不得！

不寻常的生日礼物：科技熏陶

1986年秋天，我终于以优异成绩结束了电大中文专业的学习，把婷儿接回我的身边。那时候，我和张欣武已经定婚，他很爱婷儿，未来的继父是婷儿最喜欢的人。

星期天我和张欣武常带婷儿到郊外的田野去边玩边学。他爱和婷儿一起采野花，摘蛇莓，逮蚂蚱，观察那些忙忙碌碌的蚂蚁、威风凛凛的螳螂、伪装成树枝的尺蠖，玩他跟婷儿一起发明的"打狐狸"的游戏。在田野的清风中，让婷儿放开嗓子唱歌，坐在草地上吃上一顿品种多样的野餐，当然也少不了一串串有趣的故事。

每次见面，婷儿都像在过小小的"儿童节"。张欣武则在用心观察婷儿的长处和不足，帮我调整"方向盘"。他的教育思想全方位地促进着婷儿的心智发展，他对婷儿的科学启蒙，更是对婷儿的志趣发展产生了决定性的影响。

张欣武说，人类现在已经进入了知识量爆炸性增长的时代，如果想让孩子有足够的发展空间，自然科学知识和科学精神是不可缺少的一条"腿"。没有它，许多孩子只能"跛足而行"。为了不让婷儿成为这样的"跛子"，在婷儿过 6 岁生日那天，张欣武送给她一件不寻常的礼物：一台旧的显微镜。

这台显微镜已经旧得不能用于诊断和科研了，但用来给婷儿开眼界却还绰绰有余。所以，张欣武毫不犹豫地掏出当月工资的一半从旧货摊上买下了它。

这是婷儿童年拥有过的最复杂的科学装备。婷儿好奇地摆弄着它，一会儿拧拧调焦旋钮，一会儿转转反光镜，兴奋得不得了。张欣武摘下一片草叶，放在显微镜的物镜下，婷儿迫不及待地把小脑袋凑上去看，不由得又惊又喜地叫出声来："呀！"显微镜下，出现了一个意想不到的新奇世界。一片小草，变成了硕大肥厚的"仙人掌"，凸凹不平，上面还有一个个奇怪的小孔。张欣武告诉她，那就是小草的鼻子，吸进一种叫二氧化碳的废气，呼出我们人类需要的氧气。又放上一根细细的线头再看，它变成了粗大的麻绳，还反射着彩色的光泽。

婷儿没想到肉眼看惯了的视野里，还藏着一个如此丰富多彩的显微世界！这台显微镜一下子拉近了婷儿与科学的距离。

张欣武接着给婷儿讲了个有趣的故事——三百多年前，有一位荷兰的市政厅看门人，名叫列文虎克，学过一点磨镜片的手艺，特别喜欢钻研科学问题。他花了很多心血，磨出了两片特别好的透镜，一前一后放到眼前去看东西，一下子看到了一个奇妙的"小人国世界"。皮肤、肌肉、昆虫……什么东西在显微镜下都变得那样巨大而陌生。他把自己的观察详细写下来，寄给权威的科学机构英国皇家学会，引起了不小的轰动。有一次，他把一滴雨水放到显微镜下，看到里面竟然有无数活生生的小生命，奇形怪状，不停地在水里游来游去。列文虎克的观察，使人类从此知道了地球上还有一个"小人国"——微生物世界。他的发现给人类带来了无数的好处……

后来的一段时间里，婷儿怀着浓厚的兴趣，在张欣武指导下用显微镜观察各种东西——染了色的洋葱皮、蜜蜂翅膀、灰尘、印在纸上的字迹，等等。婷儿本来就特别爱问各种"为什么"，这一来，她的提问又升级到一个新的思维层面。

从显微镜开始的观察探究，不仅提升了婷儿的究理精神，更使婷儿萌发了对科学技术的浓厚兴趣。张欣武成了婷儿的继父之后，他提高婷儿素质的多项措施之一，就是继续培养婷儿对现代科技的兴趣。他在与婷儿内容丰富的日常交谈中，融入大量的科技知识和科学哲理，在讲科学家故事的同时，也讲使他们成功的科学精神和各具特色的研究方法。还有各种参观、经常阅读科普读物、有意识地接触亲友中的科技专家……

张欣武对婷儿的"科技熏陶"，使婷儿避免了很多文科学生的通病——重文轻理，科技素养差。当很多偏爱文科的学生把理科课程当成"苦药"皱着眉头喝下时，婷儿却始终兴趣盎然地同时钻研文理两科。这就使婷儿具备了更充足的发展潜能和竞争实力。直到婷儿进入哈佛后，这种"左右开弓"的优势仍使她得以持续领先，进哈佛两年，就因成绩优异连续两年获得"哈佛本科荣誉奖"。可以预见，这种优势还将继续促进婷儿今后的发展。

6 岁拍电视，出演《桃花曲》

1987 年春天，婷儿偶然遇到了一个真正的挑战：在卫生部和四川省人艺剧院合拍的公益片电视剧《桃花曲》中扮演小主角"小英"。

那是婷儿快满 6 岁的时候，有一天早上她流鼻血没去幼儿园，在我的办公室见到了导演陈福黔。导演问她叫什么名字？她把红红的苹果脸一扬，说："我叫刘一婷（小学四年级前的名字），你就叫我婷婷好啦！"导演喜欢婷婷天真活泼、聪明大方，见她的个头长得也像一年级小学生，当场提出让婷儿来演女主角桃花的女儿小英，并简单扼要地讲述了《桃花曲》的故事：

小英的爸爸死后，奶奶从麻风病院回家了，村里的大人孩子都不相信奶奶不会传染人，像讨厌瘟疫一样歧视躲避小英家的人。桃花妈妈不肯丢下奶奶不管，爱她的人也不敢娶她。后来，由于小英的原因，桃花妈妈和小英的司机"大朋友"（由大明星张国立出演）产生了真挚的爱情……

我和婷儿觉得小英的形象挺可爱的，便高兴地答应了导演的邀请。几天后，我分别向单位和幼儿园请了半个月的假，陪着婷儿和剧组一起来到了桃花盛开的龙泉湖。

在半个月的拍摄过程中，婷儿超前发展的理解能力，使她把"小英"演得非常成功。刚开始，导演想用示范的办法让婷儿跟着模仿，可是婷儿很不习惯盲目模仿，难以"入戏"。我向导演建议，不妨试用跟成人演员"说戏"的办法，让婷儿根据自己的理解去演。结果正如我估计的那样，婷儿一听就懂，很快就能"入戏"。可以说，小英在剧里的每一个镜头，都是婷儿听导演或我"说戏"之后即兴表演的。

对儿童演员来说，最头疼的就是拍"哭戏"，不巧的是，在上下两集《桃花曲》中，小英竟有四场"放声大哭"的戏！为了拍好这些哭戏，自然生出不少拍摄趣闻，我把拍哭戏的趣闻都写进了《有趣的小演员》中的"小英四哭"：

拍笑的戏好玩儿，拍哭戏就不好玩了，偏偏小英还得哭四次！婷婷是妈妈陪着来拍电视的，把婷婷弄哭，自然成了妈妈的任务。

第一次哭，是小英的奶奶治好麻风病回家后，同学的妈妈不许他跟小英玩儿，小英被摔倒在路上，吓哭了。为了拍小英哭的特写，婷婷可吃了苦头。妈妈以为狠心揪一下女儿的屁股，婷婷马上就会哭的。不料婷婷刚拍了"抬花轿"的戏，高兴劲儿还没过去，妈妈使劲揪了七八下，她还在笑着求饶，直到实在忍不住肉痛，才"哇"的一声大哭起来。为了拍出憋了半天才哭的效果，导演故意吼道："闭上嘴巴！不许哭！"婷婷赶快闭上嘴巴，竭力忍住哭。导演喊："哭！使劲哭！"她才痛痛快快地哭起来。拍完特写，导演连忙跑过去把婷婷抱起来一个劲儿地安慰："别哭了，别哭了，已经拍完了。婷婷真乖，你要是笑一下，就是最好的小演员！"这话真灵，婷婷果然笑了。

第二次哭和第三次哭其实是一场戏，小英被同学们欺负，不想读书了，桃花气得打哭了她。为了拍摄方便，必须先拍挨打之后哭的镜头，再拍挨打和母女抱头痛哭的近景。这样一来，挨一次打非得哭两次才行。这回妈妈再也舍不得揪了，想起婷婷最怕妈妈离开她，妈妈请女演员罗秀春到拍摄现场说："婷婷的妈妈走了，她单位上刚刚打电话叫她一个人先回去。"婷婷不知真假，眼泪一下就流出来了。妈妈从录像监视器里看到女儿哭得那么伤心，心里直发愁：还得哭两次呢，可怎么办哪？！

没想到，第三次哭却十分省劲儿。桃花妈妈打得并不重，婷婷却哭得很伤心。导演一喊："停！"桃花妈妈连眼泪都顾不上擦，就担心地抱住婷婷边揉边问："打得疼吗？"婷婷却甜甜地一笑："不疼，桃花妈妈，真的不疼。"拍完戏，妈妈问她："这么容易就打哭了？"婷婷得意地说："开始我是假装在哭，我心里想着哭吧，哭吧！就真的哭了。"导演听见了大感惊奇，说："嘿，这么小的孩子居然也会用'第二自我'来演戏！"

让小演员哭并不难，难的是哭得再狠也不忘演戏。最后一次拍哭，婷婷就真的耍起横来了。刚刚拍完同学打掉小英的课本，把小英推倒在泥地里的戏，婷婷就非要换干净裤子。妈妈不答应，还故意拿脏裤子上的"蚯蚓卵""苍蝇卵"来吓唬她。婷婷气得大哭起来，摄像机连忙对准了她。导演对婷婷喊："快说，我的书……"婷婷根本不理他，只管哭叫："打妈妈！讨厌妈妈……"直到妈妈说："听话！趁着蚯蚓卵还没变成虫，赶快把戏拍完！"婷婷才伤心地哭叫起来："我的书……我的书包……"

凑巧的是，《桃花曲》在中央电视二台放映的时候，姥爷和姥姥刚好买了彩色电视机，当他们从屏幕上看到日夜思念的婷儿时，真是高兴得嘴都合不上了。我们则把婷儿得到的200元片酬加进了买电视机的专款，这台富有纪念意义的18英寸卧式老彩电，到现在我还舍不得淘汰呢！

母女对话录，入选《新中国的一日》

拍电视剧的兴奋劲儿刚过去，各大报纸上同时刊登的"《新中国的一日》征文活动启事"又引起了我的注意。

我在选修"中国现代文学史"时了解到：半个世纪前，以茅盾为首的一批进步文化人曾经发起编辑了一本大型报告文学集《中国一日》，这部征文集通过众多普通人的笔，为1936年5月21日的中国照过一张"相"，它为唤醒中国人的救亡意识立下了不朽的历史功绩。没想到，50年后的今天，又有一批有心人想在同样的时间、以同样方式为改革开放的中国摄一张"相"，既可给渴望了解中国近貌的中外朋友们以直观生动的印象，又可与50年前的中国做一个对比。《新中国的一日》编委会呼吁各界人士都把1987年5月21日这一天的经历、感受写下来寄给他们，入选的征文将由华夏出版社结集出版。

这则启事在当时社会上引起了强烈反响，短短一个月的时间里，编委会共收到稿件13000多份，许多国内外知名人士都踊跃地参加了征文活动，如宋希濂、费孝通、夏衍、杨沫、聂卫平、沈醉、叶永烈、程乃珊，等等。我和无数热爱祖国的公民一样，认为"自己有责任、有义务参加这次有益于了解中华民族历史横断面的征文活动，把当代中国社会一日中的点滴留给后世"。而且我还希望有婷儿这样的接班人在50年后再次发起《新世纪中国一日》征文活动，把"国家兴亡，匹夫有责"的优秀传统一代一代地传下去。于是，我在5月21日之前先把事情的来龙去脉讲给婷儿听了，并且告诉她，我准备把她当时正在做的一个智力训练活动"家庭新闻发布会"写下来。婷儿对此也很感兴趣，那天一出幼儿园，我们在路上就开始了问答，回家以后，又用录音机把我们的问答重复了一遍，然后再根据录音整理成了这篇应征的稿件：

幼儿园里的"新闻"
——刘一婷答妈妈问

妈妈：婷婷，你先做个自我介绍好吗？

婷婷：好吧。我叫刘一婷（"亦婷"是继父张欣武后来给她改的），是成都市第三幼儿园大（2）班的小朋友。我今年6岁，是3月份过的生日。满了6岁以后，每天从幼儿园回家，妈妈都要让我"发布新闻"。我总是一坐上"专车"（妈妈的自行车后座）就开始讲幼儿园里的各种事情。妈妈边骑车，边给我的"新闻"评分。有的评成"好新闻"，有的评成"一般的新闻"，还有的干脆就评成"不是新闻"，真好玩儿！

妈妈：今天不比往常，咱们要把幼儿园的新闻写下来，寄到华夏出版社，印到一本书里，你还记得是什么书吗？

婷婷：《新中国的一日》，书上全是 5 月 21 日的真事儿，对吗？

妈妈：对。这本书是隔了 50 年才出第 2 本呢！这回咱们能不能被选中，就看你今天有什么新闻了。

婷婷：别担心，妈妈。今天我得了好多新闻呢！

妈妈：是什么事儿啊？

婷婷：星期二的幼儿园体操比赛出结果了，我们班得了个第 1 名。这个新闻不错吧？

妈妈：不错！这下你们班就有两个第 1 名了。

婷婷：这个第 1 名和上一次的第 1 名可不一样。上次跳《小螺号》，是幼儿园自己搞的比赛，我们得了第 1 名，只是给大（2）班争了光。这一次体操比赛，我们是代表三幼去的，是全东城区的第 1 名，这可是给全幼儿园争的光哦！比赛那天，我们班的小朋友没有一个人做错动作，也没走错队形。可惜你没去看。

妈妈：是挺可惜的，不过我更愿意让你讲给我听。

婷婷：为什么呢？

妈妈：好处可多啦。你想想，为了给妈妈"发布新闻"，首先你得注意观察吧？观察到了，还得把话想完整了，才能说清楚吧？经常练习，你就变得会看、会想、会说了。比起刚刚开始"发布新闻"的时候，你不是进步多了吗？

婷婷：是的，现在上课的时候，老师总是表扬我词儿用得好，反应也快。

妈妈：这都是练出来的，对吗？

婷婷：对。妈妈，我们今天学了一首新儿歌，可好听了，我背给你听好吗？……糟糕，第 1 句我忘了。

妈妈：那就从第 2 句开始背吧。

婷婷：好吧。

……

好像大桥两边架。

我从上面走过去，

迎接外国的小娃娃。

你好呀，你好呀，

美国的小尼娜。

你好呀，你好呀，

日本的小樱花。

欢迎你们到我家，

庆祝"六一"儿童节，

全世界小朋友是一家。

妈妈：嗯，挺不错的，第1句是不是跟彩虹有关哪?

婷婷：就是就是! 我想起来了，"一道彩虹天上挂，好像大桥两边架"，哈哈……

妈妈：好了，婷婷，咱们结束吧。你还得练习报幕呢! 星期六就是23号，东城区幼儿文艺汇演就要开始了。明天晚上咱们要看《坎坷》(墨西哥电视连续剧)，也练不成，全靠今天晚上了。

婷婷：好吧，妈妈，再让我说最后一个新闻吧，1分钟就够了。你看着表啊。预备，开始! 今天中午在幼儿园吃饭的时候，我发现嘴巴里长了两个小尖尖，顶得牙齿很疼。

妈妈：让我看看。唉呀婷婷，你要换牙了，乳牙还没掉，新牙就冒出尖了。人家都是7岁换牙，你怎么6岁就换牙了?

婷婷：我们班好多小朋友都在换牙呢，蒙肖、罗凯、杨丽娜、黄奇……都是6岁。曾医生说，独生子女营养好，发育得快。

妈妈：噢，是这样啊。喏，咱们到家了，下来走吧。

一年后，我在《〈新中国的一日〉的编辑经过》中看到，"在13000份稿件中，从6岁稚童到百岁老人，没有哪一个年龄层没有来稿。"这个"6岁稚童"说的就是婷儿。我们的稿件经过了先后4次筛选，而且因为"北京、江苏、四川、辽宁是来稿最多的地区，其稿件只好从严选取"，但最终还是脱颖而出，和480篇入选征文一起载入史册，成为反映当代中国的一个小侧面。

能以这样的"成果"为婷儿的幼儿时代画句号，我们已经相当满意了。

第五章

小学阶段：塑造灵魂＋训练技能

婷妈妈刘卫华的话

为了把女儿培养成出类拔萃的人，我们一直希望尽可能让婷儿受最好的教育。然而，婷儿6岁的时候，我还是单身母亲，既无权又无钱，想让婷儿进一所好学校真是难上加难！

那会儿，恰好成都市教育委员会把7岁上小学的规定改成了6岁上小学，帮我去掉了6—7岁这一年怎么办的心病。但是随之而来的各种信息，简直让人无法安心。

在当时的教育体系下，家长只能按保送重点中学的名额多少来衡量小学质量的好坏。那几所较多保送名额的市重点小学，都不在我家附近，婷儿凭户口是上不了这些好学校的。除非我能给这些市重点小学的校办工厂联系上能够带来3万元利润的业务，或者是直接给他们送上1万元"教育赞助费"，婷儿才能在这些教学水平一流的小学里读书。可是对我来说，别说是1万元，就是1000元当时也是一个天文数字（半年前，为了给婷儿买一台1000多元的电子琴，我已经提前使用了她6—10岁的抚养费）。如果完全凭户口上学，婷儿能进的恰好是成都最差的两所小学，这两所小学每年仅有一两个升入重点中学的名额，其余的学生都将进入成都档次最低的两所中学，这些中学很多年里都没有一个人能考上大学。

这样的前景简直让人不寒而栗！在三幼的毕业联欢会上，老师让我代表家长发言时我都忍不住提道："能在教育水平一流的三幼度过童年，是孩子们的幸运，遗憾的是，包括婷儿在内的大多数孩子不能在一流的小学度过少年时代……"

那时候，幼儿园毕业班的家长们为了给孩子找一个好小学，都在八仙过海各显神通。婷儿的好朋友泱泱（她将在婷儿日记里多次出现）住在省文联隔壁，她父亲的单位出面，把当年的适龄儿童都送进了东城区重点学校——商业场小学。商小虽然比不上市重点，但每年也有十来个进重点中学的名额，其余的毕业生也有机会进入成都市的二三流中学。婷儿的另一个好朋友王玉（她也将在婷儿日记里多次出现）父母都是工人，只能听天由命（这对深爱女儿的父母也采取了自己的对策，那就是坚持让女儿跟前面提到过的袁老师学绘画，用出色的美术专长来弥补小学文化课教得差的不足，最终使女儿王玉走上了以美术为专业的路。前天——2000年4月26日刚刚传来喜讯，王玉已经被四川美术学院附中保送上四川美术学院，成为又一个在逆境中脱颖而出的范例）。

　　我不想听天由命，可我既没有可以给市重点校写条子的社会关系，我们单位也没有足够的财力或权力把适龄儿童送进区重点校。在这个关键时刻，又是我的同事和他的妻子吴老师帮了我一把。他们主动帮编辑部的两个孩子联系了一所刚刚升级为区重点的小学，这所重点校比商小远，需要坐两站路的公共汽车再走半站路才能到，它的好处是校园大，环境也比商业场小学安静得多。最重要的是，它每年也有十来个升入重点中学的名额。尽管它的学生比商小多得多，竞争的激烈程度也比商小大得多，师资却比商小差，但有机会总比没机会强。

未进小学门，先有"大"目标

　　尽管我非常重视婷儿的教育，但我从来没有为婷儿具体设想过将来从事什么职业。我只是在给婷儿讲述古今中外杰出人物的故事时，有意用无限钦佩的口吻称赞他们是"为人类作出了贡献的人"，并且勉励婷儿长大了也要为人类做贡献。在我的感染和灌输下，婷儿很小就理所当然地认定："我长大了也要当为人类做贡献的人。"

　　联系学校的整个过程，我都尽可能带着婷儿一起去，让她从一开始就知道，为了实现"长大为人类做贡献"的理想，首先要争取受最好的教育。看大人们为此奔波劳碌费尽口舌，小小的她也情绪性地感受到，争取上一所好学校是多么重要，又是多么不容易！

　　从感情上来说，婷儿很想和王玉继续当同学。我对她解释道：王玉要上的那个学校只有一两个保送名额，很容易被享受加分政策的"区三好学生"占用。婷儿说："那我就争取当'区三好'嘛！"我告诉她："你有这个想法当然很好，但是评'区三好'时，不确定因素太多……我们不能把希望寄托在自己无法把握的事物上，只能选择我们有可能做到的事，那就是在学习上公平竞争。我们不怕竞争，只怕没有机会竞争。你只要毕业时总分排在前三名，10个保送名额怎么也会有你一个，因为一个学校最多只有两三个可以加分的'区三好'。就怕你只能排到八九名，别人一加分就把你挤下去了。如果你上不了重点中学，就受不到很好的教育，要想像安徒生爷爷（这是她幼年最崇拜的人）那样为人类做贡献就更困难了。"

从婷儿后来的成长过程来看，这番话给婷儿留下了很深的印象。因为她遥远而空泛的人生理想第一次被化解为"争当前三名——保送进重点中学"这样具体的阶段性目标。在整个小学阶段，这个阶段性目标都是婷儿努力学习的内在动力。

如今为了给中小学生减轻负担，中国很多地方已取消了重点初中，学校也不再排名次了。这样做，对大多数学生来说，可以避免在心理发育阶段反复地体验失败，以至于丧失自信心和追求知识的热情，但对于那些有能力也想当尖子的孩子来说，却有一种失去近期奋斗目标的消极作用。家长若想让孩子在没有名次压力的情况下继续保持"尖子状态"，只能设法唤起孩子的内在学习动力。这种内在动力，最好来自远大的人生目标。这种远大目标可以是各种积极的人生理想，在少儿时代，只能由父母灌输给孩子。

培养交流习惯，打开心灵门窗

由于上学的途中要两次横穿马路，还要过一个车辆很多的大十字路口，整个一年级我都是每天两次用自行车把婷儿送到校门口。那时候，我最大的享受就是目送婷儿蹦蹦跳跳地加入到上学的人流中。我总觉得这种情景寓意深长。

在我的心目中，进入小学就是孩子走向社会的第一步，也是孩子离开母亲的第一步。从我和婷儿道别的那一刻起，女儿就要独自面对这个并不是专为她而存在的世界。要想在这个阳光和阴影并存、鲜花和陷阱同在的世界健康快乐地成长，单靠0—6岁的早期教育是远远不够的，尤其是在刚刚走进社会的小学低年级阶段，我必须切实了解婷儿方方面面的情况，针对性很强地为她提供有效的帮助。

问题是，孩子一上学，老师就将取代家长在孩子心目中的权威地位，在群体效应的作用下，老师的影响力多半会超过家长。孩子们常常懒得跟家长说自己在学校的事，觉得没必要——其实很有必要。在这种情况下，让孩子养成与父母交流的习惯就显得格外重要了。

对此，我早有思想准备，并且提前采取了措施。早在幼儿园大班下学期，我就开始让婷儿每天在回家的路上给我讲幼儿园里的"新闻"，这样做的直接目的是为了让婷儿练习表达能力，还有一个更深远的目的，就是让婷儿养成与家长交流的习惯，以便让她与父母长期保持密切的精神联系，当她遇到麻烦的时候，能够及时得到极其个性化的指导。

在小学阶段培养孩子的交流习惯，其实非常容易。中午和晚上婷儿放学回来，我基本上都正在做饭，我给婷儿规定的是，一放下书包，就到厨房里来跟妈妈谈学校的情况。

我们每天必谈的内容主要是两部分，一部分是上课学了些什么新知识——每天坚持问婷儿的学习情况，是为了给她传达这样的信息：妈妈非常关注你学习的进展，因为学习是你的头等大事。这种态度会在潜移默化中使孩子也把学习看作头等大事。另一部分是各种婷儿认为值得一提的事儿，尤其是那种引起她情绪波动的事情，无论是让她高兴还是让她生气或让她觉得有趣的各种琐事和疑问。

只要大人肯问和认真听，小学生是很乐意跟家长谈自己感兴趣的各种事情的，错过了这个阶段，大人再想走进孩子的内心世界就不大容易了，对于独生子女父母来说，那是多么遗憾呀！而我们和婷儿直到今天都保留着这种广泛而深入的交流习惯，对做父母的来说，这也是实实在在的幸福啊。何况这种幸福所需的代价并不大，从小学开始交谈就够了。

从做饭、吃饭到收拾碗筷，我和婷儿总是兴致勃勃、海阔天空地谈个不停。在需要点拨的时候，就点拨她几句。这种平等交流的方式，使婷儿很乐意接受我的指导，心甘情愿地尝试用家长的社会经验去解决问题。在婷儿第一次受挫折的时候，这种交流的习惯马上就显出了它的作用。

第一次受挫折，代理班长被撤

　　那是上学才个把月的事情。在学校，婷儿的主动活跃很快就引起了班主任的注意，开学没几天，班主任就让她当了代理班长——正式的班长要在两个月之后再决定。刚入校就受到重视，我们当然高兴，但很快婷儿就因为一件意外的事情而失宠了。那是在语文课堂上，班主任正在教大家用拼音读生字，在读四声字的时候，班主任老是先读三声再转到四声，如把"区玉——去"读成"取玉——去"。婷儿在家里习惯于随时纠正错误，她马上就举手发言，当众指出了班主任的读音错误。班主任非常不高兴地说：我没有读错。婷儿还想和她争论，但被要求坐下，并被批评为骄傲自满，随后代理班长的职务也被撤了。

　　婷儿很不服气。回家告诉我之后，我首先肯定了婷儿的发音是正确的，然后告诉她："指出班主任的读音错误虽然没有错，但当众纠正效果很不好。第一，她可能认识不到自己读音不对，只会觉得你在出风头，干扰她的正常教学。第二，有的人很爱面子，不喜欢别人当众指出错误，尤其是被你这样的新学生。虽然这不是什么优点，我们不应该学习，但也不可能去改变它，我们只能改变自己的做法去取得好的效果。比如说，你在下课之后单独找到班主任，用请教的方式向她提出这个问题，你看会不会是现在这个结果呢？"

　　婷儿想了想说："我想不会，至少老师不会因此而不高兴。因为这种做法不会伤老师的面子。"婷儿又问："那为什么老师错了就可以不改正，我错了就必须改正呢？"我笑着说："你不改正考试就要丢分，你干不干呢？"婷儿也笑了，说当然不干。我趁机告诉她："如果老师有问题，归学校领导管。你以后再遇到这种情况，最好先回来问妈妈。至于代理班长，撤了就撤了吧，如果你能记住这个教训，还可以使这件坏事变成好事呢！"随即，我们的话题便由师生矛盾转向了哲学："为什么坏事能够变好事，好事也能变坏事……"谈着谈着，婷儿的委屈就被新的兴趣所代替，一次心理危机也安然化解。

　　像这种发生在孩子与老师之间的矛盾，如果没有家长的帮助，很容易给孩子留下心理创伤，轻者造成是非观念的混乱，重者甚至会形成反社会倾向。如果在问题形成之后再来解决，将非常困难。为了避免走到这一步，我情愿把功夫下在预防之上。

一年后，婷儿又遇到类似问题，她的处理方法就老练多了：

> 昨天，老师给我们讲《春晓》这首诗，老师说："这首诗是孟浩然写的，他是唐朝的。"可是我听成是宋朝的了。回家以后我问妈妈："孟浩然是哪个朝代的？"妈妈说："是唐朝的。"我说："妈妈，那老师说错了，她说是宋朝的。"妈妈说："不会的，一定是你听错了。"幸亏我没有像原来一样，站起来纠正老师。

忍受讥讽和噪音，锻炼适应能力

自从发生了在课堂上纠正老师读音的事情之后，班主任对于婷儿的印象明显不如原来了。婷儿在课堂上积极举手发言，老师很少叫她，有时她忍不住替那些答不出问题的人回答问题，老师就会毫不客气地说她是"攒花儿！"（成都方言，意为"爱出风头的家伙"）"就是你最攒！"这样的情景反复重演，一次又一次地打击着婷儿的学习积极性，婷儿对于语文课的兴趣下降了。

我并没有就此去找老师交换意见，而是单方面要求婷儿调整自己的心态和行为，希望借此培养她的适应能力。

那天中午，婷儿在吃饭时候对我说："以后上语文课的时候我再也不发言了。"我问为什么呢？婷儿就把上述情况告诉了我。说心里话，我对老师的做法很不赞成，但为了维护老师的威信，我还是对老师的做法进行了正面的解释。我告诉婷儿："老师不抽你，可能是因为她知道你已经懂了，所以她要叫那些可能不懂、也可能不专心听的人起来回答。这是老师为了让大家都专心听课想出的办法。你抢着替别人回答，老师就弄不清楚那些答不上来的人到底懂没懂——"

"所以就会批评我。"婷儿一点就通，马上接过话来说，"那你说我以后到底还举不举手发言呢？"我让婷儿自己先提方案。婷儿想了想说："如果是简单的问题，大家都抢着发言，我就不举手，如果是困难的问题，大家都不肯发言，我又回答得上来，那我就举手。你看怎么样？"我当然觉得这样很好啰，同时又补充道："简单的问题你还是要举手，但是不要在乎老师叫不叫你，只要让老师知道你懂了就行了。"婷儿对这个解决办法很满意。班主任也因为婷儿的改变和婷儿总是能答好难题，逐渐改变了对婷儿的看法。

我经常对婷儿说，成都人有一句话说得好："会怪的怪自己，不会怪的怪别人。"遇到问题老是怪别人、怪环境的人，只会消极等待别人改变，而改变别人又往往超出我们的能力，于是问题就会卡在那里得不到解决，吃亏的还是自己。一个积极进取的人应该主动采取措施解决问题，而不是一味追究别人的责任。

在小学阶段，婷儿经常会为此而想不通，多次眼泪汪汪地提出质问："凭什么呢？"经过多年的重复和实践，上中学时婷儿已经形成了"自我调整为主"的进取型行为模式，在讨论问题的时候婷儿经常会说到这样一句话："既然这不是我们能改变的，还是说我们能做些什么吧……"

除了适应人际关系的能力以外，适应物质环境的能力也很重要，对此，婷儿也是从小培养起来的。

婷儿上一年级时，距我家阳台仅五米远的外单位楼房里搬来了一对卡拉OK迷，小两口常常在晚饭后唱个没完，音响又开得大，调子又唱不准，唱到10点还不停，周末更是呼朋唤友唱到半夜。周围的邻居抗议也罢，骂也罢，他们从来不理睬，婷儿经常被吵得心烦意乱，做作业也很难专心。

每当婷儿向我抱怨的时候，我都态度平静地对她说："既然我们没有办法让他们不唱，就只能适应这种状况。你就趁机练习抗干扰能力吧。你想想看，毛主席为了锻炼抗干扰能力，还专门到闹市区去看书呢！你就向他学习，练习在嘈杂的环境下专心致志的能力吧。"

其实，我对那些缺乏公德心的行为也很讨厌，但我十分注意不在婷儿面前流露自己的厌烦情绪，以免把她的情绪引向怨天尤人，以便增强她锻炼抗干扰能力的信心。同时也要求她不要给自己不良暗示，以免强化自己的厌烦情绪。我教婷儿反复在心里说："让他们吵吧，我照样能专心学习。"直到自己坚信不移为止。婷儿6岁起就开始用这种积极暗示法调整心态、控制情绪，对于增强她的心理承受能力起到了很好的作用。

不少家长仅仅重视孩子的智力投资和技能训练，对于适应能力却很少过问。实际上，孩子的适应能力对他以后的发展意义重大。因为一个人对环境的适应能力如何，可以决定他智力才能发挥的高低限度，随着年龄增大、知识增多，适应能力的作用会越来越明显。生理适应能力差的人，换个地方连吃住睡都感到不能适应，也很难正常发挥才能。还有些才华横溢的人陷入人事僵局后一辈子都无法自拔，原因之一就是缺乏社会适应能力。

令人欣慰的是，婷儿的适应能力特别强，到目前为止，她总是能很快适应环境，保持最佳心理状态，发挥最佳效能。

培养学习习惯，训练独立作业

对大多数智力正常的孩子来说，一年级的功课并不难，难的是一开始就养成好的学习习惯。幸运的是，婷儿入学之前我就买到了一本很好的书：《小学生用功术》，使我对婷儿应该养成哪些学习习惯做到了心中有数。很可惜，在1999年初我住的那栋旧楼拆迁时，把这本好书给弄丢了。我只能凭记忆把我重点培养的学习习惯写下来。

一、尊重学习时间的习惯

根据少儿的生理条件，以20分钟作为一个学习时间段。在开始学习之前，我先提醒婷儿做好一切准备工作，包括喝水、撒尿、削铅笔、找本子，等等，学习时段一开始，就必须专心学习，既不允许离开座位，也不允许干任何杂事，大人有事也不能打扰孩子，要等学习时段结束再说。大人的这种态度特别有利于培养孩子"学习时间神圣不可侵犯"的观念。

德国神童威特的父亲就是用这种办法来培养孩子尊重学习时间的习惯的。在威特学习的时候，即使来了客人，威特的父亲也会说："威特正在学习，请他等一等吧。"

婷儿很快就习惯于学习时间不干其他事情。二年级的时候，有一天大人不在家，家里来了客人，婷儿在阳台上认清客人的确是我们的朋友后，把客人请进了家门，还给母子俩冲了两杯酸梅汤解渴。玩了一会儿，婷儿写日记的时间到了，她就请阿姨自己看书，请小朋友玩她的建筑模型，自己却坐到书桌前写起日记来了。而且写的就是刚刚发生的这件事："来客人"。

二、积极休息的习惯

20分钟一到，就让孩子休息5分钟。超过5分钟不利于孩子在下一个学习时段迅速地把注意力拉回到学习上；达不到5分钟，也不利于孩子解除视力和脑力的疲劳。休息时间必须离开书桌，做一些不剧烈的体育活动，或干那些学习时不许干的杂事。休息时也不允许婷儿懒洋洋地坐着或躺着，以免影响学习时的精神状态。

婷儿很快就形成了休息就是活动的概念。家长要求她在学校也要做到"动静结合"，她坚持做到了课间十分钟不在教室里赶作业，而是想方设法地用于锻炼身体。最简单的办法就是跑楼梯，从小学一直跑到高中。这个习惯为她在繁忙的学习生涯中挤出了不少锻炼时间，不仅升重点中学时考800米长跑对她不在话下，高三最紧张的时候，她还在学校的运动会上夺得了女子400米跑的冠军，差一点就刷新了学校的该项纪录。

三、独立作业的习惯

一是让婷儿自己掌握时间。我要求婷儿每次学习的时候都把闹钟放在书桌上，事先算好几点几分开始学习，几点几分开始休息，并把它写在一张纸上，自己按照时间表来执行。我明确地告诉婷儿："学习是你自己的事情，应该由你自觉地把学习搞好，我只用抽查的办法来监督。"这种做法有利于培养孩子学习的自觉性。

二是让婷儿自己用录音机听写。用录音机听写的好处很多，首先，录入听写内容的时候就是一次专心复习的机会；其次，操作录音机的动作使孩子觉得自己很能干，可以增加听写的趣味性；再次，用一件家用电器作为学习工具，可以使孩子强化学习是"干正事"的感觉；另外，录完听写内容后让孩子把书交给家长保管，也可让孩子感受到家长对诚实的重视。

四、使用权威性工具书的习惯

从一年级起，我就让婷儿使用正规工具书，主要是《新华字典》和《现代汉语词典》，有时也用《辞海》的有关分册。遇到生字生词，我不给她提供现成答案，而是让她先查权威的工具书，一开始就寻求准确的解释，以免留下似是而非的印象。低年级的时候她查到了条目我再和她一起看解释，后来就由她查清楚了再讲给我或爸爸听，通过马上复述来加深印象。

这个习惯不仅可以培养严谨的学风，还使婷儿养成了以"少而精"的标准选择教学辅导资料的习惯。

五、正视错误的习惯

按照《小学生用功术》的建议，我不许婷儿用橡皮擦把错误擦掉，而是用笔做个记号放在那里，每次看到都可以提醒自己在这个地方容易出错，这样可以减少重犯相同错误的次数。另外再设一个"改错本"，用正误对照的办法专门记录各种错别字，以便集中复习，巩固改正的效果。在数学考试之前，则把本学期的数学作业和测验卷子上的所有错题重做一遍，力争同样的错误不犯第二次。

六、保护视力的习惯

婷儿上学前，我就对她讲解了近视眼的成因和危害性，让她对高度近视后可能造成视网膜脱落的严重后果感到畏惧，并且经常重复这个话题，使她留下深刻印象。

婷儿上学后，每次做作业都要求她严格执行眼睛和书本距离一尺远的规定。在四年级之前，市面上还没有防近视台灯，我就"土法上马"，先是用脖子上套"绞索"的办法防止她头往本子上凑，后来又发明了一个下巴支架，强制她保持距离。无奈那时的学习负担实在太重（四年级下学期婷儿因为发高烧休息了一个星期，视力便恢复到了1.5，但一去上学，视力马上就下降到了0.6），尽管五年级的时候婷儿终于用上了爸爸买到的防近视台灯，但她也必须戴眼镜了。幸亏多年来我们一直在强调保护视力，五年级下学期还坚持扎了半年针灸（起到了在小学阶段维持现状的作用），加上婷儿已养成了读书写字时保持适当距离，以及20分钟望一次远的好习惯（哪怕是5秒钟也好），所以直到现在婷儿的近视程度也并不算深。

继父来加盟，深得女儿心

1988年夏天，我们家多了个儒雅诙谐的新成员，他就是婷儿的继父张欣武，一个疼她爱她胜过亲生女儿的好爸爸。

在布置新房的时候，我们特意把套间里屋布置成婷儿的小房间，让她也感受到爸爸的到来对她有着不寻常的意义。这些铺垫，使婷儿和爸爸相处得更愉快了，婷儿比以前更喜欢这位做事时沉静安详、闲暇里却很幽默风趣的大朋友了。跟爸爸在一起，婷儿总是笑声不断。

张欣武出身于文化氛围很浓的家庭。他的祖父是一位富有民族气节的书法家。抗战初期，日本鬼子得知他曾留学日本，在当地又很有名望，就想方设法威逼他出来当汉奸。这位70余岁高龄的老人不顾自己的病弱之躯，让儿子背着逃离了敌占区，宁死沟壑，也决不为鬼子作伥，不幸于途中病逝。他的骨气，给张氏后人留下了一份可贵的精神遗产。张欣武的父亲早年就读于燕京大学，是一位正直而有才干的知识分子。张欣武的妈妈，是一位富有教养、受人尊敬的省级劳动模范。他们都十分喜爱婷儿这个聪明活泼的孙女，他们送给婷儿的一套《十万个为什么》也成了婷儿的"新宠"。

家庭的熏陶，使张欣武从小看问题时往往眼光独具。他曾对许多人的成长历程做过剖析，熟知广义的教育措施的优劣会对人的一生成败产生决定性影响。他还善于从小看大，知道孩子小时候的各种状况对他们的未来具有哪些意义。

在对待婷儿的态度上，张欣武当时面临两种选择：一种很容易——当一个受婷儿欢迎的父亲。这只需要他对婷儿态度和善，多关心少约束，就可以轻松愉快地做到。另一种选择就艰巨得多——那就是当一个教女成才的父亲。因为这是一项复杂的"系统工程"，需要付出多得多的心智和辛劳，才有成功的希望。

张欣武没有犹豫，选择了后者，并开始一步一个脚印地付诸行动。他说，他知道自己能给婷儿带来什么。如果没有给她，心里就会觉得是剥夺了婷儿的机会。

他还说："尽管当父母的能力有大有小，但对孩子都应该尽心，无论她是不是亲生的。"

由他来担任培养婷儿的"主教练"，对婷儿此生意义重大。

张欣武多方面的素养，使他在婷儿的后继教育方面走出了一步步的好"棋"。他在对幼儿期的婷儿进行了科学启蒙的基础上，于小学阶段又培养出了婷儿文理兼备的兴趣和能力，对婷儿的前途产生了深刻影响。他为婷儿设计的各种单项训练，大大提高了婷儿的学习技能，使婷儿成为学业一路领先的尖子。他更进一步培养了婷儿旺盛的斗志，传授了许多有效方法，使婷儿此后在每一处强手云集的环境中（包括现在的哈佛），都能做到不仅学业领先，其他重要素质也同样有出色表现。

张欣武成功指导了婷儿自立能力的培养过程，婷儿的灵魂塑造过程，主要也是在张欣武的指导下完成的。在小学和中学阶段，张欣武以丰富的人文知识和独到见解，对婷儿进行了十多年的精神熏陶，使婷儿在思想修养方面迅速走向成熟，在国内外都获得相当高的评价（这些都将在后面介绍）。

我早就意识到，婷儿越大，张欣武的作用就越关键。从长远考虑，我请张欣武在婚后第一年以和婷儿建立感情为主，避免与婷儿发生任何矛盾冲突。不过张欣武不久就发现，由于他和婷儿几年来已经建立了很深的感情，可以不必拘泥于这个限制。婚后不久，他就开始推出一些重要举措，以消除婷儿发展的种种障碍。

爸爸加盟后的第一个举措，就是改善婷儿的"软环境"。

来后不久，他很快发现我有时对婷儿的方法有些简单生硬，对婷儿成长不利。他私下批评我："你对婷儿的态度太严厉了，一双眼睛总是盯着婷儿的各种差错，一遍说不听，马上就变得声色俱厉。这样只能培养她的对抗心理，对她的性格发展很不利。"

我深感惭愧地说："你说得很对。主要是因为前几年一个人带孩子时间太紧张了，没那么多工夫来耐心说服，只好用了一些压服的方式。我知道这样很不好，希望你能暗中督促我改正。"他说："你的要求都是对的，但用不着声色俱厉，应该坚持这个原则——立场坚定，态度缓和。并且不要很多问题同时抓，应该一个阶段主要只解决一个问题。"

他的话让我心悦诚服，很快就开始调整对婷儿的态度，婷儿的日子马上就好过多了。不知内情的她还天真地问我："妈妈你发现了没有？爸爸一来，我们家的笑声就变多了！"

11年后婷儿申报哈佛的时候，哈佛的入学申请表上要求她写一篇作文："指出一个对你产生了重要影响的人，并描述这种影响。"婷儿很自然地就想起了爸爸培养她的件件往事，并以6岁时得到的那台旧显微镜为切入点，写出了一篇饱含感情的作文：《继父的礼物》。

爸爸来加盟对婷儿成长的意义，婷儿当年自然是意识不到的。她7岁时，只是在爸爸第一次在我们家过生日的那天，想起了一年多以前的那份惊喜，并且在她刚写了几篇日记的小本子上，向爸爸回赠了一份特殊的生日礼物：

今天是爸爸的生日，我想写一篇日记，做礼物——

爸爸给我的欢乐

爸爸买回了一台显微镜，让我看到了大肠杆菌和葡萄球菌。还让我看到了固体变成液体，液体又变成固体的实验……妈妈很爱我，不过妈妈是无法做到这些事的。

爸爸重安全，为女除隐患

爸爸来加盟后的第二个举措，就是尽快解决婷儿独自在家的安全问题。

像我们这样的"双职工"家庭，由于大人下班时间往往比孩子放学晚，婷儿常有独自在家的时候，电、火、煤气的危险是不容忽视的。在婷儿幼儿期，我主要的办法是让她避开这些危险的东西。婷儿上学后，显然需要更有效的措施。

爸爸说，一个活泼好动的孩子，克制不住好奇心玩火玩电是难免的。婷儿到了学龄期，不能简单地去限制她。只有让她真正弄懂出危险的原因和避免的方法，才能消除隐患，得到可靠的安全。

首先要防范的是"电老虎"。在电学方面，爸爸很内行。他首先让婷儿弄懂"回路"和"触电"的概念。他让婷儿看到：只要电灯泡的一头连着电源火线，另一头连接随便什么可以代替地线的东西——自来水管、煤气管道、潮湿的地面，电灯泡的灯丝就会发亮，说明有足以让人致命的电流从灯丝上流过。爸爸告诉婷儿："电流的速度是一秒钟30万公里。一眨眼的工夫，就能绕地球飞跑7圈半。你要是用电不懂安全常识触了电，转眼之间，电流就会使心脏停止跳动，让你丢掉性命，躲都来不及躲。婷儿你愿意倒这么大的霉吗？"

婷儿吐了吐舌头，连忙摇头。爸爸趁热打铁，教给婷儿一套有效的安全用电常识：用电之前避免站在潮湿的地面，身体不能接触到裸露的电线。如果单手操作，会比双手更保险……婷儿照爸爸的要求反复练习，直到烂熟。爸爸还不放心，每天让婷儿继续复习，直到满意为止。

接着又开始解决"气老虎"。爸爸给婷儿做了一个小实验：把一个开了盖的空罐头盒放在煤气灶上，然后打开煤气阀往罐头盒放一点煤气。关上阀门后，把一根点燃的火柴凑近口朝下的空罐头盒，就听见"砰"的一声爆响。声音虽然不大，却还是把婷儿吓了一小跳。爸爸说："婷儿你看，这么一点煤气遇到明火都会发生爆炸，要是不小心把煤气放得满屋子都是，再遇上一个小火星，你说会怎么样？"

婷儿想象着那幅可怕场景说："会爆炸，还会失火，烧死人！"

爸爸说："对，整个屋子就会变成大炸弹，烧成一片火海。不过，要是你懂得用煤气的要领，就能保证不出事。"然后爸爸就教给婷儿一套用煤气的安全常识，从开煤气前先开排风扇，直到闻到屋里有煤气味的紧急处理方法……他还要求婷儿"闭着眼睛也不会弄错"。经过一段时间的反复练习，婷儿完全达到了要求。

爸爸还设计了一些游戏似的"安全演习"，让婷儿加深印象。一次次有趣又严格的"演习"，使婷儿既增长了科学知识，又熟知了保障安全的各种办法，效果极好。在以后的十几年里，尽管婷儿做的家务事比一般的城里孩子多，却从来没有在安全方面出过任何问题。

此后婷儿独自在家时，我们就感到放心多了。

爸爸常说，只要涉及到安全就不会是小事。有时只消几秒钟的疏忽，就会对一生造成重创，因此，安全能力是每个孩子必备的重要能力。有不少孩子一时不慎酿成事故，不幸贻患终身，就是因为缺少这种能力。而保障安全的最佳方式，就是让孩子熟练掌握防险避险的各种本领。

随着婷儿一天天长大，安全方面也不断出现新情况和新课题。在以后的十多年里，爸爸始终把婷儿的安全当成一件大事，每个阶段，都以预见的方式帮婷儿消除各种安全隐患，力争"把危险化解于无形"，使婷儿十几年来始终没有出现过真正的危险、事故或大病，有效地保障了她的顺利成长。

每天一两句，学着写日记

二年级一开学，婷儿就告诉我，班主任建议同学们每个星期写两篇日记，她愿意为他们批改，但这不是家庭作业，不写也可以。我没有问婷儿

"你写不写？"而是有意表现得很兴奋，还特地让她查看了《小学生用功术》上"写日记有助于学习"的条目，把婷儿的情绪也变得兴奋起来。

我的做法既是为了让婷儿养成听家长安排的习惯，也是为了激发她对写日记的兴趣。大人的态度对这个年龄的孩子具有很强的暗示力和感染力，我和张欣武都经常用富有感情色彩的方式引导婷儿积极地去做需要付出较多努力的事，以免思想和眼光远没有成熟的孩子屈从于身上的惰性，去作出错误选择。

婷儿很快就"进入状态"了，就是着急不知道写什么才好。我建议她把暑假的事儿用几篇日记写下来。可是暑假的事儿那么多，婷儿想来想去，都像是"狗咬刺猬，没处下嘴"。我便趁机教了她一个"选材绝招"——只选你觉得"最怎样的事情"来写，并正式给她提了几条写日记的规定：

一、最好能写成有趣的小故事，不要写成乏味的"流水账"（否则就起不到培养写作能力的作用）。

二、可以只写一两句话，但必须让别人看得懂（提高理解力和表达力的要求都暗含在其中了）。

三、一天写不完，就分成几天写成一组（为日后的长篇大论做准备）。

四、不会写的字就留个空格注上拼音，以后会写了再填上字（因为忙，有好多拼音至今都未填字）。

五、写一行，空一行，以便改正错别字和想修改一下的时候有地方可以下笔（让婷儿学习解决技术性问题）。

就这样，婷儿高高兴兴地写出了她的第一组日记：

9月2日　　暑假的回忆

二年级开始了，成老师让我们写日记，这真是个好主意。我认为是发展才能的好机会。我准备把暑假的事儿用几篇日记写下来，长大了再看一定很好玩。

今天开始写第一篇：

一、我最喜欢的事情

暑假里，我最喜欢的是看系列童话电视剧，比如:《冰雪王后》《萝卜》……

9月4日
二、我最不喜欢的事情

我最不喜欢午睡、9点睡觉。我不喜欢午睡的原因是，我想看书。至于9点睡觉的问题，因为9点有好看的电视。但是为了上学，还是得睡。

9月8日
三、我最爱干的事情

我最爱干的事，是给妈妈按摩。跟妈妈下班回来，只要看到妈妈累了，就给妈妈按摩。捶捶背，捶捶腿，妈妈觉得很舒服，婷婷觉得很高兴。

我建议婷儿每一篇日记都取个标题，然后围绕标题像写作文一样写。所以婷儿大部分日记都有标题。这既让婷儿养成了围绕中心写作文的习惯，又把婷儿训练成了取题目的"高手"，这些技能在语文考试中一直都在帮婷儿挣分呢。

我基本上不管婷儿写什么，也不管婷儿怎么写，只要求婷儿找到写作材料后就"迅速而自然地写"。我只负责看。我发现了婷儿的错别字就在下面做个记号，让婷儿自己去查证。有时候我也会发表几句看法，改不改也随婷儿。不过婷儿倒是很重视我的意见，尽管有时也会嫌麻烦不想改，过后还是会忍不住按我的意见去修改一番，或者干脆重写一遍。为了鼓励婷儿修改日记，我把改写和重写都算做另写的一篇。

需要强调的是，小学阶段写日记不是为了应付考试，而是为了培养综合能力和优秀素质。

从小学二年级到高中二年级，婷儿日常生活的基本内容之一就是留心身边的日记材料，长年累月地寻找，不仅促使婷儿保持了用心观察的好习惯，还发展起认真思考的好习惯。这正是我们要求婷儿坚持写日记的目的之一。我们还常常建议婷儿写自己犯下的各种错误，培养她自我反省的能力和习惯。开始婷儿很讨厌写自己的"糗事"，不到一年时间，她就悟出了在日记上反省错误的好处：

1989 年 5 月 18 日   星期五 （二年级下学期）

今天，看了我以前的日记，一共写了 69 篇，其中有 33 篇是记事，有 36 篇写的都是我承认错误的事。

我发现我日记本的开头几篇写的是我小时候自己想出来讲的故事，其中有《花儿为什么会开》《愚蠢的故事》等等自己想出来的小故事。我觉得写得比较好的日记有《我最喜欢的事情》《我最爱做的事情》《我最不喜欢的事情》《化妆品》《配手套》等记事情的日记。

我觉得我写的那些承认错误的日记看起来没多大意思，可是它记下了我童年的错误，经常看会使自己不会忘记自己的错误。

我今天看了我以前的日记，觉得我已经取得了我想取得的效果：看着很有意思。

点滴日常事，培养好素质

自从婷儿开始写日记，我们就多了一个了解孩子情况的渠道，也多了一个培养婷儿的手段。因为让婷儿只写"最值得写的事"，凡是我们建议她写到日记上的事情，就有了一种被重视、被肯定的意味。这种过程不断重复，我们的一些思想观念也就无形而有效地输入了婷儿的灵魂，婷儿的日记也因此真实地记录了她的心路历程。

这个过程用时髦的话来说，就是所谓的思想熏陶，它说难也难，说容易也容易，只要抓得早，抓得紧，日积月累，自然就会见成果。关键是家长要事事留意，时时有心，坚持原则，意见统一，给孩子立下的规定一次也不应该违反，让孩子学会坚持不懈。

毋庸讳言，这个过程漫长而琐碎，但并不枯燥乏味。看看婷儿的低年级日记，你就会具体而真切地看到，灵魂大厦的心理基础，是怎样一砖一石修砌而成的。

11 月 2 日 （7 岁时）   第一次作曲

今天我作了一首曲子，这首曲子可不是一般的曲子，而是我第一首自己作的曲子。我（在电子琴上）一会儿弹黑键，一会儿弹和弦，一会儿弹白键……总之我觉得很好听，我就把它录下来了。然后放给妈妈听。妈妈说："很好听。你把它倒过来，爸爸回来放给他听，他一定很高兴。"我就去把录音机倒回来，等爸爸回来给他听。（培养要点：鼓励创造性活动。）

11月3日　　考试前夜

因为明天要考试，日记就写得不能多。考试前一天，我做了数学，就做语文，就这样写到9点多，洗完，就该睡觉了。（培养要点：平时要抓紧，考试要放松。）

11月4日　　一个字

今天考试，有一个字，我没写出来。可是老师没有发现。所以我得了满分。但我总觉得很内疚，因为我本来只能得19分的，可我得了20分。我想告不告诉爸爸妈妈呢？我想了一会儿，决定说出来。妈妈说我诚实，爸爸也很高兴。（培养要点：及时鼓励诚实的行为，并反复灌输这样的价值观："不是自己诚实劳动挣来的好处，就是堆成一座金山也不动心"，使孩子的人生远离贪婪和谎言。）

11月6日　　考试发现的问题

我考试发现的问题有下面几条：1.爱掉字；2.爱错字。这两条就够我受的了。为什么会这样呢？原来，是因为家庭作业检查得不够好，考试当然也不行。所以家庭作业要好好检查，是很重要的。（培养要点：学习分析问题，总结经验。）

11月8日　　小歌手

今天下午的兴趣小组老师告诉我们，要选一个小歌手。回到家里，我告诉妈妈："我觉得我不行也不想。"妈妈问我："为什么觉得不行也不想？"我说："我觉得我的声音不好。所以我也就不想了。"妈妈说："你的声音很好，来，我们练练声。"于是我们练着练着我恢复了自信心。（培养要点：不轻言放弃，培养进取心。）

11 月 15 日　　日本来信

今天我爸爸接到了一个日本朋友的来信。信上贴了五张邮票。我一看，上面贴的都是 40 的数字，我以为都是 4 角的邮票。我算了算，一共两元。爸爸说："这是日元，单位是元而不是角。200 日元等于 1.5 美元，1 美元等于 8 元人民币，1.5 美元等于 12 元人民币。""那能把邮票给我吗？"爸爸说："能啊。"我就小心地把邮票剪下来了。（培养要点：扩大知识面要靠日积月累。）

11 月 10 日　　电视与日记

今天，我看完电视《小熊历险记》，《莉莉》又开始了。我很想看，就对妈妈说："我先看，再去写日记好吗？"妈妈说："不行，因为事事都应该赶前不赶后。"我当然就写日记去啦。（培养要点：坚持学习优先的原则。）

11 月 24 日　　"金"矿

中午放学后，我和刘伟在回家的路上，刘伟捡了一块银色的东西。他说："这是金矿。"我说："这哪会是金矿？第一，这里就根本没有矿。第二，就是有金矿，哪个傻瓜会把金矿留给你？"说着说着，我们就该分手了。分手后，我问一个阿姨："这是什么？"阿姨说："这可能是铅。"回到院子，我又问凡凡哥哥："这是什么？"他认真地说："这是铅。"我拿着刘伟的"小金矿"上楼，玩着玩着"小金矿"就丢了。（培养要点：表扬她反复求证的究理精神，有利于学习。）

11 月 30 日　　保证

今天晚上，妈妈正在给我检查作业，突然发现了错误，我赶快把作业抢了过来，妈妈边说："不！"我边跑。等我改完了，妈妈也就不想给我检查了。爸爸说："你去诚心诚意地道歉，她就会原谅你的。"我想了想，下定决心对妈妈说："我保证不再这样了，如果再这样，你第一不给我检查，第二不给我签字。"妈妈点点头说："有你这句话我就放心啦。"（培养要点：光检讨不行，必须有改正错误的措施。）

12月26日 "名副其实"

今天是星期一，早上全校开集体朝会。

副校长讲了两件事，第一件事郭校长说："得到纪律红旗的班，请中队长举手。"各班的中队长举手了。副校长问："那么这些中队是不是名副其实该得呢？让我们听一听是不是有声音。"然后又问："谁能回答什么是名副其实呢？"我一听就高高地把手举了起来。真好，郭校长叫我了。我站到了麦克风前面，说："名义和事实要符合。"我下了旗台，郭校长说："她说得对。"我把这件事告诉了妈妈。妈妈说："把这件事写到日记上吧！"（培养要点：关键时刻冲得上去，是值得庆祝的表现，趁机给婷儿讲了"艺高人胆大"的道理，鼓励她主动掌握更多知识，等待更多、更大的机会。）

2月4日 补记《参考消息》

我看到英籍女作家韩素音在香港说："中国不能总报喜不报忧，更不能得意时就歌舞升平，一旦失败，就想法子遮丑。这样人民怎能有危机感和紧迫感？"

我想她说得太对了，如果这样下去中国会变成什么样？（培养要点：表扬她第一次主动关心国家大事。尽管是为了找日记材料。）

2月28日 兴趣小组

下午，我们合唱组的黄老师问我："除了你，二（2）班还有谁参加了合唱组？"我说："去问问。"我下了楼，到了班上，问："还有谁要参加合唱组？"

我才问完，我们班就有20多个同学（要参加），我和他们上楼，才到了门口，就跑了一半。我想是吓跑的。现在还剩10个左右，黄老师说："你选几个声音好一点的。"我大概选了一半的样子。（培养要点：表扬她积极帮老师做组织工作。从小习惯于此，越大越能干。）

3月2日 自我教育

我下午和玲玲打了架。回家后我跟父母说了以后，爸爸就来教育我。我却恶狠狠地反驳。妈妈教育我，我也狠狠地反驳。

妈妈生气地说："你自我教育吧。"我开始自我教育。逗得我哈哈大笑。后来很高兴地把我自己教育好了。爸爸妈妈说："以后我们还要经常用这个自我教育的方法。"补充一句，是为了争橡皮筋儿打架。再补充一句，是自己和自己争论，这样自我教育。（培养要点："自我教育"会升级为自我约束，是重要的情商技能。）

3月3日　　彩色的雨

前天晚上，我从我的好朋友王玉家出来。走着走着我看见旁边的一行（路）灯，因为在下雨而灯却像太阳一样反射出了彩虹。这样的雨景真难得。可惜只显了几次。

我忘不了那天晚上，因为它太美了。（培养要点：表扬她对自然美的敏感和为写日记随时观察的好习惯。）

3月4日　　一颗枣

中午，我为了一颗枣，和妈妈争起来。为了争输赢，说了一大堆蠢话，甚至想出妈妈的丑。过了一会儿，我清醒过来了，承认了错误，爸爸说：要惩罚。

爸爸走后，妈妈说："你自己说怎么办吧！"我说："那这次不惩罚，下次再犯就一起惩罚。"（培养要点：上进心的伴生物是处处争强好胜，告诫她不能滥用。）

3月6日（将近8岁时）　　问路

上午，放学后，我看见一个人问一个人到谢杨青家怎么走。那个人说："不知道。"我走过去对问路的那个人说："我知道，他就是我的邻居。"我带他走到谢杨青家门口的时候，我说："就在这儿。"那个人说："谢谢你了。"（培养要点：马上进行安全教育：为防被拐卖，不给陌生人带路。助人为乐的品质用其他方法培养。）

3月8日　　堵耳朵

中午，我上卫生间的时候，妈妈叫我多冲一会儿，我却堵起耳朵不听。妈妈问我问题没听见回答，起了疑心，推开门问："你怎么不说话？"我只好说："我堵着耳朵没有听。"妈妈生气了，用不理我来惩罚我。我想问妈妈刚才说的什么，可是惩罚已经开始了。我很后悔。过了一会儿，我的朋友泱泱来找我滑冰，妈妈怕我到了冰场耳朵又不管用了出危险。

妈妈走了以后，爸爸给我讲了两个小故事，又说："你不吸收父母的经验自己去碰钉子，要花很久还不一定学会了。善于吸收别人的经验，往往是最近的路。"

爸爸说完后，我想起一句古希腊哲学家第欧根尼在《亚里士多德》里说的一句格言："有人问亚里士多德：受了教育的人比未受教育的人优越多少，他回答：那就像拿活人与死人相比一样。"（培养要点：输入能力强弱决定教育成败，必须用适度的惩罚引起婷儿的高度重视，并反复强调之。）

3月9日　　我的秘方

下午，我妈妈头疼，我给妈妈开了个小秘方。我往一个空的而又有香味的香水瓶里放了一点水，放一点牙膏，和一点水，还有香香（护肤品），放在妈妈的头上按摩。妈妈问："你在做什么？"我说："我给你开了个秘方，你感觉怎么样？"妈妈说："心里感觉很好。"过了一会儿，妈妈好了。（培养要点：幼稚的行为包含着利他性和创造性，当然要配合与鼓励。）

3月11日　　锁

早上，我没有把门锁好，爸爸看见了。中午，爸爸告诉我几个锁门的要点：第一步看一看锁舌出来了没有，第二步拉门，第三步使劲推门检查门是不是锁好了。我觉得吸收大人的经验真是快呀！（培养要点："训话不如训练"，既适用于生活，更适用于学习。）

3月14日　　吃口与口吃

中饭时，我问妈妈什么叫"吃口"？妈妈说："是吃一口饭吗？"我说："不是的，就是他说话是这样的，早……早上好，晚……晚上好。"妈妈说："那是口吃。"我不信，去查书，结果，是口吃。我开玩笑地说书上也是吃口，后来妈妈一看是口吃，我就说我刚才是开玩笑的。（培养要点：发现幽默感的萌芽，一定要用鼓励去浇灌。）

3月17日　　新方法

下午，爸爸妈妈告诉我，我们以后只签个字，而不检查作业。我听后有点吃惊，然后告诉父母，钟魏家就是这个样儿的。妈妈说："那我们就吸收他们的经验吧！"（培养要点：家长不在老师批改前检查，既可让老师知道孩子的真实水平，又可让孩子看到粗心的后果。此法只适用于爱学习的学生。）

4月21日　　吝啬的毛病

那天考试时，老师发下来一张草稿纸。我看着很好想留着做风筝，所以没有用，就是因为吝啬，想节约它，而丢了13分。我以后准备该用的就用，该做的就做。只要应该，就是付出一切代价也行。另外，我也有不想验算想偷小懒的毛病。

以后再有错误应该敢于对父母和自己承认。我要争取以后再也不犯这样的错误了。今后同样的错误也都应该只犯第一次就改。（培养要点：讲清了不要"因小失大"的道理后，婷儿再没有因为懒得打草稿而丢分。"同样的错误不应犯第二次"，也渐渐成了婷儿的行为准则。）

遇到好办法，马上就实行

由于没上成一流小学，我们对婷儿的学业一直不敢放松。二年级下半学期的一个周末，婷儿在商业场小学读书的好朋友泱泱来找她玩儿。我问泱泱写不写日记？泱泱说："老师要求我们每天必须用半个小时写250个字的日记，随便写什么都可以。"

我觉得这个办法很好，马上就让婷儿也照此办理。我补充规定道：如果材料大，可以分成几篇写，如果材料小，也可以一篇写两件事，总之必须在半小时之内至少写出250字。我认为一定的写作速度可以促使大脑保持必要的紧张度，有利于集中注意力，提高思考的效率。

　　因为有泱泱做参照点，婷儿很乐意地接受了这个安排。由于日记的篇幅比原来增加了一倍，她在收集日记材料的过程中，观察得更细致，也思考得更深入。从此，婷儿的日记跃上了一个新台阶，更加生动地记录了她的综合素质的培养过程：

5月16日　　星期三

　　今天下午，我去倒垃圾回来的路上，看到了三盆非常美丽的朱顶红，每盆朱顶红上都开了三朵朱顶红花。我想：这个地方又没有蜜蜂，没法传粉，干脆我帮它们人工传粉吧！

　　我先把一朵朱顶红的雄蕊上的花粉抖落在手上，又把雌蕊轻轻地弯下来让它把我手上的花粉沾上去，我把9朵朱顶红一朵一朵地按刚才我说的那种方法人工传了粉。

　　为朱顶红传完了粉以后，我又看见了令箭荷花。我心里冒出一个想法，把朱顶红的花粉传给令箭荷花会怎么样呢？

　　于是，我便把朱顶红花的雄蕊上的花粉抖落在我的手上，然后，我又跑到令箭荷花的盆边，把令箭荷花的雌蕊弯下来，把朱顶红的花粉放到令箭荷花上。就这样，我给朱顶红和令箭荷花做了人工传粉，和交错传粉。

　　妈妈批语：朱顶红花的外形是什么样的呢？雌蕊和雄蕊有什么不同，怎样区分呢？令箭荷花也没有描写出来，"传粉"的过程写得倒还生动、具体，如果花也写得像活的一样就更好了。看来，作者对动作过程记得较清楚，对动作对象的观察还不够细致。要像课文上写"松鼠""翠鸟"那样，几句话就画出一个活灵活现的动物，关键是观察时要用心找特点。（培养要点：爸爸对婷儿幼稚的科研活动给予热情的表扬，我则扮演语文老师的角色。看了我的批语之后，婷儿在随后的一个星期天里仔细观察了这两种花的形态，找到了另一篇日记的材料。几天之后，婷儿又一次写到与花有关的日记，就进步多了。）

5月22日（8岁时）

　　在今天下午的兴趣小组课上，作文老师用我写的作文《生活中的轮子》作范文，念给同学们听，我的心里美滋滋的。

一放学，我就急急忙忙往家里赶。回到家，家里没有人，我就自己做作业、练字。不一会儿，爸爸回家了，我告诉爸爸，饭热上了。爸爸说，剩的饭不够吃，要淘新米蒸饭。于是我就去淘米。我把饭蒸上了不久，妈妈也回来了，我就在我房里干事，妈妈就在厨房里做菜。

吃完晚饭，我就迫不及待地把我的作业拿出来给妈妈看，没想到妈妈却说："写得一般，用你的作文做范文只能说明你们作文班的水平太差，这叫羊群里面拔骆驼，也叫矮子里面拔将军。"（培养要点：不重视廉价的表扬。美国的一位著名作家8岁的时候也经历过类似的一件事：妈妈夸他的第一首诗"真美！"爸爸却说"真糟！"很多年过去之后，这位作家为他从小就能听到两方面的看法而深感庆幸——是他们教会了他平衡形形色色的"肯定"和"否定"，既不因为别人的否定丧失勇往直前的勇气，又能在赞扬声中克服内心深处的自我陶醉。）

5月28日（8岁时）　　星期一

今天是端午节，别人家家都吃粽子，而我们家却与众不同——吃牛肉干和枇杷。

可我的爸爸最怕酸，于是，我和妈妈想出了一个好办法。我和妈妈每人都吃5个不同形状的枇杷，有大有小，以便测出哪种形状的枇杷甜，哪种形状的枇杷酸，哪种形状的枇杷酸甜。测出了以后，我和妈妈就吃酸的枇杷，让爸爸吃甜的枇杷。

没想到，爸爸回家吃了两个我和妈妈一致认为甜的枇杷以后就把牙酸倒了（酸倒了牙就不能吃东西了），我和妈妈知道以后，我有点惊奇。妈妈说："你怎么把牙酸倒了呢？不是还没吃枇杷吗？"爸爸说："不是已经吃了两个了吗？"我听了他们的谈话，觉得很有趣，就把他们的谈话一点点地记在日记本上了。（培养要点：让孩子学习真心实意为他人着想，唯一的途径是通过行为去体验。）

6月3日　　星期六

今天下午，我的好朋友泱泱骑着自行车到我们家的楼下来叫我去她们院里学骑自行车。我叫她先上楼来，我安排一下时间，看有没有时间学骑自行车，有多少时间可以去学骑自行车。

决决把自行车上了锁，就上来了。我写了一张时间表，内容如下：

写字 60 分钟

语文作业 30 分钟

拖地 15 分钟

写日记 60 分钟

练琴 30 分钟

共计 3 小时 15 分钟，共有时间 5 小时 55 分钟，可以有 1 小时 10 分钟用来学骑自行车。于是，我就和决决一块去她们的院子里了。（培养要点：为了让婷儿建立"通盘考虑，统筹安排"的时间观念，我们要求她每个周末都要列出一张时间表，先计算扣除吃饭、洗澡、睡觉、看电视等生活琐事占用的时间后，还有多少时间？再计算周六、周日的学习和家务共需多少时间？两项一减，就知道有多少时间玩。对家长来说，这样可以避免把孩子的学习时间搞成"无期徒刑"，有助于孩子提高学习的兴趣和效率。）

6月6日　　　星期三

今天晚上，我做完作业，就搞起了喷绘剪影。

我先找工具，需要一把刷子，一些颜料和一张白纸，一个框架及一张纱窗布。可是，我们家没有一张张的小块纱窗布，怎么办呢？我想来想去，想出了一个办法，我把我们的旧纱窗反反复复地刷洗，最后把它洗干净了。我找了一盒水彩，用水把水彩调匀，然后用刷子在橘红色的颜料上刷，直到刷子上粘满了橘红色为止，再把白纸放在桌上，再放上一个长圆形的框架，把剪好的纸老虎放在中间。最后，拿纱窗放在腿上，用刷子在纱窗上刷来刷去，这样，颜料就从纱窗的小孔里漏下去了，纸上就出现了一个个很小的颗粒，每一个颗粒之间都挨得很紧，等干了以后把纸老虎拿开，就有了白老虎。这样喷绘剪影就做成了。（培养要点：手工制作是很好的综合能力训练，欧美各国从小学到高中一直都非常重视。很久没看日记了的老师给这篇日记打了个"优"，还批了三个字："望坚持！"来自老师的鼓励作用十分明显，在小学阶段，婷儿用这个办法给老师和同学做过几次贺卡，在教师节和同学的生日送上自己的手工艺作品。后来还把这个题材重新写了两次。）

7月1日（8岁时）　　星期日　　下雨

今天下午，爸爸叫我和泱泱练习三到五分钟的"讲演"。

我看了看书，书的名字是《〈奥秘〉奇闻录精选》。我选了其中的《形形色色的离婚》来讲演。

本来书上写的是——

发誓离婚：在沙特阿拉伯，做丈夫的如果厌恶妻子，并有意要抛弃妻子，只要他对着妻子的面连说三声"离婚"便可以休妻。

断线离婚：喜马拉雅山南麓的一些国家里，如婚后夫妻不和，只要双方同意离婚，就可以找来一根细绳子，男女各拉绳子一头，扯断了，就算办完了离婚手续。

邮政离婚：美国加利福尼亚州地方政府为离婚的人大开了方便之门，他们规定了一项"邮政离婚"法，要求离婚的男女只要通过邮局向政府缴纳40美元，便获准离婚。……各种离婚。

而我，不是说掉地名，就是说错名字。总之，错误百出，大家都笑了！

（7月2日　星期一　续）我讲完后，泱泱就开始找起材料了。她也用的是《〈奥秘〉奇闻录精选》这本书。她选的栏目是《神秘的人体》中的一个人有6个胃这一篇，这也是这本书的一个奇闻。书上写的是：印度加尔各答一家医院最近收留了一个食量大得出奇的男病人。他天天喊"饿死了，饿死了"，有时甚至饥不择食，抓起床单大嚼一通，医务人员很生气，未查出病因就把他赶出了医院……

泱泱讲演得也不比我好多少，不过她总算记住了年月日。

我们这是第一次讲演，所以，感到十分有趣。（婷儿有极好的口才，就是从小这样一点一滴培养出来的。培养要点：这种所谓的"讲演"，也是很好的综合能力训练，可锻炼孩子在众目睽睽之下沉着镇静、泰然自若、思路清晰地传达信息和发表意见。这也是婷儿访美时备受赞扬的优点之一。）

传授写作章法，增强表达能力

爸爸说，善于表达是现代人必备的重要能力之一。因为20世纪的大规模社会协作方式，已经明显不同于瓦特和牛顿的时代了。要想成功，就要善于表达自己正确的主张，才可能推动大家共同奋斗去实现它。写作，可以帮助婷儿学会更好地表达，不过，光凭自己观察和想象去写作还不够，应该让婷儿懂得一套写作的章法，而且记住一些优秀作品的精彩片段，这样就能提高鉴赏力，再去动笔，写出来的味道就不一样了。为此，爸爸又按照更高的标准，系统地强化了婷儿的写作能力。

俗话说，外行看热闹，内行看"门道"。为了让婷儿学会生动感人地下笔，爸爸把那些常用的修辞手法一样样解剖，演示给婷儿看：平平常常的一句话，加上个生动的比喻，就顿时变得趣味横生。写人或写物，用一下"借代"手法，抓住他的特征来称呼他，会给人留下更深印象。还有联想，可以使文章动感十足，摇曳多姿。用夸张手法，则要有事实作"根"，否则反而显得不可信。而写作最重要的内核，是要有感人的事实和有价值的见解……

爸爸还摘录了不少作家生动传神的小片段，跟婷儿一起赏析：

在美国作家梅尔维尔的笔下，一头大鲸鱼在海上漫游，喷出大股的水汽，被形象地比做"像一位肥胖的市民，在炎热的午后吸着他的烟斗"。而另一位俄国作家则非常传神地描写了一位漫画式的人物的哈欠，他的嘴被幽默地比喻成"一个吐着热气的大窟窿"……在爸爸深入浅出的讲解下，婷儿品味着这些语句的妙处，时而会心地微笑，时而被逗得哈哈大笑。

爸爸的传授，使婷儿的写作有了更系统、扎实的章法，观察得更细致，对生活认识也越来越深。

婷儿的日记从每天一两句起步，4 年后就可以写出长达 4500 字并让老师夸奖不已的日记了——当然，是分成好几天写的（见"走出家门校门，到农村去观察"）。这其间自然经历过厌倦和懈怠，但到五年级时，婷儿已经发自内心地喜欢上了写日记这件事，连翻看过去的日记也变成了一种愉快的精神享受：

1992 年 7 月 17 日 （五年级暑假）

《日记上的故事》

……今天，我重看日记，还没翻开，心里已充满了喜悦。你想，看自己以前的事该多有趣。我翻开第一页，开始看，仿佛看见一个 3 岁的小孩坐在妈妈腿上，嘴里讲着心里的故事，妈妈拿着笔，不断地写着，脸上不时露出笑容。我读着读着，不断感到自己当时的想法多么幼稚可笑。

我读到 1988 年的日记，感到比 1984 年的故事写得进步了好大一截，条理性和逻辑思维的方式都完全不同，我看到的是一个二年级的小孩，坐在桌前，一只手托着下巴，一只手捏着笔，眼睛凝视着远方一望无际的天空，在苦苦思索着。不过因为当时能力有限，我一边看就发现了许多错别字和许多重复的地方，我一边看着，一边觉得好笑，有时不禁哈哈大笑。

笑着笑着，我想到这多亏妈妈每天督促我写日记，我现在才会体会到快乐，想到我当时对妈妈的不满、生气和讨厌，不觉十分惭愧。我还要好好写作文，以后看。

随着表达能力不断提高，到初中时，婷儿的不少日记读来已经很有感染力了。进校第一篇介绍自己的日记，老师就表扬她写得"重点突出，有个性"。有不少日记，老师看了也被感动。在有的日记上老师批道："很会表达自己感情，让我觉得自己的鼻子都酸酸的……"其后不久，婷儿第一次在一家刊物上发表了自己的作文，还收到了不少读者来信。

十多年后在访问美国时，婷儿的表达能力也发挥了应有的作用，给接触过她的不少美国人留下了很深的印象。

学着"早当家"，从小多"自立"

在婷儿小学阶段，我们工作都忙，为了让婷儿按时吃上饭，大人常得放下手里的工作，匆匆忙忙回家做饭。于是，提高婷儿的生活自理能力，又被爸爸提上了日程。

爸爸说：孩子能胜任的事，远比大人想象的要多得多。如果孩子不能干，通常是因为大人剥夺了他太多的做事权利和机会。为什么"穷人的孩子早当家"会成为规律？那往往是因为他们的父母迫于无奈，不得不让孩子们从小就分担许多事务和劳作，也就因"祸"得福，锻炼了孩子们的才干和意志。于是，就出现了古人津津乐道的另一种有趣现象——茅屋出公卿。"公卿"是皇帝御前位至极品的重臣或高官，国家的栋梁之材，却常常出自"茅屋"，即贫寒之家，可见身居茅屋的贫寒父母，无意中却送给了孩子多么宝贵的厚礼。也可知孩子从小多多做事、经常磨炼的好处了。这种时候，父母应该丢开那点不明智的"不忍之心"，大胆放开一部分"权力"。只要能在安全方面做到万无一失，收获一定不小。

　　爸爸的目标，是让婷儿逐步做到生活有能力自理，一旦实现，可以一举三得：一是可以提高婷儿的办事能力，摆脱一般孩子对父母过度的依赖心，尽快培养出独当一面的能力。若要日后成功，这是不可缺少的一课。二是可以让婷儿的一日三餐更及时。即使大人不在家，她也能"小鬼当家"，自己动手做出有滋有味的饭菜。这会使她的学习和娱乐都变得更有序。三是可以减少我们的后顾之忧。孩子越能干，大人可担心的事就越少。

　　由于前一段时间的"安全演习"很有效，婷儿在家有了安全保障，爸爸开始利用做饭时间教婷儿一些简单的做饭方法：切菜的时候刀口该抬多高，菜下锅时怎样防止油锅遇水热油四溅，菜该怎样炒，什么时候下作料才味道更好……婷儿本来就习惯于在妈妈做饭时当小帮手，现在有机会亲自实践，更是兴致勃勃。我们让婷儿用一把不会割破手的钝餐刀切菜，菜下锅后再帮忙炒一炒，加点作料……不知不觉，婷儿就掌握了做饭的基本要领。不过，出于"安全要万无一失"的考虑，大人不在家时，爸爸还没有安排婷儿给自己做饭。

　　又过了较长时间，婷儿在我们面前做饭炒菜已经很老练了，爸爸才安排了她第一次单独给自己做午饭。那一天，我和爸爸一早就要出门办事，中午也不能赶回家。于是头天晚上，爸爸先炒好一碗瘦肉丝放进冰箱，又为婷儿准备好了青菜，并再三向婷儿交代了注意事项。第二天中午，婷儿放学回家后把书包一放，就照安排洗菜切菜，炒熟了青菜又加进了一大勺肉丝，再热好一碗米饭。就这样，她边做饭边唱歌，动作麻利地完成了这辈子第一顿"自产自销"的午餐，觉得既轻松又有趣，吃起来也比平时更香。回家后，我们高兴地把婷儿表扬了好一阵。

　　婷儿做饭也出过一些小笑话。有一次她煮荷包蛋找不到锅盖，就随手把塑料桶盖拿来盖。谁知等荷包蛋煮好一看，塑料桶盖也被烫出了一圈

"荷叶边",像狗啃过似的,使婷儿懊恼不已。

渐渐地,自己做饭成了婷儿的"家常便饭"。放学回家后如果爸爸妈妈不在家,吃饭时间一到,婷儿就会袖子一挽,用十几分钟做好自己的午饭或晚餐,吃完再继续干别的事。跟缺少磨炼的同龄孩子比,婷儿的眼里有了更多的自信、从容和干练。

后来,随着婷儿自理能力的不断增强,还凸显出另一个重要的"副产品"——它使我们有了更多的时间,能够更有效地兼顾婷儿的培养和我们自己的工作。不用说,对我们全家而言,这个好处具有战略意义。

婷儿上哈佛后,有不少家长都问过我们这样的问题:孩子成才和父母们自身的发展是否可以兼顾?怎样才能兼顾?许多家长告诉我们,他们正面临着两难选择:不知是该牺牲自己的事业去顾孩子,还是放弃孩子的培养去发展自己?

婷儿爸爸的回答是:越善于使你的孩子变得能干,就越可能兼顾你和孩子的共同发展。事业有成的父母会使孩子感到更自豪,父母不懈的奋斗过程也会给孩子更佳的熏陶。不过,不同家庭的客观条件也是千差万别的,不应该都强求兼顾。在迫不得已时,能顾上一头也是很有价值的。

没遇到好老师,也要当好学生

我们所知的绝大多数老师都是尽心尽职,对学生充满爱心。我们至今对他们怀有深深的敬意和感激之情。遇到不尽责的老师,是罕见的事,尽管对那些碰上这样老师的学生们来说,的确是不大走运,可是如果家长能采取有效措施去弥补,也能使孩子成为优秀的学生。

婷儿上小学的头几年,运气恰恰有点糟糕。先是按户口所在地分不到理想的学校,好不容易进了一个中档小学,却又一次运气欠佳,遇上了一个不安心教书的语文老师兼班主任。为了图省事,二、三年级时她布置得最多的家庭作业,就是整篇整篇地抄课文。

为了维护老师的威信,平时我们总是督促婷儿认真完成这些低效率的学习任务——毕竟,对小学生来说,重视老师意见的好习惯比具体的学习内容更重要,决不能因为某位老师做得不够,而使婷儿以为可以忽视老师们的正确要求。只有在老师的安排会给学生带来损害的时候，我们才会以"由家长出面向老师提出申请"的方式来阻止，而不让婷儿自行对老师的要求打折扣。比如说，二年级下学期期末考试前夜，班主任居然安排学生把本学期的语文课文全部抄一遍！如此不合理的命令，我们当然不会让婷儿执行，不然的话这一夜都别想睡觉了，第二天还考什么试呢？但我们对婷儿解释的时候，则既不作评价又不带感情色彩，只是公事公办地说："我们会给老师写个条子，说明是家长安排你不抄课文而听写生字，因为你生字的问题更大，老师一定会同意的。"

由于班主任平时教学抓得不紧，考试的时候班上的成绩自然不理想，于是她就以平时学得好、发言积极为理由，给不少学生用期末总评的方式"大方"地加分。二年级下学期期末婷儿语文考试只得了 90 分左右，老师也给她加到了 98 分。

为了让婷儿对这种不过硬的成绩有所认识，拿到成绩单当天，我们先对老师的做法作出正面解释，告诉婷儿：老师给她加分是因为她考得太差（当时的说法是小学一、二年级 95 分才算合格），怕她灰心丧气，然后问她："考大学的时候会不会有人给你在高考卷子上加 8 分？"婷儿猜测道："可能不会吧。"爸爸说："不仅不会，而且差半分就可以让你的名次落后成百上千名！同样的道理，多半分也可以让你的名次提高成百上千名。事实上，每年都有成千上万的人因为这半分之差考上了大学或没考上大学。"

我告诉婷儿："要想取得过硬的成绩，自我要求的标准一定要高。中国古代有一句话说得非常有道理：法乎其上，得其中也，法乎其中，得其下也……"爸爸接着解释道："这句话的意思就是，照上等的标准去做，可以得到中等结果，照中等的标准去做，就只能得到下等结果……"然后又举了几个例子证明这句话的正确性。婷儿听得口服心服，主动表态说："我愿意法乎其上。"我高兴地把婷儿搂在怀里，夸奖她有志气，并告诉她，我和爸爸商量过了，为了"法乎其上"，准备带她到李响哥哥家去取经。

李响是我同事的儿子，他热爱学习，品学兼优，就在我们去取经的这一年，他刚被学校保送进四川省数一数二的重点中学——成都七中，六年之后他又以四川省文科高考名列前茅的优异成绩被北京大学录取。他妈妈吴老师对学校教育和家庭教育都很有经验，每年假期我都要带婷儿到李响哥哥家咨询一番。吴老师的经验和李响哥哥的现身说法，不仅使婷儿少走了弯路，还使她养成了遇到"高手"就主动请教的好习惯，并把这些"高手"当作自己效仿的好榜样。

吴老师告诉婷儿，小学三年级是小学生拉开差距的第一年，学生的智力因素和一、二年级基础的好坏都是拉开差距的原因。为了给婷儿留下明确印象，我故意问语文的基础是什么？吴老师说，语文的基础无非就是识字、组词和造句嘛。我又问是不是老师教的就够了呢？吴老师说："你要是只想当中不溜的学生，那老师教的就够了，如果你想当尖子生，就得自己主动把基础打得更好。"

于是，我接过话茬就对婷儿说："你是要当尖子生的对吧？那好，我们就在这个假期专门练习组词和造句。"榜样的示范和长辈们的一致提倡，是一种强有力的舆论导向。在这种氛围下，婷儿接受得很痛快，也很高兴。

补习语文的积极性调动起来之后，二年级下学期的暑假婷儿就一直跟着我上班，我看稿件，她就在一边把学过的每个生字组四个词，写在本子上。实在组不出词来的时候，她就找我"借词"，有些字只能组一两个词，我也会作为特殊情况告诉她。

上下班的路上和做饭的时间，婷儿就手拿组词本围着我团团转，把跟我上班时组的词一个个拿出来迅速地造句。如果发现了理解错误和语法错误，我就会打断她给她讲解，并让她复述给我听。我还给婷儿新规定了一条：凡是听到了新的词汇和说法，必须马上重复3次。

这个假期的组词训练很有效。婷儿不仅学会了用"一字组四词"的办法来掌握汉字的多种含义，而且建立了"假期是提高自己的加油站"的概念。此后的每个假期，婷儿都抱着"要在这个假期前进一大步"的期望，努力完成我和爸爸提出的各种任务，同时安排好时间兼顾娱乐。

需要说明的是，我们并没有在学校规定的作业之外，给婷儿增加类似的作业，而是靠爸爸后来设计的一些简便高效的训练来强化婷儿的各种学习技能。这些训练逐一解决了婷儿学习中的各种"瓶颈"问题，使婷儿的学习实力出现了一个大飞跃，迅速跨入了全市优秀的小学生行列。这些内容在后面会有专门的介绍。

"乱班"毛病多，更不能随大流

在拉开差距的三年级，那些靠在学前班的底子而领先的学生，开始显示出后劲不足，婷儿则继续保持各科总分第一、语文数学前几名的领先状态。我们知道，这只是在乱班"矮子里面拔将军"而已，还需要更多的培养措施。而她的班主任却越来越不安心于工作了。三年级上学期期末复习阶段，她竟然对学生们说："这学期的语文复习全靠你们自己了，因为我也要考试了（她在学习外语），我得搞自己的复习。"这种不负责任的态度引起了家长们的普遍反感，三年级下学期开学的时候，家长们一致要求学校调换老师。学校最终安排了一位教语文的男老师当他们的班主任。

原来的班主任所受到的惩罚是失去了教语文课的资格，被学校安排去教别的副科课。可是由于她在应该培养学生良好学习习惯的一、二年级严重失职，使这个班最终成了难以搞好的"烂班"。在懈怠的管理下，这个班形成了很糟糕的"班风"，老师在上面讲课，学生在下面聊天，婷儿经常向我们抱怨，"竖起耳朵也听不清老师在讲什么"。

新老师刚上任的时候，还准备把这个班的工作抓一下。我们从婷儿的日记里看到：

今天下午，我第一次感觉到当一个中队委是多么辛苦。因为原来我们什么都跟其他的同学一样，不做什么跟其他同学不一样的事。直到今天下午，才听老师说，中队委要做那么多事。

新老师花了一个星期的时间停课整顿纪律，好歹开始上课了，谁知当天下午就因为课堂纪律太差，又停课了。我们干着急，使不上劲儿，只好对婷儿说："老师不讲课的时候，你就自己看课文，做课本上的思考题吧。"偏偏婷儿后座是个特顽皮的男生，不是扯婷儿的衣领，就是揪婷儿的辫子，整得婷儿想在课堂上自习都不得安生。告诉老师吧，挨批评的当时他倒是老实了，老师一转身，他折腾得更凶。

婷儿为此非常苦恼，问我们该怎么办？我们在饭桌上讨论了一会儿，建议婷儿利用写作文的机会请求调换座位。爸爸告诉婷儿一个规律："每个老师都喜欢爱学习的学生，只要你把现在不能专心学习的苦恼真实具体地写出来，并且表达出换座位之后好好学习的决心，老师肯定会满足你的愿望。"我补充说："就是老师没有满足你的要求，你也没受什么损失呀！"婷儿觉得有道理，便抱着试试看的态度写了一篇稚气动人的作文，果然十分有效。老师批完作文当天，就把那个调皮鬼和另一个调皮鬼一起换到了最后排的座位上。随后，老师干脆让愿意听课的同学坐前几排，不愿意听课的同学坐后几排，讲十分钟课整顿十分钟纪律，就这样勉强维持着，学生的总体水平也就可想而知了。

那时候，拖欠作业是婷儿班上的"流行病"，这种坏风气对婷儿也有过实实在在的不良影响。有一次，婷儿因为偷懒没做数学作业，没想到第二天数学老师挨着座位一个一个地来批改，婷儿只好谎称没有带本子。老师凭经验一眼就看穿了实情，说："没带作业就是没做作业，现在补起，请家长来。"

婷儿在一篇日记中惭愧地记下了这件事：

……回家后，我告诉了爸爸。爸爸要我把事情的经过好好地讲出来，我说了以后，爸爸问我："这种事情有几次？"我骗爸爸说："就这一次。"爸爸叫我再考虑一下，还对我说："要说实话。"我考虑一下，说："我刚才骗了你，还有很多次。"接着我就把我没有做作业一共有多少次说出来了（包括老师没有发现的语文作业）。

正在这时候，我回来了，问是怎么回事。爸爸心情沉重地说："她拖欠作业，还撒谎。"我盯了婷儿一眼，生气地走进里屋，不理她。爸爸在一旁叹息着："唉，你为什么要骗人呢？"我们的反应使婷儿深感羞愧，站在外屋低垂着头，不知怎么办才好。我这才说："犯了错误就站在这儿？你还不去做你该做的事（婷儿承担的家务事）？"听了这话，婷儿急忙跑到卫生间去拿拖把，拖地时比哪一天都认真。

拖地和吃饭的时候，我们仍然不理她，直到吃完饭，才问她："你觉得这件事该怎么处理？"婷儿说："我没有想过，只想过以后要好好地干，不再偷懒了。"这时候，我们才开始跟她讲道理，让她明白这样两点：一、做人要讲原则，不能随大流，一件错事绝不会因为做的人多就变正确。二、懒和骗是万恶之源，多少人都是因为懒和骗而走上了犯罪的道路。

也许有人认为这样上纲上线有点小题大做，但我们认为，在品质问题上，必须防微杜渐，杀鸡用牛刀。此后，婷儿再也没犯过拖欠作业的错误，也不需要为了掩盖懒惰的后果而编造谎言。

就这样，别人在"乱班"一天天往下滑的时候，婷儿却不肯随大流，学习和品德都在走上坡路。有一次大扫除，同学们打扫完厕所内外的卫生之后都玩去了，这时突然刮来一阵大风，弄脏了刚打扫干净的地方，婷儿想起爸爸说的"做过了不等于做好了"，就独自一人又打扫了一遍。恰好校长来上厕所，不由得把她大大地表扬了一番。

三年级上学期期末，婷儿头一回当上了学校的三好学生——以前她只是班上的"创三好"，这是一种比三好学生低一档次的荣誉称号。我专门带她去拍了一张笑眯眯的照片，贴上学校的光荣榜。

同样是身处逆境，锐意进取者可以战而胜之，而随波逐流者就不大容易从中挣脱出来。

跳绳夺冠军，增强自信心

爸爸参与婷儿的素质教育，推动婷儿在三年级出现了明显进步。可是爸爸并不乐观。在相濡以沫、亲密融洽的共同生活中，婷儿的性格特点爸爸早已了如指掌，早期教育给婷儿带来的智力优势和发展潜力使他印象颇佳，但爸爸认为，好苗子并不一定都能长成栋梁之材。他对此观察的结论是："聪明的孩子多得数不清，可是日后成才的人却远没有那么多，可见聪明对成才而言，只是一个非关键性的条件，很多情况下，它甚至只是一种无效的虚假优势。"要想让婷儿的发展潜力变为现实，必须对婷儿实施更有效的后继教育。

爸爸清醒地看到，如果在一个乱班里学习而没有别的得力措施，婷儿的前途必定会受到重大损害，在成都市范围内屈居中下，已是可想而知的结果，且不说更大范围的对比了。而在学业相对落后的背后，必然还存在着素质方面的更多不足。这使爸爸对婷儿的教育有很强的紧迫感。鉴于学习能力是知识经济时代的重要素质之一，他决心帮婷儿彻底摆脱学习实力不足的现状。现在既然学校靠不住了，他决心靠自己的办法，首先使婷儿的学习实力尽快达到成都市的尖子水平。

成都是一个1000万人口的大型省会城市，有着深厚的文化传统，教学质量在全国位居前列，好学校数得出一串。要想让婷儿领先，当然不会轻松。

爸爸没有轻易采取什么措施，而是先仔细研究婷儿的现状，以便找到能一举根治的对策。他一面观察婷儿各种表现，一面深思，用去了一个多月时间。爸爸借用一句兵家名言说："要慎重初战"，因为初战对以后的成败会产生很大的影响，他要"初战必胜"。

爸爸选择的"突破口"，不是解决婷儿学习上的具体问题，而是要铺下一块能支撑婷儿努力奋斗的基石。这样的基石，只能铺设在婷儿心里。

爸爸对我说：以婷儿的现有条件，只要有干劲又学会一套好方法，就能领先于一般人，如果她能进而像中国女排那样敢打肯拼，就可能取得更大成功。所以，当务之急就是让婷儿树立"只要肯干，又学会好方法，就能拔尖"的自信心。爸爸准备选择婷儿相对较弱的体育作为突破口，让婷儿实实在在地体验一下"努力＋好方法＝成功"的滋味儿。

我觉得张欣武说得很有道理，同时，体育也确实是我疏忽了的培养项目。因为我在少女时代迷恋跳芭蕾，对体育一直是外行，除了为婷儿做婴儿体操之外，几乎没教婷儿搞过任何体育项目。上学后，婷儿在自编自跳的"唱游课"上总是得第一，在体育课上却显得有点儿笨手笨脚。三年级下学期的体育课开始教大家跳绳和仰卧起坐，婷儿几乎跳一下就"死"一次，在那些早就会跳绳的同学面前，婷儿难免感到自卑。加上婷儿一连5个学期都没有考到语数双100分，对自己是否能成为年级的尖子，也越来越没有信心。

幸好爸爸及时提出了对策。爸爸在青少年时代下雪天也要冷水冲澡，以此磨炼自己的意志和身体，在各种体能锻炼的过程中，切身体验过体育对提高人身心素质的种种功效。现在，他要让婷儿首先通过体育锻炼获得拔尖人才必备的心理素质。恰好，一个月后的学校运动会有一个跳绳比赛项目，爸爸便决定从跳绳训练开始。

爸爸把练跳绳的目的告诉婷儿后,婷儿并不是很有信心。爸爸满怀信心地给婷儿鼓劲说:"只要你听我的安排,包你半个月就能超过那些跳得比你好的同学。"爸爸要求婷儿每天中午和下午放学回来之后,先饿着肚子练习15分钟跳绳,再去吃饭(以免饭后剧烈运动引起阑尾炎)。头一个星期,爸爸每天两次既像教练又像玩伴一样陪着婷儿练跳绳,悉心指点婷儿掌握要领改进动作。婷儿觉得有爸爸陪着又像玩儿,兴致很高。才练了几天,婷儿果然可以一次连跳十几个了,不由信心大增。爸爸要求她每天坚持别松劲,还要不断加快速度。一个月之后,婷儿的速度和耐力突飞猛进,一分钟能跳到200多下。在学校运动会上,婷儿成了当之无愧的全校跳绳冠军。

在家庭庆祝晚宴上,爸爸问婷儿知不知道胜利是怎么得来的?婷儿自豪地回答:"因为我比谁都肯干!"爸爸笑着说:"还因为你能听正确的安排。只要你认真吸收我们的经验,今后继续努力干,保证能取得比跳绳冠军更大的成功。"我也趁热打铁,又给她传授了一句中国人的至理名言:"功到自然成。"

这次成功,对婷儿的心理成长具有转折点的意义。此后经过不断强化,婷儿只要认准了目标,就会积极主动地努力干。

就这样,婷儿的自信心由天真幼稚的状态,顺利地过渡到刻苦努力的基础上。由于这次大获全胜,婷儿对于随后进行的各种专项训练态度都非常积极,对训练的预期结果也充满自信。这种心态,正是我们实施长远培养计划所需要的心理基础。

美国的情商专家指出:认识到努力能弥补能力的不足,对8至12岁的孩子来说是至关重要的,也是培养面临困难能坚持不懈的孩子的要点之一。需要注意的是,充分肯定孩子所作出的努力,比表扬他取得的成绩要重要得多。因为毕竟不是每个孩子都处在同一条起跑线上,不同的孩子能达到的高度也有很大差距,但只要能满怀信心地往前冲,他就能得到属于他的那一份成功和满足。

为了不让婷儿为一时的成败而丧失宝贵的自信心,我们总是特别强调婷儿为实现目标所付出的努力,并明确告诉婷儿,我们并不在意那些"胜败寻常事"的努力结果。

比如说考试,我们就为婷儿制定了一项颇有特色的"政策"——任何一次考试都允许她得零分，而且只总结不受罚，但平时必须认真肯干，一个标点符号也不应马虎。

这个要求巧妙地抓住了问题的症结：只要平时认真肯干，考试哪儿有考不好的！又因为允许考试得零分，在考场上就没有后顾之忧，每次都可以放心大胆去拼搏，而不必惧怕考砸了回家挨罚，可以最大限度发挥好自己的实力，既赢得起，也输得起。不至于像那位考进名牌大学的某地区"状元"一样，仅仅因为不能在最高学府继续拔尖，就走上逃课、退学、最终跳楼自杀的毁灭之路。

此后多年，每当婷儿的有些同学因为考试成绩不好，害怕回家挨罚挨骂的时候，婷儿总是成为不少同学羡慕的对象。婷儿也从没有一次滥用过"允许得零分"的政策，反而表现得越来越争气了。

这项措施的用意，不光在于针对考试。它所强化的，是那种不怕挫折的进取精神。

设计专项训练，让"粗心"变"细心"

回头来看，跳绳训练是一个极好的转折点，从那以后，婷儿总是处在斗志旺盛、信心十足的状态中。一旦目标确定，她就会勇往直前，敢打敢冲，因为她十分信赖爸爸妈妈的指挥水平。她这种进取精神是全方位的，不仅局限于学习。

按照爸爸的主张，一个阶段以解决一个问题为主。怎样确定当前的主要问题呢？我们经常运用的是"短板理论"——一只木桶能装多少水，是由最短的那块木板来决定的。加长那块短板，就能明显提高水桶的容量。

每次爸爸跟婷儿一起分析她的现状时，都强调"短板理论"的用处，这使它很快也成为婷儿熟知的理论工具。我们经常跟婷儿一起寻找她的"短板"，缺什么就补什么，想方设法把"短板"加长。

在小学低年级，婷儿的"短板"之一是粗心。一般来说，开朗活泼的孩子多半都不够细心，明明会做的题，却因为一些小小的失误而做错。婷儿当时也是如此。这反映的，是大脑注意力的持久性和力度的不足，对总体水平的提高有不小的妨碍。

婷儿的"粗心"，使她每次考试总是免不了有点"不该犯的错误"，妨碍她取得理想成绩。有时是算对了抄错了，如把35抄成53；有时是复杂的题不错，却错简单的，如3+2=8；要不就是竖式没有对齐、进退位忘了打点儿而出错……

家长和老师一般都会把这种失误性丢分归罪为"粗心大意"，并习惯于从"端正态度"的角度责备孩子。

我们深入分析了婷儿在作业和考试时失误的几种情况之后，得出了一个重要结论：婷儿的"粗心"主要不是态度问题，而是能力问题。既然是能力不足，就不能靠批评训斥，而要靠有效的训练来解决。

于是，爸爸在三年级下学期的暑假里，首先给婷儿设计了一个提高细心程度的单项训练：抄电话号码本。

爸爸把一本过期的《成都市电话号码簿》随意翻到某页，掐着秒表让婷儿用一分钟的时间快速地抄上面的电话号码。并规定必须"左手指，右手抄"，时间一到就喊"停！"然后让婷儿来核对正误，记录成绩。如果老是有错，就训练10分钟结束，如果连对3次，就可提前结束训练。按照爸爸的要领，婷儿提前结束的次数渐渐越来越多，作业中的抄写失误开始大大减少。由于"左手指，右手抄"的方法对消灭错误十分有效，后来多年婷儿都一直在用。

这类训练是没有奖品的，如果说有奖励的话，那就是爸爸每次都在旁边陪着她，给她掐秒表，成功了就和她一起欢呼，失败了就一起想办法改进。这样一来，训练如同游戏，取得的进展也成了父女俩欢乐的源泉，就像后来婷儿在学习和各种竞赛中力争上游一样，成果本身就是最好的奖品，物质奖励反倒成了可有可无的了。

我们认为，这种"陪练"方式和让孩子养成独立作业的习惯并不矛盾。因为在单项训练的时候，大人担任的是"场外教练"，目的是在短时间内迅速强化某种技能，如果没有大人参与，这种训练就会显得十分枯燥，连自制力不够强的大孩子也难以坚持，更别说八九岁的小学生了。但只要有大人的积极参与，枯燥无味的训练就变成了有趣的游戏，孩子就会一次又一次地和自己"较劲儿"，训练成绩就会一天天提高。需要注意的是，每次训练的时间一定不能过长，"还没玩够就结束"为最好。

第一个单项训练（抄电话号码）是让婷儿能够"快速准确地抄"。紧接着爸爸又推出了第二个单项训练——算扑克牌。这是为了让婷儿能"快速准确地算"。

在我们看过的一期《文摘周报》上说，上海有一家人的孩子数学都特棒，好几个孩子都在奥林匹克数学竞赛中得奖，他们就是用快速算扑克牌的办法训练自己的数学头脑。办法是：先去掉牌里的"大小王"和J、Q、K，然后把牌洗乱，再掐着秒表一张张地迅速累加牌上的数字。直到熟练无比为止。

我们立刻意识到，这种方法一定很有用。

爸爸拿着秒表，让婷儿也用这种办法训练。刚开始，一次只算10张牌，婷儿都手忙脚乱，算上一遍要几十秒钟，还老是出错。爸爸指导她采用正确的方法，并陪她练了短短的几天之后，婷儿的速度和准确率都大大提高了。在这种基础上，爸爸又教给她一些提高速度的方法，十多天后，婷儿已能在几秒钟之内又快又准地算完一遍了。爸爸让婷儿把这个训练当作"思维体操"，每天都算到连对三次为止，让这种简单的心算达到"下意识的准确"。后来，爸爸又进一步提高了难度，训练用的扑克牌增加到40张，算法也由单纯的加法变成加上去再减回来。唯一不变的是令我眼花缭乱的计算速度。提高运算速度和准确性的目标，就这样在短短两个月里轻松达到了，爸爸、婷儿皆大欢喜。

计算问题基本解决之后，爸爸又设计了第三个单项训练：快速书写。一是用掐表的办法让婷儿在一分钟内写尽可能多的阿拉伯数字，还要写得个个清楚；二是让婷儿用透明的薄塑料片临摹钢笔字帖，小学的时候临摹正楷，中学的时候临摹行楷。目的不是为了练习硬笔书法，而是为了写得又快又清楚。我也教给婷儿规范的删改符号，避免因为老师看不清楚而影响成绩。

这个暑假的单项训练收效很大，婷儿的学习能力大大提高，在新学期（四年级上学期）轻而易举地得到了班上的第一名，比全年级第一名仅差0.5分。这以后，通过单项训练解决瓶颈问题就成了我们家的传统。后来进了中学，婷儿也学会了给自己设计单项训练，去攻克课内课外的难关，自主解决问题的能力也渐渐增强。

更有意义的是，婷儿的心理素质进一步提高。伴随着学习实力的迅速增强，婷儿更自信，也更努力了。

爸爸暂时松了一口气。他估计婷儿现在已经进入中游或偏上，有可能向成都市的尖子水平迈进了，但要做的事仍然还很多。

爸爸的新故事，陶冶女儿心灵

爸爸在提高孩子学习技能方面很有办法，但他却反复强调，技能属于"术"的范围，即手段。在"德"与"能"的关系上，必须坚持"以德帅能"和"诚为本，术为末"的原则。因此，他考虑更多的，还是如何塑造婷儿的心灵。

爸爸对儿童心理素有研究。他发现婷儿很爱听故事，就决定把讲故事作为引导婷儿的重要方法。刚刚"加盟"时，他曾试着从婷儿的小竹书架上找故事。书架上很多中外童话名著和民间故事，可不论爸爸拿起哪一本，婷儿都把脑袋摇得像拨浪鼓一样："这个我早就听过了，那个我也听过，还会讲呢。爸爸我要听新故事！"

这一来，爸爸心里有数了。他考虑过后，讲了个婷儿从没有听过的历史故事《晏子使楚》……那位机智幽默的齐国小矮子，凭着对祖国的忠诚和智慧，挫败了楚国君臣的一次次刁难和羞辱，维护了祖国的尊严，终于不辱使命。

这是爸爸给婷儿讲的第一个新故事。讲到紧要处，婷儿的眼睛瞪得溜圆，为那位孤立无援的小矮子担心不已。讲到幽默处，又逗得婷儿开心大笑。一些新的东西——对祖国的热爱、对人类智慧力量的信心、人格的尊严、为了神圣的使命不畏艰险的精神……这些爸爸希望婷儿长大后能具备的品格，就像无声无息的小雨点，悄然润入她稚嫩的心田。

爸爸认为，童话类书籍在婷儿的婴幼儿阶段起到了很好的作用，丰富了她的想象力，培养了她基本的是非感。现在，它们的历史使命基本完成了。对婷儿来说，继续以童话为主要课外读物，是一种低水平的重复，显然弊大于利。他准备向前跨一大步，从高起点切入，瞄准10年、20年之后的需要，尽快给婷儿提供新的精神食粮。

爸爸很有眼光地提出：我们给婷儿提供的精神食粮，应当来自优秀的中国文化和优秀的西方文化，而且应当使这两类精华有机地融为一体，为婷儿塑造一个尽可能完美的内心世界。婷儿后来的发展证明，这种立足中华、面对世界的心态，使婷儿对国内外的各种环境不仅有很强的适应能力，而且保持了自己的做人原则。

按照这个思路，爸爸开始从他带来的藏书中为婷儿寻找精神食粮，并且给自己定了几条原则：

第一，所讲的故事基本上取自古今中外的真人真事，它们的影响力即使在孩子成年之后也不会消失，且大都能终身起作用。

第二，无论故事是悲剧或喜剧，人物代表着正义还是邪恶，都要贯穿积极向上的态度，绝不能让孩子从中得出消极颓废的结论。

按照这个打算，爸爸很快行动起来，在心里拟定了一长串故事清单……

爸爸选择故事，看似信手拈来，其实都是经过仔细筛选的。比如说第一次给婷儿讲故事时，他脑子里冒出了不少中国古今智慧人物的故事，但却特意选出了《晏子使楚》，就是因为他不希望婷儿成为那种只有小智小慧小算盘，却缺乏崇高目标的人。他说，在现实生活中，那种锱铢必较的"精明"人，往往还不如踏踏实实的傻子更能建功立业。

爸爸给婷儿讲故事，一讲就是5年。在婷儿初中住校之前，听爸爸讲故事一直是她小学生活中不可缺少的内容。特别是作业不多的晚上，婷儿在里屋一钻进被窝，就要左一声右一声地把爸爸喊过去，一边撒娇地下达"命令"："爸爸，何不讲个故事呢？"一边拉住爸爸的手，免得爸爸带着一肚子故事跑掉。

故事讲完了，婷儿还是不肯放爸爸走。她要爸爸坐在床边，等她睡着了才准离开。

这种时候，爸爸的心肠总是比妈妈软，他情愿在黑暗中坐上一阵，好让婷儿心满意足地入睡。好在婷儿入睡很快。

在爸爸生动的讲述中，婷儿差不多把古今中外周游了一遍。许多中外名人都成了她的"老熟人"——

她"认识"了发明飞机的美国人莱特兄弟，他们的飞机第一次升空，飞行了意义重大的12秒钟。科学创造，就是脚踏实地去做出"不可能"的事。

她曾"站"在居里夫人简陋的破木棚前，看着她在烟熏火燎中，一步步提炼出了那宝贵的十分之一克镭。贫穷的波兰女孩玛丽，靠了坚韧的意志才有成功。

她也"见"过那位肝火正旺的赵太后，终于被眼光深邃的老触龙说服，让娇生惯养的小儿子到齐国当人质，为国立新功去了。看来，谁都不能坐吃老本儿不努力！

还有纸上谈兵的故事。那位夸夸其谈的赵括，一番空谈，糊弄住了傻乎乎的赵王，却活活害死了45万精兵强将。不管多堂皇的空话，不能解决问题就一钱不值。

还有断了腿的孙膑，他为宰相田忌出主意，三套劣马，却硬是赢了齐王的三乘良驹。人若肯动脑筋，该有多么奇妙的作用！

拿破仑、张良、郑和、哥白尼、爱迪生……渐渐地，随着婷儿的领悟能力越来越强，故事的内涵随之越来越深。婷儿懂得的社会和自然规律也越来越多——它们是构成人的眼光的一块块基石。

爸爸讲故事，不拘泥于从头到尾照本宣科，而是抓住故事中对婷儿最有意义的片段加以详述，或者干脆放大成"特写慢镜头"，以便给婷儿留下强烈印象。

他讲抗倭名将戚继光，就特别讲了戚继光童年的一件事：一天，小戚继光穿着一双考究的锦缎新鞋，得意洋洋地从堂前跑过，却不料被父亲叫住了。父亲严厉地斥责他说："你小小年纪就讲起奢华来了！我是不可能满足你的，你将来还不会去贪污公款、克扣兵饷呀？"说着，父亲叫他把鞋脱下来，当场撕作两半，以戒除奢华的萌芽。

在讲戚继光成年后的事迹时，爸爸也不去细述他一生的赫赫战功，而是讲戚继光身处复杂险恶的政治环境中，怎样争取朝廷中大多数人支持抗倭。当时，正是明朝大奸臣严嵩从权倾天下的极盛期，到走向覆灭的过程。戚继光为了抗倭大业，甚至不放弃争取严党的支持，又能保持自己的一身正气。他是一位政治家型的大将军。爸爸认为，人如果没有这种包容的大气度，是不可能成大器的。他要婷儿也从中得到启迪。婷儿后来学会处理复杂的问题，正是缘于爸爸富有眼光的长期布局。

爸爸说，给婷儿讲故事，是件愉快的事。她不是英国议会大厦的那口"大笨钟"，重敲才有回音，她是灵醒的"窗户纸"，轻轻一点就透。

整整 5 年的床边"故事会"，随着婷儿到外语学校去住校而结束了，但爸爸提前输入给婷儿的种种理念，却在她心里牢牢地扎了根。

学写读后感，发展理性思维

三年级下学期暑假，我们已让婷儿把每篇日记的字数提高到 500 字以上。有一天，因为天气太热，婷儿除了看书做作业，就没搞别的活动，她发愁地问我，今天的日记写什么好呢？我说，何不将你今天看的书写一篇读后感呢？婷儿觉得很新鲜，跃跃欲试，要我教她写读后感。

我让她先写自己印象最深的书中人物，就像给小朋友讲故事一样写。我告诉婷儿可以参考一下书中的"前言"或"后记"，那里一般都有专家学者对这本书的介绍和评论，你可以完全写自己的看法，也可以借用专家学者的评述，看他们是怎样用简练的语言准确地概括书中的人物与情节的，但最好用你自己的话来写。

本来，小孩子看书是只注意故事，从不看什么"前言""后记"的，婷儿也一样，但是为了写读后感，婷儿也开始看起这些相对高深的文学评论来了。为了从数千字的评论中找到她要的内容，她不得不反复研读、筛选专家学者的文章，这不仅能直接帮助她深入地理解作者的写作意图，还能使她提前熟悉议论文的样式，更重要的是，对她发展理性思维具有莫大的促进作用——事实上，婷儿报考哈佛时写的那篇大作文，就是记叙文和读后感的混合体。

对比婷儿最早写的两篇读后感和小学写的最后两篇读后感，可以明显地感觉到婷儿的内心世界正在迅速走向成熟。字里行间，可以看出爸爸的思想熏陶，正把女儿的目光从孩子的童话世界逐渐引向对社会、历史和人生的思索。

1990 年 7 月 8 日　　星期日　晴（9 岁时）

《幻乡魔迹》

我读过一本名著，书的名字是《幻乡魔迹》。它是一本有趣的童话书，是由一个名字叫弗兰克·巴姆的作家写的。这本书的主要角色有太普、南瓜头杰克、铁樵夫、稻草人，等等。太普出生在奥兹奇境，住在北边的紫人国，那里一切事物都是紫色的。我喜欢太普这个男孩，因为他有心地善良、诚实、厌恶妖术、平等待人这些优点。

南瓜头杰克是由一个南瓜上面刻上眼睛、鼻子和嘴巴，再放在木头身子上，这样做成的。它从太普那里得到的形体，从老莫比那儿获得了生命。我觉得南瓜头杰克十分滑稽，老是说一些没头没脑的话语。而且，它的关节一会儿坏了，再过一会儿，手又没有了，很好玩儿。

铁樵夫，它是由一块一块的铁皮整齐地铆接焊合，而成为人的形状的。它有一颗红漆木头做的心，是男巫送给它的。我很喜欢这个黄人国皇帝——铁樵夫，因为它在整个故事中，都显得十分善良、温和，愿为善良去和邪恶斗争。

稻草人，它是由很多稻草，塞在一个用布做的人形里。它有一个木屑加铁钉做的脑子，也是男巫送给它的。我很佩服稻草人，因为，在危急时刻，稻草人总是能够靠它那副脑子想出解决的好办法来。

这就是这本书的主要角色给我的印象，这本书里还有摇摆虫，锯木马等角色，不过我只说这几位，至于另外的角色，我就不多说了。（因为已经有500多字了。）

1990 年 7 月 9 日　　星期一　大雨（9 岁时）

假若我也有希望丸

希望丸，是《幻乡魔迹》中的一种有很强魔力的药丸。不管谁吃了，只要他能成双成对地数到17，再提出一个愿望，这个愿望就可以马上实现。但是，成双成对地数到17，那可不是一件容易的事。因为17是个单数，数不到17就不能实现愿望，怎么办呢？不过我有一个办法，能成双成对地数到17，数法是这样的，1的一半儿，1，3，5，7，9，11，13，15，17，你看这样不是就很容易了吗？

我想，如果我有了希望丸，我的第一个愿望是，我要100个希望丸，这样，我就可以有100个可以实现的愿望了。我再吃下一个希望丸，数到 17，然后说：“我要一套灰姑娘在舞会上第 3 次穿的衣服和鞋子。”我的第 3 个愿望是：我希望我成为世界上最有知识的人。我的第 4 个愿望是：我希望我们家的人都永远年轻，永远不死。

我也经常问我的爸爸和妈妈有些什么愿望？爸爸说：“我希望你长大以后成为一个有用的人。”妈妈说：“我希望人可以不吃饭，但又可以活下去。”后来爸爸变了愿望，现在他的愿望是：让世界上所有的好人都变成最有能力的人。妈妈也变了愿望。她现在的愿望是：让世界上没有一个小偷，没有一个坏人。我的愿望是：让世界各地到处都是树、花、草。我还有两个愿望，第一个是，希望我书架上的书都全部换成新的字书；第二个是，希望我们很有钱，想要什么东西就可以买到。

这本书是三年以前买的，那时我才上一年级，只认得很少的字，所以第一遍还是妈妈念给我听的呢！

1991 年 7 月 22 日（10 岁时）

《荒岛奇遇》读后感

今天，我读了法国著名作家儒勒·凡尔纳的一本有名的著作——《荒岛奇遇》。

故事是这样的：一个黑沉沉的夜晚，在巨浪翻腾的茫茫大海之中，一只帆船被风暴抛上抛下，颠簸不定，风帆已经被吹破了，桅杆也断了，15 位少年危在旦夕。船随时都会被大海吞没，船上的少年们奋力与风浪拼搏，终被一个巨浪掀到了一个无名的荒岛沙滩上。船已经损坏了，但 15 个少年却安然无恙。从此，这群“鲁宾逊”式的少年漂流者，在与世隔绝的荒岛上过了两年“野人生活”。他们捉海龟、猎海豹、寻食粮、建屋洞、斗猛兽，绘制出一幅惊心动魄的画面，最后，奇迹般地回到了亲人身边。

这 15 位少年都是切尔曼学校的学生，他们是 13 岁的杜尼凡·库洛斯和巴库思塔，12 岁的维布·威尔科、库斯·卡内特和沙毕斯，9 岁的杰克斯和爱巴森、8 岁的科斯塔和小多尔。这些都是英国人。14 岁的少年戈顿是美国人，13 岁的布里昂和 9 岁的弟弟杰克都是法国人。

杜尼凡是新西兰上层社会的有钱地主的儿子，人品高雅而且服饰漂亮，是同学公认的最优秀的学生。杜尼凡不但天资聪明，而且勤奋好学，学习成绩名列前茅。恨不得出人头地的杜尼凡，一向不甘心居于人下。正是由于这种好胜心理，几年来一直在和布里昂竞争，在这次冒险中，布里昂的威信，更燃起了他的嫉妒之火，定要和布里昂争个高低。于是杜尼凡处处和布里昂作对，找他的麻烦，使他们这个15人的小集体发生了分裂，直到布里昂从美洲虎口里救出了杜尼凡，他才明白过来：布里昂完全是为大家好，根本不是为了出风头，不禁惭愧极了，和布里昂重归于好。

这本书告诉我们，要互相团结，大公无私，勇于开拓、冒险。这是本好读物。

1991年8月1日（10岁时）

《近代八十年》之二读后感

听说，在清朝末年，新加坡的报纸上出现过一幅漫画，一个破烂腐朽的茅屋外面栽着一些七歪八倒的草。天上下着大雨，茅屋里下着小雨，这幅漫画的名称就叫《中国》。当时，我很不理解，中国怎么会是这样的呢？直到我读了《近代八十年》之后我才明白，近代80年的中国是封建社会最腐败的阶段。就像那间破茅屋一样。

当时，人们的思想文化是非常落后的，封建统治者把孔子和孟子尊为圣人，天下所有的读书人都抱着将近2000年前的人——孔子、孟子写的书，思想都停留在1000多年以前，只有一些很小的发展。当时人们对世界也一无所知，只凭主观想象绘制地图，认为英国、俄国等国家都是像高丽一样的小国。地图上把中国画在正中，画得很大，中国四周画着一些极小的岛屿，那就是英国、俄国……为此，还闹过一个笑话呢！道光年间，一个葡萄牙来的生意人，在过海关的时候，为了说明自己来自葡萄牙，拿出一张世界标准地图给官吏们看。可他们又看不懂，就把他带到官府。那葡萄牙人耐着性子对官府指着地图做说明。官府的那官员一看世界地图就发怒了，大声吼道："这是什么东西，你看看我们的大清地图。"说着拿出一张清朝地图，葡萄牙人一看，不禁哭笑不得。

因为中国思想文化的落后，所以科技生产也非常落后，当时，别国已经发展到使用火车、轮船、洋枪、洋炮，中国却还停留在用大刀、长矛、马车、木船的时期。

因为科技生产落后，中国的军事国防也非常落后，清朝政府镇压农民起义还可以，可一与别国交战就不行了，僧格林沁在道光年间，有一次带着3000名清朝最英勇善战的骑兵与英国交战，结果被洋枪、洋炮打得落花流水，只带着七人七骑逃回京城。

这都说明，当时的中国比别国整整落后了一个时代。造成落后的就是中国封建社会的专制制度。专制制度的特点就是，谁掌握了皇权，全中国就变成了他（她）的私有财产，他（她）想怎么样就怎么样，在他（她）的心中，看一件事的可否第一位是看对自己的权力是维护还是威胁，而不是看对民族的繁荣昌盛有没有帮助。

以慈禧太后为代表的旧势力扼杀百日维新就是一个例子。光绪的变法里，要设置洋学堂，学习天文、数学、军事。慈禧太后就不高兴。加上变法里还要成立上下两院，实际上是扩大民权，缩小皇权，大事就是议会说了算了，皇权就名存实亡了。这就对慈禧太后的专治造成了极大的威胁。她当然要反对。她囚禁了光绪，然后废除了新法，并对康有为等人进行扼杀，可是没有完全得逞，康有为和几人逃到了国外，从此新政就失败了。

仅此一例就可以证明，封建专制制度是民族繁荣昌盛的大敌！

不做井底之蛙，寻求高水平竞争

当婷儿迅速进步，四年级上学期期末稳拿班上的第一名时，她所在的"乱班"情况却在进一步恶化。四年级上学期开学时，学校本来换了一位很能干的班主任教语文，可是到了四年级下学期，学校又安排她兼任总务科长，家长们都认为，学校多半是要放弃这个班了。

同时爸爸也认为，婷儿已经跨入上升期，应该把她放进一个整体水平更高、竞争更激烈的新环境，才有利于激发她更大的学习热情，避免养成"井蛙心态"。

于是，我们开始考虑出钱给婷儿转学。就算遇不上很好的老师，只要能把婷儿转得近一点，每天省下两个小时的路途时间，在爸爸指导下搞训练，婷儿的进步也会相当可观。

恰好，有一个周末泱泱来玩耍，我们问了一下他们班的情况。泱泱非常自豪地说，他们的班主任廖丽琼是"优秀班主任"，他们的班级是"优秀班集体"，他们班刚好转走了两个同学，她希望刘亦婷能趁此机会转到他们班上来。

张欣武主张"好事要抓紧"，让我赶紧到泱泱家进一步问情况，泱泱的父母对廖老师也赞不绝口。听了我的"汇报"之后，张欣武当即决定尽快"投奔"廖老师。在泱泱父母和廖老师及刘惠英老师的热心帮助下，商业场小学只象征性地收了一点转学费，婷儿第二个星期就成了廖老师班上的新同学。

这次转学对婷儿的成长起到了预期的作用。第一次单元测验，婷儿只排到班上第 17 名。这个名次非常形象地印证了爸爸妈妈的话："乱班"的第一名只不过是"井底之蛙"，跳出井口再看，即使在商业场小学冒了尖儿，世界也还大着呢！

明白了这个道理，婷儿理解了骄傲自满是多么荒谬可笑。后来她多少次取得足以令一般孩子骄傲的成绩，但婷儿始终没有被骄傲情绪困扰过，因为她早已习惯于"把已有的成绩全都归零"。只有这样，才有机会进入更高层次的竞争。

这次转学对婷儿的智力开发同样有价值。商业场小学是奥林匹克数学竞赛的教学基地，这是婷儿转学前享用不到的教育资源。转学过来之后，我们让她不断向老师提出参加奥校学习的请求。老师们都惊讶地说："简直难得遇到这么爱学习的娃娃！"在廖老师的推荐下，奥校的吴春蓉老师破格接收了她——别的学生都是从二年级就开始学"奥校"的。

小学"奥校"的难度，明显超出正规数学课，婷儿插班进了"奥校"，面对的是一块出生以来最大最难啃的"硬骨头"。

爸爸认为，这是帮婷儿打好理科基础的好机会。他对学习方法有不少研究，有把握在短时间内，帮婷儿把两年多的"奥校"差距补上。这时，离数学"华罗庚金杯赛"只有短短三个月了，时间非常紧。

爸爸争分夺秒，一面研究"奥校"教材，一面用他总结出来的各种学习方法指导婷儿攻克一个又一个"奥校"难关，还不断给婷儿打气鼓劲。

高难度的学习对婷儿的吸引力很大，爸爸的措施也非常有效。婷儿越学兴趣越浓，只用了不到三个月的时间，就完成了预定的"大步赶超"计划——不但补上了别的孩子学了两年多的奥校课程，而且开始在奥校班里后来居上。（后来，爸爸又用类似的方法指导另一个小学五年级的男孩，在三个多星期里，使他基本掌握了六年级全年的数学课内容。又用一个月时间，使他进而掌握了初中一年级的数学内容。限于篇幅和体例，这些方法无法在此详述。）

三个月一转眼就过去了，"华罗庚小学数学金杯赛"开始报名，婷儿拿着刚学会不久的本事去"热炒热卖"，未出茅庐就勇敢参赛，并一举夺得了"四年级一等奖"。当时我正在湖北的医院里照顾刚做了直肠癌手术的姥姥。面对这样可爱的"慰问品"，姥姥欣喜地说："这简直是我的特效药！"

爸爸的高效指导使婷儿出现了高速发展的势头。尽管当时还无法预见后来发生的一切，但我已经本能地预感到，婷儿的智力发展将出现重大突破。

这个数学"一等奖"激起了婷儿对数学更大的兴趣。此后，婷儿为高难度的奥校训练自愿投入了不少时间，兴致勃勃地跟着爸爸钻研更多的难题。我们非常看重婷儿这方面的努力。尽管中国的大学实行文理分科，可是爸爸强调的"文理并重"原则，却对婷儿有更强的说服力。何况婷儿升初中时，也需要她的数学拔尖，好去敲开重点中学的大门。

奥校的学习属于典型的高水平竞争，尤其是在五年级进行了一次淘汰之后，竞争范围已经超出了本班和本校，变成了成都市东城区各校数学优等生之间的竞争。婷儿虽然只是"半路出家"，仍然在六年级下学期的全国比赛中夺得了成都市二等奖和四川省三等奖。她又一次尝到了"只要肯干又善于听指挥，就能拔尖"的甜头。

婷儿在爸爸指导下流的汗得到了超值回报。她凭借数学优势，不仅在白热化的初中入学竞争中战胜了绝大多数对手，如愿考进了理想的中学，还在中学依然保持各科成绩齐头并进的态势。如今在哈佛大学，婷儿虽然不具备美国同学的英语优势，但她文理皆优的学习能力仍使她稳居优等生之列。

学习巴金爷爷，认真修改作文

作文和数学一样，需要日积月累下功夫，但也有一些可以通过单项训练来强化的技能。为了提高效率，爸爸建议尽量采用口头作文的办法，这样，用笔写一篇大作文的时间就可以用嘴巴搞十来次作文练习了。婷儿的"列提纲训练""找主题训练""细节描写训练""场面描写训练"等，主要都是在小学后三年用口头作文的方式进行的。

婷儿转学之前，已经报名参加"巴金杯小学生作文竞赛"。我专门陪她到成都西边的"巴金纪念馆"去转悠了好几个小时，找到不少可写的素材。虽说后来因为转学后不能重新报名而失去了参赛资格，这次"备战"过程还是有一个意外的收获——巴金手稿上多处精心修改的痕迹，使婷儿彻底消除了对修改作文的抗拒心理。婷儿准备的参赛作文之一，就是以自己的转变过程写成的"给巴金爷爷的信"。

敬爱的巴金爷爷：

　　您好！

　　我叫刘亦婷，是成都市××小学四年级二班的学生。我从您给故乡孩子的回信中得知，您身体有病，不知近来有无好转？我作为您的小同乡、小读者，多希望您能早日康复，回来看看故乡的新面貌啊！

　　今天，我给您写这封信是要告诉您一个"秘密"。

　　我有一个毛病，最讨厌修改作文草稿，可妈妈却老是要我反复修改，真是烦人极了！有一次打草稿的时候，我干脆不留修改的空白位置，看妈妈叫我在哪儿改！当然啰，最后，我不得不按妈妈的要求重写一遍。可我心里却很不服气，心想：改不改草稿有什么关系！但我真正认识到自己的不对，还是在慧园看了您的手稿之后。

　　那天，在慧园古色古香的紫薇堂，我在一排陈列柜里，看到您写的《随想录》"后记（新记）"的手稿。手稿上，有许多修改了的地方，这使我感到十分惊奇，心想：怎么，巴金爷爷这样的大作家写文章还要修改吗？我倒要看看巴金爷爷是怎样修改文章的。我看到您在一个地方把"我对自己说……"改成了"我不断安慰自己：……"还有一处，您把"我写写停停，终于……"改成了"我写写停停、停停写写，终于……"修改以后，确实比原来更准确、更生动了！我还数了一下在这张 15 行的手稿上，居然删改了十来处！这个数字强烈地震动了我。当时，我已经从介绍您生平的图片中知道，您是世界知名的大作家，有着辉煌的文学成就，光是在国际上就得过好几次奖。可您对自己的文章还是这样一丝不苟。而我，只不过是个四年级的小学生，正是刻苦学习的时候，却连作文草稿都懒得修改。这样怎么能够学到真本领呢？想到这里，我的脸都羞红了。

打那以后，我再也不讨厌修改草稿了，作文也有了明显的进步。老师还说我要再加一把劲儿，还要把我的作文推荐到《成都晚报》的"苗地"专栏去发表呢！如果真有这一天，我一定会把发表的作文寄给您看。

巴金爷爷，您可要好好保重身体，等着听家乡孩子的喜讯呀！

祝您

新年快乐！健康长寿！

爱您的刘亦婷

1991 年 1 月 12 日

有了修改作文的愿望，婷儿顿时感到自己的词汇太贫乏了，尤其是在描写人物动作神态时，老是需要向我们"借词"，才能修改到满意的状态。我说："既然你的词汇库里材料不足，还不如集中进一次货呢！"婷儿高兴地说："好哇好哇，快告诉我这种货该怎么进吧！"

我找出姥爷送给我的一套《写作技巧》，让婷儿翻阅上面的各种词汇分类表，婷儿顿时被汉语词汇的丰富、细腻、生动、传神"吓"得直吐舌头。我告诉婷儿："只要你平时用心积累词汇，几年之后，你掌握的词汇将远远超过这本书上所收集的。考虑到小学生的作文是以写人叙事为主，咱们急用先学，先在脑子里储备一批描写人物的词语，你就不会词到用时方恨少了。"

于是，婷儿就在 1991 年寒假拿出几天写日记的时间搞"人物描写词语训练"。她每天往日记本上抄一大堆词语，7 个单项的词语，共抄写了

10 页。后来在跟爸爸学写作手法时，爸爸让婷儿挨着个儿地练习各种有趣的修辞手法——比喻、夸张、借代、联想……婷儿"热炒热卖"抄写的新词，不光写作能力明显提高，词汇贮备也进一步增加了。

后来，吴老师也对婷儿说："小学生作文主要是练习运用各种词汇，不怕你用得不够准确，就怕你肚子里的词太少。用得不准进了初中再规范也来得及，如果肚子里没词，你让老师咋个来规范嘛？"

培养外语兴趣，开发外语潜能

婷儿小学阶段，爸爸曾几次考虑让她开始学英语。爸爸说，在世界被称为"地球村"的时代，外语能力对孩子的未来是一个重要因素，是当代人的必备素质。可是那时学校布置的家庭作业太多，婷儿回家后做作业经常要到晚上 10 点多钟，有时是 11 点多钟才能上床睡觉。因为没时间，爸爸每次都只能作罢。

爸爸担心如果拖下去，婷儿的外语能力会出现"潜能递减"。他知道，一个普通的孩子在幼儿阶段，能把外语学得像母语一样地道。到了小学阶段，语言能力虽然有所减退，一般的孩子仍能把外语学得很像样。但是如果拖到中学才开始学外语，不仅学习效果会明显下降，花费的时间也会比以前大大增加。

当爸爸认识到婷儿在小学很难实施英语计划后，决定退而求其次，改用其他办法来开发她的外语潜力，以便为她中学学外语打好基础。

爸爸发现：小时候的"双语习惯"，能够同时促进外语能力和智力的发展，这方面有很多例证。以前他就曾观察到，那些在家里家外说不同方言的孩子，往往比只会说一种方言的孩子对语言有更敏锐准确的感觉，日后学起外语来也脑瓜更好用。

爸爸还听新疆的朋友说过，聚居在新疆察布查尔县的锡伯族有不少聪明人，学起其他民族的语言来特别灵，这使他们被人赞誉为"有语言天赋的民族"。爸爸分析说，这支 18 世纪中叶从松花江流域西迁到新疆伊犁戍边屯田的锡伯族人，正是在担任边防军的一两百年里，与伊犁地区的十几个民族有过多种语言的频繁交流，练出了锡伯人的"外语"能力和聪明才智。这也可以看作大范围开发外语能力的成功范例。这个有趣的现象对爸爸强化婷儿的外语潜力有不少启发。

作为第一步，大约从小学二年级起，爸爸开始有意识培养婷儿对外语的兴趣。有一句格言说，兴趣是最好的老师。学外语是很花时间的，需要长期坚持，学的过程也难免枯燥乏味。只有兴趣浓厚的孩子才会乐此不疲。

爸爸的办法首先是讲故事，这是婷儿那个年龄的孩子最容易接受的形式。从古埃及的金字塔到居里夫人的奋斗史，还有日本人狂热工作引起的"假日综合征"，美国为什么号称"孩子的天堂和成年人的战场"，等等。

有趣的故事使婷儿消除了对外国文化习俗的陌生感，激发起对世界越来越大的兴趣。

其次爸爸还尽量通过熟人朋友的亲身经历来"现身说法"，展示外语的作用。爸爸的一位好友，也是婷儿很熟的一位叔叔，东渡日本从读语言学校开始，短短一两个月后就能单枪匹马用日语去联系工作。这以后，他事业的每一步发展都伴随着外语能力的增强。这一类真人真事，使婷儿真切感受到"学好外语可以走遍世界"，对人的一生很重要。

这些心理上的铺垫，使婷儿在开始学外语之前就有了渴望学好的心态。婷儿在中学的表现证明，一旦有机会开始学外语，她就会一头钻进去，并乐此不疲。不用更多的鞭策，她也能马不停蹄地冲到绝大多数同学前面去。

在激发婷儿外语学习兴趣的同时，爸爸也采取了一些具体措施来增强婷儿的外语潜能。他要求婷儿继续坚持在家里和学校里用不同的口音说话，在家说普通话，我们不时纠正她的发音。这不仅使婷儿的普通话说得很标准，更强化了她对语音的灵敏感觉。在学校则要求她说跟同学们一样的四川话，还经常品评婷儿"说得像不像"，这也强化了她对语言的准确度和敏感性。

时间一长，婷儿的"双语音训练"成了自然而然的习惯。进入中学后，则是普通话、英语和成都话"三语并举"。长达十几年在多种语音间频繁的"穿梭式变换"，使她比多数同学对语音语调更为敏感，语言模仿能力更强。通过这种无形的"训练"，加上婴幼儿期听过一年的《跟我学》英语节目也有所帮助，多种措施的合力，使婷儿在外语方面的兴趣和潜力都超过了一般同学。尽管她在上初中之前没有正式学过英语，但一进外语学校，就轻而易举地驶入了"快车道"，并能按照父母的要求，很快做到了"英语拔尖，口语流利自如"。

这样从兴趣到语言能力两方面着手，为婷儿在中学的英语领先创造了很好的条件。到高一高二时，婷儿的英语已经能够说得像汉语一样流利自如，这对她访美成功和申请留学都发挥了重要作用。

走出家门校门，到农村去观察

四年级转学后的头一个期末，婷儿就由 17 名上升为前 3 名。奥校的飞跃使婷儿的数学冲到了前面，廖老师丰富的教学经验也使婷儿的语文成绩在迅速进步。

我们认为，商小的教学质量和婷儿在四年级的表现，标志着她的学业已经走上正轨。下一步的培养重点，应该转向开扩眼界和增加社会知识上，以便为婷儿的持续快速发展铆足后劲儿。

刚好，报纸在四年级下学期的暑假登出了一条新闻：成都附近的农村形成了一个鲜花生产基地。我们决定带婷儿到充满诗意的花乡去，观察真实的花农生活，并搜集一批作文素材。

这个有趣且有益的下午，真实而生动地保留在婷儿的日记本上：

1991 年 7 月 4 日（10 岁时）

花乡之行

放暑假了，我和爸爸、妈妈一起，到花乡——三圣乡去看花。遇到了许许多多的新鲜事儿和热心人，还长了不少见识。

（一）花农大婶儿

我们在高店子（三圣乡的一个镇子）下了汽车，往四周一看，只有几个卖李子、西瓜、梨等水果的小摊儿、矮小的房屋和一张收购白兰花的广告，一朵鲜花也没有看见。突然我发现了"新大陆"，对妈妈说："看，那儿有个卖花的。"说着就向那里走去。爸爸妈妈也跟了上来。爸爸问那花农："请问花圃在哪？"那花农说："沿着这条路走个一里多就是。"说完就骑着车走了。我们听了他的话，就顺着他指的路往前走去。走了半个来小时，就走出了镇子，四周是绿油油的田地，就是没花。我们议论起来，看到底是走还是回去。

这时，一个衣着朴素的农民大婶儿提着菜篮子从旁边经过，笑眯眯地问我们："你们是来看花的吧？"我赶紧回答："是的，怎么没看到花呢？"大婶儿说："你们来得不是时候，要早晨来，花才多呢！"妈妈问道："那这儿的花圃呢？"大婶儿回答："这里是种菜的队，不许种花，种花要罚款。"我一听就乐了："嘻，乡下的怪事可真多，连种花都要罚款。"爸爸告诉我："这就叫计划经济呀！你想，要是种菜的都去种花，城里人吃菜怎么办呢？"一席话，又把我逗笑了。妈妈问："那为什么报纸上还说这儿是花乡，而且成都市的鲜花大部分是从这儿运去的呢？"大婶儿说："还有种粮食的队嘛！花都是种粮队种的。我们家就是种花的。"我急忙问："那您一定知道花圃在哪儿吧？"她回答说："当然知道，顺着这根路往下走，跟着这块人，就到幸福村了，种粮队就在幸福村。"我觉得很有趣:路论"根"，人论"块"！但我没说出来，只是笑了笑，对她说："谢谢您指路。"花农大婶儿很高兴，就说："我送你们几朵花吧！"说着就把篮子放在地上，找出四朵浓香扑鼻的黄果兰递给我，还说："找片叶子包起来可以保鲜。"爸爸在路边摘了片又大又绿的叶子给妈妈，妈妈小心地把花包好递给我。妈妈很感动，看大婶儿篮子里满满地装着西红柿挺沉，就说："大婶儿，我帮您提吧！"说着就从大婶手里接过篮子。大婶高兴地说："你真太客气了！"

分手后，妈妈对我说："乡村的人就是要比城里人淳朴。你看，那大婶儿高兴就送我们几朵花，可我们就没想到主动给大婶儿提包。""就是。"我和爸爸异口同声地说。

以后遇到的人和事，也多次证实了这一点！

1991 年 7 月 5 日（续）

（二）买花做客

走着走着，不知不觉已经快三点了。爸爸说："咱们往回走吧，回去赶四点多钟的汽车。"我急忙说："不干，不干，到花乡来，要买点儿花回去才好。"爸爸妈妈商量了一会儿，就答应了。妈妈指着一所房子对我说："你去那儿问问主人，屋旁那块地里的十三太保花（学名：唐菖蒲）多少钱一枝。"我顺着妈妈指的方向望去，果然有一户人家，旁边种着各种颜色的十三太保花，厨房里冒着炊烟。我在房前大声喊道："请问，屋旁的十三太保花是你们种的吗？"话音刚落，从厨房里走出来一个三十来岁的妇女，她说："是我们的，你们要花吗？一角钱一枝。"妈妈说："六角钱，买十枝，好吗？"那花农妇女想了一会儿就答应了。她带我们走进花地，妈妈指一枝她摘一枝，边摘边说："这个五彩太保花苞多，又好看，又粗，不容易折断，最好了。"说着又摘下一只粉红色的说："你们看，多美，有十三朵呢！"妈妈问她："为什么你说是五彩太保呢？"她听了笑着说："你看这花有粉红，有橘红，有深红，有浅红，有紫红，多姿多彩，五彩六色，所以称为五彩太保，白色的称为白太保，黄色的称为黄太保。"

买了花之后，爸爸对我说："你进去参观参观，长长见识。"然后又问花农妇女可不可以。花农妇女说："可以。其实，也没什么看头。"

我先看了厨房、猪圈、水池，最后，来到了厅堂。厅堂正中摆着一张吃饭的桌子，桌子旁边有一筐小土豆，小的只有玻璃珠那么大，大的也只有表壳那么大。一位老大娘坐在筐子旁边削土豆，已经削了一篮了。墙上贴着一副中堂，左边写着："寻母三年辉宋世"，右边写着："为王几代耀明朝"，横批是："祖德留芳"。中间写着："朱氏先高曾祖神位"。我问爸爸是什么意思，爸爸给我解释说："'寻母三年辉宋世'意思是：找妈妈，找了三年，孝心辉耀了宋代。'为王几代耀明朝'的意思是：几代人都是王，显耀了明朝。'祖德留芳'的意思是：祖上的美德流传下来。'朱氏先高曾祖神位'意思是：朱元璋先祖、高祖、曾祖神位。"

离开之后，我问爸爸："他们真是朱元璋的后代吗？"爸爸说："不知道，但是，这家人富了以后，希望别人尊敬他们，就想用认祖先这种方式来得到！"我听了点了点头，心想：其实，人们尊敬他们，是因为他们辛勤的劳动，并不是因为什么祖先。

7月8日（续）

（三）意外的礼物

我们疾步往回赶，路过一块种大立菊的田地，我不禁站住，看那花。那大立菊可真美啊！黄里透红，红里透黄，那么美！那么醉人的美！那么迷人的美！我晃晃妈妈的手，说："妈妈，求求你，给我买一朵花嘛，大的，红的，就一朵。"妈妈想了一会儿，说："其实，我不是舍不得买，可卖花的人一看小孩子要买，就会特意把价说得很高，因为大人一般都会满足小孩子的要求。但是，你既然这么想要，那就给你买一朵吧！"

我对正在种新花的花农说："阿姨，大立菊多少钱一枝？"那阿姨看了我一眼，和蔼地说："您自己摘几朵吧！"说完又埋下头继续干活。我和妈妈一下愣住了，没有动，简直不相信自己的耳朵。她抬起头，看我们没有动，就又说了一次："自己去摘吧！"这时，我才醒悟过来，兴高采烈地去摘花。

那花农说："这边来。"说着就向一片大立菊走去。我也一蹦一跳地跟着她。她给我摘了三朵大花，一朵黄，两朵红。我拿在手里，像得了宝贝一样高兴。这花，层层相叠，美丽、大方，让人爱不释手。那阿姨看我喜欢，就说："你自己再摘一朵自己喜欢的吧！"我喜出望外。选了一会，我摘下一朵黄色的大立菊。这朵大立菊还没有完全开放，中心是红色，花瓣是黄色，两色相间，显得十分美丽。我对那位阿姨很感谢，一连说了好多个谢谢。

离开后，我们一路都在议论：这里的人真好，竟送给我花，要是在城里，一定会敲我们竹杠，这可真应了"农村人淳朴"的话啊！

后来，大立菊凋谢了，可我们和花农的友谊之花，却永远在我们的心中盛开！

童心仍活泼，童趣皆成文

我们在积极为婷儿的未来储备知识和经验的时候，始终坚持了两个原则：时间上坚持高效低耗，方式上坚持儿童特点（即强调教育的游戏化色彩）。

这"两个坚持"，使得婷儿的玩耍和学本事结合得非常好。从小到大，婷儿单纯玩的时间不算很多。即使在她自由支配的时间里，婷儿也知道，她的玩耍活动，若不是与锻炼身体有关，就可能与收集作文素材有关。这一点，并不妨碍她尽情地玩耍，反倒使她玩得更用心，更起劲儿。这些玩耍的时间，都是婷儿用列时间表的办法"统筹安排"出来的。婷儿和小伙伴痛快玩耍的经历，既是她小学日记的重要内容，也是婷儿健康成长的要素之一。

看看她描写自己怎样玩耍，你就会发现，思想远比同龄人成熟的婷儿，仍然有一颗天真活泼、童趣盎然的心。

7月15日（10岁时）

我的宠物

我在三圣乡郊游的时候，在庄稼地里捉到了一只大指甲盖大的金龟子。这只金龟子是铜绿金龟子，头部是铜绿色的，光滑极了！背上是暗褐色的，有几个浅色的点儿。卵形的金龟子在阳光的照射下，闪着金属的光。我查了《辞海》，上面说"金龟子属于鞘翅目，与蜜蜂的膜翅目不同。"

回家后，我在金龟子的第一对和第二、三对脚之间系上了一根浅绿色的丝线，让它带着线飞，它每次飞的时候，先是把背壳一掀，从壳下伸出双翅，就像宝剑从鞘里飞出来一样。我拿着线，让金龟子到处飞，妈妈看见了，笑着说："你看你，一天拿着金龟子玩，金龟子都成了你的'飞马'了。"我听了高兴地说："对，对，就是飞马，就是飞马。"

每天早晨，我都要带着金龟子在阳台上去"遛马"。我从三楼往下放线，线不够了就接线，直到把它放到一楼的花圃里为止。晚上，金龟子住在十三太保花里，那里是它的宫殿。它在里面爬来爬去，饿了，就吃几口花瓣，渴了就吸点汁。

有一次，金龟子不见了，我吓了一大跳，以为金龟子飞走了，或者死了，赶紧到处找。结果在一个沙发垫子上找到了。金龟子正在上面悠闲自得地爬来爬去。我这才松了一口气。这是怎么回事呢？我仔细一想，才恍然大悟。原来，我把金龟子放进了一个墙缝，后来就忘了，金龟子大概是跟着亮光爬出来的。

这只金龟子给了我许多乐趣，是我的好"马"！

8月21日

喂 蜘 蛛

今天下午，我到姨姥姥家去玩儿。我给两位老人请过安以后，就和小表妹佩佩一块儿到后门的菜地去捉蛾子玩儿。

菜地里盛开着南瓜花，花上停着许许多多棕色的小蛾子。我们高兴极了，马上就捉了起来。我绕到一只蛾子背后，对准蛾子的翅膀，伸出右手，用大指和中指一捏，蛾子就被我"逮捕"了。可是，这么容易的事，有什么意思呢？于是，我东看看，西望望，想找点儿好玩的东西。突然，我发现这儿到处都悬挂着大蜘蛛网，一只只婴儿手掌大的绿蜘蛛，躲在网旁，胸有成竹地静候着。"对！就捉蛾子来喂蜘蛛，一定很好玩儿的。"我兴奋地想。我拍拍佩佩的肩膀，对她说："佩佩，我们把蛾子往蜘蛛网上扔，看看蜘蛛是怎么吃飞蛾的。"佩佩听了高兴得连蹦带跳地说："好啊，好啊。"

我捉了一只蛾往一个中等大小的蜘蛛网上使劲一扔，谁知那蛾子扑扇几下翅膀就把网弄破了个洞，飞跑了。那只蜘蛛呢？它感到网在动，以为好吃的来了，就满怀希望地跑下来"巡视"，结果，什么也没有，它只好又垂头丧气地回去等待。我们觉得这只蜘蛛很可怜，于是，就老给它扔蛾子。可它很笨，别的蜘蛛见蛾子一碰网，就忙爬过去，咬蛾子一口，把毒液注入蛾子的身体，然后急急忙忙躲开，等蛾子被麻醉过去，再来慢慢享用。可这只笨蜘蛛却老也捉不到蛾子。我们只有把蛾子的翅膀撕掉，再扔给它。这招果然很灵，那蜘蛛笨手笨脚地跑过去，用蛛丝把沾在网上的蛾子裹得严严实实，然后再悠闲地吸起蛾子的汁来。

这时，阿姨叫我们去吃饭，我们才告别了那只正在饱餐的蜘蛛。

婷儿在这一类的玩耍中既练了观察力，又练了写作能力，她也高兴，父母也高兴。但这种随机的、散漫的学习方式毕竟不足以完成系统的教育，更无法培养严谨的科研素质。婷儿早就懂得这个道理，所以她总是在完成了当天的学习任务之后才下楼去玩儿。不过，婷儿毕竟只是个10岁的小女孩，假期里，听到别的孩子成天都在嬉戏笑闹，她也难免有思想动摇的时候：

7月23日

吵 架

暑假里的一天，我心里的欲望先生和理智先生吵架了。

欲望先生说："你真倒霉，放假了还要做作文、写字、补习以前的奥校知识。还是别干了，出去玩吧！"

可是理智先生说："如果你去玩儿，那么你的奥校怎么办？你难道不想当尖子生吗？难道不想考 100 分吗？还是坐下来好好学习吧！"

欲望先生说："别把她往歪门邪道上引，你看看，其他那些人才考 80 多，都玩得那么起劲儿，我们小主人数学考了 99 分呢，有什么不能痛快玩儿的，假期的定义就是睡个够，玩个痛快。"

"唉唉唉！真是，小主人，你别听他乱讲。"理智先生劝告我。

"谁乱讲了，谁乱讲了，我看乱讲的人是你。暑假里谁不在玩儿？我们小主人有什么不能玩的？"欲望先生说。

理智先生也不甘示弱："学习第一，玩儿第二。小主人，你这几年紧一点儿，以后升了中学，你就不会被题海淹没、淹死，没有一点儿喘息的机会，想想吧，多可怕！你应该好好用功，将来做国家的栋梁才对啊！"

这时候，欲望先生已经再找不出理由了，急得直跺脚，干脆不讲道理了，他说："不管，不管，反正应该玩儿，玩才最正确！"……

他们就这样你说一句我顶一句，争不出个结果，就连我也不知道听谁的好！现在我把它写下来，让你们来评评理，看到底谁是对的呢？

其实，婷儿对此自有稚气而富有哲理的回答，我曾听到她对嘲笑她不能想玩就玩的小朋友说："你现在成天玩儿，将来就玩儿不成了，我现在不能痛快地玩儿，将来却能痛快地玩儿。"

先做孩子"同伙"，后做女儿"军师"

1991 年，婷儿 10 岁时，我们培养婷儿的计划遇到一个意外的干扰——大量的日本漫画集像蝗虫一样侵入图书市场，几乎所有的小学生都被极度夸张的日本漫画迷得神魂颠倒，传统少年儿童读物的颓势，几乎可用"土崩瓦解"来形容！婷儿自然也被日本漫画迷住了。这种"文化沦陷"的情景，从婷儿的日记里可见一斑：

8月8日

我们班的"圣斗士"迷

　　四年级下学期，在大大小小的邮亭、书摊儿上，像浪潮般地涌现出了日本多集科幻神话卡通画书——《女神的圣斗士》。书里面说，女神雅典娜身边，有一群勇敢的少年保护着她，他们就是圣斗士。每一位圣斗士，都有自己的星座和保卫自己星座的圣衣，每个圣斗士都有自己的拳术。书中的主人公有五位，他们是圣斗士星矢、紫龙、一辉、冰河、瞬。星矢有"天马流星拳"，一辉有"凤凰幻梦飞翔拳"、冰河有"钻石星尘"、紫龙有"庐山升龙霸"、瞬有"无敌的锁链"。

　　我们班上的男生看了《女神的圣斗士》之后，简直入了迷，走到哪儿都能听见他们在喊"天马流星拳""庐山升龙霸""凤凰飞翔"……的叫声。他们把红领巾取下来，说这就是瞬的"锁链"，两只手乱舞一通，再往前一跳就说是"凤凰飞翔"，手使劲儿往上一挥，就说是"庐山升龙霸"……

　　其实着迷的岂止是男生呢？就算是不爱看打斗的女生，也有《猫眼三姊妹》《尼罗河的女儿》等其他类型的日本漫画占领她们的心。婷儿就热情地向我推荐过好几套日本漫画，希望我也能分享"日本漫画迷"们的快乐。

　　这是婷儿第一次迷上弊大于利的读物，如果我们处理得不好，和婷儿之间将出现第一条代沟，甚至从此中断深层面的交流。意识到问题的严重性，我们决定采取这样的对策：先做"同伙"，后做"军师"。只要能保有共同语言，就有机会因势利导。于是，我们跟随婷儿的阅读兴趣，认真地看了不少日本漫画集。

　　可以说，这些日本漫画从内容到形式，都自有其精华和糟粕（当时还未进口或盗版诲淫诲盗的日本漫画集）。最令我们不安的是，日本漫画集对孩子们的阅读习惯有着极大的破坏作用。因为它的表现形式是变化多端的画面和简单化、模式化的语言，完全摒弃了有助于培养孩子思维能力和表达能力的叙述性语言，孩子在看书时只顾跟着视觉冲击力很强的象声词追逐故事情节，脑子里除了各种拳法的名称和"去死吧！"的叫喊，几乎留不下一句完整的话。更糟糕的是，出版日本漫画集的都是些市场化运作的高手，他们两块钱一本，五本书一套，出版了一套又一套，把孩子们的零花钱和有限的阅读时间都榨得精光。长此以往，中国人的中文水平不下降才怪。

我们虽然着急，但仍未简单地制止婷儿看日本漫画，而是很有兴趣并不抱成见地和她一起讨论书中的人物和情节，并让她以日本漫画做素材，在日记中练习"人物神态描写"或"场面描写"——我们把这当作是彻底解决问题之前的"废物利用"。

在"积极防御"的过程中，我们一直在寻找"反击"的机会。几个月之后，丰厚的利润刺激得日本漫画越出越多，越出越滥，我挑出几本有不少错别字和语病的漫画书，和婷儿认真地谈了一次话。联系到她日记和作文中的错别字越来越多的实际情况，婷儿口服心服地说："老看漫画书确实会弄得语文成绩下降，从现在起，我再也不看了。"第二天，婷儿和我把几十本日本漫画书全都卖给了收废品的。后来婷儿虽然又有几次小反复，但程度都很轻，她也知道不好，说了她几句就改了。

在看电视和学唱流行歌曲的问题上，我们也是这样先当"同伙"，后当"军师"，有意和婷儿保持着兴趣爱好方面的共同语言。对孩子来说，关心他们的爱好比关心他们的利益更容易取得认同感。和婷儿一起看动画片《堂·吉诃德》时，我们边看边聊的内容，很自然地变成了她的感想，她自发地在"《堂·吉诃德》观后感"中写道：

……堂·吉诃德之所以这样，是因为看骑士传奇小说入迷到想入非非的程度，引起了神志错乱，眼里不断产生幻象，然后按他的主观想象不分青红皂白地乱砍乱杀。这教育我们要客观地考虑问题，不能凭主观想象办事。

让孩子就自己喜欢的东西写日记，他们总是更爱动脑筋。婷儿的"《咪姆》观后感"就很能说明问题：

8月13日

可爱的咪姆

这几天，电视上放映了日本多集动画片《咪姆》。这部片子里有一个住在计算机里的小娃娃，名叫咪姆，咪姆在日本的大介和清子两兄妹家里。妈妈说："这个咪姆，丑乖丑乖的。"可我却不这么认为，我觉得咪姆挺漂亮的，而且什么都知道。它向大介和清子介绍飞机、照相机、火车、青霉素……的来历和发明的过程，带着他们和电视机前的我一起去南极和北极探险，一起去漫游光的世界……它简直是知识的结晶，智慧的化身，而且很正直，它具有人类的全部美德。

我也很想有一个咪姆，这样，我就可以得到许许多多的知识，对五彩缤纷的科学、知识的世界有更多更广的了解。可是咪姆在日本，那我的愿望就成为了幻影。可是，有一天，我听里面说：每个人心里都有一个咪姆。于是，我又觉得有了希望。可是我又想：心里的咪姆，难道心里住着一个小人儿？不可能。那又会是什么呢？于是，我苦苦思索起来，对，咪姆就是人的求知欲，大介和清子有不懂的事，就去请教它。那不就是相当于去查阅资料吗？

这件事告诉我，一个人有求知欲，就可以得到连续不断的知识，就可以成为一个知识渊博的人。

捏冰一刻钟，锻炼"忍耐力"

张欣武很早就预见到，如果想让婷儿长大后成为有出息的人，她必须具有一般人所没有的强大承受能力，以便有朝一日能面对巨大的心理压力和身体承受极限的考验。每个孩子在压力面前，都会有一个已经习惯了的限度，然而这个限度却是可以通过磨炼来提高的。随着孩子不断长大，提高承受力的困难也会变大。所以这种承受力虽然用在将来，但却应该从小就培养。

中国人自古就熟知这一人才成长的"承受力定律"，号称"亚圣"的孟子就说过："天将降大任于斯人也，必先苦其心志，劳其筋骨……"

于是，通过各种表面上难以忍受的磨炼去提高婷儿的承受极限值，也被爸爸列入了培养计划。只是，他定下了一个界限——只采用绝不会对孩子身体有损害的方式。

除了平时对婷儿体力和心理承受力不断提高要求之外，婷儿10岁时，爸爸开始以更大的力度实施这个计划，其中之一，是他在四年级下学期的暑假里给婷儿设计了一次奇特的"忍耐力训练"——捏冰一刻钟。婷儿当时捏的，是在冰箱里特意冻得结结实实的一大块冰。事先，爸爸特意体验并研究过，知道这类训练除了刺骨难忍的感觉之外，对婷儿的身体不会有任何不利影响。他说，有些俄罗斯的婴儿还在吃奶学走路的年龄，就跟着妈妈在寒冬的冰水里游泳，不仅毫发无损，反而长得更加健壮。

有位大学生告诉我，婷儿考上哈佛的消息和特稿见报后，好几个大学生好奇地想试一试捏冰的滋味，但没有一个人坚持捏到了一刻钟。那么，感觉灵敏的婷儿又是怎样挺过常人难以忍耐的"折磨"的呢？还是听她自己说吧：

1991 年 8 月 9 日（10 岁时）

和爸爸打赌

嘿！告诉你吧，昨天晚上，我和我爸爸打一个赌，结果呀，嘿，我赢了一本书呢！

事情是这样的。晚上，爸爸从冰箱里取出一块冰，这块冰比一个一号电池还大呢。爸爸说："婷儿，你能把这块冰捏十五分钟吗？你捏到了，我就给你买一本书。"我说："怎么不行，我们来打个赌吧！如果我捏到了十五分钟，那你就得给我买书哦。"爸爸满口答应了。爸爸拿着秒表，喊了一声："预备，起！"我就把冰往手里一放，开始捏冰了。第一分钟，感觉还可以，第二分钟，就觉得刺骨的疼痛，我急忙拿起一个药瓶看上面的说明，转移我的注意力。到了第三分钟，骨头疼得钻心，像有千万根冰针在上面跳舞似的，我就用大声读说明的方法来克服。到了第四分钟，让我感到骨头都要被冰冻僵、冻裂了，这时我使劲咬住嘴唇，让痛感转移到嘴上去，心里想着：忍住，忍住。第五分钟，我的手变青了，也不那么痛了。到第六分钟，手只有一点儿痛了，而且稍微有点儿麻。第七分钟，手不痛了，只觉得冰冰的，有些麻木。第八分钟，我的手就完全麻木了……当爸爸跟我说"十五分了！"的时候，我高兴得跳着欢呼起来："万岁，万岁，我赢了，我赢了！"可我的手，却变成了紫红色，摸什么都是觉得很烫。爸爸急忙打开自来水管给我冲手。我一边冲，一边对爸爸说："爸爸你真倒霉啊！"爸爸却说："我一点儿也不倒霉，你有这么强的意志力，我们只有高兴的份儿。"

这，就是我赢书的经过，你看，多不容易呀！

（提醒：由于各种冰箱冷冻室的温度不同，自制冰块的温度和大小也不同，孩子的具体情况更不同，所以我们不主张读者简单模仿"捏冰"游戏。）

若干次这样的磨炼，使婷儿更加强化了勇于面对挑战的性格。这种与胜利密切相关的个人素质，促使她主动地经受了又一次难忍难熬的"磨难"——踮脚站立 30 分钟：

1992 年 3 月 4—6 日（11 岁时）

和妈妈打赌

今天中午，我和妈妈在一起练踮脚尖儿玩儿。我想起三岁时，妈妈带我看了一部美国芭蕾片《转折点》，当时我便迷上了芭蕾舞。回家后，我非要妈妈送我去学芭蕾舞，如果不同意，我就不睡觉。妈妈说："练芭蕾非常苦，你肯定不行。"我还是坚持要学。妈妈笑了笑说："如果你能扶着栏杆，踮起脚跟做一刻钟的'金鸡独立'，我就同意你学芭蕾。"我劲头十足地摆好姿态站了起来，谁知才站五分钟就败下阵来。七年后的今天想起这事儿，真是觉得有趣。我把想到的告诉妈妈，两人都笑了起来。

虽然现在我不再想学芭蕾舞了，但对上次的失败还是有点儿不甘心。于是，我对妈妈说："我们现在再来赌，就是站半个小时，我也行。""好啊。"妈妈也蛮有兴趣地说，"要是你做到了，我就让你挑一样我买得起的东西奖给你。"听了妈妈的话，我大喜过望，马上扶着书柜，做起了"金鸡独立"。妈妈说："算了，这是不可能做到的，除非你是舞蹈家杨丽萍。你还是用两只脚踮着站半个钟头算了。"我马上改变了姿态说："那更好办了。"话虽这样说，但我心里却没有底，毕竟我从来没试过呀！于是我忍不住说："妈妈，如果我的自我暗示力真有你说的那么强的话，那我一定会赢。"妈妈听了，说："意念力再强，肌肉本身的持久力却没法改变。"妈妈的话不仅没有使我动摇，反而更加坚定了我的决心。

妈妈认为我肯定坚持不了，还把爸爸叫来看笑话，让爸爸说谁会赢。爸爸笑了笑，说："我看这回妈妈会赢。"我在心里笑了一下，说："别忘了，像这样的事你们已经输过两次了，第一次是我做了一个姿态，你们和我赌能不能站半小时，我赢了吧；第二次嘛，是我和爸爸赌捏冰，结果还是我赢了。哪一次不是我大获全胜？"听了我的话，妈妈笑着说："我感到我的钱包正受到威胁呢！"

大话我可是说出口了，可我的腿酸痛酸痛的。我一看表，哎呀，才过了三分钟。"没关系，没关系。"我对自己说，嘀嗒、嘀嗒，时间老人像故意放慢了脚步，五分钟过去了，我的腿酸得直痛，我赶快采取措施，把我包里的气球拿出来吹，吹好了又把气放掉，然后又吹。就用这法子转移注意力。哎哟！我的气球掉到地上了，这可怎么办？我赶快看表，好好好，已经十五分钟了，我松了一口气。可是，我的左小腿开始抽筋了，过一会儿我的右小腿也开始抽筋了，前脚掌痛得很。现在也没有气球来转移注意力了，于是我又想了一个办法，用背"常用数的平方"来转移注意力。

坚持到底就是胜利，我第三次胜利了。

这个故事清楚地证明了，从婷儿婴儿时期就开始培养的意志力，经过不断强化，已经达到了相当棒的程度。如果不是有如此顽强的意志力，婷儿根本就不可能在积极准备高考的同时，现学现考托福并完成11所美国大学的入学申请。这种连续数月的高强度超负荷运转，需要何等坚韧的意志才能支撑下来呀！

朋友类型多，交友能力强

心理学家认为，人际交往对孩子性格发展非常重要，儿童时期的友谊会影响孩子终生交友的习惯和自尊心，其重要程度是父母的抚育和爱不能代替的。

现代城市的单元式楼房虽然给孩子们交友带来了困难，却给家长带来了为孩子选择朋友的便利条件。我们充分利用了这便利条件，使婷儿在交际能力发展的敏感期接触到了各种类型的好孩子，积累了与不同兴趣爱好的人建立友谊的经验，对于增强她性格中的亲和力起到了重要的作用。

心理学家指出，9—12 岁是孩子们建立亲密朋友关系的阶段。他们对朋友的表面行为不再注意，转而关心其内在素质和幸福与否。许多心理学家把这一阶段视为所有亲密友谊的基础，认为这时的孩子如果不能找到亲密的朋友，那么到少年甚至成年时代，就极难找到真正的亲密伙伴。这一阶段，朋友之间通过共享情感、分担问题、解决矛盾，会形成深厚的感情纽带，孩子们终生不会忘记，在许多情况下，这种友谊能维持终生。

婷儿在小学阶段主要有 3 个好朋友，一个是运动型的泱泱，经常和婷儿一起骑车、溜冰，在沙堆上修各种建筑；一个是艺术型的王玉，经常和婷儿在一起画画和做各种小手工艺品；再一个是学习型的齐靓，经常和婷儿一起谈天说地办墙报。她们在一起总是醉心于创造性的活动，婷儿 10 岁的日记里，记录了很多和朋友们共度的快乐时光：

1990 年 8 月 6 日（9 岁时）

设计水上乐园

那天中午，我的爸爸和妈妈正要睡午觉，泱泱来了一个电话，叫我到她们的院子里去玩儿。我问妈妈我能不能出去玩，妈妈说："让你玩两个小时，够了吧？"我欢喜地答应了。

我和泱泱骑了一会儿车，觉得没趣，就把车锁了。然后，我们跑到沙堆上比跳远。显然，泱泱一开始就占了优势。因为她在家经常练习，跳远可以跳一米七，而我却只能跳一米五五。

后来，我们发现有的地方沙很薄，四周又很高，于是我向泱泱提议说："咱们就在这里建个小型的'水上乐园'吧！"她很高兴地答应了。我和她开始设计起来。最后我们商量好，在一个沙滩上开三条道，一条很高，一条很矮，一条在两者之间。把沙薄的地方建成水池，把水从沙道上冲下来，再用树枝把水分成三条道，每一条道通向一个水池。

　　设计好了"乐园"，就开始干。我找了半块砖，决定把它当作挖沙道的工具来用。不一会儿，沙道挖好了，剩下的就是修水池了。我们把沙集中起来，做隔开几个水池的墙，做好了墙，就快修好"乐园"了。泱泱从家里拿来杯子接水，往"水池"里倒，过了一会儿，"水池"里面有了些水，我们就修好水池了。但"乐园"没有游人，会做"亏本生意"，于是我们抓了些石子往水池和沙道上丢，好显得有游人来玩儿。为了修这个"小型水上乐园"，我们整整花了一个半小时呢！

　　为了让婷儿养成良好的交友习惯，我们很早就告诉她"近朱者赤，近墨者黑"的道理，还专门给她讲过"益友"与"损友"的故事，从小就让她建立起交"益友"不交"损友"的观念。在学校我们让她主动接近爱学习、爱劳动、表现出色的同学；在家里，我们也支持她和没有恶习的孩子一起玩耍。同时也经常强调，她也应该做朋友的"益友"，而不做"损友"。

　　有一次，婷儿和一个同学去游泳时，发现这个同学把妈妈以前给她游泳的钱全部都买零食吃了。婷儿感到很吃惊，也很有趣，想把它写成日记，又怕出卖了朋友（老师要检查暑假日记），问我该怎么办？我想了想说："如果你用一个假名字，写她把这些钱捐给了灾区，就不会出卖她，还可以教育她。"于是，婷儿通过写这篇特殊的日记，学会了用建设性的态度对待犯小错的同学。看看这篇日记，你就会明白我们的做法不仅没有引起婷儿价值观的混乱，反而使她的是非观念更加明确：

1991 年 8 月 19 日（10 岁时）

晓艺的秘密

　　昨天，我的同学晓艺和她的妈妈到我们家里来玩儿，她妈妈还邀请我明天跟晓艺到"水上世界"去游泳。我妈妈担心地说："没有大人陪着，会不会出事啊？那儿的水有点儿深哟。"晓艺的妈妈笑着说："才不会出事呢！我们晓艺自己都去过好多次了！"我听了她妈妈的话，不禁羡慕起晓艺来，"水上世界"我只去过 3 次，而且还都是妈妈陪着去的，比起来，晓艺可强多了！

可是今天，我们在去"水上世界"的时候，晓艺表现得好像根本没来过。进更衣室的时候，晓艺见别人都要在门口领一只带钥匙的锁，就问我："他们拿锁干什么？"我以为她要考我就回答说："因为里面有很多柜子，这是柜子上的锁，把衣物放进去以后再锁上。"晓艺又看人们都在脱鞋，就又问我："他们干吗要脱鞋呢？"我回答她："那是管理人员怕弄脏了地砖所以要脱鞋。"进了更衣室的门，晓艺看到前面有个架子，向中间喷水，觉得非常奇怪，就问我："这架子立在这儿干吗？为什么还要喷水呢？"我又回答："这是强制淋浴嘛！"进了环流池，晓艺惊喜地说："刘亦婷，造波了，你看，这水在动呢！""哈哈哈！"我不禁笑起来，"别逗了，什么造波，这是水流动引起的水波！"我忍住笑说。一边说着，我心里想：晓艺怎么像是没来过！那她妈妈给她的钱干什么了呢？

我又游了几下，越想越不对，就停下来问晓艺："你到底来没来过？"晓艺说："当然来过呀！"我又问晓艺："那你怎么什么都不知道？"晓艺顿时红了脸，支支吾吾地说："我……我是……我是有点忘了！"我对她说："老实告诉我吧！我们是好朋友嘛！"晓艺说："我告诉你，你别告诉我爸、妈。""好，你说吧！""我把爸爸、妈妈给我的钱，都捐给灾区了。"说完，使劲往前游。"哦！原来你在学雷锋做好事呀！我以为你拿钱买零食去了呢！"我在后面大声喊着。说完也一头钻进水里追她去了……

勤劳成习惯，心更灵，情更雅

婷儿从 3 岁起就开始承担力所能及的家务活，这个规矩坚持到五年级时，她早已习惯于做爸爸妈妈的小帮手了。婷儿每天都要拖地、浇花、倒垃圾，还经常为自己炒菜做饭，没有一点独生子女"小皇帝"的坏毛病。如果放学回来爸爸妈妈不在家，她放下书包就做作业，作业做完了就主动帮我们做饭。

婷儿知道，做家务也是爸爸妈妈培养她好习惯的一种方式，主要培养她的细心、耐心、责任心和独立性。每次遇到特殊的家务活，则是难得的作文材料，婷儿总会非常投入地去做。从她的日记中可以清楚地看到，婷儿对劳动没有半点抗拒心理，而是欣喜地感受着劳动的乐趣。

1991 年 10 月 1 日（10 岁时）

捞 霉 花

　　我们楼上的谭爷爷，一家人都要去美国了，临走前，谭爷爷把两坛泡菜送给了既爱吃泡菜、又没时间做的我们家。因为出国前十分忙乱，没顾上换坛沿水，所以盐水表面生了一层薄薄的白膜，这是空气中的霉菌掉进坛子里造成的，四川人叫它"生花"。

　　昨天晚上，妈妈在书上查到治"花"的办法，照书上说的用铁丝和纱布做成了一个纱布捞子。妈妈说："婷儿，给你个作文材料好不好，用这个纱布捞子来捞霉花。"我高兴地答应了。我一蹦一跳，抢在妈妈前面来到厨房，催妈妈说："妈妈，快点，帮我把泡菜坛端到桌子上来。"妈妈把坛子搬上桌子打开坛盖儿。一股酸味夹杂着泡菜特有的香气，引得我们都想流口水了。

　　妈妈具体给我讲了捞霉花的做法，就在一旁看我捞。我接过纱布捞子，小心地伸进坛口，在盐水表面轻轻地捞了几下，白膜一下子散开了，有几个霉菌扒在捞子的纱布罩上。我把捞子放在水龙头下面冲，把霉菌冲掉，然后浸在灶上烧水的小锅里煮。煮了一会儿，我回到坛边问妈妈："妈妈，是这样的吗？"妈妈满意地说："对，这样很好！"说完放心地走了。

　　我又捞了几下，发现暗处很不好捞，我就拿了一个手电筒照着捞。这一照，就发现坛壁上扒着一层白霉，我用捞子在坛壁上来回地、转着圈地刮，刮了几次，坛壁就干干净净的了。然后我又贴着坛壁转着圈地捞盐水上的霉花。在捞子的追赶下，霉花惊恐地向前逃跑，就像小学生常玩的捉人游戏。我越是追，它就越是跑，可我总能追到它。不一会儿，我就把霉花都捞出去了。

　　我请妈妈来验收，妈妈说："干得不错，你又学会了一件家务事。"

　　让婷儿干轻巧活儿很容易，让她干脏活儿、笨活儿也很乐意，只要我们同意让她自己安排干活儿的时间，婷儿总是高高兴兴地去做她的大多数同学基本都不做的事情。比如说，擦洗我们很久都顾不上洗的瓷砖墙，那是在五年级下学期婷儿考了班上第一名后的事情：

1992 年 8 月 12 日（11 岁时）

洗 瓷 砖

今天我闲着没事儿，就在家里走来走去地找事儿干。"婷儿，来一下。""来了。"我几步跑到妈妈跟前，"什么事啊？""你看，卫生间的瓷砖都脏得不像样了，你……""我要来擦，把它们都擦得干干净净。""你知道怎么擦吗？""知道，知道，我知道的，我包了，你走吧！""好的，好好干吧！"

我从柜子上拿下洗涤剂"一擦净"，又拿出一副橡胶手套戴在手上。从架子上取下一个塑料刷子，换上一双凉鞋干了起来。

我挤出一些"一擦净"洗涤剂用刷子蘸干净，再用两只手按住刷子在瓷砖上刷来刷去，在每一块瓷砖上横着刷，竖着刷，又接着在连着的四块上横刷，竖刷，又在九块上刷，十六块上刷……

开始还好，我兴高采烈，一边唱歌，一边刷。渐渐地手越来越沉，起先我还唱歌给自己鼓劲儿，后来就不行了，连唱歌都觉得费劲儿，真有点儿不想干了。可是我一想：如果我不干，留着谁干呢？只有妈妈干。妈妈本来要上班，下班回家又要做那么多事，已经很累了，怎么能让她再受累呢？还是我自己来吧！我做了个深呼吸又干了起来。过了一会儿，每块瓷砖都有了许多泡沫，于是，我打开喷水龙头把瓷砖上的泡沫冲洗干净，一排排干净洁白的瓷砖出现在我眼前，反射着光，我看着心里很高兴。

我们家的阳台上种着 4 盆柏树、一棵柠檬一棵石榴，还有谭爷爷送的一盆兰花，婷儿的责任是一年四季为树木和兰花浇水。在照料花木的过程中，婷儿的思想感情也日益变得细腻、高雅。这种美育的效果是意料之外的收获，当我们第一次看到下面这篇日记时，真是感到意外的惊喜：

1992 年 8 月 26 日（11 岁时）

我爱兰花

"为草当作兰，兰幽香风远。"这是唐代大诗人李白的诗句，表现了他对兰花的珍爱。我家阳台上有一盆兰花，我也十分喜爱。

我家的兰花是蕙兰，夏天开花。那天，我去给兰花浇水，看见兰花冒了一枝花箭，我兴奋得血都涌到脸上，大声喊："妈妈，爸爸，快来看啊，兰花冒花箭了！兰花冒花箭了……"这以后，我每天都要去看好几次兰花，看它长高没有，开花没有。一天天过去了，花箭从一寸来高长到一尺来高，又过了几天，一阵香味飘来，我想："难道……"想着就跑出去一看，哇！兰花开花了！"兰花开了！兰花开了！太好了！太好了！"我高兴得直蹦。那兰花呈淡黄色，中间有一瓣儿花上还有几点红点儿，看上去，像一个花形宝座，有红点儿的花瓣像一条通往宝座的花地毯，而且散发出一阵阵幽香，虽说不浓，却让我陶醉。

从这以后，我更爱护兰花了。我每天都给兰花"洗澡"，每次洗过，我都要欣赏一番，兰花那上下窄、中间宽的绿叶上挂着一颗颗"大珍珠"，衬得兰花分外好看。有一次，兰花长虫了，我妈妈赶忙买了药给兰花"治病"。

兰花给我们家带来了欢乐，好几次我和妈妈吵嘴后，两人都很生气，后来兰花的香味让我们心旷神怡，气都消了，还都觉得自己不对，互相道歉。

兰花使我们家生机勃勃，所以我爱兰花，希望兰花给更多的人带来欢乐。

体验惭愧和内疚，心疼爸爸妈妈

使孩子对自己的错误感到羞愧和内疚，是十分有效的教育手段。它能使孩子在自己的内心建立起一道"防火墙"，今后自觉抵制那些使她羞愧的错误行为。

10岁这一年，婷儿全面而迅速地成长着。但她毕竟只是个孩子，还是有管不住自己的时候。每当遇到这种情况，我们都十分注意批评的方式与分寸，期望着有一天她能把外在的要求变为自己内心的行为标准。我们认为，什么时候婷儿会因为没能满足自己的行为标准而内疚了，她就更容易通过自律保持航向了。我清楚地记得，在我17岁左右时，每当我想起我的谢建民老师，我就会深感惭愧和内疚，就会觉得自己还不够努力上进，就想要干得更好。我们一直期望着婷儿也能产生这样的心理体验。在四年级下学期的暑假里，我们十分欣喜地看到了婷儿的这种表现：

1991年8月20日（10岁时）

惭　愧

吃完早饭，妈妈就出门买菜去了，家里只有我一个人。我收拾好碗筷，就进屋来写作文。我东看西看，目光被书柜底下的小柜子吸引了过去，我想：平常我不能打开小柜子，今天，爸爸上班去了，妈妈也买菜去了，我正好可以打开看看，说不定还能找到本书看呢！

我越想越高兴，把学习都忘到九霄云外去了。

我把书柜旁的大纸盒搬到一边，再把柜子前的小箱子搬开。然后，我怀着激动的心情打开了柜门。柜子里面光线很暗，什么也看不清，于是我就小心地从书柜顶上取下应急照明灯放在地上，把两根灯管都打开，柜子里一下子就亮堂起来。我蹲在地上，看着一摞摞的书，不禁高兴极了！突然门锁"喀喀"地响起来，我大吃一惊，心想："这下糟了，妈妈回来了，唉，真倒霉！"我还没想好怎么办，妈妈就走进来了。看到柜子门开着，我蹲在柜子前，妈妈一下子都明白了，对我说："原来，大人不在家，你就是这样学习的呀！"说完生气地踹了几下纸盒。我知道这是妈妈想打我又舍不得打我，就拿纸盒当了我的替身。然后妈妈拿出存折往包里一放，望着我叹了一口气，出去了。

我呆呆地蹲在书柜前，心里又是惭愧，又是懊悔，觉得自己不应该这样浪费时间，爸爸妈妈想方设法，给我节约时间，我却这样大把大把地浪费，怎么对得起爸爸妈妈呢？我越想越觉得不应该。于是，我收拾好灯和纸盒，回到写字台旁，认认真真地写起作文来。

婷儿就这样变得更懂事了，比以前更爱悉心培养她的爸爸妈妈。一年后的暑假，婷儿为了帮爸爸减轻病痛，四处奔波去抓中药，那个顶着烈日奋力蹬车的小小身影，是爸爸心中最温馨的回忆之一：

1992 年 7 月 24 日（11 岁时）

为爸爸买药

暑假里，爸爸的脸上长了两个疖子，十分难受，我看了很想帮他减轻痛苦。

这天，爸爸叫我去药铺抓几服药回来，治疖子用。我一听可以帮爸爸的忙，就高兴地答应了。爸爸给我开了张药方，上面写着："紫花地丁3g、野菊花 3g……共三服"。我问爸爸："3g 是什么意思？"爸爸说："就是 3 克。""我知道了。"

我带着药方和爸爸画的一张几个中药店的位置图，骑上小自行车就出发了。

我先去了同仁堂药店，问售货员有没有药方上的药，售货员说没有。我又去暑袜街邮局附近的一个中药店，还是没有。我有点泄气了，可一想到爸爸的疖子，就又打起精神，到了东大街十字路口处的一家中药站。

我把药方拿给一位售货员阿姨，问："请问这里有这上面的几种药吗？"她拿起来一看，不耐烦地说："有。""谢谢，我要三服。"我正要拿钱买，她把药方不客气地向我掷来，"不在这儿交费，去收款台交费。"我心里老大不高兴地想："这儿的服务态度真糟。"

我交了费，问售货员在哪儿拿药，她说："等到嘛。"我说："请把三服药分开包好吗？""啥子哦，不行。"我还想说，可一看她那副时刻准备吵架的样子，就到一边去了。"拿药，拿药……"一会儿，传来她的喊声，我忙走过来拿，她没好气地骂了句粗话。我不想理她，心里想："这人真是，不仅不给顾客按要求包药，还骂人，哼！"

不过，我总算买到了药，还是挺高兴的！

懂事了的婷儿也比以前更注意爸爸妈妈的一言一行，她已经开始主动从爸爸妈妈的行为方式中汲取完善自我的精华：

1992 年 8 月 28 日（11 岁时）

我的妈妈

我的妈妈是一位编辑，她三十几岁，头发烫成波浪形，鼻梁上架着一副眼镜，穿着普普通通。

妈妈是个对工作极其认真负责的人。有一天，晚饭过后，妈妈在写字台前坐下，写一篇文章的题头文字。一篇题头文字一百来字，我想，今天真不错，妈妈几下写完题头文字就可以和我杀几盘跳棋了。

我做完作业，打开电视，等妈妈一起玩。等了半个多小时，我再也等不住了，把跳棋拿出来摆好棋子，就去请妈妈。心里想："真是的，你在干什么嘛，这么久都弄不完。"

我走过去，先没说话，站在后面"侦察"。只见妈妈手上捏着笔，眼睛盯着纸，在思索着，一会儿写几个字，又划掉几个字。左手旁堆了一些写废了的纸，纸上写得满满当当，都是那篇题头文字的内容。"妈妈，搞那么好干吗？你这些都可以了嘛！"妈妈放下笔抬起头说："这叫求好，你就是缺少这种精神，所以老得不了 100 分，你把我现在写的和最初写的比比。"我一看，真是天差地别，心里不由得十分佩服。

写得好就慢，这是我的想法，可到了年终我却大为吃惊，妈妈的发稿量全单位第一名——23 万字，超过第二名（17 万字）6 万字。

妈妈做事又快又好，她的求好精神也影响我向前。

战胜重大挫折，考取外国语学校

按照多年的惯例，婷儿所在的商业场小学，每年都有十来个保送名额，把优秀的应届毕业生轮流保送成都市最好的几所重点中学。婷儿毕业的 1993 年，商小保送的中学正好轮到我们最想去读的成都七中。为了争取保送资格，婷儿足足奋斗了 6 年，五、六年级一直稳定在班上的前三名，六年级更是创下了数学每篇作业都是满分的"奇迹"。一切迹象都表明，婷儿已经"胜利在望"了。

可是没想到，天有不测风云。六上的寒假里突然传来一个令人沮丧的消息——成都市当年小学升初中的政策将有重大改变，优秀学生保送重点中学的办法要被取消，代之以"电脑派位"的新办法。所有小学毕业生，无论成绩好坏，都会被编上号码，由电脑根据就近入学的原则，随机分配一所中学。

糟糕的是，我们家附近，恰恰只有连续几年都无人能考上大学的中学。

我们忐忑不安地等待着政策的明朗化，指望它最好只是个谣言。不幸的是，一开学，这个"电脑抓阄"的传言就被证实是真的。这对于有希望保送的优等生来说，无异于当头一棒！

既然好歹都是电脑分配，那努力还有什么用呢？婷儿班上的几个尖子生，一下子就松劲儿了。原来用于钻研"奥校"的时间改成了看电影、看录像，自己看得昏天黑地，到学校还眉飞色舞地讲给小伙伴们听。

婷儿比他们懂事，心情也比他们沉重得多。这是她出生以来头一回遇到真正的大挫折，这可不像代理班长被撤那样只需调整心态就能解决问题。婷儿总挂在嘴边的歌声听不见了。

我们心里比婷儿还焦虑，但我们深知，这种时候，我们的信心对婷儿格外重要。爸爸坚定地告诉婷儿："好学生读好学校，这是规律。既然是规律，早晚会兑现！婷儿你可别松劲哦。"我也为婷儿打气说："你不要因为眼前看不到鱼，就放弃编织渔网，要知道，机会总是喜欢光顾那些有准备的头脑。"我们希望婷儿能从这次挫折中学会"怎样度过人生的低潮期"，不管别人是不是遇到困难就放弃了目标，你自己仍然要坚持不懈地为理想而奋斗。

几次谈话之后，婷儿就沉住了气，投入了还看不到任何具体希望的努力中——继续跟着爸爸啃她的奥校难题，而且比原来更努力。因为爸爸妈妈说了："别人不干的时候你肯干，不是更容易成功吗？"

我们也没有坐等，立刻行动起来，四处托人，八方打听。结果发现在"电脑抓阄"之外，还有花钱"择校"的机会，几所重点中学分别要求额外交费15000元到25000元不等。而且光交钱还不行，还得通过各校的入学考试，每个学校都只有区区几十个"择校生"名额，等着交钱的报考者却不计其数。

还有两所当时名气还不那么响亮的学校，那就是头一回招收英语班的48中和才创办了4年的成都外国语学校。成都外国语学校是国家教育委员会在全国设立的14所（现增加到22所）外国语学校之一。那年，它的第一届学生还在读高一，还没经历过高考的"残酷"检验，远不像连出两届全省高考状元后那么名声显赫。而且它要求一进初中就住校，这一点对我们很没有吸引力。我们担心的是，本来初中生在心理上就要进入与父母疏远的时期，再加上6年住校，婷儿还能得到我们有效的指导吗？

怎么办？为教育投资，我们向来是毫不吝惜的。至于那些入学考试，婷儿只要认真准备，也是有竞争力的。但究竟考哪所学校才对婷儿一生的发展最有利呢？我仿佛又陷入了被迫放弃"神童"计划的痛苦挣扎之中。

足足考虑了半个月，张欣武替我下了决心。张欣武说："中国只要继续改革开放，外语肯定越来越重要。我相信我们有足够的能力，指导婷儿顺利度过这6年住校期。不管婷儿最终考上哪个中学，值得考虑的中学我们都去报名，都去考！"

这番话使我豁然开朗。决心一下，婷儿就更忙了，小学刚毕业，就东奔西跑去赶考场。

那一年，成都外国语学校的入学考试竞争空前激烈。由于"电脑派位"的"驱赶效应"，成都市大批优秀的小学毕业生都涌向该校的大门，都想凭实力一搏，以摆脱被电脑摆布的命运。到入学考试前夕，报名的考生已经达到了6000多人。

6000多考生，只录取120人。录取比例只有1.8%！这将是一场白热化的恶战，也是婷儿有生以来所遇到的最激烈的竞争。

另一方面，这场竞争的结果，将会使百余名非常优秀的尖子生汇聚一堂，形成一个高素质的群体、一个教育资源富集的"金矿"。这是难得的机遇。如果婷儿有幸与这些优秀的同学为伍，将会在相互激励之中，产生极好的"共振"效应。成都外国语学校的价值，顿时凸显出来了！

我们全家的斗志都被激发起来。我们给婷儿制定的计划是："笔试力争上线，面试力争高分。"因为婷儿是"半路出家"的"奥校"学生，比别人少学了两年半，虽说比绝大多数人学得好，但她前面毕竟还有一小批"奥校"和其他方面的尖子。婷儿的"奥赛"只得了个四川省三等奖，笔试的分数可能比不过那些一、二等奖，我们认定她的强项应该是面试。结果婷儿以高出笔试分数线 10 分的成绩顺利取得面试资格。

为了实现面试得高分的计划，我们指导婷儿做了充分准备。鉴于语音模仿能力是外语学校面试的重要指标，爸爸给婷儿买来了发音正宗的"英音"磁带，并每天仔细纠正她的发音，很见成效。面试前两天，我们又专门为婷儿做了形体训练，教婷儿面试的时候怎样朝气蓬勃、大方得体地出现在"考官"面前。婷儿虽然还不会自己想出取胜的高招，却表现出了爸爸反复强化的一个重要能力——不仅善于听指挥，指向哪儿就冲向哪儿，而且善于根据商定的原则主动出击，发挥得非常漂亮。

笔试那天，爸爸上阵，在考场外为婷儿鼓劲儿。那天下着雨，爸爸在考场外整整站了两个多小时。面试那天，烈日当头，妈妈上阵，给婷儿助威。婷儿问："为什么平时上奥校都让我自己骑车去，这几次考试，却都有大人陪着呢？"爸爸说："因为平时要培养你的独立能力，但重要的事必须杀鸡用牛刀，确保不被任何意外情况干扰。"爸爸的这些办事原则，给婷儿留下了深刻印象，后来经过多次强化，最终也成了婷儿的办事风格。

骄阳似火的 8 月，外语学校发榜了，我赶快带着婷儿去看榜。负责发录取通知书的老师睁大眼睛在花名册上找了一会儿，抬起头来说："刘亦婷，考取了。"刚才还紧张万分的婷儿猛地抱着我又是笑，又是跳，情不自禁地大声欢呼着："妈妈！我考取了！我考取了！"那位老师也高兴得把婷儿的录取通知书甩得"刷刷"直响，说："晓得不？你这一小张纸，值两万五啊！"

拿到录取通知书后，爸爸回顾了婷儿小学阶段所走过的路。他说：小学这几年，由于我们是以"场外教练"的方式为主，每次先讲清道理，再教会方法，扫除障碍，然后把大量的实际工作交给婷儿自己去完成，所以父母投入的时间总量比一般的家长少，可是婷儿受到的锻炼却比一般的孩子多得多。

几年之后，婷儿申请美国大学时，《哈佛大学招生指南》上的一句话又勾起了她当年考初中的回忆。那《指南》上说："哈佛送给学生这样的座右铭：当机会来临的时候，你已经准备好了。"

第六章

初中阶段：努力保持航向

婷妈妈刘卫华的话

初中去住校，家教起冲突

成都市外国语学校是一座全封闭的寄宿制学校，学校把初一女生安排在最好的楼层，每间宿舍住8个学生。开学前两天，学校安排家长在报名时为学生铺床。从铺床这件小事开始，我们明显地感觉到我们的教育思想与周围环境的冲突。

开学之前，我们已经跟婷儿说好，为了培养她的独立生活能力，从进校门起，生活上的事都要由她自理，当然也包括铺床，我们只在最必要的时候给她当一下帮手。婷儿从小就习惯于"自己的事情自己干"，这回答应得也很痛快。

我们和婷儿一起把被褥棕垫搬到三楼宿舍之后，只见其他新生的家长都在亲自上阵为女儿铺床。我们犹豫了一下，还是决定按事先说好的，让婷儿自己铺。

谁知婷儿刚爬到分给她的上铺去擦蚊帐架上的灰，邻铺的家长就小声惊呼着："太危险了，你快下去，我来帮你抹！"说着就过来帮起忙来了。这样子我们在下面就站不住了。我一边说着感谢话，一边让婷儿下来先去领课本，自己赶紧爬上去接替那位热心的家长。

我们汗流浃背地帮婷儿做着铺床的一应杂事，心里隐隐地感到不安。12年来，我们一直在尽量避免别的教育方法对婷儿的干扰和冲击，现在看来更难避免了。此刻，虽然我们对婷儿的同学还不够了解，但从铺床这件事上可以看出，他们的家长对孩子的要求比我们对婷儿要少得多，松得多。和家长的闲聊中也可以感觉到，他们的严格主要体现在对孩子的学习成绩抓得紧，生活上大都是全面包揽式的体贴照顾。相比之下，我们从小对婷儿的要求和训练，简直可以称之为"苛刻"。

小学阶段，婷儿也多次问过我们："为什么别人不这样，我得这样？"但由于每次都可以得到让她信服的解答，婷儿总是乐于接受我们的种种

"特殊"要求。如今一住校，婷儿将日日与同学们为伴，新的"参照系"给她带来的困惑，已经不可能及时得到解答。这些困惑积累起来，加上即将来到的青春期的逆反心理，婷儿究竟会发生哪些变化呢？在今后住校的6年中，婷儿和父母每周只能见24小时的面，其中一半还是在睡觉，我们对婷儿的影响力将会下降到什么程度呢？

没过多久，婷儿的变化就证实了我们的担心并非多余。

头一个周末回家来，妈妈发现婷儿在兴高采烈边吃边说的过程中，随手往地上丢垃圾。提醒了她之后，她马上道了歉，并把垃圾捡起来扔进字纸篓。过了一会儿，她又丢，妈妈又提醒，她又道歉……反复几次之后，婷儿便不耐烦了："这有什么嘛？我们在学校里都这样！反正有人打扫卫生！"

"别人都这样，不等于这样就正确呀！"

"这么一点小事，有什么可说的嘛！"

"事情虽然不大，但习惯却很不好，至少是不尊重别人的劳动成果。"爸爸提醒说。

"你住校才7天，就把3岁起就养成的好习惯弄丢了？难道不该说吗……"

"谁像你们嘛，我一个星期才回来一次，还要挨说！呜……"

婷儿哭着走进卫生间，洗头洗澡去了，把爸爸妈妈晾在外面直摇头。

洗着洗着，哭声变成了歌声——这是婷儿自己发明的"换心情"的办法。过了一会儿，婷儿擦着湿漉漉的头发走出来，脸儿红红地撒着娇说："Biabia Miamia（这是婷儿对爸爸和妈妈的昵称），我知道你们说得对，不知道怎么搞的，就是想和你们争……"说着说着，眼圈又红了。

这是最让我们感到心软的时候，也是最容易和婷儿讲道理的时候。我们耐心地告诉婷儿：你的心情我们非常理解，知道吗，你就要进入青春期了。心理学家把青春期称之为"心理上的断乳"，这是正常的发育过程。需要注意的是，青春期的逆反心理会使你盲目地反抗父母，即使是正确的意见也不想听。希望你能正确认识青春期的心理特点，避免在初中阶段走弯路……

婷儿听话地点着头，亲热地和我们拥抱之后，唱着歌儿进里屋做作业去了。爸爸妈妈的心情却无法像婷儿那样轻松。我们清楚地预感到，由于青春期和住校的双重因素，在中学阶段，我们和婷儿的沟通将变得比任何时候都困难。搞不好，这样的争吵将成为我们的家常便饭。

果不其然，第二天，在带多少衣服去学校的问题上，婷儿又和妈妈发生了争执。因为当时天气很热，她坚持不肯带妈妈准备的预防突然降温的长衣长裤。在爸爸的调解下，婷儿选择了"即使降温也不让爸爸妈妈送衣物"的方案。爸爸从培养自立能力的大目标考虑，希望妈妈适当"放权"，实行"抓大放小"的政策。这类小事还是让婷儿在生活中去积累经验教训。妈妈勉强同意了。

第一个周末就变成这样，妈妈心里很不舒服。没想到婷儿对此却有完全不同的感受，她在返校当天的日记中兴奋地写道：

回来了，回来了，回到学校了，回到集体了，回到这个大家庭里了。今天是星期日，我这个住校生在家仅待了25又6分之5个小时就又离开了家，回想起来感到家里是那样温暖。

我一回到家，就被妈妈紧紧地抱在怀中，不断地说："瘦了，瘦了，才几天怎么就瘦了呢？"其实我觉得我一点儿也没瘦，只不过是妈妈因为太爱我而产生了一种错觉。接着，妈妈又问长问短：饭吃得饱不饱，有没有着凉，衣服洗没洗，军训苦不苦……妈妈这连珠炮似的一连串问题，问得我措手不及，不知怎么回答，同时，我也感到一股暖流涌进我的心田，强烈地被爱使我感到无比温暖。

晚饭时，妈妈把我爱吃的八宝粥、烧土豆、番茄炒蛋、排骨炖藕都放在桌上，一边说着："多吃点，多吃点，在学校里没这么多菜吃。"爸爸说："妈妈为这些忙了两个多小时呢！"听着听着，又一股暖流涌入心田。

现在回想起来，不过是件极平常的事，可不知怎么，这种以前见惯不惊的小事为什么如今在我眼里变得如此不平凡。

临走前，妈妈唠唠叨叨没完没了地说这说那，就连爸爸也絮絮叨叨地说了一大篇，这种以前使我心烦的事现在感觉完全变了，只感到一种强烈的爱。

可是，婷儿住校后却渐渐不再愿意"向亲人把爱说出来"（所幸的是，在我们的调整下，上高中时婷儿又恢复了这个从小养成的好习惯）。现在她也像同学们那样，总想在父母面前把儿时的依恋之情藏起来。但是，习惯的力量是强大的，多年养成的与父母交流的习惯，使她本能地想找一个大人交流，于是她选择了在日记上向班主任敞开心扉。

老师品格高，尽责如父母

成都外语学校有很多好老师，使婷儿受益匪浅。婷儿初中的班主任李晋荣老师，就是这些好老师中的一个。

李老师教语文很有一套办法。她讲课时，充满了激情，两眼炯炯有神，非常投入，讲到动情处，感动得孩子们眼里泪花直转。她教出来的学生，多次在成都市乃至四川省创造佳绩。初中生正处在逆反期，她既坚持原则、又富于爱心的为师之道，对婷儿的健康成长很有价值。

作为一个经验丰富的班主任，李老师很清楚用什么办法才能有效地引导初中生。

开学的头一个星期，李老师要求同学们每天必须交一篇作文式的日记，以便及时掌握孩子们的思想变化，帮助他们尽快适应紧张的学习生活。在写第一篇日记前，李老师还要求每个人写一段"自我介绍"，帮助老师了解每个同学的性格特点。

这样有趣的开始使婷儿感到很兴奋，她非常希望李老师也像小学班主任那样成为自己的好朋友。婷儿在"自我介绍"里热情地写道：

我姓刘，名亦婷，今年12岁，我性格开朗，特别喜欢交朋友，认为交友乃人生一大乐事，所以希望能多交一些朋友。我最大的缺点要数性格急躁，但我对朋友很真心，我相信，我们能成为朋友，能互相激励、互相帮助。

接着，婷儿就对白天的军训叫了几声苦：

今天，对我来说是一个不平凡的日子，是我入学的第一天，是我住校生活的开始，也是我参加军训的第一日。今天的活动有开学典礼，军训，大扫除，留下最深印象的要数军训了。

对于军训，我不知听过多少次了，可是这一次轮到自己训练，感觉还是不大一样，新鲜极了……在练习右看齐的时候，我的脖子可是大为受苦了，又酸又痛，就是不能动。唉！我真有些想不通，为什么要受这个罪。我认为只要姿势做对就行了，干吗不准动。

当别人在休息，自己却要训练的时候，可以说是最难受的了。自己在太阳地腰酸腿痛，热汗直流，别人在阴凉地坐着，这时候，除了希望自己也快点休息，还能干什么呢？

现在，我还剩最后一个任务，那就是好好睡一觉，以饱满的精神迎接新一天。

对于婷儿问的"为什么"，李老师不动声色，还在日记上批了一句夸奖的话："重点突出，有个性。"第二天，李老师就以她的思想情操迅速地赢得了婷儿的心：

今天，是我入学的第二天，早起，早操、买饭、军训……和昨天一样的内容对我已失去昨日的新鲜，晚自习老师评讲作文的一番话，却印在了我的心中。

为什么一番普通的话给我留下那么深的印象？因为它解开了我心里的结。老师一番对于苦与乐的评价使我恍然大悟。比如说吧：我认为军训那么枯燥累人，一点快乐也没有。可老师说，军训表面上又苦又累，毫无乐趣，可军训给我们带来了许多好处。是啊，我本是个站几分钟就叫苦连天的娇女孩，可经过这两天的艰苦训练，我站十几分钟也行了。不仅训练的项目，其他方面也有进步。比如说吧，以前我破了个小口，就会掉下不少"大珍珠"，现在，我发现手上破了长口也是忍一忍，吹一吹就过去了，这不就是军训的好处吗？当发现自己变坚强了，心里的愉快不就是乐吗？老师说，乐的等级有不同，玩儿、休息、看电视是乐，可像她教育学生，为学生流汗、呕心沥血、看学生成才，又是另一种层次上的乐。

老师说得对，我在学习上流了汗，取得成绩后的乐的确与普通的乐大不相同，是一种高层次的快乐，是普通的乐无法比拟的，这感觉不就是一种升华吗？

老师的话让我想到许多，许多，她使我懂得，苦中的乐，苦后的乐，才是真正的快乐！

李老师以"苦乐观"为切入点，第三天又让同学们讨论"怎样做合格的外语学校学生"，在班上迅速形成了"以苦为乐，以上进为荣"的氛围。氛围也是一种力量，它能促使人们自觉不自觉地用一些特别的标准来评价自己的内心和行为。在氛围良好的学校，正气上升，邪气下降，校风就好。校风好，学生们就不容易走下坡路，家长也放心得多。

李老师是个非常正派也十分严格的人。她的严格，兼有严父和慈母两种色彩，她的教育理念，和我们也不谋而合。

就说那次婷儿不肯多带衣服的事吧，返校的第三天，老天爷就惩罚婷儿了，李老师却以她对学生的爱，把坏事变成了好事：

今天早晨，天气骤然变冷，雨不停地下呀下呀，风不停地刮呀刮呀，把我从熟睡中冻醒了。天阴沉沉的，失去了往日晴空的明快。从被子里爬出来感到寒风刺骨，温暖的手变得冰凉。打开柜子，东找西找，怎么也找不出一件足以抵挡风寒的衣服，没办法，只好把衣服一件一件地套着穿。就是这样我还是冷得要命。

第一节课下课后，李老师见我冷，就对我说："你冷吗？我叫王佼（她的女儿）拿条长裤给你穿吧！"这句话使我感到好温暖。后来王佼也十分热情地和我一起去换长裤，这使我感到了师生之间的情和朋友之间的情，虽然上身还有些冷，心里却好暖和。中午，同寝室龚卫菁的妈妈出人意料地给我和几位同学带来上衣，当我把衣服穿在身上时从身上暖到了心里，这个并不太熟悉的人竟这样关心我。

今天，我完全明白了"人间处处有温暖"的真正含义。

像李老师这样的好老师，成都外语学校还有很多，他们构成了一个敬业而又精通本行的高素质的群体。他们是外语学校得以崛起的基石和支柱。6年下来，婷儿深受其惠。

限于篇幅，我们无法一一提及每一位给过婷儿宝贵指导的老师，但是我们无法不对他们怀着深深的敬意和感激之情。正因为有他们高水平的指导和对孩子们的一片热忱，加上婷儿勤学好问的习惯，才使我们要求婷儿"把学习问题解决在学校里"的战略计划得以实现。指导过婷儿的，不仅有她的任课老师，还有很多别班的老师，他们纯粹是出于对婷儿好学态度的喜爱，而主动提供了极其宝贵的帮助。

失手闯大祸，差点打瞎人

初一开学半个月的时候，发生了一件至今都让我们感到后怕的事——婷儿在课间与同学的打闹中，失手打伤了同学的眼睛！当天晚上写日记的时候，婷儿惊魂未定：

今天发生的事对我来说，是一个空前惨痛的教训，这将是我终身引以为戒的事。

第一节课下课后，小T围着我一边跳，一边骂："刘×、刘×……"骂一阵笑一阵，又骂一阵，又笑一阵，气得我七窍生烟，扬手就是一巴掌，谁知没打到，反挨了小T一巴掌，这一下我更气了，心想："你骂我，我没打到你，你反而打我！"我越想越气，扬手又一巴掌，小T扭头一躲，正好被我一巴掌打到脸中央。小T一下就不作声了，用双手捂着脸。我的手火辣辣的，知道小T也痛得不轻，心里"怦怦怦怦"跳得老快，表面上却装得若无其事。我转身走到一旁与同学聊天，眼睛却不断往小T那边瞟。后来李老师找小T问明情况，大声叫我的名字。我心跳得更快了，却还故作镇定地走过去一看，大吃一惊，小T的两只眼睛又红又肿，眼珠旁还有两个充血形成的小红点。李老师责备了我几句后带着小T匆匆走了（到附近的职工医院去做检查），我心里非常乱，不安、焦躁，就像一团麻，怎么也理不清。

午饭后，李老师叫住了我，面对面、心对心地跟我谈了小T的伤。

当我听到小 T 的眼球在最坏情况下可能要被切除时，我的心里像翻江倒海般，一种特有的、从未感到过的不安贯穿我的全身，我的良心在发抖，天啊！难道就是因为我一时激动，小 T 就可能会失去眼睛吗？这未免太残酷了吧！

现在，小 T 凶吉未卜，要等眼底瘀血被吸收后才能知道病情。在此，大家请听我发自心底的一句话吧！千万别为小事争吵，因为一时激动酿成大祸！

除了总结教训，婷儿不知道还能为这个同学做什么。只有大人们才知道，此刻远没到做总结的时候。

李老师从职工医院一回校，马上打电话通知双方的家长。

我们听到婷儿把同学打成眼底出血的消息，简直就像晴天霹雳——要知道，婷儿的同学个个都是独生子女呀！万一眼睛瞎了，这个同学一家的痛苦将会延续终生！祸事已经发生了，我们要做的第一件事就是带上慰问品和医疗费，去向这位同学的全家道歉，然后就是竭尽全力挽救他的眼睛。

令人感动的是，小 T 的父母都非常通情达理。我们去道歉的时候，他的妈妈尽管止不住痛心的眼泪，却还在口口声声责备儿子不该去"撩别人"。他的爸爸还反过来宽慰我们说："没关系，过几天就好了。"

我们提出带他到华西医科大学附属医院去检查治疗。他父母觉得医院太远，也没必要，就在附近的职工医院治疗就行了。我们却再三坚持去成都最好的医院，因为我们都学过几天医，知道医术高低对治疗效果的重大意义，如果他父母工作忙没时间，可以由我们负责陪同和接送……最后谈妥，由两位妈妈陪同孩子跑医院。

第一次去检查，眼科专家说要等眼底的瘀血被吸收之后才能做进一步的检查和结论，眼科专家说："如果只是毛细血管破裂，没有器质性损伤，只要做到两个星期安安静静地卧床休息，就可以完全恢复，不会留下任何后遗症。因为小孩儿吸收能力强。另外吃一点抗菌素，预防感染。这个阶段要特别防止感冒咳嗽和乱跑乱跳，以免加重眼底出血。"

万幸的是，小 T 很听医生的话，也没有感冒，三天之后的再次检查，也没有发现器质性损伤。两个星期之后，眼科专家笑着告诉我们："他的眼睛已经完全康复了。"那一刻，我们就像听到婷儿眼睛重见光明一样激动和高兴。

在小T卧床休息期间，李老师趁机对全班进行了一次爱心教育。李老师在班上说，为了让小T感受到班集体的爱与温暖，她建议每个同学为他捐献一份慰问品，并选派代表去他家表示慰问。婷儿自然是5人慰问团的当然代表。当她看到往日活蹦乱跳的小T被厚厚的绷带绑住眼睛静静地躺在床上不敢动时，禁不住流下了悔恨的泪。

小T重返校园的那一天，李老师又趁机对全班进行了一次安全教育。李老师请我在主题班会上做重点发言。我认真做了准备，希望利用这个机会，让每个同学都记住："小事冲动，酿成大祸！"

我从"小T康复只是一次侥幸"说起，给大家讲了个"一拳改变两人命运"的悲惨故事。我说的是朋友认识的一个高干子弟，在路上遇到一个醉鬼朝他脸上吐口水，他忍不住给了醉鬼一拳，不幸醉鬼的脑袋正好摔在街沿上，当场就死了。这个高干子弟也因为过失杀人进了监狱……

我讲完之后，好几位同学争着上台谈感想。婷儿和小T也上台讲了话，虽然他们讲的道理没有大人说得那样深刻全面，却能够在同龄人心中引起强烈的情感共鸣。他们两个在台上流着眼泪说，许多同学流着眼泪在台下听，在他们自己也说不清道不明的情感共鸣中，每个同学都会体验到一种高尚而强烈的冲动：生命是这样宝贵，又是这样脆弱，我们一定要更加珍惜自己和他人的生命！

这既是这次主题班会的成功之处，也是李老师的高明之处。

走过小弯路，重建自信心

婷儿这一届的同学，都是成都外语学校在淘汰率高达98%的情况下，择优录取的好学生。当时被录取的情况有三种：笔试面试得分都较高；面试分较低，笔试分很高；笔试分较低，面试分很高。婷儿就属于"笔试分较低，面试分很高"的那种情况。

不论是哪种情况，凡是考上外语学校的同学，小学时大都是班上的尖子，不少同学是自己小学里唯一考上的人。在尖子生云集的地方，原来的尖子也就不成其为尖子了。由于学校以笔试得分排序，婷儿的入校成绩只能排在中等偏下。

我们早就帮婷儿分析过：你就读的小学在成都市并不是最棒的，你能在全市的竞争中战胜许多一流小学的对手，说明你已经有了一定的实力。现在你们享受的都是同样的教育资源，在同一条起跑线上竞争，只要你继续保持"比别人更努力"，一定能在高水平竞争的条件下重新成为尖子生。

为什么我们如此强调"重当尖子生"呢？因为在外语学校升高中的时候，还有一次严峻的淘汰。婷儿这一届凭成绩被录取的，加上花钱来读书的初中生，一共两百来人，只有80人能成为"计划内录取"的高中生，不必出高价，就可以升入外语学校高中部。谁能跻身这80人之列，就意味着肯定能考上一所重点大学——事实上，婷儿这一届毕业生百分之百都考上了重点大学，另外附设的保升大专的"议价班"，也有很多人考上了一般本科或重点大学。

此外还有一个原因：由于中国的班级人数太多，老师没有时间在每个学生身上平均用力，他们只能"抓两头，带中间"。如果想得到老师更多的指教，婷儿必须奋力冲出中间地带，成为"领头羊"，才能得到"牧羊人"更多关注，更多鞭策。

婷儿早就懂得这些道理，因为从小学爸爸就很注重从心理和学习技能两方面培养她"自主前进"的能力，加上青春期更重视被外界认可的心理，婷儿比父母更渴望能以品学兼优得到老师和同学的青睐。

想当尖子的孩子当然不止婷儿一个，同学之间的竞争也远比小学激烈。刚开始，婷儿对此只有抽象的认识，并无具体的感受，制定的学习计划也是愿望多于措施：

……在学习上绝对不能放松，要定出学习计划，在什么时候达到什么标准。另外在课前预习，在课堂上用心听讲，不懂就问，把课堂上讲的要点记录在笔记本上，在课后复习，用心去理解，不走弯路。过一段时间再总结一次，相信能使学习成绩一上再上。

外语学校还有一个特殊的要求，那就是在生活上自力更生，能够准时做好该做的一切，不丢三落四，不拖拉。为此我决心改掉自己的一大毛病——对生活小事不留心，爱忘事儿，最近我还把袜子忘在浴室里了呢！

还有一点很重要，就是要团结好同学，大家互相谦让，互相帮助，并肩走完这一段光辉灿烂的路。

这种空洞的学习计划当然不会有用。不到一个月，婷儿就被紧张的学习生活搞得手忙脚乱：

头痛头痛真头痛，连着的考试把我打得晕头转向。今天晚自习，听说星期三要英语考试，脑子"嗡"的一下乱了。片刻之后打开了我对考试的复习计划，嗯，今天晚上数学大约20分钟就做得完，剩下一个多小时和同学互相听写、复习音标、组合词……明天中午……"同学们，今天晚上数学考试。"王老师的一句话，又把我的计划全盘打乱了。我盘算着考完试，再写一篇日记，时间就不多了，听写不了几个单词就得回寝室了，明天早自习又是语文，看来只有明天中午高速度吃完饭，而且牺牲休息时间来复习复习了。我顾不得多想，就一头扎进数学的海洋，A、B、C、D变成了＋、－、×、÷，可我怎么也静不下心来。数学稀里糊涂地考完了，我又一头扎进了日记中。

唉，我真恨不得晚上打电筒复习英语。说实在的，我还真无法适应这紧张的生活呢！

一方面是学习时间不够，另一方面，婷儿交友的热情不减，经常和刚认识的同学聊起天来就忘了时间，由于心态和行为都没有调整好，婷儿惊讶地发现自己对学习的期望值也开始下降了：

今天下午，我们考了地理，对于这场考试我的目标是："60分万岁。"对此，连我自己都颇为吃惊，没想到我也会有如此差劲的分数目标。

我对地理可以说考试前是没有底的，这种情况，我还是第一次，以前，考前心里最多有点紧张，而这一次没有底的情况确实是初次。明天要考生物，我要提提精神，今晚好好复习，做到心中有数，不让"60分万岁"在生物考试、历史考试……中再度重演。

我没有时间对你叹息了日记本，我必须合上你，打开我的生物书……

婷儿这些表现，让我们警觉到她可能要走下坡路了，于是我们主动与班主任取得了联系。李老师说，刘亦婷没别的毛病，就是太喜欢串门儿聊天儿。我们就此和老师取得了共识：渴望交朋友，这也是青春期的一个特点，然而时间只有那么多，婷儿也并不存在交友能力的问题，应该立即减少这种"奢侈"的行为。

为了及时纠正婷儿的偏差，爸爸妈妈在学校操场上足足溜达了将近两个小时，等她下晚自习。

那天晚上，我们匆匆地向婷儿转述了老师的看法，希望她停止串门儿聊天儿。妈妈对婷儿说："交友有两种方式，一种是完善自我的方式，以自身的优秀吸引其他优秀的同学，这是建设性的交友方式。另一种是嬉戏度日的方式，既浪费自己时间，又浪费别人的时间，这是消耗性的交友方式，家长和老师都不赞成。"爸爸则提醒婷儿抓住更长远的目标："你现在的'短板'是学业，而不是交友能力，可别在不需要的东西上浪费宝贵的时间。"

这次谈话很顺利，调整了婷儿过分热衷交友的心态。于是，婷儿小学具备的实力开始发挥作用，成绩迅速上升，又回到了"法乎其上"的状态：

今天生物测验成绩公布了，我考了87.5分，名列全班第二，对于这个成绩我很惊异，没想到比我"80分万岁"的标准高出7.5分。全班第二，不算很差，可也并不令人满意。想想，还有89.5，90，别校或许有更高分，这的确不值得高兴。

期中考试即将来临，我要迎接语文、数学、生物、历史4门科目的考试，我要再接再厉，把87.5化成一种动力，推动我考出更好的成绩，鞭策我前进前进再前进。

又过了一个月，婷儿终于在第一次正式考试中跳出了中间状态，进入了将被老师"盯住不放"的尖子生行列。婷儿也完全恢复了自信心，并对自己提出了更高的要求：

晚自习时,李老师点了我、樊甜甜、杨丽红、贺信等十人出去开一个短会。我猜想:我们 10 个大概是前 10 名吧!

果然,李老师先公布了我们的成绩,开门见山点出了我们 10 人是前 10 名。李老师先向我们表示了祝贺,然后加以了鞭策。

我想,我和魏羽并列第八名,平均 88.1 分,比第 1 名杨丽红的 91.5 差 3.4,如果再和其他班比更是差距甚远。我要把 88.1 作为一个起点,仅仅是一个起点,然后加把劲儿,向更好的成绩,更高的山顶不断奋进。

校内"英语角",促成中心兴趣

婷儿进中学之前,我们的培养重心一直放在全面发展上,我们期待着婷儿在全面发展的基础上形成自己的中心兴趣。这样形成的中心兴趣,有较大把握是健康的,对她的人生也会是建设性的。婷儿进中学之后,很快就表现出对学习英语的强烈兴趣,并一跃成为英语尖子。这一持续多年的中心兴趣,最终对婷儿的人生产生了良好的效果。

回顾一下婷儿形成中心兴趣的过程,可以清楚地看到,多年来培养和强化的各种优秀素质,尤其是求知欲、对外语重要性的认识、上进心、挑战困难的意志、抗干扰的能力、顽强的竞争精神……以及长期坚持"双语"习惯所强化的对外语的敏感,形成了一股强大的合力,推动她在英语的大海里扬帆起航。

越难越想学(93/9/14)(12 岁,初一刚入学)

今天,我又听英语老师唱了两次那首新的英语歌,说来惭愧,我一连听了好几次都没学会一句歌词,可这反而激起了我对这首歌极大的兴趣,这次我可是下定了决心要学好。你说怪不,对困难我总有那么大的兴趣和克服的信心。

另外还有一件事,就是我英语听写只得了"B+",这个成绩对我打击可不小,说实在的,我真想不到会有这么差的成绩。当然,我决不气馁,我要把打击化为动力,迎头赶上。

羡慕是动力（93/9/23）

今天是我们第一次参加"英语角"活动的日子，它给我留下了深刻的印象。

直到现在，高年级同学和外籍老师用流利的英语对话的情景还不断浮现在我的脑海中。相比之下，我感到我是那样的无知，知识是那样的贫乏。高年级同学与老师的对话我完全听不懂，只能借助他们的表情、动作来猜测谈话的内容。当外籍老师用英文问我时，我只答得出第一、第二句，后面的问话我就只能用"No, no, no"来回答，当时心里真不是滋味，感到好惭愧。我想，只要我继续努力，在一年或二年以后，也会有机会用流利的英语和老师对话，就像那些高年级同学一样。

不畏嫉妒（93/9/29）

今天，我既高兴，又生气。高兴我英语考试得了100+1.5（满分是100+5），高兴我们 A 班的总成绩名列前茅，然而今天我感到的气愤远远超过了我的喜悦。

今天晚上，下了英语晚自习，我听了两个令我气愤至极的谣言。第一个谣言，说我得100+1.5是和龚蔚菁互相"通融"了的，不是凭真本事。而另一个谣言是我们 A 班成绩好是因为 Miss 陈跟我们作弊，每次念重音都点一下头。对于谣言，不仅是我，整个 A 班同学听了都十分气愤，曾娟还气愤得骂了一句："是哪个无耻到了极点！"这句话虽说得有点过分，但它说明了大家都有强烈的集体荣誉感。

老师，面对这种情况，我应该采取"有则改之，无则加勉"不予理睬的态度，还是该怎么办呢？

不怕嘲笑（93/10/15）（初一进校一个半月）

今天又有"英语角"，我的心情仍然很兴奋。在"英语角"的时间里，我一直在 Miss 陈身旁听她和几个初三的女生对话，我听不懂 Miss 陈和那几个初三年级姐姐们说的话，但我能够根据 Miss 陈的手势和我仅懂的几个少得可怜的词汇猜出一些语句的意思。为此我感到很兴奋，因为这已比我刚开学时像聋子的感觉好得多了，同时，我心里燃起了一团火，更加渴望得到更多的知识。越是一知半解，就越想全部了解。

旁的人笑我："听又听不懂，你还听得那么有劲！"我说："就是听不懂才要听，要专心才能听出一点点大概，要是不仔细听那不是更不懂了吗？"

我认为，只有多听多练才能学好。

决不服输（93/11/27）

今天晚上，我欣赏了高年级各班的24名选手进行的英语课文模仿比赛。台上，有的选手发挥自如，有的选手十分紧张，有的选手还说错了，到最后可以感到那位选手的声音在发颤。

有一位选手说得非常好，一位同学说："我可真服了她了。"我也很佩服她，可我不服她。我认为，大家都一样，一张嘴巴，一个舌头，我不比她少什么，只要努力，我不仅可以赶上她，而且我还要赶超她。只把她当榜样，而绝对不服输。

有人说，"兴趣是最好的老师"。外语学校的英语教学方式，对激发学生学英语的兴趣，确实是功不可没。我们清楚地记得，初一下学期的一个周末，婷儿兴致勃勃地向我们复述了几乎一整堂课的口语训练：同学们像"故事接龙"一样，你一句我一句地编出了一个长长的动物故事。诸如此类的教学手段，无不生动有趣，婷儿和同学们的英语水平也整体性地迅速提高。

成都锦江桥头还有个中外闻名的"英语角"，这儿也是婷儿最爱去的地方。寒假暑假每逢周二周五傍晚，这里都挤满了练习英语会话的大中小学生和一些外籍游客。来得最早的是外语学校的低年级学生，走得最晚的是外语学校的高年级学生。在每个年龄段，听说能力最强的，全都是外语学校的学生。以初一暑假为例，当婷儿已经能够和美国教授结结巴巴地谈上一小时的时候，另一个重点中学的同级学生却还开不了口，因为他既听不懂，也说不出。（既然外语学校的英语教学体系如此有效，何不在普通中学里推而广之呢？）

强烈的兴趣，促使婷儿主动地总结和探索学好英语的各种方法。婷儿进入哈佛大学之后，全国各地都有人来信向她讨教学习英语的经验，外语学校也让她向同学们传授学好英语的经验，婷儿特地写了一份《英语学习心得点滴》，对此感兴趣的读者，可以在本书高中部分看到。

重视朋友情，学会谦让人

随着青春期的自我觉醒，不少中学生总是怀有一种"谁都不理解我"的孤独感，并期待着能理解自己的人。有的人向往着老师，有的人向往着前辈，有的人向往着朋友。一般来说是有什么不要什么，缺什么向往什么。

婷儿和多数独生子女一样，多的是父母的关注，缺的是手足之情。在这个年龄段，朋友之情就像"心灵鸡汤"一样令他们陶醉。由于学习任务繁重，老师和我们都不主张婷儿把时间过多花费在结交朋友上，但这并不等于我们要压抑婷儿正常的心理需求。为了满足婷儿对朋友之情的渴望，我们隔一段时间就会让她和原来的好朋友互相看望一次，给她们的友谊提供向深层发展的时间和空间。从小受过重视情感熏陶的婷儿，这时的情感体验更是纯真动人：

星期天上午，我的好朋友王玉来我家玩了，我们的交情可深了，从幼儿园起两人就形影不离，算起来，嗯，做了9年的朋友了，我们有半个月没有见面了，这一次见面，别提多高兴了。

我见了她好激动，脸上也红红的。我们拉着手，互相看着对方，都微笑着，我的心里上下翻腾着，觉得有千言万语，可又什么都说不出来，我知道王玉也跟我一样。最后还是王玉先开口了！"你好！""你好！""晚上好！""晚上好！""你好吗？""我很好，你好吗？""扑哧！"我俩都笑了起来，气氛一下就轻松了。她讲她的生活、学习，我讲我的生活、学习，我们互相都感到新鲜、有趣。

时间不留情，一分钟一分钟，一小时一小时地溜走了，王玉要走了，我送她到路口，两人握紧的手仍不愿松开，"下个星期六再来啊？一定！""好的，好的，我一定来。"这两句话，这一句承诺，把两颗心牵在了一起。

为了避免婷儿在交友上分心，也为了避免交上"损友"，我们明确告诉婷儿，父母不赞成她与在报刊上征友的人交笔友，但很支持她与那些品德好肯上进的"老朋友"通信。因为我们非常理解孩子收到满载友谊的朋友来信时，那种难以言说的幸福感：

今天中午，我照例到学生信箱去看有没有我的信，我随手翻了几下，正欲离去，忽然看见一个不起眼的、土黄色的信封上写着"刘亦婷同学收"几个字。我赶忙去抽，由于激动，一连抽了几次都没抽出来。终于抽出来了，仔细一看，果然是我的，我好高兴好兴奋好意外，这是我盼望已久的、我的好朋友齐靓的来信。

我迫不及待地打开信封，险些撕坏了信纸。我把信纸抽出来，展开，一行一行地看，每一字，每一句都十分平常，没有华丽的词藻，只有浓浓的情意，我心里温暖极了，眼睛都发烫了。

晚上，我抽出一张纸，想用笔把心中的友情向她倾述，可我不知怎么写，一直用稍稍发颤的右手握着笔，什么也写不出来。

我们认为，对朋友之情的深刻体验，有助于婷儿对真、善、美的向往和追求。为了寻求和保持有价值的朋友关系，婷儿开始改变自己身上不利于发展友谊的习惯：

我是个选择朋友很慎重的人。可以说，从出生到现在从没有一个我认为可以当朋友的人没有成为我的好朋友，而且继续下去。可今天却出了一个例外。

我的同桌樊甜甜成绩拔尖，性格开朗，为人正直，可谓品学兼优，当然是做朋友的好选择，这不，我们整天笑嘻嘻的，形影不离。就算吵点小架也一会儿就相视一笑，作罢了。可是……

今天下午，樊甜甜为抢我的饼干，"打"了我好多下。我趁她不注意在她坐下前的一瞬间踢开了她的椅子，樊甜甜一屁股坐在地上，不一会儿便滚下了一串串大大小小的"珍珠"。我一下着了慌，赶忙拉她起来，并不断说："对不起，别生气"……

樊甜甜不肯理我了，我使尽全身解数仍无法解决。我和这位同桌之

间好像特别远，中间有那么一张薄得透明而又无法穿破的纸。我觉得被
压得透不过气来。

　　请问，我该怎么办？ 放弃这段友谊吗？

　　李老师及时地给婷儿批了一句：你会做出正确的选择！

　　婷儿没有辜负老师的信任，锲而不舍地主动"理"樊甜甜，终于以她
的真心诚意重新赢得了樊甜甜的友谊和信任。这段为好朋友调整自我的经
历，使婷儿变得比以前更有耐心，也更加宽容。尤其可贵的是，这不是在
父母的压力下"严于律己"，而是发自内心地"宽以待人"。

寒假飞南国，到特区去观察

　　初一寒假，家在广州的老朋友李桂桥盛情邀请我们到南方去过春节。
商量去不去的时候，爸爸力主让婷儿去开阔眼界。他说："婷儿现在生活
天地狭小，这次去可以长长见识，顺便也搜集点作文素材。"于是，婷儿
在快满13岁的时候，带着"去特区观察与思考"的任务，在广州、深圳
和珠海玩了十来天，又写下了一组很有纪念意义的日记。

　　由于李叔叔是个成功的商人，在深圳帮他接待我们的陈叔叔更是货真
价实的千万富翁，这趟南国之行便不可避免地带上了"豪华"的色彩。面
对不少人向往甚至垂涎的生活方式，婷儿表现得兴奋而又理智。因为她从
小就学会了对物质生活应该"处变不惊"。后来，即使在美国遇到那些身
家亿万的富豪，婷儿也能淡然处之，不卑不亢。

　　在这组不满13岁时的日记中，不时可见冷静的审视和批判——与10
岁那年到农村去观察时相比，婷儿正在从一个"提问者"变成"思考者"。
从她思考的方法和结论来判断，父母和学校有意无意培养的价值观，已经
悄悄地融进了婷儿的血液和心灵：

第一次坐飞机

　　……这天上午10∶30，我和爸爸妈妈来到飞机场，匆匆办完登机手
续就跑到安全检查通道。在这里，我们分别了（爸爸有事去不了）。我把
包往行李安全检查机的传送带上一放，赶紧跑过乘客安全检查门去提行

李。只听"嘟嘟嘟"一阵警报声，检查人员把我拉了回去，一边用金属探测器在我身上探来探去。我心里慌得要命，不明白我这个没带凶器的人怎么通不过安全检查门。

这时，探测器在我的裙包上停住了，"嘟嘟嘟"地叫个不停，原来是我的钥匙链在"作怪"。我如释重负，赶紧提起行李，拉着妈妈往候机厅跑。跑到门口才想起还没跟爸爸道别，我们急忙转过身去，可是不见他的人影，大概是等得太久，才失望地走了。"Sorry, father"，我不由歉疚地叹了口气，走进了候机厅。

由于大雾迷漫，我第一次坐飞机就遇上了从 6 点开始连续 19 班飞机全部延误的"盛况"。机场上隐隐约约可以看到停满了飞机。候机厅内人多得像火车的候车室。足足等到 11∶30，广播才开始通知乘客一批接一批陆续登机，很巧，轮到我们登机时还是正点呢！

我们乘坐的飞机是波音 757，我的座位 21 排 F 座在飞机右翼前方正好靠着窗户。我系上安全带，好奇地左看右看。过了一会儿，飞机开始轰鸣着在跑道上滑行加速。突然，一股无形的力量把我压在了座位靠背上，原来飞机升空了。飞机摇晃着冲入覆盖在盆地上空的云层中，这时，真有一番腾云驾雾上九天的感觉。飞机冲出云雾，升上一万米高空时变得十分平稳，脚下深不可测，变化万千，像海，无边无际；像山，峰峦起伏；像北极，白茫茫一片……那种壮阔瑰丽的奇观简直无法用语言描绘。我欣喜万分地注视着窗外的美景，直到阳光刺痛了我的眼睛，才拉下舷窗的遮光板准备休息一下。

"快看，佛光！"我前排的人惊喜地叫道。我急忙拉开遮光板往外看，只见机翼后边的中部出现了一个七彩光环，这光环好像在跟飞机一起飞行。我忙回头叫妈妈看，妈妈看了几眼，高兴地说："还是你看吧！"我迫不及待地凑到窗口，看着佛光越来越淡，直到完全消失。我陶醉地舒了口气，转过身，搂住妈妈的胳膊，冲妈妈甜甜地一笑，心里充满了对妈妈的爱和感激……

逛野生动物园

今天到了深圳，李叔叔的朋友邀请妈妈和我跟他们两家去动物园玩儿。我悄悄对妈妈说："成都又不是没动物园，我不想去，我想看别的。"妈妈说："没办法呀，我也不想去，可是客随主便呀。"

来到动物园，只见大门上用大红字写着："野生动物园"。我心里想：什么野生动物园，关在笼里也叫野生？哼！我挤进售票处前的人群中，见一块大板子上赫然写着：每张人民币 70 元。我一看大吃一惊，没想到动物园一张票要 70 块！慌忙挤出来问妈妈。妈妈说："特区人民生活水平比内地高得多呢！"

我们随着人流进了动物园坐上了汽车。妈妈说："我明白了，这是关人不关动物的野生动物园。"经妈妈一提醒，我马上联想到了驰名中外的肯尼亚野生动物园。没想到我国也有以前只在电视上见过的野生动物园，我一下来了兴趣。

汽车开动了，只见美丽的孔雀拖着华丽的长尾巴在草地上悠闲地散步，野驴在山坡上尽情狂奔，火烈鸟独腿站着休息。这时突然下起雨来，雨点打在水面上，击起一圈圈涟漪，高贵的白天鹅在水面上游来游去，不由让人联想起骆宾王"白毛浮绿水，红掌拨清波"的诗句。看着看着，我不由想起了成都动物园里动物们那呆板无光的眼神。我虽然看不见这里动物的眼睛，但我可以想到它们的眼神是明亮生动的。

很快的，我们进入了猛兽区。只见狮子披着金色的"铠甲"，迈着庄严的步伐在路边散步，威风极了。车开进了虎山。忽然，一只拦路虎向我们的车门猛扑过来，车内一片惊慌。不过多时，那虎便退到路边，虎视眈眈地看着我们离开。

出了猛兽区，妈妈不禁赞叹道："深圳人真是，不搞则已，一搞就搞一流的，真是观念新、脑子活。"

来到步行区，雨一下大了很多，因为没带雨具，我们无法步行参观，我只好带着深深的遗憾，离开了野生动物园。

去"小梅沙"踏浪

初三那天，陈叔叔和李叔叔开车带我们去"小梅沙"看海。

虽然还是节日期间，可是路上已有不少建筑队开始挖山了。这些人真有些像古代挖山的"愚公"。不过这些现代"愚公"的工具不再是锄头、箩筐……而是挖土机。他们继承了"愚公"的精神，一下又一下从山上挖下土，送到各个建筑工地，建成高楼大厦。

瞧，这座山已被挖去一半了！

又走了一段路，眼前出现一大片工地。陈叔叔说："这里是盐田港的建筑工地，不久后，这里将成为我国最大的港口。"只见橘红的吊车，草绿的打桩机，橙黄的压路机正发出阵阵轰鸣，工人叔叔们为建设祖国辛勤地劳动着。

来到"小梅沙"，只觉得凉风习习。我使劲吸一口气，好像能闻到大海那微微带点儿咸腥而又清凉的味道。走到海边，只见风神往那一望无边的、平滑的、透明的、蓝色的海面上轻轻吹了口气，吹起了千万个小波浪，使水雾笼罩下的海面更加朦胧、神秘。涨潮了，波浪合拍地拍打着沙滩，冲刷着岸边的礁石。"深圳人真会享受！"我不禁赞叹！

"走，踏浪去。"陈叔叔拍拍我说。

我脱了鞋，光着脚跑到海水极浅的地方。时而用沙把脚埋在地下，时而在水里跑来跑去，时而跟海浪赛跑。陈叔叔则光着脚在水里给我照相。一个大浪打来，打湿了我的裙边，也打湿了陈叔叔的裤脚。可是谁也不恼，反而哈哈大笑。

和我们同去的阿姨在沙滩上跑来跑去，留下一串串脚印，被海水一冲消失后又踩一串。我正看得发愣，陈叔叔说："到了夏天，来这里旅游的人可多了，这旁边的度假村也住满了人，深圳人的口号是：'认认真真工作，痛痛快快玩儿'。"

我想：正是因为他们认认真真工作，所以才能开开心心、痛痛快快玩耍吧！

还有什么教材比中国人民生气勃勃的建设和创造更能激发孩子的爱国热情呢？正是这种集中、深入而细致的观察活动，使抽象的祖国在婷儿心中越来越具体，使她对祖国和人民的爱也越来越真切。

开学之后，李老师把婷儿的这组日记一篇不落地念给全班的同学听。李老师在日记本上的批语是："我大饱眼福，你不虚此行。"

不当"吸臭剂"，要做"采蜜蜂"

初一下半学期，我们发现婷儿有一个明显变化。她不再像以往那样老是不停地和我们说这谈那，变得更爱自己专心地看，独自默默地想。即使被批评，也懒得像过去一样争辩，情愿自己走开。如果她认为不辩不行，肯定会和我们爆发激烈的争论。初二的时候，婷儿进入了逆反心理的高峰期，有一段时间，她甚至理直气壮地提出：谁规定了孩子必须听家长的话？逼得我们不得不和她一起重温《中学生守则》和《未成年人保护法》。

婷儿自己也知道："现在的中学生往往有一种'逆反'——老师、家长、社会对事物的看法、准则，在中学生这里大多受到蔑视、嘲讽和排斥。原因也简单：上中学了，人长大了，觉得应该有点独立性，却又不知该怎么表现，就用这种蔑视公认准则的方法表现自己的'个性''主见'……这无疑是一种幼稚的表现。"

话虽如此，但自然规律的力量似乎一时之间更为强大。婷儿常常心里觉得父母对，但嘴上却非要和我们犟到底，而且连续三年都不肯把她的日记带回来给我们看——其实老师每周要过目批阅的，这使我们了解她的真实想法变得比以往困难多了。此前几年里，爸爸一直主张调整对婷儿的教育方法，不要那么多的指令，而应该用婷儿更能接受的方式交流。现在婷儿的表现也说明，确实再也不能用耳提面命的方法教育她了。

关于逆反期的家庭教育，将由婷儿的爸爸在下一章详细介绍。我们总的思路是双管齐下：一方面主动调整教育方式，使我们的好思想好办法能被婷儿顺利采纳，另一方面鼓励婷儿独立思考，自己在学习和生活中去辨别善、恶、美、丑。至于同学之间的互相影响，我们总是提醒婷儿：不要当"吸臭剂"，要做"采蜜蜂"。

几年之后，我们才看到了婷儿初中的日记。这些日记说明，由于我们采取了多方面的措施（见"逆反期的家庭教育"一章），婷儿在自己的探索和思考之中，往往能得出我们所期待的结论。那些正确的思想观念，不再只是父母和老师的要求，而是变成了婷儿自己的体验。限于篇幅，仅举出她初二时所写的有代表性的几则（题目是妈妈加的）：

勇气与虚荣心

勇气，词典上说是敢作敢为毫无畏惧的气魄。在人们的观念中，勇气是在危急关头表现出的超人的胆量。

其实，勇气在生活中随处可见。

比如今天小班会的时候做练习，要求最先做出来的人站起来。结果许多同学做完了也没人敢站起来，原因就是对自己的答案缺乏自信。

我也是那些做完了题而没有勇气站起来的人之一。我做完之后想：站不站起来呢？要是答案错了，那多丢人哪！还是别站了。后来别人站了起来，我的答案也是正确的。

现在想起来，当时的我是懦弱的，害怕自己出错儿，害怕错了之后丢了面子，虚荣心最后战胜了勇气。

我感到羞愧，因为我今天扮演了一个胆小鬼的角色。明天，我要拿出我的勇气。

卖力与偷懒

以前不知从什么书上看来一句俏皮话："扫地，一件脑力和体力劳动相结合的工作，既要在老师面前挥汗如雨，又要想办法不倒垃圾。"这确实是实际情况。大扫除时，同学大都很卖力，可是各小组做清洁时，情况可就不同了。我们小组做清洁时，就老有人找借口偷懒。

我想，这是同学们没有真正认识劳动的重要性——不仅是为集体服务，也是对自己的锻炼，对劳动习惯的培养。如果没有认识到这一点，而仅仅依靠惩罚来迫使同学们做清洁的话，那是不能彻底解决问题的。

口才与纪律

今天的小班会，我组织大家开设了一个"糊涂法庭"，分别由同学们担任辩方律师、控方律师、被告、原告及陪审团。我希望通过这个游戏锻炼一下同学的口才。同学们倒是欢迎，但台下一片混乱，根本无法正常进行，维持纪律便花去了大半时间。

由此，我认识到纪律是相当重要的，它如同一个安全阀，保证着工作学习的正常进行。往往被人们所忽视、孤立看待的纪律问题,却发挥着最重要的作用。同样,看来最平凡、最一般的人或许正是最不平凡的。

偶然与必然

考试漏掉该做的题,这种事儿我已不是第一回了。但总认为是自己当时不小心,只要下次小心就可避免。其实这"当时"二字便是大错所在。把错误发生看成一种偶然,殊不知这是一种必然发生的"偶然"。

不光漏题,我有许多错误也是不该犯的,而又往往把这些都归咎于"偶然"……考场上再紧张,也没谁"短路"忘记名字叫什么了。可见还是不够熟练,而并非"偶然"之过。

"台上一分钟,台下十年功"。为了保证台上那一分钟的完美表演,花上十年的苦功,这一分钟不就避免了许多"偶然"吗?……我们学习也要有这个"十年功",考试便不怕那许多偶然了。

……消灭偶然要在平时多下功夫。

金钱与友情

上个星期天是我小学好朋友的生日。我由于时间来不及没去给她"祝生",只打了个电话。她告诉我,她这次收的礼物从十几元到300多元不等,多数价值几十元。我听了不禁想:为庆祝她一个人的生日,就花家长几十块钱去买礼物,未免太奢侈,太可悲了。某些人认为送贵重礼物可以表示友情,而我坚决反对这种用钱堆出来的友情。我认为友情是建立在理解、信任上的,绝不是建立在物质基础上的。所以,希望同学们抵制这种"金钱友谊"。友情是用行动表示的,绝不是钞票。

游泳与学习

明天,我们年级组织去游泳。我原以为同学们会踊跃得不得了,结果报名的人还不及半数。这可见我们班的人对体育活动的热衷程度。

许多同学说,这样的大好时光,去游泳岂不是浪费了?我不同意这种观点。运动有益身体健康,健康的身体能使我们高效地学习。这才是正确的方式,而不是那种一味钻书本的疲劳战术。

标点与人生

今天，我看了这样一个故事：美国心理学家巴尔肯举办了一次"青年宴会"，他要求到会的人各写一篇自传。一位满脸沮丧的青年人交给他一份只有三个标点的自传："——！。"青年人解释说："一阵横冲直撞（破折号），落个伤心自叹（感叹号），到头来只有完蛋（句号）。"巴尔肯立即加上了三个标点："、……？"巴尔肯热情地鼓励这位自暴自弃的青年道："青年时期是人生的一个小站（顿号），道路漫长，前途远大（省略号），岂不闻'浪子回头金不换'（问号）？"

是啊，我们每个人都遇到过大大小小的挫折，有的人便自暴自弃了，而能像巴尔肯这样能预见到未来光明的人却不多。我们要想成功，这份乐观是必不可少的。

男生与女生

初三已经是近在咫尺了，很多人都说女生容易在初三做"自由落体"，我认为这是有一定道理的。因为男生的潜能发挥出来后，不知会出多少匹"黑马"。但我也认为这不是一定的。因为有那么多成功女性做范例，又有那些"女状元"做榜样，怎能不让人信心倍增？我可不愿意用人们那种"女生无后劲"的观念来束缚自己，自己先承认失败。我要尽全力去拼搏，我不知后果是否令人满意，但我很有信心，因为我相信"功夫不负有心人"。

我也希望广大女同胞们都放手一搏，免得找后悔药吃。

报应与好运

今天我收到一封特别的信。署名是"老佛爷"。信里说我要抄20份在96小时内寄出，便会有好事，否则就有报应，而且赫然列举事例若干。

这样的信我早有耳闻，当时也曾自信地想：我要收到这类信，一定当废纸，用来打草稿。但如今真的收到了这种信，才知其厉害。我本不愿对这种"老佛爷"言听计从，但对那句"9天内会有报应"又放心不下。

"宁可信其有，不可信其无"也是人们对此类事件的多数想法，我是否也应该防一下万一呢……想来想去，竟决定写那20封信了。

"等一等，这不是向封建迷信屈服了吗？不是成为它的又一个奴仆了吗！"我心中的一个声音说。我一下恍然大悟，是呀，这种信不就是利用人们对灾祸的恐惧和侥幸心理吗？这大约也就是封建迷信能长期生存的原因吧！

最后，我把那封信扔了。因为我不会把希望寄托在这些上面。什么好运、福气都来自于人自身的努力。

第七章

爸爸的"礼物"：逆反期的家庭教育

婷爸爸张欣武的话

逆反期：潜藏暗礁的海域

怎样使婷儿顺利度过中学阶段的逆反期？在婷儿小学阶段，我开始提前考虑这个问题。

那时，我常注意观察其他家庭的此类问题，看到了不少逆反期的孩子的烦恼。孩子以往的优秀，并不一定能保证他们在逆反期会继续优秀下去。一些原来很出色的孩子在逆反期走偏了路，有的深陷早恋，有的偏科、厌学，有的交上损友或混迹不良群体，甚至走上犯罪道路。他们中间有的曾是全校公认的好学生，有的甚至是老师们认定会进清华、北大的好苗子。

一对中年夫妇的"前车之鉴"给我留下了很深印象。这对高级工程师夫妇是我的老朋友，正在上中学的儿子当时是他俩最大的烦恼源。任凭爹妈苦口婆心好话说尽，这个犟小子偏要"四季豆油盐不进"，厌学、混日子等糊涂事照干不误（几年后，他才开始后悔，可是已经错过了一些重要机遇），搞得这两位满肚子学问的技术专家一筹莫展。他们多次对我诉说教子的烦恼，使我对这个问题有了更深的感受——既然连如此优秀的学者专家，都在孩子的逆反期踩上了"地雷"，可见对逆反期培养孩子的难度不能等闲视之。

重温心理学家和教育专家对逆反期的研究成果，对我选择有效的措施很有帮助。

心理学家指出：逆反期的孩子，会对父母开始疏远。也许在一段时间里，父母将不再是他们敞开心扉的人，却会转而在同龄人当中寻找倾诉的伙伴。心灵的闭锁，使他们常感到孤独。成长中的挫折，使他们常感到压抑和自卑。随着个子一天天长高，他们还会像"殖民地人民"一样，开展"争取独立"的斗争，要求父母松开双手，把航船的舵盘交还到自己手中。可是事实上，他们又还远没有成熟到能够自己把握人生方向的程度。

心理学家和教育学家还说，中学阶段就像一片潜藏暗礁的海域，需要父母们小心翼翼地行船。如果任凭孩子们的"航船"在暗礁群里左冲右突，有些孩子可能会有不同程度的迷航。

社会学家指出，大部分不良少年，就是在初中阶段走上邪路的。他们就像迷航中不幸触礁的船。有一个触目惊心的统计数字说：失足少年中，有80%以上是出自教育知识缺乏、教育方法不当的家庭，而失足的高发期，就是逆反期！

即使不出什么大问题，孩子和父母之间的冲突也会大大增加。婴幼儿时期形成的对父母的崇拜，到这一阶段也会随着对抗的升级而渐渐褪色，或者干脆就消失了。孩子会越来越多地对父母的管束感到不满，父母们也会发觉，从小耳提面命式的教育方法，也越来越不灵了。

有位经验丰富的老教师打过一个生动的比喻——她半开玩笑地把初中阶段的孩子称为"昏兔"。笑过之后仔细想想，确有几分道理。

进一步深思，我还认识到，逆反期教育的根本目的，决不仅仅是帮孩子绕过暗礁，避开陷阱，跟父母保持浓浓亲情而已，大力开发潜能和提高素质，才是最大的战略目标。

这是因为，处于逆反期的青少年同时拥有相当大的成才潜力。

首先，在智力方面，逆反期就像一处富矿，具有不可忽视的开发价值。

心理学家曾用斯坦福－比奈等四种不同的标准化心理测试量表，对多名婴儿进行从零岁开始直到16岁的追踪测量，证实了他们的智力增长从零岁到12岁一直保持直线上升的势头，12岁以后，智力发展速度只是稍有减慢，仍然在继续上升。

心理学家根据对人的0—36岁的长期追踪研究还发现，人的智力的各个侧面，达到最高峰的年龄是不一致的。其中，发展得最早的是知觉能力（视觉、听觉、触觉等），在10—17岁时达到高峰。记忆能力是在18—19岁时达到高峰。动作反应能力也是在18—19岁时达到高峰。而思维能力（比较与判断等）发展得最迟，在30—49岁才达到一生的高峰。这说明，逆反期的智力开发大有可为。

其次，那些对成才极具重要意义的非智力素质，在逆反期更是有着高速成长的空间。对大多数渴望成才的人来说，这将比智力因素更具有决定意义。开掘得好，可以使大多数智力状况一般者成才。

那些有利于成才的非智力素质包括：旺盛的求知欲、对创造活动的强烈兴趣、坚持不懈、积极的理想和抱负、自信、自律能力、善于独立思考、合群、诚实、勤劳，等等。它们都是使人成才的火车头和推进器。

这使我领悟到，应该把逆反期看作一片肥沃富饶的土地，而且要比以往更加辛勤地耕耘。

未雨绸缪，预设"导航仪"

尽管逆反期教育的难度会比以前各阶段明显增大，我还是坚信，只要考虑好有效对策，婷儿就会顺利渡过这一关，并取得比以前更好的培养效果。因为在这个阶段的孩子身上，除了面对父母和权威的不驯和对抗之外，还蕴藏着相当大的潜能，如果开掘得好，将会大有收获，这方面也有不少他人的成功先例。

经过一段时间的思考我认识到：不能被动坐等中学逆反期的到来，而应该在逆反心理较弱的小学期就提前采取有效对策，以减轻中学阶段逆反心理的负面作用。

为此，从小学四年级起，我开始注意采取一些对策，提前为逆反期的到来做准备（这些措施在本书的小学部分已有叙述，这里再次简要列出，意在进一步说明它们对解决婷儿逆反期问题起的作用）：

第一个对策：深化婷儿与父母"双向交流"的习惯。

逆反期的特点之一，是孩子与父母的疏远。但如果在小学就强化婷儿跟父母交流的习惯，到了中学哪怕这个习惯被大打折扣，婷儿仍然会在相当大的程度上保持跟父母的交流。这就是俗话说的：大船烂了还能剩3600颗钉。

按这个思路，从婷儿10岁左右起我们就注意深化跟她的交流内容，尤其是强化她"父母面前什么都可以谈"的观念。为此我们特别注意创造平等和无拘束的谈话气氛，让婷儿的小嘴巴畅所欲言。这样，婷儿对我们变得比以前更"透明"了，联系的纽带也更牢固了。

第二个对策：提前培养婷儿听取逆耳忠言的能力。

逆反期的孩子大都争强好胜，斗气往往重于明理，这就大大妨碍了他们接受有价值的建议。在这方面，我主要是通过讲真人真事、历史故事的办法，帮婷儿牢牢树立"能听逆耳忠言是本事"的观点。

后来，即使在逆反期最听不进父母话的阶段，婷儿仍然接受了我们不少建议，跟这个基本观念的树立是分不开的。直到今天在大学里，婷儿仍然保持了这个好习惯，经常主动倾听他人的看法，从中汲取有益的东西来完善自己。

第三个对策：让言路畅通，即使有争论，也不压制。

孩子与父母疏远对抗的另一个重要原因，是有时父母不够民主，压制了孩子的发言权，使孩子口服心不服。所以，让孩子有机会充分表达自己的想法是很重要的。孩子说得对，父母当然应该采纳；即使说得不对，也应该让孩子把话说完，再以理服人。这既可以帮助父母充分了解情况，找出有效措施，又可以使孩子心理得到及时疏导，保持健康舒畅的心情。父母也能真正了解情况，遇事给孩子有效指导。

逆反期的孩子，最怕遇到问题不肯告诉父母老师，得不到有效指导，而是自己给自己乱开"药方"。婷儿的一个小学同学，就是因为在初中时受到挫折不能自我宽解，又没有得到家长、老师及时的心理疏导，一时想不开而跳楼自杀的。目击者说，他在跨出了致命的一步之后，立刻感到了后悔，并高喊"救命"，可是惨剧已经无可挽回了。

这一"政策"实施的结果，是使婷儿有事、有气，或是觉得自己有理的时候，说起话来很少顾忌，总要一吐为快。而一旦她认识到自己不对的时候，改起来也比较痛快。

第四个对策：尽早树立正确有效的观点。

逆反期的孩子，尽管有时"斗气重于明理"，但如果事先脑子里贮存了较多的正确有效的观点，即使有时会与父母斗气，也能自己按正确的方式去办。这方面，我们主要是通过跟婷儿讲故事、谈话和讨论各种见闻来与她形成共识的。

婷儿进入中学后，有段时间对我们呈现出"半闭锁"状态，有些事情和想法不愿意告诉我们。然而她在小学阶段接受的许多基本观念，却在中学阶段起到了"自动导航仪"的作用，帮助她在岔路口上不断选择正确方向，避开了那些中学阶段常见的弯路。

在这个基础上，我们还通过主动调整教育方式的方法，力争继续与婷儿保持沟通，保持影响力，以便高效低耗地进行"精神熏陶"，促使她早日形成科学、高尚的人生观。

后来的事实证明，我们采取的一系列对策都很成功。

立志，始于关心他人

观察古往今来的杰出人物，可以发现他们的成功有个规律："志为事之师"。就是说，志向是事业成功的主要推动力。

独生子女所处的环境，一般来说，都会有一些助长他们以自我为中心的不利因素，这对成才是不利的。我不愿意婷儿成为自私自利的人。相反，我希望她成为一个目光远大、胸怀宽广的人。因为有价值的大事业，从来都是由胸怀大志的人完成的。而患得患失、锱铢必较、小肚鸡肠的心理特征，是事业成功的大敌。

立志的基础是什么？它应该向哪里迈出第一步？这是我们必须为婷儿提前考虑的，晚了就会被动。因为在小学刚刚毕业的孩子里，具有成熟理想的情形是很少见的。此时，良好的家庭影响往往能起着人生向导的作用。

我看到，并且也承认，野心和贪欲也是建功立业的一股动力。但是由于它们包含了太多太重的自私性，往往只是一张"短途车票"，或是一个包含了"电脑病毒"的坏程序。在一定条件下，它们就会使人止步不前，激活那些害人害己的"病毒程序"发作。这样的例子，现在是太常见了。有不少声名显赫的人物，正是由于这个原因，才会顷刻之间灰飞烟灭。这条路显然不可取！

这使我认定，立志应当从关心他人开始。一个孩子只有学会关心他人的生存和幸福，特别是关心那些看似与自己无关的人的疾苦，他的心胸才会一步步摆脱狭隘的自我，把眼光从一己私利上移开，逐渐发自内心地投向周围的世界，进而发现自己在这个世界的使命，并以高于常人的勇气和毅力去成就一番事业。

相比之下，我觉得这是树立人生志向的更好方式。

婷儿在幼儿时代最钦佩的人是安徒生，因为他给全世界的小朋友留下了那么多美丽的童话；婷儿在少儿时代最钦佩的人是科学家和雷锋，因为科学家使人类越来越先进，越来越文明；而雷锋一生都在无私地帮助别人。

小学及其以前的教育，已经为婷儿奠定了良好的思想基础。但是真正的立志，是不可能在小学阶段完成的，即使在初中阶段，也只是为真正的立志埋下伏笔。但我还是希望，在初中阶段就看到婷儿立志过程开始启动。

我们在有意识地思考这个问题，婷儿也在无意识地思考这个问题。用心理学家的话来说，这是因为青春期的孩子喜欢探索各种各样的新领域，并在这种探索中发展自己的主观能动性。孩子在这种探索中，往往会形成对某种专业的兴趣。婷儿在初一暑假的一段"晨间奇想"，就明显地带有这种探索的性质——

早晨，我躺在床上，也不知怎么的，想到电视里有人把麻药放入水果，把人麻醉后行凶的事，我就从这里开始了我的奇想。

我想：麻药在水果里是很容易被发现的，要是水果本身就是能麻醉人的，就不容易发现了。接着我想到了生物课上关于植物导管的实验。把植物的枝条放在红墨水里，红墨水通过导管进入枝条，渐渐地，叶脉变红了，花也红了。嗯，我们可以用麻药的溶液来浇灌树木，这样水分蒸发了，麻药就留下了，这样果实里也就有麻醉剂了。那其他药品也可以照葫芦画瓢啊。哇，以后会有青霉素桃子，止咳灵苹果……大家不都爱吃"药"吗？但是，为什么没人做呢？嗯……哦，明白了：我们如果用药品浇灌，溶液浓度就必定大于植物细胞浓度，这样植物细胞就会失水死亡。我们用来做实验的枝条就枯萎了嘛！

伸个懒腰，想想自己那个不攻自破的怪想法，不觉好笑，但如果我没学过生物学，就不会有这份乐趣了。

这段"白日梦"似的"晨间奇想"，再次证实了我们长期观察婷儿得出的一个结论：婷儿不大可能献身于自然科学。因为她还没有表现出来对自然科学强烈而持久的研究兴趣。但20天后的又一篇"片断练笔"和此后的很多事例，却使我们又一次看到，婷儿在社会科学方面，已经表现出一种持续增长的强烈兴趣——

我倒垃圾时，时常会遇到一个捡垃圾的老太婆。我觉得她好可怜，大概是个孤老太婆吧！不然怎么会一大把年纪还干这种又脏又累的苦活儿呢？

有一天，我放学回家，看见那位老婆婆正弓着腰在垃圾桶里刨。只见她的银发胡乱地盘在头上，黑黄色的脸上布满了皱纹，好像在述说她所经历的辛酸与挫折。她穿一件破烂的蓝围裙，脚上蹬一双旧军鞋，大脚趾从破洞里伸出头来。

我忍不住走了过去，带着好奇心问："老奶奶，您这么大年纪了，怎么还干这样的活呢？"那老太太看了我一阵儿，摇了摇头，叹了口气说："要生活呀！""那您有儿女吗？""当然有，三个儿子，一个女儿，如今都成家立业了。"原来她不是孤老太婆呀！我想。"那您怎么不在家里享天伦之乐呢？""天伦之乐，"老太太重复着，苦笑着说，"他们一个个儿都大了，哪个还会想着我这个老婆子哦！他们都不想养我，当我是废物。我这把老骨头还有口气，还要吃饭哪，不干这个，还能干啥？"

我听说老婆婆的子女如此不孝，十分气愤，我说："那您可以去法院告他们，他们这可是违法呀！""唉，"老太太又叹气了，"都是身上的肉啊，怎么舍得呢？这一告，关系就更糟了，而且，孩子们的脸往哪儿搁呀！"我心中一下冲动起来。我跑到家里挑了两个最大最红的苹果，放到老太太手里说："老婆婆，这两个苹果送给你。"老婆婆用那双发颤的手接过苹果，激动极了，什么话也没说，默默地转过身走了。

我心中不由起伏不定。我想，在我们这个提倡孝敬父母的社会里，还是有些老人像那位老婆婆一样，受不到照顾，得不到温饱，饱尝辛酸，却仍事事处处为儿女着想。我想："我能为他们做些什么呢？"

这样的故事和这样的心情，在婷儿中学阶段的日记上还有很多，比如为失学儿童呼吁的《让 32 号早一天来临》，提醒人们关注世界饥饿问题的《"饥饿宴会"听后感》，等等。每当看到这样的作文，我们都会顺着婷儿的思路和她一起关注、探讨，以此强化婷儿对他人生存状态的关心。我认为，关心他人绝不是单方面施惠于他人，恰好相反，由于那些被关心的人给了婷儿一个摆脱自私心态的机会，我们应该感谢他们才是。

从关心他人开始，婷儿开始关心周围更宽广的世界。这些对她高中阶段的立志，无疑是很好的铺垫。

我们在鼓励婷儿这样做的同时，也设下了一个必要的界限——在关心他人时，一定要对不安全因素保持足够的警惕性。安全是优先于一切的需要。在一个对孩子们充满危险的世界里（对女孩子尤其如此），这是使孩子们能顺利成长的起码"底线"。

早恋，预防在萌芽前

早恋在中学生里是一种"流行病"。在我写这段文字的时候，就有一位忧心忡忡的母亲，跟我有过一次电话长谈，她年仅 12 岁的女儿正开始陷入早恋……

对中小学生来说，早恋，就像希腊神话里的"潘多拉盒子"。谁要是打开了它，里面藏着的各种灾祸就会纷纷飞出，对孩子的未来造成种种损害。不幸的是，即使是在管理最严格的中学里，早恋现象也时有发生。而且现在的中学校园，早恋现象比婷儿上初中时更严重了。所以父母应该帮孩子把这只"潘多拉盒子"锁紧。

婷儿考进外语学校不久，学校特地召开了一次初一年级家长会。会上，经验丰富的陈昌华主任给家长们打了一针预防针：

"……大家可以想一下，从初一到高三毕业，6 年哟！这么长时间天天见面，男生女生，可能难免会产生一点感情。"

接着，他加重语气，强调了他的结论："对有些娃娃来说，可能会发生早恋问题！"这句话，听得人心里"咯噔"一跳。

早恋，正是我们所警惕的大问题之一。我当年教过的学生中有一个小女孩，模样乖巧，眼睛亮亮，非常聪明，可是到初二年级，她开始接受了一个男生递来的条子，然后就是"情书"往还，继而又发展到在校外约会。她的成绩像坐滑梯似的，一垮到底。而且当局者迷，许多劝说，全不奏效。

为了预防婷儿陷入早恋，我们反复分析了早恋发生的原因，以便能更有针对性地找出预防措施。

我们看到，早恋一般有三方面的原因：

首先，孩子生理和心理发育到一定程度，难免会对异性产生好感，继而产生某种感情。

两千多年前的《诗经》上就说"窈窕淑女，君子好逑"。那是人的本性使然，有它的必然性和合理性。关键是孩子对内心产生的萌动采取什么态度。而家长只要措施得当，就可能对孩子的态度产生积极影响。

其次，不少影视文艺作品、流行歌曲，对早恋也产生了推波助澜的消极影响。

最后，同学间的消极影响，也不可低估。

当早恋成了孩子们眼中一道越来越常见的"风景线"，当孩子朝夕相处的好朋友，或者一向仰视着的尖子、"班花""帅哥""靓妹"们居然也参加到早恋的行列中去了，对孩子心理上的冲击和诱惑是相当可怕的。不是有句话，叫作"榜样的力量是无穷的"吗？这时，如果又冒出来一个还不让人讨厌的异性同学，又是递条子，又是送卡，上面抄着让孩子们怦然心动的一串串酸诗酸句，再配上倾慕的眼神、讨好的微笑和无穷多的小殷勤……孩子就此迅速"缴械投降"，那也是不奇怪的。

如果孩子已经陷入了早恋，劝他们回头就难了。容易奏效的办法，显然是"提前预防"。既然如此，我们决定开始给婷儿打"早恋预防针"。

早恋预防针之一：影视文艺作品，是生活的"哈哈镜"，只能作消遣，不能当成人生的教科书。

作为文学和艺术类杂志的编辑，我们有一个多数人没有的便利条件——我们非常了解各种明星和艺术作品的"生产过程"。

我们开始有计划地告诉婷儿，音乐、影视作品和言情小说，对很多唱片公司、影视公司和出版商来说，只是被看作生意而已。既然是生意，根本的目的就只是为了赚钱——越多越好的钱。于是，公司包装明星、宣传明星、炒作明星，使明星们都能拥有大量的"歌迷""影迷"。"迷"们的钱包，就是公司老板的财源。这些文艺商品有时引起的负面影响是相当大的。比如一群日本女影迷就组织了一个"成龙不嫁团"，甚至还有女影迷为他而自杀……每当追星族发生了不幸的事件，明星们不仅毫发无损，还会证明他们的"魅力"，引起新的轰动，好为公司赚到更多的利润。

此外，婷儿从小就见过许多名人，包括各式各样的"星"，这也有助于她更理性地看待"星"们的魅力。

在大量事实面前，婷儿渐渐形成了自己的观点——对流行歌曲"可喜欢而不可入迷"，对歌中的寓意，要保持头脑清醒，不能糊里糊涂被牵着鼻子走。对言情小说，婷儿一开始就不感兴趣，至于那些编造的风花雪月、缠绵悱恻，婷儿总是抱着一种嘲笑的态度。因为她从小就听惯了我们对言情小说的剖析。这也说明了耳濡目染、潜移默化的作用。

在这个基础上，我帮婷儿总结出一个重要的结论，用红笔抄出，贴在墙上："影视文艺作品，是生活的'哈哈镜'，只能作消遣，不能当成人生的教科书。"这一条总结，对早恋的外在因素起到了"釜底抽薪"的作用，它把某些影、视、书、刊、歌包含的不良影响挡在了门外，滤除了很多有害的误导。

早恋预防针之二："恋爱游戏"陷进去容易，可要想拔出来就没那么容易了。

一个周末，婷儿从学校回来，小嘴巴"哇啦哇啦"，又讲开了学校的逸闻趣事。

"你们知道吗？现在我们班有人提出来一个口号：早恋是有害的，所以呢，当然就不应该去做啦。但是可以做点恋爱游戏，双方都不当真。这样既可以避免早恋的害处，又可以享受到恋爱的乐趣。你们说好不好笑？"

爸爸妈妈都没有笑，心里多少有点发紧——等了这么久，早恋这只"九头怪兽"，是不是真的露头了？而且看来，这番歪理对婷儿并非没有吸引力。

那天，我们跟婷儿做了些分析：

——你们这位"游戏理论家"恐怕不知道，这种游戏陷进去容易，可要想拔出来就没那么容易了。或者是你不想玩了，让对方心生怨恨，轻者纠缠不休，重者杀人毁容，这样的案例报刊上时有刊登，谁能保证自己的游戏，不会以这种悲惨的方式告终呢？或者是你还想继续，别人却不想玩了，失恋的滋味儿也是很痛苦的。你曾在上学的路上看到过几个蓬头垢面又扎花戴朵的"花疯子"，那都是因为恋爱游戏的对方考上了大学，自己考不上，结果失恋而疯的。

婷儿没想到游戏的后面，还有这么多麻烦的后果，至少已经从理论上感觉到："恋爱游戏"不是好玩的。

早恋预防针之三：既不要因为同学们乱起哄而弄假成真，也不要让别人因为错觉而抱幻想。

那次谈话后，仍然有迹象显示，婷儿对这类事情的注意力有增无减。每次从学校回来，她的话题中，同学中的这类逸闻占的比例仍然不少。（这种时候，我非常庆幸在小学提前强化了婷儿与父母交流的习惯，否则，很可能在早恋发生后很久，我们仍被蒙在鼓里。）

不久，我们又听到了一些更具体的情况。班主任李老师告诉我们，婷儿在班上跟一个男生接近得有点多。这名男生在学校的女生中还小有名气。而且，对他和婷儿的接近，班上也有了一些起哄式的风言风语。

李老师说的情况，引起了我们的重视。我们分析的结果，认为婷儿肯定还不会到真正早恋的地步，这还只是男女生之间的一种好感，觉得在一起谈话新鲜有趣而已。此外，那位男生在女生里的"名气"也引起了婷儿的好奇心。她想看看此人究竟是何许人。不过，要是发展下去，结果就难说了。

考虑的结果，决定趁种子还没发芽，就把它消除掉。有一句古代格言，叫作"两叶不去，将用斧柯"，意思是说，解决问题在萌芽阶段要容易得多。于是，就商量好由妈妈出面，在那个周末跟婷儿做了长谈。跟女孩谈这些事，妈妈更方便。

妈妈单刀直入，跟婷儿提出了老师和同学们的反映。妈妈首先肯定，这在现阶段还不算什么问题。但是，在少男少女中，有些早恋，就是因为同学们乱起哄，促使当事人弄假成真的，初中生因此而陷入早恋的不少。你要懂得这个常识，不仅自己不要弄假成真，还要避免给别人造成错觉，以免让别人心存幻想。

由于以前打过不少预防针，妈妈的态度又很客观，婷儿也心悦诚服。父母建议用"矫枉过正"的办法迅速解决问题，得到了婷儿的赞同。她立即开始疏远那位男生，两人之间曾经有过的嘻嘻哈哈的气氛不复存在了。同时，她还举一反三，在跟其他男生打交道时，也更注意分寸，学会了保持"等距离交往"。

早恋预防针之四：早恋必然会影响人生奋斗目标。

早在婷儿上小学时，我们就有意常在她面前评论报刊影视上的早恋现象，使她很早就留下"早恋不好"的印象。上中学之后，我们便正面给婷儿说明早恋可能产生的种种恶果：

其一，早恋必然会影响人生奋斗目标。比如说，你的目标是北大。可是如果陷入早恋，那不就等于主动退出考北大的竞争吗？你愿意吗？此外，我们还举了不少实例，让婷儿看清这一恶果的普遍性。事实上，确有一些中学生被幼稚的感情所扰，错过了本来属于自己的机会，等到高考落榜，感情受伤，这才看清自己的损失有多大。

第二，早恋就像隔着口袋买蛋孵鸟，无法预测孵出来的是什么。这是因为中学生尚处在非常不确定的人生旅途中。他们的性格特征、道德面貌、社会生存能力、未来职业甚至工作地点，全都难以预测。现在去谈"恋爱"，就像隔着口袋买蛋孵鸟。你以为买的是天鹅蛋，结果孵出来一看，却是蛇蛋、鳄鱼蛋、乌鸦蛋。那时候，你怎么办？

第三，早恋极少有好结果。因为凡是以盲目迷恋开始的事物，必然是越清醒，就越看得清它的无价值之处，也就越会离它而去。再加上早恋妨碍了双方的学业，损害了双方在社会上的生存能力，将来就算不分手，也难免因为生活窘困而陷入"百事哀"的境地。一个愁云密布的家庭，还能谈得上什么幸福吗？相反，两个人都会充满悔恨地想："难道这就是当初我不顾一切追求的结局吗？我当时怎么会那么蠢！"

第四，早恋还可能包藏杀机。不信吗？东北就发生过一个真实的案例——有一位高三男生，成绩不太好。另一位成绩拔尖的女生，完全是出于好意，主动帮他辅导功课。没想到，这位男生却误以为女孩对他有爱意，陷入了单恋之中。女孩发现后，开始有意疏远这个男生。陷入单恋不能自拔的男生，又认为是女孩变心爱上了另一个成绩优秀的男生。他决定以死来报复两个"仇人"。于是，在谁都没有想到的情况下，血淋淋的悲剧就当着全班同学的面发生了。那位"失恋"的男生拔出刀来，狠狠刺向两个毫不知情的好学生，当场杀死了那位无辜的男生，好心的女生也被刺成了重伤。有些不理智的迷恋之情，就是这样包含着偏执、狭隘甚至凶残的。这也是一个可怕的规律！

除了系统地跟婷儿谈话，平时我们还收集了不少事例来加深婷儿的印象。事实证明，"提前预防"的对策十分有效。在整个中学阶段，婷儿都没有真正陷入过早恋的泥潭。这使她身心得以健康成长，人生的目标没有受到损害。如果早恋已经发生，父母和子女之间就很容易出现激烈的对抗，事情就远没有那么轻松了。

女孩漂亮，就有几分险

婷儿长得漂亮，这一点，不必等"女大十八变"，从小就已经很明显了。

不少人认为，美丽是女性的财富。也许这句话有一部分是对的。不过，多年的阅历告诉我，很多情况下，事实并非如此。对一部分女孩而言，她们的美丽反倒有可能意味着坎坷与不幸。而且在市场经济条件下，这样的概率就变得更大了。

通常，形象出众的女孩中，就不大容易有真正的才女。因为美丽带来的过多宠爱，往往使她们容易变得既骄且惰。这也就从根本上剥夺了她们成才的可能性。

没有真才实学，又必然带来另一个危险的副产品——不得不依附于他人。这就像那些藤蔓类的植物，自己站不起来，就不得不攀着其他的竿子、架子什么的往上爬。那么，万一攀错了地方呢？万一竿子倒了，架子垮了，又怎么办？

美丽也是一种寿命不长的"有限资源"，一旦它像残花一样枯萎了，像秋叶一样飘落了，又去靠什么？

美丽还可能带来其他意外的灾祸。这样的例子，几乎每天都在以悲剧形式上演着。

所以，我们从婷儿很小的时候起，就用三个办法不断淡化她对自己容貌的重视。

一是由我这个做爸爸的适时夸奖婷儿漂亮，让她习惯于来自异性的称赞，日后听到别有用心的赞美，感觉就会麻木得多，不至于听几句甜言蜜语就分不清东南西北。

二是直截了当地告诉她，漂亮并不能为你的奋斗目标加分，你必须始终把注意力放到提高自身素质上去。

三是让婷儿衣着尽量简朴，发式尽量简单，从不花枝招展，避免以外形引人注目，增加不安全因素。

在小学毕业前，这一战略一直实施得很成功。

不过，随着婷儿一天天长大，光靠"淡化"的方法，已经渐渐不够了。尤其在住校后，随着年级的升高，以及她的名字经常出现在各种学科竞赛的得奖红榜上，婷儿的"知名度"越来越大。特别是婷儿演过电视剧《苍天在上》以后，不少低年级女生公开宣称"刘亦婷是我的偶像"，还有好几双高、初中男生的眼睛在热切地追逐着她。亲友见面，也免不了有人夸奖："婷婷越长越漂亮了！"同学新年送贺卡时，也有人不无欣赏地称她为"你这个大美人"。到了初中后期，婷儿甚至得了个美称——"美人鱼姐姐"。

这样下去，久而久之，还是有可能生出"骄、惰"之气。一旦劣根生成，要想拔除就难了。聪明的办法还是未雨绸缪，提前预防。

如果说以前我们实行的"淡化"政策，还带有几分回避色彩的话，那么现在就需要有一把外科医生的手术刀，把与漂亮有关的癌瘤一个个解剖开，血淋淋地展示那些致命的病灶，使婷儿能终生引以为戒。

于是，我根据自己的多年所见，分析了那些薄命的"红颜"们是怎样不知不觉地产生劣根，养成恶习，最后一步步毁掉了自己的。并把我总结的"红颜薄命"的内在原因，写进贴在穿衣镜旁的"格言栏"里——这是我针对逆反期特点设计的"间接交谈法"，我让婷儿每周回家时，静静地看一遍，独自想几分钟。用这种方法让婷儿掌握与女性美貌有关的一系列社会规律：

"红颜"多薄命，主要怪自己。

因为从小受宠，使之任性，并惯于少劳多获。

实力不足，使之贪"捷径"，慕虚荣，抱"大树"。

少实干，缺磨炼，短见识，使之不能识人察事。

鬼蜮迭至，伎俩百变，使之穷于应对。

偏执任性，使之拒绝逆耳忠言。

爱幻想，使之只见鱼饵香，不见鱼钩险。

意志薄弱，使之难抵诱惑，遇攻便投降，一败就涂地。

治疗"红颜病"的药方：

使自身具备足够实力，

消除"红颜"弱点，

深入了解社会，

重视父母逆耳忠言。

　　为了强化效果，在随后的一年多时间里，我们经常谈到这段话，并反复探讨过各种各样的实例。有一些"红颜"式的悲剧，也是婷儿所熟知的，令人有扼腕之痛。

　　20 世纪 80 年代初，我曾见到过一位漂亮的女大学生。她毫不顾忌地公开宣称，宁可嫁一个暴发的文盲个体户，只要能让她过上舒服日子就行。她是我见过的打算以美丽为商品的第一人。此后，随着这种现象的不断增多，我早已学会见惯不惊了。

　　如今，有关"红颜"们的悲剧故事，已成为所有消闲类报刊不可缺少的基本题材了。它们的泛滥成灾，反映了红颜悲剧的大规模、高频率，真让家有靓女的父母心惊肉跳。这就更使我们对之警醒。

　　一个女孩，虚荣心重就要栽跟头，偏执任性就要栽跟头，好逸恶劳也要栽跟头……只有自强不息，才是女孩子的立世之本。这就是那些悲剧给我们和婷儿的启示。

　　把自身实力和素质作为基本的战略目标，此后成为婷儿更加自觉的努力方向。

后来，尽管她向往的未来职业有过多次改变，有过大幅度的跳跃，她想过将来当科学家，当教师，当学者，但是"自强不息"这一点，却从来没有动摇过。

传授学习方法，在竞争中保持优秀

在我国现行高考制度下，好成绩是进入理想的大学、实现人生目标的重要手段之一。即使是在发达国家，出色的成绩对孩子前途也有很大影响，一流大学往往把学业能力列为录取的重要条件之一。在各国形形色色的考试制度背后，是现代社会为了正常运转而产生的对各类专业人才的需求。因此，掌握知识的能力和应试能力应该在素质教育中占有必要的比重。既然如此，我们当然希望婷儿在激烈的竞争中仍能成为成绩拔尖的学生。

需要强调的是，我所指的应试能力，是建立在两个基础之上的，一是掌握知识的主要目的应该是学以致用，应试能力仅仅是学习知识的次要产品。二是其他的重要素质应该同时得到全面均衡的发展，而不应只顾学习。在与婷儿谈话时，这两条原则经常结合具体问题被反复强调。婷儿学英语的主要目的是在听、说、读、写4个方面实现"用英语无障碍地交流"，而不是分数。学历史的主要目的是了解社会发展规律、了解不同民族文化形成的深层原因。她学语文，主要是为了提高规范的中文表达能力，同时也把语文当作文化现象、思想修养和文学审美课来学。其他一些学科也有相应的实践目标。这使婷儿的学习方法、侧重点和效果，与单纯的应试学习有所不同。

要想在中学阶段继续保持优秀，可以有两种不同的做法。

一种，是采取"推着走"的办法。哪道题不会，就给孩子讲哪道。哪门功课不好，就帮孩子补哪门课。家长就像"消防队"，哪儿有火就往哪儿跑。这种方法，也能把成绩搞上去，但是孩子会缺少后劲，一旦推力消失了，成绩就会垮下来。显然，婷儿不能走这条路！

更理想的办法，是给孩子自主前进的动力，让她有足够能力去自主解决学习中遇到的各种问题，并在激烈的竞争中获胜。为了这个目的，我从婷儿小学高年级起，就采取多种措施强化她自主学习的能力。进入初中后，婷儿的自主学习能力开始发挥更大的作用。

由于婷儿的同学们在小学差不多个个都是尖子，婷儿刚被外语学校录取时，在同学中的名次还只是中等偏下。为此老师不止一次提到婷儿"入口低"的问题，可是初一上学期才短短两个月，在第一次期中考试时，婷儿就冲进了全班前十名，超过了前不久还领先于她的大多数同学。其中起作用的因素，就是自主学习的能力。

对婷儿的这个成绩，有的老师一时还持保留态度，说："这里面有偶然性。"可是到了两个月后的期末，婷儿依然是尖子，老师才对婷儿的学习能力有了信心。后来，在整个中学阶段，婷儿的成绩都一直稳定在优等生行列中，而且越学后劲越足。这除了她在小学高年级储备了较强的竞争实力外，还跟中学阶段我们向她传授了更多的学习方法有关。

限于篇幅，下面介绍我曾经传授给婷儿的各种学习方法中的一部分：

首先强化的是自学能力。

这是因为，从初中开始，需要自学完成的课业比重将会越来越大。如果想当优秀生，就需要比一般人有更强的自学能力，才能自己给自己"开小灶"。如果把眼光放得再远一点还会看到，在知识经济时代，知识老化和更新的速度是非常惊人的。可能在大学一年级才学到的知识，等不到大学毕业就已经老化过时了。对很多人来说，学习变成了终身的任务。这就对自学能力提出了更高的要求。

有一次老师要求每人写篇应用文。婷儿从来没写过，一时觉得"狗咬刺猬"，找不到地方下嘴了，就跑来找我。我没有给她讲一个字，而是随手从书架上抽出来一本《应用文写作概论》递给她。

"啊！有没有搞错？"婷儿一看是大学用书，惊呼起来。"我是初中生呀！你还没忘记吧？"

"所以说，这本书足以满足你的最高要求啰。难道还不值得看吗？"我笑着说。

婷儿被这么一憋，只好老老实实地拿书去看。先还在嘟嘟囔囔地不高兴，可是看着看着，就看懂了几分，有了兴趣。哟，原来自学也没什么了不起呀。她对自学增强了信心。这样的事越来越多，加上我不时跟她讲些自学的方法，婷儿的自学能力有了显著提高，对成绩拔尖起了很大作用。

其次是系统掌握了一套记忆技巧。

初中课程和小学阶段有一个重大区别，就是记忆量的成倍增加。而且到高中，到大学，以后每跨上一个新台阶，记忆量都可能翻倍。如果不掌握一套科学的记忆方法，一定会学得既吃力，效果又差。婷儿在小学五、六年级时，就掌握了一些初步的记忆技巧。可是进入初中就显得不大够用了。为此我专门抽时间，把那些对她有用的记忆技巧精选出来，从理论原则到具体事例，为婷儿逐条做了详细讲解。不仅这样，还要求她记笔记，并通过复习加深印象。然后，有机会就拿来用，直到习以为常为止。

此后，按科学的记忆原则去学习，渐渐成了婷儿的自觉安排。复习功课时，要讲究是否在 16 小时以内，免得遗忘率增加。遇到大量重复的术语，就采用浓缩法去记，免得白白占用宝贵的记忆空间。遇到长段子要记，就先分析其中各部分的不同特征，免得一锅糨糊越记越糊涂……

本来，每个人的时间都是一个恒量，用掉一小时就少一小时。可是记忆方法变科学了，一分钟能起到两分钟的作用，于是能够有效支配的时间总量就增加了。这不仅有利于学好功课，还能腾出时间更全面地发展自己。所以掌握记忆方法，可以看作是一项有战略意义的措施。

提纲挈领地学习，是又一个重要的学习方法。

我曾经做过一个实验：一本大约 200 页的政治经济学教材，一个记忆力良好的成年人用了差不多 20 天去逐段阅读，等把书本一合，闭上眼睛去想，却可能什么都想不起来，只剩下一点模糊不清的印象而已。然后改用提纲挈领的方法去学，第一步先只看目录，抓住全书的大结构，第二步只看小标题和黑体字，弄懂每一部分的要点。这两部分加到一起，总共不超过三四页纸。即使是一个记忆力很糟的人，也能很轻松地看懂记牢。最后，才进入每一章节的细节部分，以便深入理解每一章节的内容。结果，只用了一个多星期，这位成年人不仅能清楚地理解并记忆全书所有的重要内容，而且能凭这一个多星期的学习成果去应考，实际上，他考出来的成绩还是高分。

为什么提纲挈领地学就能有更好的效果？因为这里应用了一个可以称

之为"抽屉原理"的学习原则。打个比方说：如果把全家所有的东西都堆在客厅的地板上，这间屋子一定会乱得可怕。要想在这个"大垃圾箱"里找出需要的东西，肯定会百倍困难。可是如果把所有的东西都分门别类，该进大立柜的进大立柜，该上书架的上书架，还有写字台的抽屉、壁柜等等，也都各司其职，再去找东西，还会困难吗？

提纲挈领，就是先记住装知识的那些抽屉、立柜、书架的位置，再往里装各章各节不同的内容，所以它能极大地提高学习效果。除了对英语课这样需要牢记每一个字母的课程不适用之外，它能较好地适用于中学以上的大多数课程。需要理解的成分占的比重越大，它就越适用。

这种方法，对婷儿的学习起到了"高效低耗"的作用。

补漏法，也是一个重要的学习方法。

即使是最棒的学生，学任何科目都免不了会有漏洞。如果打开课本，像海底捞针一样去找漏洞、补漏洞，效率一定很低。因为大量的时间是浪费在"查找"的环节上了。而漏洞的特点是"分散"和"少量"，根本不适合用大规模查找的办法。

我要求婷儿随身带一个"错漏本"。任何时候，不管哪门功课，发现错漏就往上记。"好记性不如烂笔头"，记下来以后，就等于把一百只水桶上的漏洞，都集中到一个筛子上去了，什么时候有空，就什么时候解决。一个错漏本，把分散存在的学习漏洞，变成了"集中看管"，给解决漏洞带来了很大方便。

这个方法的应用，使婷儿的学习效果进一步提高。

需要说明的是，所有学习方法的采用，都有一个重要前提，那就是婷儿对知识本身的浓厚兴趣。她喜欢学习，渴望优秀，并愿意为之付出多于常人的汗水。

婷儿的这种心理状态，使我们对她的学业长期以来一直采用"轻奖政策"。即使是她取得了比较大的成绩，比如全国物理竞赛二等奖这样的成果，我们也只是给她买一盒磁带、一副羽毛球拍之类微不足道的小礼品。因为获奖的快乐，已经成了最大回报，成就本身带给婷儿的满足感，是任何物质奖品都不能比拟的。

　　此外，对每一门具体课程存在的学习问题，我们一般采取"没有特殊情况就不介入"的方针。这是因为，中国的教育正处在不断改革和探索的过程中，每年都在变。不是身处教育界，就不容易把握住它的脉络和细节。如果盲目去辅导，就会造成跟学校的安排不同步的弊病，弄得孩子无所适从，反而不美。而成都外语学校本身又有相当好的各科老师。婷儿的勤学好问，加上我们所设计的各种学习方法，就已经足以把各门功课的具体问题解决在课堂上、校园里了。

　　这样，我们就能集中精力，着重在学习之外培养其他方面的素质。这也是婷儿的素质培养在中学阶段能够全面丰收的一大原因。

用成熟的态度处理人际关系

　　从婴幼儿阶段开始，婷儿就在接受做事讲究合理性的训练，这奠定了婷儿后来的好习惯。这种习惯也不可避免地引出了另一个问题——既然自己做事要合情合理，也要求别人做事同样合理。在小学阶段，因为不住校，这一点还不算突出。进入外语学校之后，情况就不一样了。同学们每天 24 小时在一起，这就像是把一大群小刺猬关进了同一个笼子。婷儿在处理人际关系方面，就显得对人有点不够宽容、不够成熟了。

　　婷儿所在的寝室本来卫生搞得不错，每次检查都得满分——10 分。可是有两天却连得了两次 9 分。婷儿是个做事认真的人，第一次还忍着，可是第二次就忍不住了。她没好气地对两个有责任的女孩小 S 和小 L 说："这个星期的清洁，由你们两人包了！"

　　"为什么？"对方不服气了。婷儿得理不让人，叽叽呱呱说了一堆理由。对方说不赢她，可是心里不服，小声嘟囔着很不高兴。

　　两个女孩的反应让婷儿觉察到，自己大概有什么地方做得不妥，可是又不知道该怎么做才对。她把这件事写进了日记，叹道："我真不知该如何处理这类事了。"

　　李老师看了，批了一句："要讲究点方式。"

　　又一次，峨眉电影制片厂派了几个人到外语学校，拍了婷儿年级的一班上英语课的情景。婷儿所在的二班，有不少小家伙眼巴巴地等着、盼着,以为这是"排排坐,吃果果",拍完了一班就该轮到二班了。可是,那帮人从一班出来,就开始收拾器材,一副收工打烊的样子,到了也没到二班拍半个镜头。二班的小家伙们大失所望,不少人都大呼"不公平"。婷儿也是其中一个。喊完了,她还觉得憋气,于是提起笔来,又把这件事写上了当天的日记,理直气壮地交到李老师手里:"我们班的同学都有些不平:为什么峨影拍那么多一班而不拍我们班?我并不认为出风头就好,但我认为要公平。"一副为民请命的架势。

在日记上面,婷儿意犹未尽,还画了一幅挺生动的插图:十几颗小脑袋瓜聚在一起,发出了不平的呼声——"凭什么?"

其实,事情原本很简单——学校的目的,仅仅是为了请峨影厂拍一位英语老师的公开课而已,跟婷儿他们班本来就无关。

婷儿这一类的抱怨一再出现。这引起了我的重视:

其实,我们自己就是不完美的人。我们生活在一个不完美的地球上。说到底,世界上一切丰功伟业,不都是由一群群不完美的人凑在一起干成功的吗!

正因为如此,不止一位专家断言,一个人的成功,只有30%靠所学的知识,70%则要靠处理人际关系的技巧。

既然如此,一个不甘平庸的孩子,就应当学会用成熟的态度来对待生活中一切不够如意的人和事。如果需要,就以有效的方式去推进它,改善它,而不是满腹牢骚,怨天尤人。

况且,很多让我们烦恼的东西,其实只是些无关紧要的小事,应该宽容处之。林则徐说过,"海纳百川,有容乃大"嘛。

宽容精神,既是中国优秀的传统文化中的一个内容,也是世界很多民族公认的美德。进一步说,宽容也是成就一番事业必不可少的心理素质。中国人爱说,"宰相肚里能撑船",美国很多名牌大学,也要求它的学生具有宽容的性格特征。这都是强调宽容精神对事业成功的重要性。

在这方面,我认为讲得最透彻的是明朝的学者洪应明,他的《菜根谭》是一本精彩的有关修养和人生的杰作,里面包含着许多对社会心理的深入研究,以及对人生规律的深刻总结。在宽容问题上,洪应明不像其他人那样,把宽容仅作为个人修养来片面地强调,而是牢牢抓住宽容精神与其他素质的辩证关系，把宽容与仁爱、正直、廉洁融为一体去认识。那正是我所希望的成熟态度。

正好，中学的古文课使婷儿读古文的能力也大大提高了。于是，我选择了洪应明的几段精彩的论述，抄录给婷儿看。

它们是：

"清能有容，仁能善断，明不伤察，直不过矫。"（清正但应能包容，仁爱但能决断，明察秋毫但不因过分而伤人，正直但不应做过头。）

"攻人之恶勿太过，当使其堪受，教人以善勿太高，当使其可从。"（批评他人的短处别过分，要让他受得了。让人做好事要求别太高，要让他做得到。）

"好丑心太明，则物不契。贤愚心太明，则人不亲。"（用苛刻的眼光去选东西，东西就不合用。用苛刻的眼光去看人的优缺点，别人就会跟你疏远。）

光有原则当然还不够，还需要通过大量实例来掌握这些原则。于是，每当婷儿对什么人感到不满或苦恼的时候，我们就在周末抽出一二十分钟跟她讨论分析，看看问题究竟出在哪里，用怎样的态度来对待最合理。

婷儿的领悟能力也很好，就像航船上有一柄灵敏的舵，很容易通过理性的方式拨动它。以后，那些无意义的抱怨就越来越少了。

再后来，她令人欣慰的表现越来越多，上高中后，婷儿已经很懂得识大体顾大局了。排演经典名著《简·爱》片段时，同学们都认为刘亦婷演过电视剧，是"当然女主角"，婷儿却主动选了个只有一句台词的小配角。婷儿告诉我们，作为排演英语小品的组织者，她最感兴趣的是让每个参与者都找到发挥特长的机会，让大家共享艺术创造的乐趣。

熟知骗子花招，确保人身安全

待人以诚，是中华民族传统文化中的一份宝贵遗产。它能增强人的亲和力，促进事业的发展，使自己的生活充满友情和温暖。千百年来，就连中国的商人们都懂得，要以诚为本，要童叟无欺，甚至把"诚"定为最重要的头条帮规。

从婷儿小时候起，我们就教她，待人一定要诚恳。为了强化她的这种态度，我专门写下了这样一句话，贴在大立柜上的"格言栏"里，让她每天都看一遍：

诚为本，术为末。诚则人多自附，术则物终不亲。

这里说的术，是指用手段。

但是，"诚"也是一把"双刃剑"，有其利也有其弊。一个只知道待人以诚，而不知道如何自我保护的女孩（当然也包括男孩），将会面临很多危险，有时甚至是灭顶之灾。面对暗藏危险的世界，很多家长教给孩子的自我保护知识，实在是太少了！

只要翻开报纸，打开电视，我们就经常可以看到一些令人不寒而栗的社会新闻：

前些年，武汉一位女研究生被一个年仅十几岁的农村小姑娘骗卖到农村。仅靠一招简单的骗术——诱以厚利，这个小人贩子居然就轻易得手了："咱们一起去做生意，跑一趟就能挣好几千！"于是，自信而又轻信的女研究生欣然入套。

前年，成都某高校女大学生小Y被拐卖一案，也引起了社会的关注。家在四川宜宾农村的小Y，1999年7月放暑假时外出打工，来到成都市九眼桥劳务市场找活干，碰到一个40多岁的妇女，谎称能帮她找工作，将小Y骗到了山西农村，卖给一个文盲为"妻"。无论是下跪求饶，还是割腕以死抗争，都不能感动"买主"分毫。先后多次逃跑均无结果，小Y含泪苟活，生不如死。在2000年的"打拐"战役中，她终于被警方解救出来。此时，她已怀有6个月的身孕。

还有更令人痛心的惨祸。北京，2000年5月19日至20日的夜间，一位品学兼优的北大行政管理系99级女生，在结束了一次考试后，由北大海淀本部返回昌平分校住处的途中，不幸被歹徒奸杀。这是一个惊动了国务院高层的命案。一个正待展翅翱翔的如花少女，就这样像无声的流星般陨落了，甚至没有人听见她生命最后一刻凄惨的呼救声。

同样悲惨的灾祸，是在光天化日之下降临到山西一位年仅24岁的女研究生身上的。1999年10月28日下午两点多钟，正准备去上课的她，遇到了一个自称是学生科工作人员的男子。那人以核对学费交纳情况为借口，把她骗到相邻的山西财经大学教学楼地下室，便欲施暴。她拼死反抗，被歹徒当场杀死，并被焚尸灭迹。

至于身边发生的、还没来得及被报道的各种天灾人祸，就更多了。曾有一位出租车司机告诉我，他所在城市的劳务市场，平均每天被骗卖到外地的女青年不下十几人，一年就是好几千人！

山西女研究生的惨剧发生后，许多家长都担心地给孩子打电话，告诫女儿千万不要轻信陌生人，更不要跟陌生人走……可是这种最基本的安全教育对那些被害者来说，却已经太迟了！她们本应从小就具有安全意识和防范能力。

因此，多年来我们反复告诉婷儿："灾祸的概率对没遇上的人是万分之几，对遇上的人却是百分之百。"为了最大限度避免灾祸的降临，我们从婷儿很小的时候就开始教给她各种自我保护的方法。

从幼儿园时期开始就告诉她：妈妈不会委托任何人以任何理由来接她，所以，谁打着妈妈的幌子来接她，都不能跟着走。为了加深印象，还"演习"了识别各种可能的骗局。

婷儿从小学二年级就独自坐公共汽车上学，一天来回四趟，每星期六天，风雨无阻。如何防止被拐卖，仍然是一个大问题。为了提高她的警惕性，我们经常用报刊杂志上拐卖妇女儿童的案例做教材，分析骗子常用哪些骗术，被骗的人自身又有哪些弱点容易上当受骗。

我把避免出意外的原则归纳为两句话：一、危险的地方不去；二、不贪图任何"好处"。从小到大反复强调，使婷儿学会了抵御利诱，识别居心叵测的花言巧语。曾有一次，正读小学四年级的婷儿和要好的女伴一起到锦江边去玩，遇到了一个不怀好意的成年男人，婷儿拉着女伴，机灵地摆脱了那人的纠缠追逐。

婷儿上小学时，由于我们忙于工作，中午她常常独自在家。为了防止意外，我们还给她规定了一条："独自在家时不给任何人开门。"这一条看起来有点过分，其实非常重要，以不变应万变，可以避免把安全问题复杂化。

后来，婷儿上了初中，人越长越高，样子也越来越像大姑娘了。这时，需要她了解的安全常识也更多了。除了防备交通事故和人贩子，还要防备被男性坏人欺骗和伤害。由于妈妈在婷儿 3 岁的时候就进行过性知识的教育，婷儿接受这种教育比其他女孩容易得多。

妈妈在婷儿第一次问"孩子是怎么来的"和"非礼是怎么回事"之类的问题时，总是按早教专家的建议给予科学的回答——早教专家认为，越早越坦率地告诉幼儿这些常识，对孩子的心理冲击就越小。每次进行了类似的谈话，妈妈都要提醒婷儿：这些问题只能问妈妈，不能跟别人说，因为中国人的习惯是不跟小孩说这些，你要是说这些，别人会说你是"怪物"。这种习惯虽然不对，我们也改变不了，但妈妈愿意回答你的任何问题。

这样做带来了一个重要的好处，那就是婷儿始终有一个了解科学的性知识的渠道，而且也习惯于和妈妈谈论与性沾边的问题。由于最秘密的话题总是留着和妈妈谈，也就不会有谁能在与婷儿交流的深度上超过妈妈了，这就排除了在性知识以及性观念上受他人误导的危险。

我的任务，则是让婷儿了解男性的各种心理特点，用各种前车之鉴使婷儿懂得，为了不引起不必要的误会和纠葛，需要注意与男性保持适当的距离。

这些做法，都有效地保障了婷儿的安全。而安全，是其他一切的前提和基础！

父母主动调整，改变沟通方法

也许有人会说：你们的很多道理我也向孩子说过，可孩子就是听不进去，他们总是说："同学都这样！"这种现象正是青春期的典型征兆。

为什么婷儿听得进我们的逆耳忠言呢？原因之一是我们针对青春期的心理特点，主动调整了跟婷儿沟通的方式方法。

由于中学生正处于"心理断乳"阶段，渴望用自己的眼睛去看世界，渴望按自己的想法来行事，必然会出现与父母的离心倾向。于是，同学的影响力上升，家长的影响力下降。他们自认为自己已经不小了，知道自己该干什么，于是常常本能地拒绝长辈的干预。这样的闭锁性，经常使当父母的感到焦急和无奈。

为了在婷儿的逆反期继续指导她快速前进，爸爸妈妈一起研究了一套办法，很好地解决了与婷儿保持有效沟通的难题。

一、以平等的态度和孩子打交道。

为了化解逆反期的抗拒心理，家长应该痛快地放弃"命令式"的态度。这种方式到小学高年级，就已经像清朝的辫子一样，过时了。家长对孩子一定要有平等的态度。不要假平等，而要真平等。不仅要语言上的平等，更要行动上、内心深处的平等。

二、用对待同事的方式和孩子谈话。

为了保证做到真平等，我们要求自己把婷儿看作单位上的同事，这样，在和她相处、交流时，就不会无所顾忌，而且会讲究谈话的时机和方式。因为与同事相处是需要尊重和技巧的。对同事你就不能随便发脾气，而会主动想办法与之沟通，把握分寸。

三、要求孩子用对待学校老师的方式和父母谈话。

怎样让已经是中学生的孩子继续重视家长的意见，这也是保持沟通的重要因素。我们反复要求婷儿把父母看作学校的一个老师。因为中学生也许不怕得罪父母，但多半不愿冒犯老师，不会用无所顾忌的态度去顶撞或干脆不理老师。婷儿学会了用有所顾忌的态度与家长平等交谈，大大减少了发生争执的机会，谈话变得更有效，也更愉快。

四、耐心等待"同事"转化为知心朋友。

当孩子习惯于用成人的方式与你交谈后，父母的爱就不再是一种压制孩子的权利，孩子反而能更真切地体会到亲情的难得可贵，同事的方式自然就会转化为朋友式的关系。尤其当他面临棘手问题时，他会很信任地告诉你，征求你的意见。现在婷儿虽然远在哈佛，但仍然和我们保持着朋友式交流的习惯。一旦孩子与家长形成了朋友式的深层次交流，双方都会意识到，这是多么幸福的事。

五、"有限满足""抓大放小"，尽量"放权"。

人在青年期最爱追求独立，争取"解放"，干什么都想自己试，不希望他人干涉。对这种心理，应该给予"有限满足"。我建议婷儿妈妈把婷儿有把握做好的事全都交给婷儿自己去管。比如日常穿衣，过去全都是由妈妈安排，具体到哪天穿哪套衣服哪双鞋。现在就由婷儿自己去决定一切，但必须符合妈妈的衣着原则："不招摇、不生病。"如此种种，既培养了婷儿的生活自理能力，又减少了大量因小事引起的摩擦。出现原则问题时，既要讲原则，又要讲方法。往往讲方法比讲原则更重要。因为方法不对，伤了感情，原则再正确也卖不出去了。但是，也绝不要为了维持感情而在重大原则问题上迁就孩子的错误。因为一个大错误的后果，往往终身难弥。

六、承认"代沟"，求同存异，互相尊重。

我们经常提醒自己：人在青年期最喜欢新奇事物，尤其是父母看不惯的。如果你不想惹孩子反感，就不要轻易贬低孩子热衷的新奇事物。就是需要制止的事情，也应该先了解它，真正取得发言权再说。与同龄人无话不谈，却常常跟父母无话可谈，是初中生的"多发症"。形成的原因之一，就是与父母没有共同的兴趣。最理想的是，让孩子感到跟父母同样可以无话不谈，而且会同样愉快。与父母谈话的收获，往往是任何一个同龄人所不能给予的。为了尽可能多地跟婷儿保有共同语言，我们搞了不止一次"曲线救国"。婷儿爱唱《小虎队》的歌，妈妈也跟着学。学会了一串《青苹果乐园》之类的歌之后，再去评头品足，婷儿就容易服气了。

七、要集中治理，别零敲碎打。

对青春期的孩子有问题不要随口批评，而要专门谈话。一时解决不了的问题，别忙着"限期整改，强制执行"。孩子口服心不服，只能带来阳奉阴违的结果。所以只要不是紧急情况，就应该有等待的耐心。这次不行就下次，此时不听就改日再谈。只要你的要求真有道理，孩子是会逐渐认识到你的正确之处的。

小不如意时，要有雅量。无伤大雅的小问题即使孩子屡教不改，也不妨允许它暂时存在。毕竟"金无足赤，人无完人"是千古不变的规律。这就有利于集中注意力去解决真正重要的问题。

八、提前取得共识，多打预防针。

任何重要的事都不应事到临头再向孩子提要求，你希望他如何，就应该提前与孩子取得共识；你不希望他如何，也该提前对孩子说清道理。不要等问题出现后，孩子已经陷入"当局者迷"的境地，再跟孩子"针尖对麦芒"地交锋，这样只能让孩子恨你甚至离开你。有预见性的家长，应该争取把各种坏事都制止在发生前。

九、承认父母不是真理的化身，有争论时也要考虑自己是否有错。

孩子在未成年前尽管需要父母的监护指导，但父母也不可能是"常有理"。当发生争论孩子觉得不服气时，也需要想想自己是否有错，孩子是否有理。父母有错就改，也为孩子树立了有错就改的好榜样。

第八章

出演《苍天在上》，参与社会实践

婷妈妈刘卫华的话

如果问我们有没有"扼杀"过婷儿的正当兴趣？答案是肯定的。那就是，我们一直建议婷儿避免把表演艺术当作未来的职业。我们认为，这一行的成功太依赖他人，太依赖偶然性了，我们不愿意看到婷儿像无数条件很好的演员一样，最终落得个在演艺圈里"打艺术杂"的下场。

但是我们非常重视属于婷儿的每一个实践机会，哪怕是来自演艺圈的机会，只要能让婷儿扩大视野、增长才干，都尽量支持她去参与。我们相信，越是见多识广，婷儿的经验就越多，眼光就会越敏锐。这对将来投身于任何事业，都是很有价值的。所以，当我们接到邀请婷儿拍电视剧的电话时，并没有简单地加以拒绝。

巧结戏缘

说起婷儿被选中出演电视连续剧《苍天在上》市长女儿的事，还真用得上一个"巧"字。

《苍》剧到成都之前，四川电视艺术中心的陈主任在成都市外办举行的圣诞晚会上，碰到了刘亦婷和外语学校的一位美国老师。大家谈得高兴，便用"宝丽来"相机照了一张相。陈主任很喜欢这张照片，天天把它带在身上。

早春二月，正是成都梅香未散、海棠又红的时节，中央电视台的制片人、一级导演周寰率领《苍》剧的主创人员，从天寒地冻、草木枯瑟的北京来到成都。北方人最怕的是"成都的冬天屋里屋外一样冷"，为此，精明能干的制片主任老郭打前站的时候就看中了一环路外的成都电子科大宾馆，这里的标准间和普通间都有暖气，于是，成电宾馆的5楼和6楼被剧组包租了3个多月，成了《苍天在上》在成都拍戏时的大本营。

　　陈主任参加《苍》剧协拍工作后，周导对他说："剧组需要在成都物色市长黄江北的女儿小冰，你看周围的熟人家里有没有年龄合适的女孩？"陈主任立刻想到了聪慧大方的刘亦婷。他掏出那张圣诞合影递给周导说："你看这个女孩怎么样？"周导接过照片一看，马上说："好！这个小女孩形象很合适。"陈主任告诉周导："刘亦婷5岁时在四川电视台的儿童电视剧《跑跑的天地》当过群众演员，6岁的时候在四川省人民艺术剧院电视剧部拍的电视剧《桃花曲》中，演过小主角婷婷，只不过刘亦婷的年龄比剧中要求的小了两岁，不知道有没有妨碍？"周导说："没关系，你尽快带她来见我。"

接不接招

　　陈主任马上打电话和我们联系。刚开始，我还以为是那些乌七八糟的"草台班子"想找痴迷拍戏的女孩子，便一口回绝了。因为我们一直不想让婷儿涉足演艺圈，更不想让她在屏幕上扮演受欺凌、受侮辱的角色，哪怕是一号女主角也不行。陈主任急忙解释道，周寰可是中央电视台的名导演，他拍的电视剧《末代皇帝》不久前得了全国一等奖，他想让婷儿演的市长女儿小冰，绝对是正面形象……

　　原来是这样！我有点动心了，但仍没有答应他，我提出，看了剧本再决定。

　　我和婷儿的爸爸熬了一个通宵，一口气读完了《苍天在上》的19集分镜头剧本。我们都被作者强烈的社会责任感和使命感深深打动了。该剧成功地描绘了复杂的当代生活，用极大的勇气正视我们的社会，对腐败现象做了深刻揭示，触及了广大民众普遍关注的焦点问题。

　　我们认为这是一部难得的好剧本，具有现实的警世意义，婷儿如能参加《苍》剧的拍摄，不仅可以实实在在为社会进步做贡献，还能学到很多课堂上学不到的东西——爸爸常告诉婷儿：课堂学习在人的知识结构中最多只占到三成，社会实践才是更重要的大课堂。当我还在为婷儿会不会耽误功课而有些犹豫时，爸爸就先拍了板。他说："这个机会对婷儿的成长肯定有价值，应该支持她去！"我们初步商定，如果拍戏耽误的时间不超过一个月，而且试镜头也没问题，就支持婷儿去演"小冰"。

初见导演

电话联系好之后，婷儿周末一回家，吃完饭就赶到电子宾馆去见周导。周导和制片主任一见婷儿就乐了。制片主任说："14岁个子就这么高？演市长女儿正合适。"周导也满意地说："不错，样子挺可爱，发式也好，服装也像个中学生。"

我好奇地问周导："您为什么选中成都来拍《苍天在上》这部北方的戏呢？"周导解释说："这部戏男角多，女角少，男角的戏多，画面的色彩就少，要是在北方拍，五月份树木才发芽，冬天只有一片枯黄，就更没色彩了。"

婷儿也很好奇："南方的城市很多，为什么您偏偏选中成都呢？"制片主任插话说："这部戏不是商业片，经费不多，要是到上海、广东或沿海城市，每天吃住开销就够呛，哪还有钱拍戏呀？"

周导笑着说："我一接手这部戏，就老有人来劝我到成都拍、到成都拍。朋友们都夸成都景好，人也好，吃住也比别的城市便宜。再说成都既是现代都市，又是文化古城，新旧建筑都挺有特点，演员的素质比较高，女孩的形象也好，各方面的条件都比较适合拍《苍天在上》。我就下决心到成都来了。"

周导给婷儿介绍了与她有关的剧情之后，婷儿兴奋地表态："我有信心演好小冰。"接着就给周导讲起在学校编排英语小品的趣事来。周导饶有兴趣地听了一阵儿，乐呵呵地对制片主任说："我看她能行，她只要演自己就行了。"我问周导能否把婷儿的戏安排得集中一点，尽量少占上课的时间，这样才有把握得到学校的同意。周导说，他们正是这样安排的，因为演妈妈的大明星宋春丽（后来时间未赶上，换成了《武则天》中的"韩国夫人"穆宁）正在赶拍一部电影，恰好小冰的戏主要都是和剧中的妈妈在一起，只能等"妈妈"来后集中起来拍，正式拍摄时间估计不会超过15天。

既然机缘如此凑巧，还有什么可犹豫的呢！

得失之间

婷儿的学校对此事也很支持。李老师还给婷儿打气说："好好锻炼一下，我会安排同学帮你补上空缺的课。"我们《舞台与人生》编辑部也同意我这段时间不上班，让我在陪婷儿拍戏的同时，趁机进行跟组采访。

外地的演员基本到齐之后，负责召集演员的副导演王辉通知家住成都的演员们准时到剧组试镜头。

宾馆的一间会议室里架起了水银灯和摄像机，婷儿和其他演员们一个接一个地出现在监视屏上，周导紧盯着监视屏，不停地指挥摄影师和灯光师"近点"，"远点"，"来个侧面"，"来个特写"……

刚开始，婷儿在刺眼的灯光和众目睽睽之下还有点不自在，但周围的演员个个都镇定自若，婷儿也很快就适应了。我很想知道婷儿将要和一些什么样的人相处，就请王副导给我指点"这是谁？演什么？"认完演员，我发现，除了演林书记的高明和演夏志远的廖京生是全国知名的演员外，男一号和女一号都是很少在中央电视台露面的地方演员。我悄声问王导："现在拍戏很看重明星效应，你们的思路好像与众不同啊？"王导也悄声说："这个问题我们也考虑过。周导的意见是《苍天在上》的剧本好，是部捧演员的戏，应该借此机会推出几个新面孔，观众有新鲜感，觉得更真实，演员也红了。我们也赞成周导的想法。想当初，周导选陈道明来演电视剧《末代皇帝》的时候，也没什么名气。"我又问："北京是强手如林的地方，你们为什么选中陕西人艺的李鸣来演黄江北呢？"王导说："李鸣的形象很有棱角，观众看腻了以痞气取胜的表演，应该会喜欢黄江北身上的那股正气。"

这时，婷儿和"市长爸爸"李鸣试完镜走过来。李鸣说他对"自己的"女儿很满意，"瞧，我们的眼睛长得多像啊！"我由衷地祝贺他遇到了千载难逢的好机会。李鸣又得意又感慨地说："这个机会可是我苦苦等来的。以前我多次因为人在剧组脱不开身，错过不少好机会。拍完电影《炎帝传奇》之后，我下定决心不是好戏不接，挣不到钱也没关系。足有两年，我不知道推掉了多少片约，这才等到了黄江北这个好角色。"

——还没拍戏，婷儿就从"市长爸爸"那儿验证了我们的得失观：有得必有失，要为值得等的东西而耐心等待。

人生楷模

《苍》剧为了强调黄市长出身平民，与老百姓血肉相连，特地把他的家安排在街道居民大杂院里。电视里那个大杂院，就是华西医大的退休人员宋蜀芳老太太的家。婷儿很想知道：她怎么会有这么宽敞雅致的私家宅院？我鼓励婷儿利用拍戏的间隙自己去"采访"。宋老太太听说刘亦婷是外语学校的学生，便兴致勃勃地要婷儿用英语跟她对话。"采访"的结果，使婷儿和剧组成员都大感惊讶。婷儿在日记里写道：

……这位老太太家从明朝起连续13代都是知识分子。这位老太太已经是第14代了。她本人是华西医大毕业的，会说4门外语。取得过心理学和园艺学两个学位。解放前她在华西医大教心理学。解放后改行搞院校园艺设计。华西医大幽雅的荷塘、塔楼、花廊、绿地……都是她的得意之作。她家的楼房花园，也是她解放初期亲自设计，借钱修建的。

如今80高龄的她，却仍然行动自如，而且十分健谈。她谈到了她的家人。她的丈夫杜顺德是 Sc. D. Med.（医学科学博士），是当今医学界最高学位。他确定了"葫豆黄"这种病是由遗传产生，在广州一带救人无数，因此受到毛主席亲自接见，周总理国宴招待。

宋老太太的儿子继承父业，继续研究，为遗传工程再次做出贡献，并找出医治"葫豆黄"的良方，成功率达到99%，因此受到江泽民主席亲自接见，李鹏总理国宴招待。

现在，这位老太太的孙子、孙女住在国外。两个在日本，两个在加拿大，两个在美国，还有一个在澳大利亚，均获得博士学位。

末了，老太太说："我现在很幸福。虽然我没有什么钱，也没有什么名，但很快乐。金钱名利，都是带不来也带不走的，只有精神长存。我的儿孙就是我精神的一种延续。他们成才，我自然幸福。"

剧组的人们本来就十分感激老太太免费提供拍摄场地的高尚行为，没想到衣着朴素的成都太婆的家，还是个学者专家汇聚的人才之家。剧组的人们不由得交口称赞道："成都真不愧是座文化古城，一条普通的小巷里，都有这么了不起的老太太！"

——从此，这位学识渊博、经历不凡的女专家，就成了婷儿自己发现的人生楷模。

诚能动人

剧组在等待"市长夫人尚冰"赴蓉期间，已经把没她也能拍的戏提前拍完了。穆宁从北京飞到成都后，婷儿几乎每天都要在水银灯下陪"妈妈"辛苦十来个小时。时逢成都三月倒春寒。人们又都捂上了大衣或棉袄；演员穿着春装半天半天地拍戏，冷得够呛。

婷儿遇到降温的天气倒不怕，有我在一旁侍候着，导演一喊"停"，我就马上把棉袄给她披上。等到摄像师变了机位、调好灯光后，我再取下棉袄迅速躲开。穆宁羡慕地感叹道："咳，真是世上只有妈妈好啊！"我这才注意到，穆宁一直在硬着头皮忍着冷呢。一问才知道，穆宁出发前，听说成都桃花都开了，暖和着呢，就只带了几条裙子来，这几天穿的厚点的衣服，都是跟剧组的服装师借的。第二天，婷儿特地提醒我多带一件大衣到现场，同时侍候她们"母女俩"拍戏。剧组的人见了都说："哟，真妈妈在关心假妈妈呢！"我也笑着说："谁让小冰这么孝敬她妈妈呢！"

穆宁拍过不少电视剧，也曾因《季节深处》得过优秀表演奖，但影响最大的还是在刘晓庆主演的《武则天》中饰演武则天的姐姐韩国夫人。一位认识她的记者猜想她演了韩国夫人后一定沾沾自喜，就自以为是地写出来发表了。气得她哭笑不得，再也不接受别人采访，也不肯让别人写她了。这一回有感于我和婷儿对"假妈妈"的一片真心，穆宁终于松了口说："我在《苍天在上》拍戏的情况你们都看见了，你实在要写就如实写吧！"

——婷儿既看到了不负责任的记者对采访对象的伤害，又看到了真诚关心他人的感化力量，这都是课堂上学不到的东西。

不应遗憾

《苍天在上》在成都和都江堰市等地共拍摄了四个多月。婷儿时断时续地参与了一个来月。这段晨昏颠倒的生活，使婷儿真切地感受到了各行各业的艰辛。婷儿在日记里感叹道：

电视原来是看起来容易拍起来难。一个镜头要拍上五六次才成功，每个镜头光是布灯也要十几分钟，有的长达半个多小时。拍一个早晨出门的镜头，放映仅有五秒钟，拍起来却要四五十分钟。这使我联想到学习，其实也有许多相通之处。课堂上学一年，期末考不过几小时。苦读6年，高考一两天而已。

成功来自于长时间的努力。

在分镜头剧本上，小冰、妈妈和满江叔叔的感情戏分量很重——原来，作者和周导担心反腐败的主线太枯燥，有意用市长夫人的感情戏来调剂色彩增加吸引力。没想到全剧拍完之后，反腐败的主线就非常吸引人了，婷儿参与的感情戏反而有冲淡主线的副作用。经过再三讨论，周导终于下决心忍痛割爱，小冰、妈妈和满叔叔的不少精彩镜头都和感情线一起被剪掉了。

《苍》剧播出时，由19集压缩成了17集。婷儿为《苍》剧洒下的汗水和泪水，也被压缩了不少。可是全剧组的共同努力，却使该剧一经播出就在全国引起了巨大的反响。

——对婷儿来说，有多少观众记得住她一点都不重要，重要的是她记住了剧组成员们熬更守夜、不厌其烦、不计报酬的工作态度；记住了多部门进行复杂工作的协作精神；更记住了剧组所到之处，人民群众对反腐倡廉的倾力支持。

另有收获

《苍天在上》播出之后，在全国引起轰动。成都的媒体抓住与《苍》

剧的特殊关系大力宣传，婷儿似乎也变成了众人瞩目的"小明星"。那段时间，婷儿走到哪儿都能遇上好奇、羡慕的目光，听到探询、夸奖的话语。外语学校汪兴慈副校长也赞扬婷儿："就是要这样，学习拍戏两不误。"

对此，婷儿没有丝毫的沾沾自喜。在她心目中，出演《苍》剧只是一次有益的社会实践，一次集中学习社会知识的机会，而且从她告别剧组那天起，这一切都成了"过去时"。至于拍戏本身，婷儿也作出了自己的判断。她私下里告诉她的好朋友："千万不能干这一行，太浪费时间了，拍一两分钟的戏，调灯光、换机位的时间往往要用一两个小时，我可不愿意这样耗费宝贵的生命。"

拍摄期间，婷儿也接触到一些负面信息，写下了这样的感悟：

今天，剧组中的叔叔阿姨们在一起谈论演艺界中那些"大星""小星"们的钩心斗角。讲到为了争取当上一部戏的女主角，有的演员不惜使用任何手段。他们还谈到商场上的尔虞我诈，官场上的阿谀奉迎，贪赃枉法。我听了不禁十分怀念学校这片净土。在那里，努力的人成功，勤奋的人得到机会。他们公平竞争，不会受到社会上那些"其他因素"的影响，而产生不公平竞争。

我这才感觉到，这一段学生生活原来是如此可贵。我要好好珍惜这段"gold age（金色年华）"。

——除了在剧组学到的社会知识，婷儿最大的收获就是发现自己还有很大的学习潜力。她在拍戏的间隙一直在自学各门功课，返校后的期中考试还考了个全班第一。更让她高兴的是，拍戏期间去参加的"初中物理知识联赛"也赢得了全国二等奖。

第九章

高中阶段：走向成熟

婷妈妈刘卫华的话

初中毕业，婷儿轻松地通过了淘汰率 50% 的严格考试，如愿考上了成都外国语学校的高中部。她的下一个目标是北大。按照"法乎其上"的原则，我们还有一个"秘密"目标，那就是鼓励婷儿争取当"状元"。因为北大的热门专业在四川往往只招一两个学生，不考到全省前几名，根本就考不上。

而且，由于招生政策要考虑地域分配上的平衡，同样的专业北京考生 600 分左右就能被录取，四川考生 630 分也没希望。不过，对于这种不公平，婷儿已经有了成熟的看法："既然是无法改变的条件，那就让我们去适应它！"

怎么个适应法？只能是——比北京考生更努力。

可以想象，即将来临的高中生活该有多么紧张！

未开学，先"充电"

为了迎接即将来临的 3 年苦干，我们决定让女儿过一个轻松的假期，用 1 个月的时间到湖北看望姥姥、舅舅、舅妈和表兄弟姐妹，顺便在路上游山玩水。行万里路，也是一次观察社会与思考生活的好机会。与语文有关的知识积累，可以靠这样的机会来集中进行。

出发前，婷儿主动提出要妈妈在探亲途中帮她搞作文训练，从发现素材、挖掘主题，到安排提纲、组织语言。我们当然很支持啦。爸爸还建议说，为了提高效率，还是多搞口头作文训练，因为说一篇比写一篇要快好多倍。

婷儿和妈妈的行程，其实是一条热门的旅游路线：成都——重庆——三峡——武汉——西安——成都。来回一个月都是旅游旺季，一路上，遇到各种各样的事，接触形形色色的人，婷儿发现了很多好素材。妈妈要求她练习用四句短语说出一个完整的故事梗概，以此来训练她的"谋篇"能力。

由于嘴说比笔写快得多，妈妈和婷儿一路上至少搞了十几篇口头作文训练。其中有痛感长江污染严重的"母亲河的悲哀"，有钦佩从普通工人成长为计算机控制专家、大型国企厂长的"自学成才的大舅"，还有惊讶身为硕士的法国农民因为热爱书法又到中国留学的"来自法国的农民留学生"，以及赞叹不以权谋私的刘叔叔、石阿姨的"廉洁的总经理"……

回到成都后，恰好发行量数十万份的《华西都市报》新开了一个栏目："少年视界"。婷儿便选出了她觉得最有意思的3个材料写成作文，送给"校园内外"版的叔叔阿姨——并不是我们认识他们，而是希望他们在面谈时对婷儿的成熟程度有一个直观的了解，以避免像小学阶段把《喂蜘蛛》的日记寄给另一家报社时，竟以"像大人写的"理由被退稿。

很快，《华西都市报》就登出了婷儿送去的《鬼城的"鬼"花招》和《兵马俑外的"国际贸易"》两篇，下面是其中的一篇：

兵马俑外的"国际贸易"

兵马俑博物馆的外国游客真多啊！难怪馆外的民间工艺品市场这么兴旺，街道两旁的小摊多得挤成了堆又连成了片。

来的时候，游客一心想的是兵马俑，出来后，才会惊讶自己刚才怎么没留心这满街的精巧玩意儿。货摊上挂着彩布缝的各式挂件，有十二生肖，有蝴蝶，有金鱼。红的、黄的布老虎趴在摊子上调皮地看着过往的游人。最具特色的要数绣着老虎、蜘蛛、蛇、壁虎和蝎子的"五毒"帽，还有"五毒挎包"和"五毒坐垫"。当地人认为用这五种动物"以毒攻毒"可以辟邪。这些色彩艳丽、造型稚拙的"五毒"系列"土"得让人心醉。它们的设计者、制作者和贩卖者都是当地的农民。

我想买一顶"五毒帽"做纪念，正挑着呢，几个外国旅游团游完兵马俑次第走了出来。小贩们马上丢下国内的买主，抢先去做洋人的生意。小贩们手里举着五颜六色的挂件，挤在路边，一边用英语大声招呼着："Hello, hello（你好，你好）！""Cheap, cheap（便宜，便宜）！"一边忽抖忽甩地展示自己的商品。我身旁一位穿紫T恤的金发姑娘兴致勃勃地摆弄着小摊上的"五毒"系列。女老板的殷勤似乎丝毫不受语言的限制，薄薄的嘴唇反复重复着几个简单的英语单词："Beautiful（美丽），very nice（非常好）！"金发姑娘相中了一块"五毒坐垫"。老板马上报价："One hundred（100）！"金发姑娘笑着还价："Forty（40）！""No！"老板拿起一块写满各种数字的硬纸板，指了指80，试探地看着姑娘。姑娘摇摇头："Forty！"依然笑盈盈的。老板做出一种吃了大亏忍痛割爱的表情，让到50元。OK，成交。姑娘走开没几步，忍不住又拿出"五毒坐垫"左右欣赏，一副心满意足的样子。

不远处，一场未成交的"国际贸易"更加动人。一个意大利姑娘跟小贩谈妥20元买一个生肖挂件——我买只要5元。姑娘摸出20块人民币。小贩却说："请给dollar（美元）！"老外不干，又晃了晃那两张大团结。小贩依然坚持。洋姑娘笑了笑把钱塞回腰包，接着拉起小贩的手，示意邀她合影留念。小贩愣了一下，便反应过来了，她笑嘻嘻地说："行行，买卖不成情意在嘛！"导游小姐把她的话一翻译，老外们情不自禁地为中国的农民小贩鼓起掌来。

这次"充电"的直接收获，就是婷儿再次在报刊上发表了作文。（第一次发表，是读初一时李老师推荐给省级刊物《中学生读写》的，那是婷儿的一篇课堂作文:《一件新鲜事》，中心思想是批评学雷锋活动中的形式主义。这篇作文不久又被全国性刊物《中学生选刊》转载。那段时间婷儿还收到一些全国各地的中学生来信，婷儿都顾不上回信，在此也顺致歉意。）

瞄准高考，提前探路取经

对于想上大学的孩子来说，如何在当时的高考制度下取胜，是一个无法回避的课题。不论家长对现行的或将来的高考制度作何评价，高考制度都是一种不以考生的主观意志为转移的客观存在。对于这类我们无法左右的问题，我们一贯抱着"趋利避害，积极适应"的态度，并且根据它的现实重要程度给予相应的重视。不论将来中国的高考制度发生什么样的变化，这种"现实地思考"和"积极适应"的习惯，对孩子和家长来说都是必要的情商技能。

婷儿上高中的时候，应试教育占压倒优势，而且是"一考定终身"。我们所采取的适应措施之一，就是提前了解与高考制度有关的各种细节，力争做到"知己知彼"，不打无准备之仗。

据跑教育的报社记者介绍，有不少家长直到高三才开始关心孩子的学习。这实在是太晚了。我们的经验是，一定要打提前量。妈妈同事的儿子李响填志愿时发过一本省招生办公室编印的《高考指南》，他用完后送给了我们。那时婷儿刚上初三，我们就开始研究高考的录取规律了。此后我们每年都不会忘记自己去买本最新的《高考指南》来研究。这样，婷儿对什么档次的成绩能上什么档次的大学早就心里有数，家长的督促和提醒也有了明确依据。

向他人取经，曾使婷儿多次受益。为了高考成功，我们再次多方了解他人的成功经验，以便形成自己有效的对策。

从小学起，每个假期妈妈都要带着婷儿到她的同事家，向同事的妻子吴老师了解他们的经验和心得。他们的儿子李响品学兼优，1995年高考取得了十分优异的成绩，他填报的第一志愿北大本来在四川只有两个名额，并已录取了别人，可是北大招生的老师认为他确实太优秀了，于是不惜劳神费力，特地从外省份调来一个名额，使双方心想事成。

婷儿本来就把李响当作自己的学习榜样，李响考上北大之后，婷儿对他的经验之谈更是重视。在初中阶段，李响介绍的经验可用3个字来概括："排干扰！"既要排除来自外界的各种诱惑，也要排除自己内心的厌学情绪。他的经验，与爸爸要求的"排除物我之障"（排除外界的和自身的干扰）不谋而合，为婷儿初中三年的刻苦学习增添了不少"定力"。

去湖北探亲前，我们很想先到李响家去取一次经，以便及早制定高中的"战略规划"。不巧的是，这个暑假李响要先在北京忙一段时间，一时还回不来。我们只好和他妈妈预约，等我们回来后，请李响安排一次"接见"我们的时间。

没想到，婷儿和妈妈在长江三峡的旅游船上，偶然遇上了李响在北大的同班同学——1995年四川省高考文科"状元"、婷儿的校友唐翔。问题是，唐翔并不认识刘亦婷，婷儿也不好意思主动上前去搭话。这时候，就该妈妈起作用了。于是乎，婷儿既抓住了这个取经的机会，又得到了一个有趣的作文材料：

巧遇"状元"

七月真不愧是旅游旺季，告别巫山大宁河时，竟有五艘游船同时驶进巫峡。我们的舱位本在"腾龙号"一楼，为了欣赏大名鼎鼎的神女峰，特地爬上了三楼船尾。正午的骄阳下，褪去了雾纱云裳的"神女"虽然失去了想象中的神秘与缥缈，但那种深情翘盼之态却更加清晰传神，周围的游客都赞叹不已。

我无意中一回头，恰好有个穿白T恤的大学生捧着书低头从眼前走过，样子很像四川省的上届文科"状元"，我们学校的前学生会主席唐翔。我激动地告诉了妈妈。妈妈在家长座谈会上无数次地听到过唐翔的名字，知道他学习特别勤奋，高中还没毕业，英语的单词量已经超过了研究生，还知道他生活十分俭朴，一年中足有半年都穿的是旧军装。妈妈说："你开学就上高一了，想不想向'状元'取点经呢？"我想倒是想，但又不敢肯定"白T恤"就是唐翔。妈妈说："没关系，我去问问。"问了几句，他果然就是唐翔。唐翔现在就读于北大国际贸易系，今年暑假，他和几个同学主动申请到陕西一个偏僻的小县城去考察了一番，顺便结伴到处走走，然后回家看望父母。说来也巧，他们在巫山恰好上了我们坐的"腾龙号"，船到巴东就要下船去神友溪漂流探险，要不是我们也恰好在同船的这一小时里来到三楼，哪里遇得上呢？

到巴东只有二十多分钟了，我抓紧时间向唐翔请教了一连串学习上的问题。唐翔热情地一一作答，从各科的学习方法到如何安排作息时间，都详细地谈了他的体会，这些宝贵的经验使我深受启发。比如说，为了提高口语能力，唐翔在高中阶段每天都坚持大声朗读一小时英语（当时，李阳的"疯狂英语"还不为人们所知）；又比如说，唐翔为了挤出更多的时间用于学习，在高中阶段除了做学生会的工作，平时都尽量减少社交，避免把宝贵的时间用于无谓的闲聊……

　　谈话间，一处处奇峰异景迅速地从我身旁溜走，我顾不上欣赏，也不觉得遗憾。唐翔他们下船后，妈妈对我错过了一路美景多少有点惋惜。我却笑着说："鱼和熊掌不可兼得嘛！何况巫峡的山水年年都在，向'状元'取经的机会却是可遇不可求的啊！"

　　妈妈和婷儿在西安停留时，在一个朋友家遇上了一位刚参加完高考的应届毕业生，这位女孩儿正在辅导妈妈朋友的儿子复习功课，帮他准备参加职业高中的考试。那天，朋友的儿子不想做这位姐姐给他留的复习题，还抱怨说："搞那么紧张干啥，离考试还有十几天呢！"婷儿笑他说："你还在以天为单位算时间呢？我从初二起就在以分钟为单位算时间了！"不料那位姐姐却插话说："我从高二起，就在以秒为单位算时间了！"

　　婷儿感到很吃惊——她一直以为自己把时间抓得很紧，没想到竟遇上一个"以秒为单位"安排时间的人！婷儿马上就来了兴趣，仔细一问，这位姐姐还是陕西省理科高考的前10名呢！婷儿自然不会放过这个好机会，就认真地向她讨教了一番高中理科的学习方法。那位男孩儿则乐得到一边玩儿去了。

　　妈妈作为一个旁观者，不由得想起了"宝在身边不识宝"这句话。用时髦的话来说，"不识宝"就会形成"资源闲置"。对此，李响的妈妈感慨更深。她多次对妈妈说："向我们求教的人也不少，但真正认真实行的，也就是你们一家。有些小孩儿听了李响的学习方法，居然说，这么苦啊，这不是成了学习机器吗？我才不干呢！"

　　相比之下，婷儿利用资源的能力就强多了。因为我们从小就要求她"不要从猴子变人做起"，要尽量吸收前人的成功经验，尽快"站在巨人的肩膀上"。这种积极学习他人长处的好习惯，不知使婷儿少走了多少弯路。后来，婷儿更是从受益者变成了乐于向他人传授经验教训的人。

　　从西安回来后，妈妈再次陪婷儿去向李响讨教。李响根据婷儿的情况，建议她在高一高二把主要精力放在数学上，高三再突击历史、政治。因为文科好的人就是靠数学和英语拉开差距，而数学和英语的成绩都是靠大量时间堆出来的。他自己的经验是："学在前面，怎么都考不倒。"

婷儿按李响的思路制定了高中学习计划。为了实施"把数学学在前面"的战术，还特地考进了成都市的高中奥林匹克数学班，听四川省最棒的高中数学老师授课。在高中阶段的 12 次正式考试中，婷儿和班上的其他前 10 名，总分差距都很小，总是轮流坐上第一把交椅。其基本规律就是，谁在考数学的时候发挥得更好，第一名就是谁的。婷儿在数学上下的苦功夫，给她带来了两次总分第一、数次单科第一的好成绩。班主任和校领导都把她视为"状元苗子"，很不情愿让她直接申报美国大学。

由此可见，提前准备、博采众长，可以有效提高孩子适应现实的能力。

日记透露成熟信息

进入高中之后，婷儿仍是每个周六的傍晚才能回一次家。痛快地洗过澡后，就端着饭碗和我们边吃边谈起来。初中时常有的各种牢骚不见了，总是以欣赏的口吻谈到老师和同学的这样那样。我们隐隐地感到：婷儿变了。

高一开学快两个月的时候，婷儿做了一件让我们多少有些意外的事。她把以前只肯让老师看的日记本送到我们面前说："你们不是想看我在学校写的日记吗？我想通了，不应该拒绝爸爸妈妈的辅导。"

已经三年没看过婷儿的日记了，我们此刻的心情，的确有点迫不及待。虽然我们早已知道，婷儿已经发生了脱胎换骨的变化，可是，看她初中以来写的篇篇日记，还是止不住一阵欣喜。

从日记中可以看出，婷儿已经发自内心地领悟并认同了我们的教育思想！难怪与婷儿谈话时的感觉，已经由初中阶段的小溪出山阻力重重，变成了现在的大河奔流一泻千里。而且往往是计划只聊半小时，却谈了两三个小时还刹不住车。话题之广，探究之深，共鸣之多，常常让我们有不是在和孩子谈话的错觉——婷儿确实是变成熟了。

后来学校让婷儿介绍成长经验的时候，婷儿特别强调了与父母谈话的意义：

据我所知，许多中学生回到家就把门一关，认为和父母没有共同语言，父母批评总也听不进去。这种做法实际上是对资源的一大浪费！父母是我们每个人最大的宝藏之一，频繁而深入的交流则是开启这片宝藏的钥匙。与父母的交流一方面是要主动地与父母沟通，向父母寻求帮助；另一方面，要"闻过则喜"。父母的批评往往是他们人生经验的总结，能帮助我们少走许多弯路。用我们家的话来说，就是："不要从猴子做起。"

成熟的婷儿讨厌恶性竞争，从不嫉妒他人。高三的时候，我们曾和李海蓓的父母合伙在学校对门租了一间房子，让她俩有更安静的环境复习功课。在她们当室友的大半年里，这两个势均力敌的竞争对手成了非常知心的朋友。李海蓓考上北大之后，在校刊《世纪风》上发表的《给远在 US 的挚友》中，写到不少动人的细节：

……我们一起探讨人生哲理，相互争论生命的意义。我们不愿落入平庸，我们渴望大鹏展翅。是你，让我逐渐摆脱长久以来的清高与孤傲……还记得我那次不经意地一抬头，正遇上你关注的目光，你说我在笑，你说你爱我的笑。至今，我仍不能忘记你那温暖的目光，它在我心中象征了多重意义。它给我鼓励，赋我信心，赐我力量。而后，我真的爱笑了，而且如阳光般灿烂！

这样的例子还有很多。婷儿的想法是："己所不欲，勿施于人。己所欲，乐施于人。我需要帮助，我就应该帮助别人；我需要鼓励，我就不吝惜给别人鼓励。"

能以这样成熟的态度善待他人，当然会成为一个受欢迎的人。

高中老师，知心如朋友

也许是我们习惯于用更严格的标准要求婷儿吧，我们对婷儿成熟程度的了解不如高中班主任那样敏感。婷儿的高中班主任，也就是她的政治老师张惠琴，在开学之前的家访中头一次接触婷儿，就不止一次地赞叹："哎呀，这个娃娃简直太懂事了！"

　　张老师是个心地坦诚、性情率直的青年教师，高中政治课教得很出色。她在婷儿升入高中时，刚被成都外国语学校从别的学校"挖"来，并委以重任。3 年后她不负众望，把全班 57 名同学全部送进了重点大学，其中考进北大、复旦的就有一串。班上还出了个四川省文科高考第 2 名和哈佛录取的刘亦婷。张老师也当之无愧地被授予"四川省模范班主任"的光荣称号。

　　张老师是第一次当高中班主任，刚刚接过这副重担的时候，并没有多少经验。但是张老师对高中生的心理很有研究，她深知，对这个年龄段的学生，信任感比权威感更有影响力。因此，她把和学生干部交朋友看得很重要，她需要一批品学兼优的"贴心豆瓣"，齐心协力把这个班搞成"人才摇篮"。

　　张老师和婷儿一见面，很快就谈起了她最关心的话题。婷儿当了多年的班干部，又是一个习惯于观察、思考和总结经验的孩子，对如何开展班上的工作自然有一套想法。她热情地给张老师谈情况，提建议，和张老师谈得非常融洽。

　　和婷儿谈完之后，张老师告诉我们："在我来家访之前，校长和其他老师向我推荐说，刘亦婷品学兼优，活泼开朗、为人正直、乐于帮助别人，课外活动的才能也很突出，是很好的学生干部人选。今天和她谈了一下，我发现她的确比同龄人成熟得多。她理解复杂问题的速度和思考问题的深度，都远远超过同龄人。你们的家庭教育也给我留下了深刻印象。我已经决定把她列为班干部的第一人选。这个娃娃将来一定很有出息。"

　　张老师的态度对婷儿产生了非常积极的影响——婷儿说："将心比心，以情换情嘛！"为了不辜负张老师的信任，婷儿在学习、工作和生活等各方面，对自己的要求都更加严格。在完善自己的渴望中，婷儿的自律能力和主动性都大大增强，刻苦的程度常常让老师都很感动。高二时的五一节，学校放假 3 天，这对长期住校的孩子来说无疑是一个难得的放松机会，家里又有好吃的，又有电视可看，又有父母亲人，老师都担心孩子"乐不思蜀"。可是婷儿和李海蓓却约好，两个人都只在家里待了一个晚上就急急地返校了。张老师问："为什么这么快就回来啦？"婷儿和李海蓓说，在这里没有电视，可以不受干扰，而且有什么问题可以直接问老师。张老师望着两个懂事的孩子，心里充满了欣慰，尽管她的这个节日也过不清闲了。

张老师面对的是一个优秀生群体，她很注重怎样让这些好苗子们互相激励，而不是互相抵消。她根据学生的性格特点和成绩差距，精心为同学们调配了座位，明确地要求成绩好的同学要帮成绩靠后的同学赶上来。婷儿在这方面的表现，也许是让张老师最满意的一点：一位女生在和婷儿同桌期间，名次大幅度提高。张老师多次和我们提到这件事，每次都高兴得笑容满面。婷儿觉得自己的收获也很大，这位同桌使她和以前接触不多的一些同学增进了友谊和了解。

婷儿在高一只当了一个多月的班干部，就去当学生会的文娱部长去了，经常帮助老师组织歌咏比赛和排演英语小品。但她对班上的工作依然十分热心，积极给张老师和班干部"出谋划策"。申请留学之前，婷儿连续两年被评为"优秀学生干部"，一直是张老师的好帮手。张老师深信，"刘亦婷有足够的学习潜力和人格魅力，支持她在美国大学里继续表现出色"，在婷儿急需时间准备托福考试的关键时刻，多亏张老师想方设法为婷儿做出了特殊安排。

和婷儿相处得像知心朋友一样的老师远不止一个班主任，可以说，婷儿的每一位任课老师都是她真正的"良师益友"，他们都愿意尽量满足婷儿"对知识总爱追根溯源，决不随便放过一个疑问"的好习惯。张老师分析说："刘亦婷总是让老师、家长能够知道她的真实想法。她能辩证地看问题，因为善于与成人交流沟通，她的许多好建议和想法都会得到采纳。这使她始终能够健康、开朗地成长，她的潜力也得到了充分的发挥。"

婷儿不仅是张老师的好帮手，也是其他老师的好帮手。作为学生会的文娱部长，在课外活动中，婷儿的领导能力和与人打交道的能力，也给老师和同学们留下了深刻的印象。用班长谢涛的话来说就是："不管是什么事，只要交给刘亦婷，老师和同学就都感到放心。"这不仅是因为她能力强，更因为她有从小培养起来的强烈的责任心。

婷儿说，老师真的像蜡烛，燃烧自己照亮我们。在这个高尚的群体中，还有几位高鼻蓝眼的外籍教师。婷儿和几任外教都建立了友谊。婷儿访美之前，是美国的安迪夫妇在任教，他们回国之后，又来了两位年轻的英国人——安迪和劳伦斯。这两位外教性格迥异，对婷儿的帮助却同样无私。婷儿不仅向他们学习地道的英语和了解西方文化，也很重视学习他们身上的好品格。

安迪个子不高，表情丰富，性格非常活跃。他的英语课也上得很活跃，为了调动学生的情绪，他上课总有各种花样，有时带上一把吉他进课堂，有时就组织学生做游戏，让学生们在玩中学。劳伦斯各方面都跟安迪形成对照。他个子相当高，将近1.90米，性格认真严谨，上起课来一丝不苟。学生们干得出色，他还会自己掏腰包给孩子们买奖品，以资鼓励。

两位外教都是完美主义者，对婷儿英语上存在的瑕疵从不轻易放过，直到尽善尽美，对婷儿的帮助极大。更可贵的是，他们两人都不是婷儿的任课老师。这就尤其令我们全家深受感动。

婷儿被录取之后，他们仍然无私地帮助婷儿。婷儿要按西方大学的要求学习写Paper（论文），两位外教为婷儿收集了大量资料，还亲自拟定了十几个论文题目，让婷儿练习写作。婷儿说："外教的帮助，使我深刻地感受到世界和平与人类友爱的可贵。"

婷儿自述：怎样学好英语

婷儿进入高中后，学习变得极其自觉，再也不用别人催一句了。她非常用功，受爸爸的影响，也非常讲究学习方法，所以每科成绩都很好。从读者来信看，大家对婷儿学习英语的经验很感兴趣。在此，我们把校长让她总结的《英语学习心得体会》献给读者，从中也可窥见她在其他学科上有多用心。

英语学习心得体会

英语是大家十分重视的一门学科。在中学阶段打下一个好的英语基础是我们的共同心愿。怎样才能学好英语呢？我的老师常说："要埋头拉车，还要抬头看路。"以下算是我在老师同学的帮助下摸出的一些路吧，写出来供大家参考。

1. 心理素质影响学习效果

古人说："两军相逢勇者胜"，强调了良好的心理素质对效果产生的重大影响，与现代心理学的看法不谋而合。你会发现，尽管大家都在同一间教室里上课，受同一位老师教诲，甚至智商也接近，学习效果却悬殊很大。这个"落差"往往是心理素质的差异造成的。

怎样调整自己的心理状态呢？

首先，要对外语保持长时间稳定而积极的态度。这可以归结为"恒心"两个字。有了它，才能像蚕吃桑叶一样，一口又一口，坚持不懈地去啃，直到预定目标顺利攻克。

其次，还需要一定的自律能力。该复习时不复习，遗忘规律就会无情地吞噬你的一部分记忆成果；该补漏时不补漏，漏洞就会不断扩大增多。所以，需要有自律能力，约束自己按科学原则去运转。

2. 看写读听背——多管齐下效率高

一般来说，每个人学英语都有自己的一套办法：有的只爱大声读个不停，有的只爱闷头看个不休，有的不写就记不住，有的不听心里就没底。这些方法，虽然都有一定的作用，但记忆科学通过大量实验，无可辩驳地证明：眼手口舌脑综合运用，才能更快更深地在大脑皮质上留下不易磨灭的印象。

学外语尤其需要多种感官的综合运用。否则，搞不好就会学成"残疾外语"——眼能看口不能说的"哑巴外语"，或一听就发慌两耳一抹黑的"聋子外语"。

3. "活"单词与"死"单词

经常听说某某发下宏愿：要一口气背下一本几千甚至几万单词的字典，认为这样可以一劳永逸地解决单词量问题。不幸的是，这样做的人，大部分都失败了。背了若干遍的单词，仍很难在脑子里生根，不是很快忘掉，就是搅成一团乱麻。

因为他们背的都是脱离了句子和课文的"死"单词，大脑对这类东西格外难以留下印象。著名的心理学家艾宾浩斯曾拿自己做过对比实验，结果：记住18个有意义的音节，只需要9遍，而记住18个无意义的音节，却用了80遍。不仅如此，孤立地背"死"词，还难以掌握它在句子中的灵活用法。因此，即使记住了一部分"死"词，它们也多属"残障人士"罢了。

如何使单词"起死回生"呢？我的办法是——背课文！

课文不局限于教科书，也可以是讲演稿，新闻评论，散文……总之，就是能把一个个冰冷的单词变成生机勃勃的故事文章。在大量的整段的背诵中，多次的重复会不断激活记忆的单词，其用法自然而然就深入骨髓了。实际上，这种"深入骨髓"就形成了学语言最重要的"语感"！

4. 复习间隔合理，可以省时高效

英语是一门记忆量很大的学科，有效的记忆就成了一个关键。

著名科学家茅以升先生，是个记忆力超群的人。人们问到他的记忆秘诀，他的回答是：重复！重复！再重复！

重复被人们称为学习之母。不重复，记住的知识就会在遗忘规律的支配下，不多久就只剩下一点儿"残羹剩饭"。心理学家发现：两次复习的时间间隔至少应大于30分钟，但又应小于16小时。因为，在已经记清了一批单词的情况下，如果在30分钟内就开始复习，不仅不能提高记忆效果，反而会对大脑巩固原有记忆内容的生理过程形成干扰，是弊大于利；而16小时以后再复习，被遗忘的单词就比较多，白花了精力。

5. 把英语作为一门文化来学

正如不懂中国文化就不能理解"中庸之道""墨守成规"一样，缺乏西方文化常识就难以理解什么叫"This is my Waterloo！"（"这是我的滑铁卢！"指一次失败）；"lobbyist"（院外的人）是些什么人？（指影响议院政策的院外活动人士，多为以前的政客或律师）

因此，要想把英语学深学透，必须把英语不仅仅作为语言，而且作为文化去感悟！而这，在我看来，也许是英语学习最有魅力的地方。

最后一次"练兵"，甘当"苦行僧"

1997年暑假，学校安排高一和高二的学生进行6天的军训，希望通过艰苦和高强度的训练，好好磨炼一下这些独生子女，以使他们以更好的心态迎战更紧张的学习和高考。爸爸以前常说，就是花钱，也要为婷儿找个军训的机会，把她好好"打磨"一下。这回真是求之不得。

我们原以为学校会选一个条件艰苦的地方搞训练，没想到训练地点竟在风景名胜青城山，而且是一所条件不错的部队疗养院！

刚来时，婷儿和同学们还在怀疑——这个疗养避暑的好地方，能给人以身体和意志的锤炼吗？第二天一开训，孩子们才知道这里的"厉害"。

此时的婷儿早已树立了正确的苦乐观，她在初三下学期就已经和爸爸说好，要以"苦行僧"的方式大干三年半。这种"劳其筋骨"式的锻炼，可以说是高考激战前的最后一次"练兵"。

在这种积极的心态下，婷儿很快就适应了紧张艰苦的军营生活。磨炼人的军训生活，在她的笔下变成了其乐无穷的事。从她选出的三篇"军训记趣"中可以真切地看到，婷儿和她的同学们是多么朝气蓬勃：

站 军 姿

今天是军训第一课——练习站军姿。在青松环绕的操场上，我们按照教官连长的要求调整好身姿，同学们顿时变得精神抖擞，充满朝气。连平时被戏称为"青蛙""骆驼""小虾米"的几个人，也有了点儿"英姿飒爽"的味道。连长说："今天先站一个小时，看能站倒几个。不行的就打报告喔！"

阳光灼人，不到5分钟，就有人一声"报告"败下阵去。我早就汗流浃背，脚也胀痛起来。时间好像一只小刺猬，在我的脚上扎来刺去，就是不肯快点走。"哇——"有人吐了。我的胃也翻腾起来。此刻，时间又变成了生石灰，一点一点地撒进胃里，越渗越疼。我咬紧牙关，反复默念着连长的话："这是意志与身体的拼搏，正是磨炼自己的时机。就看你们对自己怎么要求了。"我念着，忍着，突然觉得全身发冷，三伏天竟打起寒战来。又坚持了几分钟，我两眼一黑，向前栽去，心里一慌，一声"报告"脱口而出……

坐在阴凉的大树下，连灌几口凉水，我才缓过劲儿来。望望浓密的树冠，我真舍不得离开这里，身旁几个休息了很久的同学也没有离开的意思。还练不练呢？我不禁犹豫起来。一低头，树下稀疏的小草使我猛然惊醒：难道我要做柔弱不堪的草吗？不！我使劲站起来，硬撑着向站军姿的队伍走去。

在三伏天，在骄阳下，我和同学们一起，站成了一棵棵青松。

紧急集合

"嚯……"紧急集合的哨声划破了寂静的夜晚。随着一阵忙乱的脚步声，我已经站在了操场的队列中，正想借着夜色的掩护揉揉蒙眬的睡眼。连长已经凶巴巴地下了命令："跑步两公里。跑步——走！"

我和几个同学排在末尾一行，不由得有点心虚。无意中一回头，只见无边的黑夜张牙舞爪地在后面紧追不舍，我突然感到莫名的恐惧，赶紧向前跑去。

"哇！有鬼！"康果果突然在我耳边小声叫了一句。

"啊！"我惊得一抖，"讨厌死了，吓唬人。"

"这有什么好怕的？"熊宇一边大口喘着气跑，一边说，"我都被鬼咬了三口了，还没被毒死呢！"

"我被鬼咬了五口了，毒死五个鬼！"胡步聪接着说。

我们几个被逗得哈哈大笑，刚才的惧怕早抛到天外去了。

"再说，小心变成鬼。"包玉婕笑着说。

"我要变鬼就先吃排长——（一束手电筒光照了过来。呀！是排长！）——的手电筒。"我们又爆出一阵笑声。

"干什么呢？落在最后！"排长边跑边责备我们。

康果果一本正经地回答："报告排长，我们是断后的，掩护部队前进。刚才我们还和几个鬼打得厉害呢！多亏排长救我等一命……"说着说着，康果果再也忍不住了，"哈哈"笑了起来。排长忍住笑，板起脸说："别闹了，快跑，断后有我呢！"

拉歌比赛

一整天的队列训练，把我们累得东倒西歪。正想利用晚上的时间休整休整，却被叫到礼堂集合。"又要干什么呀？"大伙儿嘀咕着按班坐好，一个个无精打采，揉肩捶腿。连平时最活跃的张载也耷拉着脑袋，昏昏欲睡。

连长进来四下一看，自信地笑了笑，随即大声说道："同学们！为了丰富大家的精神生活，今晚咱们搞个拉歌比赛，好不好？""好——"沉闷的空气顿时活跃起来。"我宣布，高一同学一组，高二同学一组，比赛开始！"

话音刚落，我们高一就抢先唱起了"团结就是力量"。高二也不示弱，"没有共产党，就没有新中国"的歌声随即响了起来。高二的人少，声势渐处下风。段燕急得满脸通红，索性一甩大辫子，站到最前面的座位上，指挥高二唱起了在学校得过奖的"红色娘子军"。顿时，高二士气高涨，歌声随着她的手势时高时低，时急时缓，一下就占了上风。高一岂肯示弱，一曲"保卫黄河"充分显示了人多的优势，磅礴的声浪又把高二压了下去。高二又出新招，赵曦随着"北京的金山上"跳起了优美的藏族舞，欧鹏又在"男儿当自强"的雄壮歌声中表演起武术……

歌声一浪高过一浪，比赛到了白热化程度。大家眼里都闪着兴奋的光彩，满身的疲劳呢——早不知跑哪儿去了。

军训结束后，正好《华西都市报》的编辑袁远向婷儿约稿，请她写一篇反映中学生生活的稿件。婷儿就把自己感受最深的"站军姿"扩写成了一篇作文：《军训第一课》，很快便发表在《华西都市报》的"校园内外"版上。

军训期间，婷儿还和四位同学一起返校参加了应邀访美的选拔性面谈。为了叙述方便，这次对婷儿来说具有重要意义的面谈和有关访美的内容，都一并放在"应邀访美，初露锋芒"一章里。

走出迷惘期，顿悟在星空下

心理学家说，随着上大学的人越来越多，现代人类的青春期也在延长，青春期要在青年开始对家庭和社会承担责任的时候才会结束。在高中阶段，婷儿和同学们设想未来生活的频率越来越密集，他们常常在英语课练口语的时候，讨论对各种职业和生活方式的看法，但仍然很少有人对未来有明确的理想和志向，也很少谈及内容很具体的社会责任感。婷儿也是这样。

我们从初中就开始关注婷儿的立志问题，现在更是越来越多地和婷儿讨论这个话题——你什么时候才会有可以称之为"凌云志"的远大理想？

婷儿也常常为此而苦恼。但她认为这也不能怪她。因为许多同龄人的"凌云志"就是考大学，而考大学对婷儿和她的同学们来说，是轻而易举的事，根本算不上理想。可以说，从考入外语学校高中的那一刻起，他们就都等于已经考取了重点大学。而且很多人的"大学梦"只不过是为了改变个人的生存条件，婷儿也看不上这种理想。谈来谈去，婷儿又羡慕起那些早就迷上了文学、美术或音乐的人来了，对他们来说，每天从事自己的爱好，就是在一天天走近自己的理想。

婷儿渴望的就是这种理想，这种让她感到"每一天的努力都有价值"的理想。她苦苦地寻觅着，直到有一天，一连串偶然的细节，深深触动了婷儿的灵魂，她终于意识到了自己这代人的历史使命：

顿　悟

16 岁生日前后，我常常陷入一种陌生的心境。表面上看起来，我还是和往常一样勤奋而快乐，每天都忙着和代数符号、英语单词和作文的格子纸打交道，加上班干部和学生会的工作，经常忙得连洗袜子的时间都没有。然而我的心里却不时袭来一阵空虚和迷惘，我弄不清自己为什么这么努力，是惯性？还是环境的压力？我究竟想过怎样的一生呢？这些问题久久地困扰着我，直到暑假来临。

从学校回家后的第一个周末，我和父母去乡下的水果基地参观。我正在巴士上起劲儿地聊着学校的趣事呢，突然，一股恶臭迫使我闭上了嘴巴。探头一看，堵车了，路旁竟是一座黑压压的垃圾山，足有几百个捡垃圾的农民，正在臭气熏天的垃圾山上争抢刚从城里运来的垃圾。

我惊讶得说不出话来，在乘客们的抱怨声中，那部描写垃圾部落的中篇小说《青城之矢》，闪电似的在我脑海里过起了电影。看起来这些人和小说里的"垃圾虫"一样勤劳，可就是得不到正常人的生活。没想到，纸上的场景活现在眼前的时候，竟会如此令人震惊！爸爸和妈妈也很吃惊，他们小声议论着：沦落为"垃圾虫"的农民越来越多了，每个城市都有几个垃圾部落，每个垃圾部落里，都有一群在垃圾中生长的失学儿童……

是的，眼前就有这样一个儿童，她孤单地站在垃圾山下，用忧郁的目光注视着我，蓬乱的头发里夹着纸屑，手里抱着一个只有一条胳膊的布娃娃。看见被垃圾车堵住的车流又开动起来，她突然咧开嘴灿烂地一笑，并让她的布娃娃用独臂和我再见。

这情景让我难过得想哭。

垃圾山迅速地从视线中消失了，那个小女孩和她的布娃娃却在我心里挥之不去。

半年后，我又和父母谈到了这件事。我困惑地问："他们也是鲜活的生命，他们也是中国公民，为什么他们只能有这样悲惨的命运呢？"爸爸和妈妈说，这个问题很复杂，如果我想研究，可以参考刚出版的一本书。

我抱着那本厚书足足啃了一周。根据书中提供的统计数字和分析报告，我推导出来的答案是：这些"垃圾虫"只是庞大的农村剩余劳动力的一小部分。他们没有资金，也没有文化和技术。在低素质劳动力过剩，经济还不够发达的现阶段，社会还没有财力来救助他们。在中国真正富起来之前，他们只能在贫困和犯罪中继续挣扎。

这个无奈的结论深深地刺痛了我。希望中国快点富裕起来的愿望，比任何时候都更加迫切！走上阳台仰望星空，点点繁星中似有小女孩渴望的眼睛。就在这一刻，我心中涌起一种强烈的冲动：我要把我的一生奉献给祖国的经济建设。我要以科学文化知识为杠杆，为人民提供更多的就业机会；为社会创造更多的财富；让贫困的儿童都能上学；让需要救助的人都得到救助……这沉甸甸的使命感把我的心填得满满的，从此以后，我每一天的努力都有了新的价值和意义。

逆反期总结："高效低耗"得丰收

中学时期很快就要结束了。眼看小时候常常依偎在身边撒娇，红着眼圈诉说委屈的小女儿一天天长大，如今已是充满活力、富有理想、发展全面，并有了较强的独立能力，让人感到很欣慰！

　　爸爸在总结中学 6 年的体会时说，对很多身处逆反期的孩子而言，至少有这样两条规律是适用的：第一，只要措施得当，逆反期的种种负面影响是完全可以避免的。第二，虽然在逆反期，孩子身上却蕴藏着很可观的潜力，开掘得好，往往能获得素质培养的"大丰收"。

　　对婷儿，正是由于小学提前做了准备，中学又保持了有效沟通，当不少孩子由于逆反心理而排斥有益指导，造成停滞、倒退甚至偏航触礁的时候，婷儿仍能从我们这里不断获取有价值的帮助。

　　自从爸爸承担了婷儿后继教育"主教练"任务后，我们一直把培养女儿当成"业余科研课题"来做。这使我们总能及时找出每个阶段的"瓶颈"问题，向婷儿提出有价值的建议，使婷儿总是处于目标明确、方法得当、态度积极的状态，在身心两方面都保持了快速成长的势头。

　　中学 6 年是婷儿素质全面丰收的"季节"，婷儿在中学阶段的进步可以概括为：情商走向成熟，能力发展全面，知识均衡牢固。

　　这里说的情商，是指坚持不懈的精神、适应性、与人为善、独立性、情绪的自制力、人际关系能力、表达自己并理解他人、懂得关心他人等心理素质。老师提到婷儿，常夸奖她"这个娃娃太懂事了"，以此概括她情商方面的成熟程度。

　　婷儿的其他各种能力也全面而迅速地提高：

　　自立能力在中学出现了飞跃。进入高中后，一些最重要的决定是由婷儿自己拍板，并成功实施的，其中包括留学和申请哈佛大学的决定。

　　对社会的认识大大深化，这不仅推动了婷儿立志过程的启动，更令人欣喜地树立了有价值的人生理想。

　　身体素质和心理承受力大幅提高，使婷儿后来顺利经受了超强压力的严峻考验，在留学和高考"两面作战"中取得了令人瞩目的成果。

　　此外，处理复杂问题的能力、抗挫折能力、社会活动能力、社会责任感……也都有了质的飞跃。

　　在知识结构方面，文理两科的均衡发展，各科知识的牢固掌握，熟练流利的英语功底，加上课外积累的各方面知识，使婷儿有了很大的余地选择今后的事业方向。

　　组织能力的提高也很显著。婷儿在外语学校成功组织了多次班级和全校的活动，特别善于通过骨干发动大家。这方面的能力和兴趣使她充满自信，一进哈佛，她就积极争取参加在亚太各国影响最大的哈佛大学社团——"亚洲与国际关系研讨会"，被破格吸收为 14 名组委会成员之一，积极参与了该会大量的筹备工作，并负责大会的宣传工作，为该研讨会 2000 年在北京的成功召开立下了汗马功劳。

十几年来，我们培养婷儿所投入的时间，也值得一提。

婷儿的发展尽管做到了快速和全面，但如果算一笔"时间账"，我们花费在婷儿身上的时间总量，却并不算多。我们和多数家长一样，都身处相同的国情中，婷儿能和父母在一起交流的时间并不比别的孩子多——幼儿园时期，只有每天晚饭后的两小时左右；小学阶段，只有中饭加晚饭两小时左右；中学 6 年都住校，更是每个星期只有在周六晚上可以抽一点时间来谈谈话，有时只有半小时，至多两三个小时。因此，爸爸非常强调"让婷儿学会自己干"的战略原则。再说，我们自己也都有工作和事业要去忙碌。

于是，我们非常注意有效利用每次和婷儿共处的时间，每个假期更是婷儿大踏步前进的"加油站"。我们不仅依靠正确的教育理论，而且注重把这些理论和婷儿的自身状况密切结合。我们总是提前思考和研究培养婷儿的有效措施，并特别重视在实施过程中发挥婷儿的主观能动性。婷儿大多数能力的提高、知识的获得、好习惯的养成，往往是她和爸爸妈妈一起商定目标（进中学后，越来越多的目标渐渐是由婷儿自己提出），然后由婷儿自己主动灵活地去完成。父母通常只当"场外教练"、提供方法的"参谋"和鼓励她加油的"啦啦队"。正是由于婷儿拥有比一般孩子多得多的实践机会，也就更容易在实干中增长才干。

能干的孩子都是在长期实干中成长的。这是一条重要的规律。为此，不仅要给孩子有效的指导，还要给孩子足够的实践机会。

这些做法，使我们对婷儿的素质培养实现了"既高效低耗，又健康持久"的目标。

第十章

应邀访美，初露锋芒

摘引刘亦婷自述

婷儿上高中的时候，一个美国的中学生交流团体"WBSE（华盛顿—北京学者交流社团）"把成都纳入了中美中学生交流计划，成都首批到华盛顿参观访问的名额只有一个，并由WBSE的主席拉瑞·席慕思（Larry Simms）先生亲自到成都外国语学校面谈选拔。

事后来看，这次访美对婷儿来说，从面谈开始就具有多重意义：既是婷儿显示能力的舞台，也是婷儿开阔眼界的新天地，更是检验我们多年素质培养成效的难得机会。婷儿访美时的一系列出色表现，使我们不禁欣慰地想：是"真金"就不怕火炼，不管是中国的火，还是外国的火。

关于这次访美的前前后后，还是跟着婷儿去回顾吧——

（刘亦婷的回顾）

1997年暑假，我们在青城山军训期间，殷敬汤校长（一位德高望重的英语教育专家）从成都打来电话，让我和另外4个同学赶回成都，休息一晚上，以便第二天参加应邀访美的选拔性Interview（面谈）。即将和我们面谈的美国人，正是发出邀请的"华盛顿—北京学者交流社团"的主席拉瑞·席慕思先生。

意外的喜讯使我很兴奋，也多少有点儿紧张。

汽车在"成灌公路"上疾驰，我们在车上摇摇晃晃地打盹儿，任7月的熏风使劲拍打着我们的短发。我闭着眼睛，却睡不着。我不知道要和我们面谈的美国人是谁，但我想，他一定是个对中国人友好的"老外"。

有关拉瑞的传奇故事，我是在这次面谈过后，才逐渐知道的……

登万里长城，结万里友谊

1993年10月，秋高气爽，4位结伴来中国旅游的美国人，爬上了北京的八达岭长城。其中一位，个子高高，身材挺拔，长着亚麻色的头发，有一双敏锐又好奇的眼睛。他精力充沛，在蜿蜒起伏的长城上边走边看说说笑笑。他，就是拉瑞·席慕思先生。

拉瑞早年毕业于美国著名的"长春藤联校"之一的达特茅斯学院法学院。凭借着过人的才华和勤奋，很快在美国法律界崭露头角。1974—1975年期间，他曾任美国最高法院一位大法官的助手。1976—1985年间，他又担任了美国司法部总检察长助理的要职。1985年之后，拉瑞辞去公职，专心从事律师工作，取得了很大的成功。他不但是一位出色的律师，还是美国全国律师协会中国法委员会主席，同时也是世界第六大律师事务所——"格信"律师事务所的高级合伙人——老板之一。

由于这次游览长城的偶然契机，他后来建立了一个与不少中国学生有密切关系的学生交流组织。

那天在长城上，他遇到了一群跟着老师来爬长城的中学生。这些孩子学英语学得兴趣正浓，看到4个结伴而行的"老外"，都不愿意放过练口语的好机会。孩子们微笑，挥手，"哈啰！哈啰！"地主动跟老外们打招呼，希望跟他们用英语聊几句。拉瑞笑着答应了。没想到，这些孩子们的英语口语都相当流利——他们是北京市西城区外国语学校的学生，在几个美国人面前，你一句，我一句，应对自如。这一谈，就是40多分钟。

拉瑞感到很惊讶，这些中国孩子竟然把英语学得这么好！他们的活力、他们的聪明好学、他们对异国人真诚的友好，他们渴望了解外部世界的心情，都强烈打动了第一次来中国的拉瑞。

这次邂逅，触发了拉瑞一个大的构想：改革开放的中国，已经显现出举世瞩目的活力。中国正在大踏步前进。中国是世界上人口最多的国家，中国人富有聪明才智……在即将到来的21世纪，中美关系可能是这个星球上最重要的政治关系之一。这一代人和下一代人能否拥有和平，在很大程度上就依赖于这一关系。

应该让两国的年轻人了解对方的国家和人民，让他们友好相处，并长期保持这种友好关系——这就是拉瑞得出的结论。

回到美国，经过多方努力，在1994年2月，他如期建立了"华盛顿—北京学者交流社团"（Washington–Beijing Scholastic Exchange INC.,

缩写为 WBSE)，一个非赢利的服务组织，他亲自担任该组织的主席。该组织的宗旨，就是促进美国和中国的中学师生交流往来，增进了解和友谊。在拉瑞心目中，这是他回报社会的最好方式。

WBSE 一经成立，就开始高效运转起来。短短两个多月之后，1994年4月，北京市西城区外语学校的第一批6位学生和4位老师就登上了飞往华盛顿的国际航班，到美国首都访问两个星期。

刚开始，参加这个交流活动的只有北京的西城区外语学校，后来，上海复旦中学也参加进来。到1998年我访美之前，中国方面共有30多位中学师生，分4批访问了美国。华盛顿的两所名牌中学的美国师生也回访了中国。

北京西城区外语学校和成都外语学校是兄弟学校，同属于由国家教委在全国设立的22所外语学校之列。两校的领导平时有不少交流切磋的机会，关系很好。1996年初，在北京一次友好的聚会上，北京西城区外语学校的赵顺芳校长，热情地介绍拉瑞认识了成都外语学校的校领导。拉瑞由此初步了解了我们学校的情况。

后来，一个偶然的机会，拉瑞又接触到从我们学校考入北大法律系的吕雪梅。

吕雪梅是我校的优秀学生之一。我在成都外语学校读初中的时候，她就是我敬佩的一位"师姐"。1995年，吕雪梅以全省文科第五名的优异成绩考取了北大法律系。她不光是外语棒，口才好，而且她对很多问题都有自己独到的眼光，认准了的事，就不轻易苟同他人。她在才智和品格两方面，都给拉瑞留下了很深的印象。

于是，拉瑞接受了我们校领导的热情邀请，于1996年9月飞到成都。他走进一间又一间教室，听了我们学校各年级的英语课。听完课后，又请来各年级的英语老师，还有两位来自美国亚利桑那州的外教——安迪和艾琳夫妇，一起来座谈。拉瑞对成都外语学校的英语教学水平大为赞赏。

1996年10月，又一次全国外语学校教学工作年会在北京召开，正逢拉瑞也在北京。我校的吴校长和殷校长会见了拉瑞，并正式向他表达了把WBSE项目发展到我校的愿望。对我校已经摸过底的拉瑞，立即表示对此很感兴趣，并原则上表示同意。

"原则上同意",这是拉瑞办事十分慎重细致的表现。因为,具体选什么样的人去,仍然是他关心的最重要的环节。而没有合适的人选,他就不会匆匆拍板。

爸爸提醒我:"凡事预则立"

1997年,拉瑞做出了决定,邀请成都外国语学校参加 WBSE 计划,选拔我校一名1998年初在高二学习的学生,参加赴美国的交流活动。

拉瑞在请我校的外教夫妇代他进行初步筛选的委托信中写道:"在选择候选人的时候,一定要看他的德和才,而不要看他的父母是否是成都市的头面人物。最为重要的是,学生的英语一定要好,能否适应华盛顿的生活也很重要。如果学生成绩排名第一,英语能力强,性格也很好,那最为理想。……有无特长(如音乐、表演、体育等)也应该在考虑之列。"拉瑞说:"该校有一位被北大法律系录取的女生,目前和我有联系。她就是我想要的访问华盛顿的那类学生。"(后来办护照的时候,我在学校给我的证明材料中看到了这封信。)

学校按照拉瑞的要求,经过几个方面的综合评比,选定了包括我在内的5名同学作为赴美候选人,接受拉瑞的面试。

和我一起参加面谈的4位同学都是我的好朋友,我们都不知道有几个访美名额,但仅凭需要面谈这一点就可以确定,并不是5个人都能去。很明显,面谈就意味着存在竞争。我想她们的心情大概也是既紧张,又兴奋吧?

她们都是本年级表现突出的同学。我经常在她们身上发现很多值得学的东西。比如说王兰,她不仅英语口语非常好,其他各门功课也都学得特别轻松,每次都像是在漫不经心之中,就冲刺到了别人前面,而且很有亲和力;樊甜甜,初中和我同桌,她学习从来都是一丝不苟,初中6个学期她一人独揽三次第一,她的记忆力也好得让我吃惊,而且还有"书法二段"的特长;李海蓓,从初中起就一直名列前茅,看过很多文学书籍,颇有"满腹诗书"的味道;梁晶,除了英语和其他功课都相当出众之外,还有"拿手好戏"——弹得一手好钢琴。凭我的耳朵听起来,那就是专业水平。她在小学还没毕业时，就已经拥有了相当高的"段位"——钢琴10级。

我面对的，个个都是强手，这使我觉得像是在参加一场激烈的体育比赛，而且只知道想赢得比赛，却根本不知道比赛的内容是什么。不过，我一向都不肯轻易低头服输，最喜欢在公平竞争中竭尽全力去拼，赢了固然好，输了也甘心。我决定第二天尽自己最大的努力，即使没被选中，也别让"老外"觉得我们学校的学生不行。

回家之后，我把情况告诉了爸爸妈妈，他们都说这是个好机会，并很关心明天我打算谈些什么。对这个问题，其实我还没有好好想过，几天紧张的军训，我经常困得迷迷糊糊只想睡觉。我打着哈欠说：殷校长提醒我们最好做点准备。妈妈好奇地追问，那你准备了些什么呢？

"有人说可以看看美国的历史呀，几大山几大湖呀……"

"什么？"妈妈忍不住喷笑，"一个美国人，万里迢迢跑到成都来面谈，就是为了听你告诉他美国有几大山几大湖吗？依我看，哪怕是出于好奇心，他也更想听听你对美国的看法吧？"

妈妈虽然并没有接触过美国人，却能从人的共性入手抓住问题的实质，打中我的要害。我明白了，不管怎么人困马乏，我都应该认真准备一下再去睡觉。

我洗了个冷水脸，振作起精神，坐在爸爸的身边，问他有什么高见。我知道，爸爸对世界不少民族都很有研究，常常说出一些令人叫绝的见解。

果然，爸爸一张口就吸引了我和妈妈的注意力。他用惯有的沉稳语调说："我想，中美两国人民的友谊，比人们想象的更为深远。你还记得吗？抗日战争时期，美国曾是中国最大的援助国，不仅援助武器、弹药、药品，还有好多美国飞行员直接来华参战打日本呢。当时，成都的新津机场，就驻有美国飞行员。为了摧毁日本鬼子的战争实力，美国飞机和中国飞机一起从新津机场起飞，把炸弹扔到了日本本土……"

"是啊，"我一下被点醒了，不禁接过爸爸的话题，一口气把平时积累的知识都抖了出来，"当日本鬼子截断了中国的滇缅公路这条国际交通线后，美国将军陈纳德的'飞虎队'又承担了从云南直飞印度的任务，为中国建立了另一条获得国际援助的新交通线。"

就这样，我利用睡前时间，跟父母一起详尽讨论了可谈的话题：

——中美两国有不少值得回忆的史实。

——中美两国人民过去就存在着友谊，将来更需要友谊。

——美国人搞现代化有不少经验，中国正需要行之有效的经验。

这一下，我真正理清了自己的思路，知道该跟这位友好的美国律师谈些什么了。

想好之后，我就抛开一切，美美地睡了一觉。不过第二天，我仍然起了个大早。爸爸早就让我吃透了这句古训："凡事预则立，不预则废。"我还要花点时间，用英语思考一下昨晚讨论的内容。我希望面谈的时候，英语说得尽可能完美，可别给中国学生丢脸！

面谈：初见拉瑞

第二天到校，一切都比我想象的平静多了。我甚至都感受不到一丝紧张气氛。那天，我第一次见到拉瑞，不过当时我对他的称呼，还是礼貌中带着生疏感的"Mr．Simms"（席慕思先生）。我知道他是一位美国律师，可我首先对他的美国口音更有兴趣，他是来自美国首都华盛顿，那儿的人说的是美国东部标准口音。几位老师也说："这个美国律师，讲起话来简直跟VOA（美国之音）的播音员一样。"在我们学校，对英语口音的品评是一种永远不会过时的爱好，老师学生都这样。

除此之外，我的注意力就都放在我们的谈话上了。

拉瑞非常善于引导谈话，也许这就是律师的职业特征，让我觉得跟他交谈既轻松又随意。我们一会儿谈校园的生活，紧张的学习，还有校园里各种有趣的小插曲。一会儿谈二战期间著名的"陈纳德第十四航空队"和那条飞越喜马拉雅山直达印度的艰险航线……谈完这些，我忽然想到一个问题：美国是一个重视法治的国家，中国是一个正在逐步完善法制的国家，不知道这位美国律师对中国的法制有什么高见。于是我就问了他："Mr．Simms，作为律师，你是如何看待法律在中国现代化中的作用的？"

拉瑞顿了一下，似乎感到有点意外，但是一谈到他的本行，他就显得兴趣更浓了。在后来的交谈中我感到，他对中国的法律确实有不少精彩的看法。他认为健全的法律体系，是中国实现现代化最重要的前提条件之一。

　　将近半小时的面谈，一转眼就过去了。我确实没法判断我到底留给拉瑞什么印象。从谈话时间的长短看，情况似乎并不令人乐观——拉瑞跟我谈话的时间大约是半小时，但是跟其他两个同学谈的时间，却分别是40分钟和将近一小时。还有两个同学，一个谈了半小时，另一个谈了大约20分钟。

　　后来，拉瑞告诉我，他那天面谈的第一个印象，就是觉得我很特别，马上引起了他的注意。不过，在我接受面谈的那天，不论是在面谈过程中，还是在面谈结束后，他都没有把他的这个印象透露出半个字来。大概这就是当律师的人稳重办事的习惯吧？

　　这次面谈对我来说，只像在平静的池塘里丢进了一颗小石子。荡漾的波纹从水面消失之后，我的生活很快就变得像以前一样了。

　　面谈的第二天，我们又马不停蹄地赶回青城山，白天在教官的口令声中接受训练，晚上大家凑在一起讲笑话。那段时间过得非常快乐，我很快就淡忘了跟美国人面谈这回事。

我成了那个"幸运的家伙"

　　8月下旬，我升上了高二，紧张的住校生活像上紧发条的钟表一样，又"嘀嗒嘀嗒"地运转起来。

　　11月底的一天，殷校长把我喊到了办公室，交给我一封从美国寄来的航空信。信封上，几行红色的繁体字跳进我的眼帘：

　　席慕思总裁，华盛顿北京学者交流……

　　我的心激动得"突突"地跳了起来——我已经猜出来了，这大概就是出国访问的邀请信吧？

　　真不敢相信，我真的成了那个"Lucky guy"（幸运的家伙）！

　　那天面谈之后，席慕思先生是这样对我们说的："都很出色，我一时实在难以决定。决定之后，我会寄来邀请函的。"

　　几个月过去了，当我已经开始忘掉这件事的时候，幸运之神却飘然而至，降落在我的头上。不仅如此，当初拉瑞原计划给我校一个访美名额，现在却增加到两个，高三的欧鹏得到了这个增加的名额，成了另一个幸运者。

访美回来之后，我才知道了从 5 名候选人里最终选中我的经过——

通过那天的面谈，拉瑞对我们 5 个人的整体水平留下了相当深的印象，感到很出乎他的意料。此前，他或多或少把以出产大熊猫闻名的四川省，想象成一个闭塞落后的穷乡僻壤。这次面谈，彻底消除了他的这种成见。通过我们 5 个人，他不仅了解了我们学校学生所具有的实力，也看清了成都外国语学校领导们的诚恳和公正。出于一丝不苟的办事习惯，拉瑞根据面谈的印象把我们几个人排了个先后顺序。我被排在第一，李海蓓被排在第二。

到了该做决定的时候，拉瑞和校领导们坐在一起，商量访问美国的最终人选，他完全放心地说："每个人都很好，出乎我的意料。就请你们选一个吧。"

几位校领导推辞了。其原因——我推测的原因，对自己一手培养出来的学生，他们很清楚这些人的实力，从内心来说，他们一定希望每个人都有机会去。让他们亲手划掉其中 4 个名字，他们很难狠下这个心来。他们谦让着，请拉瑞作决定。于是，拉瑞不再推辞，他掏出本子，指着被他排在第一位的我的名字说：

"那就让 Yiting Liu（刘亦婷）去吧。"

说起欧鹏的入选，还挺有戏剧性呢。拉瑞到成都来跟我们面谈时，还带着他的儿子，一个正在上大学的男孩。当拉瑞忙于跟我们谈话，无暇他顾的时候，便请我们的校领导安排一位高三的男生，陪他的儿子在成都市游览观光。平时表现一向出色的欧鹏，就成了陪同的最佳人选。

欧鹏陪了拉瑞的儿子整整 7 个小时。他凭着流利的英语口语、广博的知识、文雅的谈吐，使拉瑞的儿子有了"他乡遇故知"的感觉。这种感觉，也间接地打动了拉瑞本人。于是，我们得知的最终决定就有了令人高兴的变化：我们学校将有两个学生访问美国——我和欧鹏。

让美国人更多地了解中国

访美期间，我很吃惊于不少美国人对中国如此缺乏了解。很多美国人对中国的印象，居然是张艺谋拍的那些以大半个世纪前的中国为背景的电影。这也难怪，对他们来说，脑袋里只装进了那么一点点信息，看法也就只好这样形成了。

有的美国人，见到我身上穿的日常服装，也会好奇地问我："你在中国时，也穿的是这些衣服吗？"他们大概以为我在中国应该穿斜襟长衫、马蹄袖，甚至裹小脚，才跟他们的印象相吻合吧！这种时候，总让人觉得挺憋气的。

因此，我特别希望让我接触到的美国人更多地了解真实的中国。这时候，妈妈帮我精心挑选的礼物就派上用场了。

我送给房东泰勒先生家的礼物，是传统蜀绣工艺品：一幅双面绣《猫戏螳螂》。恰好泰勒的夫人特别喜欢猫，我刚把双面绣的玻璃圆屏安在架子上，泰勒一家就好奇地围过来，翻来覆去地研究——这只活灵活现、两面的毛色各不相同的猫，究竟是怎么绣出来的？我就此向他们讲起了中国的四大名绣和汇集了许多能工巧匠的京、苏、蜀、湘……

我送给接待我的学校的礼物，是一套精美的《彩绘中国民间故事》，这套书除了绘画用的是中国手法，还注有汉语拼音，该校中文班的学生们能通过汉语拼音自己欣赏这些美妙的故事，并从中了解中国悠久的历史、丰富的文化……

我利用带去的剪纸举办了一个中国民俗讲座，从包饺子、吃汤圆，以及"福"字倒挂的特殊含义，让美国学生感受中国人民对美好生活的向往和充满情趣的民风民俗……

我还带了一些其他的小礼物，如：用国画手法画着熊猫或松鹤的竹编盘子；可以插在扇座上做装饰品的香木镂空雕花扇；用麦秆贴画做装饰的小巧玲珑的草编首饰盒……我把这些可爱的中国玩意儿送给美国学校的老师和同学，以及那些热情邀请我们去家里做客的美国人，让他们一看见这些小工艺品，就想起中国，想起成都。

让我最费心也是最得意的礼物，是送给拉瑞的玉石算盘。送玉算盘是妈妈的主意。妈妈说："玉石是中国人精神品格的象征，算盘是中国古老文明的一个极好的代表，对中国古代经济的发展也是功不可没的。而且用极简易的方式解决极复杂的数学问题，也显示了中国人的智慧。你不是会珠算吗？到时候还可以算给他看呢！"

妈妈在成都市找了好几天都没有买到玉算盘，就送木算盘吧，可又嫌太简陋。妈妈又出去转了一天。结果，意外地在一家旅游纪念品商店，买到了这个让人满意的中号玉石算盘。

妈妈非常兴奋，特地在算盘盒子上写了一副对联，让我到时候翻译给拉瑞听：

古有算盘启华夏，
今有电脑惠全球。

横批：

人类文明

当我把玉算盘送给拉瑞的时候，又是翻译对联，又是当场演示，使拉瑞这位对中国了解颇多的人也兴趣盎然。

除了用礼物向美国人介绍中国的传统文化，我也很注意向美国人介绍当代的中国和中国改革开放后的变化。

当有人问我的家乡时，我就拿出从成都带去的明信片，告诉他们，瞧，这就是我住的城市。这条河叫府南河，我们都叫它母亲河。沿河修建的这些大片的花园和漂亮楼房，荣获了"联合国人居工程奖"。最近 20 年，中国几乎每座城市都发生了巨大的变化……

泰勒一家到过世界很多地方，可是从来没到过中国。我告诉他们，中国当前的一项重要的政策，就是欢迎外国人去投资。中国是一个快速发展的国家，在那里有很多机会，而且，劳动力成本优势明显。

我还告诉他许多有关中国的法制进步、投资环境、对外商的优惠政策等情况。我还向泰勒先生介绍了一些西方企业在中国的成功事例。有一次我提到了美国的 P&G 公司，也就是那家以生产飘柔洗发露闻名于中国的美国宝洁公司。恰好那家公司的总裁就是泰勒先生的朋友……

泰勒先生对中国的情况了解得越来越多，兴趣也越来越大。有一次他不无好奇地问我："你一个中学生，怎么知道那么多情况？"

我告诉他，一方面，从中国的中学课本中，就会学到一些有用的基本知识，另一方面，出于个人的兴趣，我平时就对这些信息特别留心，有时还专门买来有关的书籍报刊阅读。时间一长，就知道的多了。

泰勒先生半是幽默半是认真地笑着说："像你这样的中学生，以后应该去竞选总统。"

我告诉他，在中国像我这样的中学生还很多，他们都很关心祖国的前途和命运。比如说，我的不少同学就是这样。这使泰勒先生对中国的未来有了更大的信心。

在我快离开美国的时候，泰勒先生告诉我，将来他打算也到中国去投资，在这个充满机会的大市场里发展他的企业。为此，他希望他的孩子认真把中文学好。

与美国大法官讨论案例

在拉瑞看来，要想让中国学生对美国加深了解，最高法院是个不可不去的地方。这不仅因为美国最高法院是拉瑞工作过的地方，更重要的是，完善的法律体系是一个国家实现现代化不可缺少的重要前提。

像白宫、美国国会等很多美国国家机构一样，设在华盛顿的美国最高法院，也专门为公众设定了可以自由参观的日子。在参观日，德高望重的大法官们往往会亲自出面，接待那些普普通通的参观者，包括青少年学生们，并通过各种生动的事例，为他们讲解美国的宪法和法律。

那天，我们一群中国学生和一部分美国东道主在拉瑞带领下，专程去参观美国最高法院，正赶上最高法院的安东尼·肯尼迪大法官在场。肯尼迪大法官以前曾多次访问过中国，所以对与中国学生讨论美国的法律问题很有兴趣。

那天，肯尼迪大法官向大家讲起了一个正在引起争论的案例：一起有可能涉及侵犯人身权利的搜查事件。这件事即使在最高法院内部，意见也不一致。事件的简略经过是这样的：

一辆汽车在行驶时违章，被警察发现。警察立刻追了上去，拦住了这辆汽车，并要求车上的乘客全都下车接受检查，还从其中的 3 名乘客身上搜出了违禁品。大法官向大家提出的问题是：警察是否有权这样做？

在对大法官一片肃然起敬的气氛中，我勇敢地站起来，用镇静的语调谈起了自己的看法："我认为，这位警察的做法是错误的！"接着，我开始有条不紊地阐述起自己的观点：在这起事件中，违章的人不是全体乘客，而只是那位司机一个人。司机违章，应该受到相应法规的惩罚，但乘客并没有过错。没有理由让乘客也跟他一起分担任何惩罚，哪怕只是下车接受搜查……

肯尼迪大法官先是吃了一惊，听着听着，脸上露出了笑容。等我阐述完自己的观点，这位大法官按捺不住内心的激动，举起双手大声称赞道："Great！（太棒了！）我的看法和你一样，我们不能因为这位警察搜出了违禁品就认可这种违法的搜查，这是我们为了维护美国公民不受非法搜查的宪法条款而应该付出的代价……"

参观结束时，肯尼迪大法官笑容可掬地和我们合了影，并在照片上亲笔签下了自己的名字，送给我留作纪念。

事后——拉瑞给我写留学推荐信的时候，才告诉我："你的发言使在场的所有人都吃了一惊，也包括我这个资深的律师和法律专家。因为这个问题讨论的出发点，是美国宪法的第四修正案，那是一条专门保护美国公民不受非法搜查的宪法条款，而你是在对第四修正案一无所知的情况下，仅凭逻辑思维能力，就得出了正确结论。"

拉瑞认为我阐述的讨论观点，至少相当于美国大学法律专业二年级学生的水平。而且，拉瑞还说当时我的英语说得无懈可击，思维非常敏捷，我的勇敢、镇定、清晰流畅的表达，句句都打中了要害，就像"钉子钉在脑袋上"一样，给他留下了深刻的印象。

C-SPAN 电视台的热线直播

2 月的华盛顿，依然寒气袭人。我们几个中国学生对这座城市，对这个国家的风土人情，已经逐渐感到有几分熟悉了。

2 月 13 日傍晚，领队的杨小虹老师突然接到了一个简短的电话：明天上午 9 点 20 分，一家叫作 C-SPAN 的美国电视台，邀请我们做 40 分钟的直播访谈节目，问我们是否愿意出席？

C-SPAN 电视台实力强大，电波覆盖整个美国。它的新闻节目一向以政治性极强而著称。这样的邀请，对来美国才 20 多天的我们，显然是一副重担。我们应该出席吗？杨小虹老师过来征求意见，大家觉得这是一个挑战，当然都不愿意退缩。

2月14日一早，主持人还没到场，我们4个中国学生就已经端坐在直播间了。电视台的女化妆师告诉我们，我们的直播访谈安排在黄金时段，因为美国人习惯星期天睡完懒觉一睁眼，就打开电视看新闻，C-SPAN总是把最精彩的节目安排在这个时间段。

原来如此啊，这下就更刺激了。

时间一到，经过主持人简短的开场白和友好的问答之后，观众热线电话开通了，从美国各地打来的电话，使直播控制室内的信号灯闪个不停。现场的气氛陡然紧张起来了。

我虽然以前没有亲身经历过美国的电视直播节目，却早有耳闻。据说哪怕贵为总统，也常常被那些伶牙俐齿的主持人和记者们问得下不来台。从尼克松到克林顿，都遇到过这种尴尬。可以想象提问的尖锐。

C-SPAN的主持人像个年轻的大学生，他对我们是友好的，至于打进热线电话的观众会问些什么问题，就很难预料了。我像每次进考场一样，做了两次深呼吸，准备迎接挑战。

美国观众提问的无所顾忌，果然名不虚传。开始不久，就有观众问到了我们对美国自己的尴尬事的看法："你们对克林顿总统的桃色事件有什么看法？"

另一位观众关心海湾战后的局势，他问："你们认为美国和伊拉克关系的前景如何？"

这些问题我们都轻松地做了回答。

一位田纳西州的观众打进电话，他先是用不熟练的中国话开了一个友好的头："你好！"不过，他的问题却多少带着点火药味："我5年前就去过中国，还学过中国功夫。我一直比较关注中国人权的进展。我想请那位会功夫的中国学生谈谈他对中国人权的看法。"

直播间里，大家的目光都齐刷刷地转向了欧鹏。欧鹏回答得很沉着："众所周知，中国是一个人口众多、历史悠久的国家。改革开放以来，我国的人权已经得到了长足的进步。每个国家都有各自不同的特点。我国的人权状况，正在随着经济的发展而不断改善。我相信，随着我们不断的努力，我国的人权问题将会进一步得到完善。"

直播间里的电视台工作人员，为欧鹏的回答鼓起了掌。他们不知道欧鹏寄住的人家经常有一些政客的聚会。欧鹏在这些聚会上回答次数最多的问题就是中国的人权问题。

访谈快结束的时候，主持人向我们提出了同一个问题，将来计划干什么？是否想到美国上大学？

我的同伴们都说将来希望能到美国上大学。

当主持人问到我的时候，我平静地回答："我不准备到美国上大学。因为我认为一个人应该先学好自己国家的文化，然后再去学习其他国家的文化……我计划将来搞经济工作。不过，我想做经济工作并不是因为自己想挣很多钱，而是因为我的祖国还有很多人需要帮助，比如说，在贫困地区还有很多孩子因为没有钱而不能上学，我希望自己将来有能力帮助他们。"

我说的都是真心话。因为我从来没有想过直接到美国读本科，而是计划在研究生阶段报考公派留学生。这是我父母的朋友——一位大学教授所走过的路和给我的建议。当时我也没想到，半年后拉瑞会建议我直接申请美国大学的全额奖学金，使我经过充分考虑后，提前4年把出国留学提上议事日程表。

当时我还不知道，泰勒先生的大女儿瑞切尔，在电视机前被我的回答感动得流下了热泪。我回到她家的时候，她激动得拥抱着我说："中国青年太了不起了！在我们这儿的孩子们只知道吃巧克力冰淇淋的年龄，你们却在思考自己国家的问题，思考自己对人类的责任……"

对这次访谈成功最感到兴奋的，大概还是拉瑞。C-SPAN的主持人刚说"再见"，拉瑞就在直播间外站起来大声欢呼着："太棒了！太棒了！我为我的选择感到骄傲！"

拉瑞不仅为他选择的中国中学生而骄傲，更为他选择了中美人民友好的事业而自豪！

美国学生"学雷锋"

按照拉瑞的安排，到华盛顿的第二天，我和欧鹏分别到了圣安德鲁学校和兰登学校。这两所美国学校都是美国首都华盛顿特区的一流中学。它们在华盛顿的档次，大致相当于北京的北大附中、清华附中和北京四中等名校。东道主的用意，是让我们从最熟悉的校园生活开始了解美国。我们将有近一个月的时间像美国中学生一样学习、生活。

我所在的圣安德鲁学校非常重视"德育"，为了培养学生的爱心和社会责任感，专门设置了每个学生必须完成的课程计划。

这项专门计划的名称，叫作"社区服务计划"。它的目标，是把学生培养成对自己的社区和整个社会富有责任感的公民，同时也使学生们能够更好地理解和他们共同生活在这个世界上的人，特别是那些有困难需要帮助的人，从而变得成熟而富有爱心。

这个计划，我把它称为美国学生的"学雷锋"活动，圣安德鲁学校为它制定了相当周密的措施，执行起来也非常认真。

中国的中学生也要学雷锋：帮助孤寡老人和残疾人、宣传保护环境什么的。可是，随意性比较强，缺少制度化的东西。比如说：怎么干？干什么？干多长时间，干完以后由谁来评定效果，都缺乏周密的设计和安排，也没有一套成熟的章法。

但是，圣安德鲁学校搞社区服务计划，是要作为学生的一项成绩记入档案的，组织方式可就严密得多了。在校长和老师的眼里，社区服务活动，就跟上英语、体育、数理化没有什么两样。一门重要的课程学不好，可能会影响你上名牌大学，而如果你不能按时完成自己的社区服务任务，同样也没有"好果子"吃。

在我访问圣安德鲁学校之前，它们的社区服务计划已经开展了近十年之久。它的活动内容是由学校的最高权力机构——学校董事会，与学校其他管理人员、家长、教师、学生们共同制定的。

从九年级到十一年级的学生，每年要从事不少于 20 小时的社区服务活动。3 年累计，参加社区服务活动的时间不少于 60 个小时。

每个学生在完成了 20 个小时的社区服务活动任务之后，必须写出一篇总结心得体会的论文。当社区服务活动累计到 40 个小时的时候，就必须写一篇长达 3 页、打印得正正规规的文章。或者是在全年级的朝会上作一次 3—5 分钟的讲演，要是不说出个一二三来，指导老师就不会点头签字让你过关。

每一个圣安德鲁学校的学生升入九年级之后，在其他所有事情开始之前，要做的第一件事，就是跟自己的社区服务活动负责人签一份条款齐备、非常正式的协议。在这个协议中，详细规定了学生们必须承担的义务和活动内容，包括服务的具体项目、工作量、完成的时间、考核办法等，一句句钉是钉、铆是铆，毫不含糊。

我发现美国人特别有定合同、签协议的天才。他们对自己所重视的每件事，几乎都有一种定合同的冲动，而且总是把条款设计得特别周密，无懈可击。一份小小的社区服务协议，真是把他们的这个特点表现得淋漓尽致。

如果哪个学生在这3年之中欠了"账"，没有完成所承担的社区服务任务，那他就必须在十二年级临毕业前的5月份前，把"欠账"全部了结。否则，就别想拿到中学毕业证。这个后果可就严重了。因为在美国，要是没有高中毕业证，就没有任何一家像样的大学会录取你去读书。当然，任何一个圣安德鲁学校的学生，都不会在家里连续6—7年共花掉十几万美元的高额学费之后，还甘冒拿不到毕业文凭的危险。

圣安德鲁的学生对社区服务活动确实是一丝不苟。不过，绝大多数大学生并不是因为畏惧规章制度，而是因为对这项活动本身有兴趣。他们说，人要活得有意义。如果由于你的努力而使他人的生活变得更美好，这本身就是一种很"酷"的感觉呢！

独立思考，自主研究的学风

美国的中学生完成作业的方式跟中国学生很不一样。中国学生一般是完成老师指定的练习题，题目就在课本上，一般都有标准答案，掌握在老师手里。美国学生的很多作业却经常没有标准答案，老师仅仅是出一个题目，或者指定一个大致的研究方向，剩下的事就由学生自己去发挥了。学生不得不独立查阅文献，搜集资料，研究问题，然后得出自己的结论，再由老师来打分。

有时，学生的结论跟老师不一样，但只要言之成理，也能得到高分。

老师并不因为跟自己的观点不同，就排斥学生的结论。因此，美国学生独立搜集资料和独立研究的能力，比较容易得到提高，尤其是优秀学生。

这种训练方式，使一些优秀的美国学生能够根据自己的发现，抓住问题的要害，刨根问底，往往能提出一些有价值的创见来。在这里之所以把范围限定为"优秀学生"，是因为美国跟中国一样，也有不少只爱玩乐不思进取的懒蛋。

关于美国优秀学生的独立研究精神，有一个真实的小故事：

1999 年，美国国会通过了一个特别决议，表彰一位名不见经传的小学生，因为他发现了发生在第二次世界大战期间的一宗错案，并促使这宗错案得到纠正。这名小学生就是在学历史课做家庭作业，查阅资料的时候发现问题的。在此之前，历史资料一直认为，大战期间有一艘美国战舰的沉没，应该由该战舰的指挥官承担责任。为此，那位指挥官不仅受到了审判，而且被判有罪。但是这位小学生在查阅资料时却发现了疑点，他决定要把事实查清，于是花了大量课余时间，锲而不舍地广泛收集证据，还亲自找了许多见证人做调查，终于获得了可靠的证据，足以证明那位指挥官的无辜，当时的判决是一起冤案。美国国会经过调查，认可了这个小学生的结论，终于使那位蒙冤半个世纪，早已不在人世的指挥官恢复了名誉。

这个案例说明，通过这样的培养方式，确实使一些美国学生具备了较强的研究能力、独立思考的能力。我想，如果中国学校采用同样的教学方法，中国学生的研究思考能力也绝不会比美国学生逊色。

我在圣安德鲁学校，曾经见过一位美国学生为"妇女权益"一课的讨论所准备的提纲。看上去，就像是一篇内容丰富的好文章，搜集的资料非常广泛，在层次分明的论点下逐次列出论据，其范围远远超出了课本的局限，读起来简直像大学生做出来的东西。这显示了美国学生主动搜集信息、研究问题的能力。

我在圣安德鲁学陶艺

到了上艺术课的时候了。在令人眼花缭乱的艺术实践课里，我应该选哪门课呢？

　　油画我毫无基础，雕塑我也一窍不通，想来想去，只有选最容易的艺术品种——玩泥巴来实践一下了。我想，做坛坛罐罐我也许还行。于是，我有幸去尝试了一下在圣安德鲁上陶艺课的滋味，感到趣味浓浓。

　　一团软软的黏土上了我的陶轮，它却根本不像在老练的美国同学的手里那么听话。它不肯变成我所希望的杯子、花瓶和我记忆中儿童连环画上的细颈阿拉伯水罐，而是像一条狡猾的软蛇，不停地扭来扭去，然后就瘫了下去，死了似的。看来不下点真功夫休想驾驭它们。好在我的目的只是玩，积极性也就没有受太大的打击。

　　我发觉最听话的是我自己的手，于是我取了一团软泥，先用手捏成一个巴掌大的泥片，又取了一团泥搓成泥条，压成一条薄片，再粘到泥片的边沿上，成了一个像杯子一样、粗糙得近乎原始的器皿。我的第一件陶艺作品就这样有了雏形。我一点也没有亏待它，按部就班地给它上釉，送它进了窑炉。到出炉的时候，我忐忑不安地伸长了脖子盯着看——哈，它居然满身披上了蓝中透黄的半透明彩釉，看起来已经有点像一回事了。不幸的是，我的粘接技术不过关，杯底被高温烧掉了。

　　第二次，我比较有经验了。我放弃了搞"立体艺术"的奢望，把我的艺术想象力集中于"平面艺术"上。我又捏了一块泥饼，把轮廓做成两颗心重叠在一起的样子，在大的一颗心上写上 Mum（妈妈），又在小的那颗心上写上 Me（我），这是我准备带给妈妈的礼物。给爸爸的则是一只印第安风格的小陶鸡（我的属相）。

　　回国后，爸爸妈妈很喜欢我做的几件陶艺小"作品"，珍爱地用它们布置了一个充满情趣的窗台。

　　在短暂的陶艺课上，我享受到了一种完全自由发挥的乐趣，没有任何压力的学习过程。

　　记得在我小学三年级时，曾有一位很不错的美术老师教过我们画国画。他循循善诱，一堂课的时间，就让我们学会了画牦牛。一笔淡墨下去，就有了牦牛毛茸茸的躯干，再蘸一点墨，又一笔下去，就有了牦牛弯弯的角……一堂课下来，我变成了狂热的国画迷。回家后，意犹未尽，还兴致勃勃地为爸爸妈妈表演我刚刚热炒到手的画技，边画边解释：看，这是牛角，像不像？这是牛腿，这是……爸爸妈妈边看边点头："不错，不错，挺像那么回事的。"爸爸还特地请一位重庆美院国画专业的毕业生，来看过我的"作品"。

可惜的是，当我对绘画的兴趣越来越浓的时候，学习的负担也越来越重了。每天晚上家庭作业都要做到将近 11 点。于是，我不得不忍痛割舍了我心爱的"画家"梦。我一直坚信，如果有机会让我跟一位好老师学画画，我一定不是太蹩脚的学生。虽然最终我不会放弃今天所选择的方向，但是我同时也有机会成为一个过得去的业余"画家"，闲暇时用画笔绘出我对人生的种种感受。

从这个角度来说，我羡慕国内那些正在读小学、中学的学生们，在素质教育越来越受重视的今天，他们将会拥有比我当初更多的选择，更少的无奈。

电脑课与小老板

兰登学校的电脑课也值得一提。实际上，它反映了美国不少中学电脑课的教学水平。在国内上电脑课，我感受最深的，是教的内容太少太浅，一旦面临实际应用，所学的知识老是不够用。幸好爸爸对电脑很熟悉，经常帮我临时补课，热炒热用。

我想这是因为国内许多中小学在电脑硬件设备和师资条件方面受到的限制多，教学内容就不得不局限在一个狭小范围内，每周的电脑课程又少，学生累计上机时间也太少，即使进了大学，多数学生对电脑操作也很不熟悉，更别说深层次的应用和创造了。

我在圣安德鲁学校看到的，是另一幅景象。

它的电脑室里都摆放着数量相当多的电脑，而且全部是开机状态，任何人一坐下来，马上就可以用。无论我去得多么早，走得多么晚，情况永远如此。不少学生都有自己的笔记本电脑，像一个小巧的手提箱，拎在手里走来走去。那种随时随地都可以坐下来工作的感觉，确实很爽！

每个圣安德鲁学校和兰登学校的学生，都有一个属于自己私人的E-mail address（电子邮件地址），使他们能十分方便地跟哪怕远在天边的另一个网友相联系，信息的传递，只在片刻之间。我到圣安德鲁学校的第三天，也得到了一个属于我自己的电子邮件地址。在一台装有 Linux 操作系统的电脑上，我立刻用这个地址给远在国内的爸爸妈妈发了一个简短的邮件，而且几个小时以后就收到了他们回复的电子邮件。这是我有生以来第一次发 E-mail。

我的美国同学们平时都很少用笔，以至于有些同学身上平时根本就不带笔。电脑就是他们的笔，做完作业，用打印机打出来，就可以交作业了。到了高中阶段，美国学生的家庭作业多起来了，经常要到睡觉前才能完工。这些作业都需要在电脑上完成，也经常需要到因特网上去查资料。

我离开美国前夕，不少美国同学送给我写着祝词的贺卡，字迹都不大美观，原因是他们常年用电脑做作业，写字的机会少，跟他们的上一辈人比起来，字都写得不大漂亮，但电脑操作却熟练得多，很多美国父母，就是把自己的孩子当成电脑老师的。

美国的在校学生，无论小学、中学、大学，上因特网漫游一律免费。我想这不是为了炫耀美国社会的雄厚财力，而是在实施有深远意义的育人工程。一代以因特网为课堂自由驰骋的莘莘学子，必然容易具备更深厚的学识、更敏锐的眼光、更宽广的胸怀。

兰登学校电脑课的内容比我们所学过的深得多！

在他们的教学内容中，除了一般的硬件知识和常见的操作系统平台软件以外，还包含了掌握 Borland Turbo Pascal 这样的课程。这是一种目前应用很广的程序设计高级语言。兰登学校用两个学期的时间，来教会学生从理论和应用上掌握这种语言。很多学生拿到这根"拐杖"后，就能自己编写较复杂的程序，充分发挥自己在电脑方面的天赋了。

这样看来，美国中学电脑教育的思路，是放在"创造"二字上。

这使我想起了一个真实的小故事。

几年前，大名鼎鼎的美国苹果电脑公司，曾在东海岸的波士顿举办了一次规模很大的展览会。展览会的开幕式上，苹果公司的总裁亲自担任主持人，并郑重其事地邀请了两位嘉宾为展览会的特邀贵宾。这两个人，一位是在因特网上赫赫有名的网景（NETSCAPE）公司的副总裁。出人意料的是第二个人，他居然是一位年仅 12 岁的小学生，名叫格雷·迈勒尔（Grey M. Miller），据说当时年纪小得连乳牙都还没换齐。

可是这位小学生却是个了不起的人物，他花了 20 分钟时间，当场向大家演示了自己用苹果电脑开发的教育软件——

种子撒落在大地上，阳光明媚，接着就是风的吹拂，雨的滋润……于是，种子发芽了，长高了。接着又是一片阳光，一阵风雨，花蕾绽开，果实孕育……大自然显示出勃勃生机。短短 20 分钟的演示，他熟练的操作，漂亮的画面，丰富的想象，生动的而又童趣十足的解说词引起了满堂笑声，阵阵喝彩。

结果在这次盛会的开幕式上，小迈勒尔成了耀眼的明星，享誉全球的网景公司副总裁反而变成了他的"陪衬人"。在阵阵热烈的掌声中，苹果公司的总裁把一台最新型的苹果电脑赠送给小迈勒尔作为礼物。美国社会各界常像这样，以自己的方式热心参与对杰出青少年的培养和激励，这也是美国青少年中的英才容易脱颖而出的一大原因。

更让人意想不到的是，小迈勒尔自己也是老板——他已经成立了一家销售自己开发的游戏和教育软件的公司，手下还雇了几个跟他差不多大的孩子为帮手呢。当年，比尔·盖茨 15 岁就开设了自己的公司，小迈勒尔会成为明天的比尔·盖茨吗？

如果说小迈勒尔是一颗早慧的硕果，那么美国电脑教育的总体高水平就是无数硕果得以长成的肥沃土壤。凭借着雄厚的财力和科技实力，美国政府下了不少功夫推进电脑和因特网在教育中的应用。最近两个规模宏大的目标，一是实现每个学生拥有一台笔记本电脑。这个目标的实现，可以让很多美国学生从此告别纸张印刷的教科书和笔头作业，进入绚丽多彩的电子课本、软件教学时代。二是让全国的每一间教室都与因特网相连接，让每个美国学生都能从内容丰富的网络世界中获取知识，开发智力。这两个目标的实现，肯定会对美国教育的发展产生相当大的作用，并大大推动整个美国的发展。

跟他们比较的结果，确实会让人产生很强的危机感。

在这片电脑教育的沃土上，美国不仅已经产生了一批像微软的比尔·盖茨这样的电脑业巨子，而且可以预料，它必将对美国的高科技产生更大的推动力。其中值得我们借鉴的地方一定不少。

兰登：奖励的"万花筒"

在兰登学校的校刊《兰登新闻》上，我看到了这样一则消息："学生委员会主席丹尼尔·斯蒂芬斯获得了一年一度的校级'杰出成就奖'，这是由校长布莱德利先生亲自决定的……"

这使我对兰登学校设的各种奖项有了兴趣。我兴致勃勃地查阅了学生自办的校刊《兰登新闻》，看到了一串得奖名单：

莫迪维与亨特，获得了哈佛大学与达特茅斯学院荣誉少年奖状。这是一项与学生综合素质有关的很有分量的奖。

查普曼获得了"增进协调者奖"，这是一种表彰协调人际关系能力的奖，兰登校方认为，能使大家协调一致地工作，是有领导才能的表现，这样的孩子，说不定将来能做大事。

克莉斯·莱恩获得了"公民奖"，这是一项表彰社会责任心的奖，与学习成绩无关。

亚当·马尔克斯获得了"活动奖"，这是一项表彰课外活动成绩的奖。

查普曼和弗拉休两人，还共同获得了"道德规范奖"，这是一项与学习成绩无关，只与道德表现有关的奖。哪怕你什么本事都没有，能当个好人，也值得大加鼓励。

后来，我在兰登获得校级奖励的名单上还看到过下面名目繁多的各种奖项：

"兰登学校父亲俱乐部公民奖"，是一种鼓励学生社会责任感的奖项。

"威廉·哈里森三重奖"，是一项奖励学生综合素质的奖。

"哈夫·里德伯格毕业生学术成就奖"，这是为了奖励学业成就而设的奖，这样的奖项在兰登学校只占少数。

"达特茅斯读书俱乐部奖"，这是专为鼓励学生多读好书而设的奖。

"哈佛大学普利策读书奖"，"普利策奖"是美国新闻界的最高奖励，这项奖的设立，也是为鼓励学生们多读好书。

"威廉·利姆斯中学运动奖"，设立它，是为了鼓励学生发展体育才能。

"威廉姆斯·维斯低年级运动精神奖"。低年级的孩子们参加体育活动，跑不快，跳不高，有的学生还胆子特小。为了鼓励他们在运动场上放开胆子，重在参与，特地设立了这样的奖。

……

以上这些，通通是学校这一级别的奖励，获奖者大约占全校学生总数的 6% 以上。如果算上在班级和年级得奖的人数，占学生总数的比例一定非常大。

我很快就发现，兰登学校，当然还有圣安德鲁学校设立的各种奖项，跟我国中小学最大的不同，就是它多元化的丰富色彩和大比例的覆盖面。而直接指向学业成就的奖项，占的比例却相当小。据说美国的绝大多数学校都是这样。

这样奖，那样奖，只要是能推动学生们努力向上的奖，校方都在变着花样地推出来。看来在兰登，不论你在哪方面有点小本事，又愿意比别人多流几滴汗，就总能找到得奖的机会，只要是有价值的才能和行为，总能受到赞赏和激励。在这样的环境里，有失败体验的孩子，一定少得多，相当多的人都会觉得自己很棒。怪不得美国学生做起事来，一个个总是显得那样自信。

哪怕你什么本事都没有也没关系，兰登学校获奖人数最多的一种奖，是"加里·马奎尔道德规范奖"，它的得主往往能在每年的校级奖项获得者名单里占上一半。即使上帝没给你任何才能，认认真真当个有道德的好人，也一样会赢得赞誉。

如果可能的话，我们的中小学校不妨也打破常规试一试。从校级到班级，设上一串又一串的奖。想方设法让那些哪怕最不起眼的孩子们，也能从老师或校长手中屡次接过那郑重颁发的大红奖状。让全班至少有一半以上的孩子，都有机会体验成功的喜悦与荣耀。这样的孩子，今后的人生之路一定会走得更自信，更有光彩。

优秀学生走"快车道"

以前，我曾多次看过有关美国中小学教学质量不佳的文章。例如美国有家公司招聘高中毕业生当工人，发现其中大部分人竟然不会填写普通表格。有资料说，在发达国家中，美国中小学教育排名只能屈居第七八位。

这使我产生了一个大问号：既然基础教育如此不扎实，那美国先进的科学技术和巨大的社会财富，究竟是靠谁创造出来的？

我观察了圣安德鲁和兰登的做法，并和爸爸反复讨论过这个问题，相信从下面的现象中，我们找到了其中一部分答案。那就是美国从小学起普遍存在的"重点学校""好学生进快班"和"全社会参与人才培养"这三种教育机制，大大提高了优秀人才的"产出率"。而美国的发达和富裕，正是以大批优秀人才为"带头羊"来实现的。

"重点学校"

兰登和圣安德鲁，都是择优录取新生，教学质量出众的好学校，可以看作华盛顿地区的"重点学校"（之所以加上引号，是因为这是各校竞争产生的客观结果，而不是谁封的）。两校的毕业生，进入名牌大学的比例大大高于普通学校，这可以从一个侧面反映其学生的素质。就连老布什总统的孙子，都被送进兰登学校读书。

类似的"重点学校"在美国是普遍存在的，主要是私立学校中的相当一部分，以及一批位于城郊富裕区的优秀公立学校。这些学校的学生，一般学习都比较努力，基础知识和技能比较扎实。这些好学校，是美国优秀人才的摇篮和沃土。

各种深造班

绝大多数学校里，包括好学校，学生的能力会有高低强弱之分，一般是呈"枣核状分布"——尖子生和绩差生少，中间状态多。我国不少学校的通常做法是"一刀切"，让兔子和乌龟按同一进度赛跑，而且为了照顾乌龟，不让兔子跑得太快。这样的好处，是心理压力较小，但却有不利之处：根据"潜能随年龄增大而递减"的规律，十几年学生生涯结束时，很多"兔子"可能退化为"乌龟"，成了王安石惋惜的"仲永"。对他们来说，"三天不练手生"，何况十几年的慢步爬行呢！

兰登和圣安德鲁没有这样做。它们都承认人的兴趣和才能有差异，同年级的学生不要求统一教学进度，因此不是按年级分班，而是按学科的难易程度分班，学生分别到适合自己学业进度的各种班里去上课。为了让能者早成才，学校为各科的尖子学生开设了多门"深造"课程。

翻开这两所学校的课程计划表，最引人注目的是两大类课程：一类叫Honors（荣誉课程），难度明显高于普通课程；另一类叫AP（Advanced Placement，可译为"提前选修课"），是给优秀中学生开设的大学课程，难度更在荣誉课程之上。还有些美国学校把这一类的课程称为"天才班"或"天才教育班"，实质都一样。

Honors和AP课程，有生物化学、外语、微积分、艺术课等，几乎覆盖了所有学科，这使无论在哪门学科有天赋、兴趣浓的学生，在各个年龄段，他们的潜能都有机会被及时发现，并很快得到特殊关照，以超常速度前进。

学校公开宣布：只有那些愿意多流汗，不怕挑战，渴求知识的优秀学生，才能被这类"快班"予以考虑，而且要过三关：先得有任课老师的认可和推荐，随后还要经过学科主任的批准，试读一段时间后，不适应者仍回原学科班学习。

特别值得一提的是：圣安德鲁和兰登两校的"快班"制度，也是美国很多中小学（当然也包括大学）的通常做法。全国普遍存在的"快班"，对美国具有重要意义——因为即使每所学校只培养出一名优秀学生，全美国也会冒出一支兵强马壮的人才大军！更何况实际上进过各种快班的学生，在圣安德鲁和兰登估计至少超过学生总数的10%—20%。全美国估计也大同小异。

全社会参与人才培养

不仅学校在给优秀学生大开"小灶"，整个社会也在这样做。才华出众的好学生，会受到美国社会的广泛关注。很多优越的条件，就是专为他们提供的。美国人深知，杰出人才关系到每个公民的切身利益。既然一个比尔·盖茨就能折腾出市值达6000亿美元的微软帝国，抵得上全体法国人辛辛苦苦干半年，每年纳税额惊人，那么培养出千千万万的盖茨，又会给美国大众带来多大的实惠！

于是发现优秀学生后，不仅学校会倍加珍爱地培养他们，大小企业和私人会慷慨地奖励资助他们，科学家带着他们参与各式各样的科研项目，耗资巨大的太空站里，也为热衷科研的优秀中学生提供了各种太空实验的良机。艺术家也会为他们的艺术天赋施肥浇水……就连总统本人，也会每年亲自出面大力表彰其中的佼佼者。兰登学校有个名叫奈森·佛利的10岁男生，就是因为绘画才能出众，得到校外一位女画家长期义务辅导，因而技艺大进，名噪一方。

学校和全社会普遍对人才幼苗提供"特殊苗圃"，倍加精心地培植，这正是美国能涌现出大批杰出人才，国运久盛不衰的重大原因。

鉴于英才就是国宝，人才又必须从小培养，英、法、德、意、丹麦、芬兰等国，都普遍在学校里设置了各种形式的"快班"，并规定了相应的考试制度。"快班"所取得的成绩，在本国大学和发达国家的大学也都普遍被承认，可以免修该学科而取得其学分。

让好学生上"快车道"，已是发达国家学校的普遍做法。

今天就连韩国都在下大力，建立从幼儿园开始的"一条龙"体制，从小发现大批潜在人才，并加以特殊培养。印度也实行了"优生快学"的制度。"一刀切"的教育方式，正被越来越多的国家，包括发展中国家改变。

如何避免普通学生的心理压力

当那些优秀学生快速发展时，表现暂时一般化的学生会不会感受到失败，承受着沉重的心理压力，并就此自卑消沉？

对绝大部分普通美国学生来说，答案是"否"！

在这里特别强调"暂时"二字，是因为有大量的事实表明，人的成才有早有晚，暂时表现平平，决不意味着永远平平。即使在诺贝尔科技奖项的得主里，也有不少人在小学或中学表现并不突出，最终却成为全世界公认的天才。因此人们有足够的理由断定，在暂时"表现一般"的学生中，仍然潜藏着大批未来的英才。

由于美国学校里实行的都是"多元化"的激励方式，学业、体育、诚实、环保、助残……任何方面的出色，都会受到毫不吝惜的表彰。这使大多数学生都能在自己身上找到值得自豪、被众人承认的闪光点。加上前述的分班制度和对公布学习名次的某些限制，那些行驶在"慢车道"上的普通学生，也能摆脱失败者的心态。

换句话说，对表现暂时一般的学生，是靠制度化的激励机制和深入、细致、个性化的"思想工作"，使他们保持心理状态的健康向上。

在美国人身上，你会发现普遍具有的自信心，尽管他们的大多数也许并不出色。

有多少中国学生需要"快车道"

心理学家发现，具有超常潜能的人占人口比例的 1%—3%。这样，中国仅今天在校的中小学生中，就有 200 万至 600 万禀赋超常的潜在人才，而且还在以每年数十万人的速度涌现出新人。如果加上比例更大的潜能中上但毅力过人的潜在人才，数量就更多了。这是中华民族最大的资源优势。如何使他们的潜能从一露头就被及时发现，并很快得到加速培养？这是一个很有价值的重大课题，并很可能与众多普通中小学校有关。因为你班上那位刚刚拆坏了家里收录机、小闹钟的淘气包，说不定就是中国未来的爱迪生、比尔·盖茨或爱因斯坦。

中华民族实现"强国之梦"的前提之一，就是人才资源得到充分开发，尽早涌现出大批英才。这就需要建立一套从幼儿园开始的"一条龙"体制，使大多数"好苗子"都能及时走上"快车道"。也许这样才更符合"人的潜能存在个体差异"的客观事实，也更能体现"发展才是硬道理"的大智慧。

这就是美国从小学开始的"重点学校"和"优等生走快车道"等运行机制，给我和父母带来的一些思考。

中美两国中学生部分素质对比

我的访美活动即将结束了。美国老师和同学们为我用磁带录下了热情友好的临别赠言，还送给我许多小礼物，每个人都强调说："这是我亲手设计制作的。"似乎不如此就表达不出惜别之情的真挚程度。这又一次让我感觉到，美国人对个人独创性的推崇已经到了深入骨髓的地步。

回顾一个月以来的所见所闻，给我印象最深的，不是美国一眼就能看出来的发达和富裕。这些方面，在我到美国之前就已经有很多耳闻，到美国后也已经见惯不惊了。

在长时间的回国飞行途中，我浮想联翩。纷乱的思绪最终被梳理成两个问题：这些物质上的成就是靠怎样的人创造出来的？这些人又是怎样培养出来的？

顺着这个思路，我把中美两国中学生的素质作了一番对比。尽管这种对比，更多的只是一些直接所见的印象，但我还是觉得把它们写出来，可能更有助于对素质教育问题的进一步探讨。

1. 身体素质对比：美国学生占较大优势

体育是美国学校里的重要课程。每天下午两三点钟开始，兰登和圣安德鲁的学生就把时间都用到了运动场上。美国孩子从小学开始，简直就是泡在运动场上长大的。大量的体育锻炼，加上合理充足的营养，使美国学生大都长得"人高马大"。就连女孩子对体育也十分热衷。体育好的学生远比学习好的学生更受同学们推崇。

体育锻炼的好处确实很多。身体强壮动作灵敏，不仅精力充沛后劲足，还有利于培养意志坚强、积极进取的性格。相反，身体太弱或太胖，无精打采或行动笨拙的孩子，自信心和意志力都容易受到损害。

在我们的不少学校里，"豆芽菜"式的体形比比皆是，"小胖墩"也越来越多，但是，那种肌肉发达、动作灵活的运动员型学生却很少见。而这在美国的中学里，却是十分普遍的类型。

我很庆幸，十几年以来我的父母一直重视体育的功效。我也有几分遗憾，从小学到中学，锻炼的时间总嫌不够。

如果每个中国家庭都把孩子的体育锻炼看得像语文数学的分数一样重要，就给自己的孩子送了一份能终身享用的厚礼。如果重视体育能成为每所校园里的"硬政策"，那就更会给中华民族的未来铸造无数坚实的基石。

2. 独立能力对比：美国学生好于中国学生

一方面，这是因为美国家庭普遍重视培养孩子的独立能力，另一方面，美国学生锻炼独立能力的机会也非常多。自己动手，几乎成了与生俱来的习惯。

不分担家务劳动的孩子很少见。不是擦汽车，就是剪草坪。年级稍大的小学生，就可能去当小报童，挨家挨户送报纸。钱虽然挣得不多，却从小小年纪就学着面对社会，独立处理问题。到中学阶段，打工更为常见。一到暑假，加油站、快餐店、超级市场，到处都有中学生在忙着干活。一个暑假下来，往往能挣两三千美元，这对中学生来说已是一笔大数目了。通过一次次打工，很多中学生都已经变得相当老练、自信了。

相比之下，很多中国家庭的父母，往往把考到好分数看成孩子的唯一任务，其他一切家务事就通通由父母包办代劳了。这可不是帮忙，而实在是帮倒忙，是剥夺了培养他们能力的机会。其结果，在几年前震动全国的《中日下一代的较量》中已经看得很清楚了。在内蒙古草原上的野外生存比赛中，中国孩子因为父母的溺爱和娇惯，惨败在日本孩子手下。"衣来伸手，饭来张口"培养出来的寄生依赖思想，成了很多中国孩子的致命弱点。望子成龙的父母们，请从小多给孩子一点"自力更生"的机会吧！

3. 基础知识量对比：中国学生超过美国学生

从我所见到的情况看，中国学生的基础知识，特别是数理化方面，学得比美国学生扎实。这是中国学生的重要优势之一。然而中国学生掌握知识的方法，却不如美国学生那样灵活主动，也缺乏探索精神。同时，美国学生对科技的新进展比中国学生熟悉得多，这说明我们的教材老化程度较重，也许需要建立一种及时更新的机制。

这次访美期间，兰登学校为我们安排了一场高三学生的"国际数学友谊赛"。考题一共有8道，难度都在现有的教材之上。时间一到，结果很快就出来了：我们学校高三的欧鹏做对了6道题。上海的高三学生任海云，8道题全都做对了，得了满分。再看美国学生，就连兰登学校最棒的数学尖子，也只做出了4道题。

我也接触到不少留美的中国学生，他们大都勤奋努力，学习成绩优秀。但最有成就的学生，却不一定是分数最高的学生。因为成就不光来自考试的高分，更要靠创造力、探索精神和社会技能的综合作用。

中国的教育改革，如果能在全面提高学生素质的同时，继续保持基本知识扎实的长处，那么，中国学生的素质将会不比欧美学生逊色。我们一定不要把美国中小学忽视基础知识的失误当成优点来学。而美国学生的好学生们，基础知识也是很扎实的。有不少美国同学高中阶段就学完了大学本科的数学。

值得注意的是，今天美国人也正在反省他们的教育，认识到以前忽视基础知识的掌握是一个错误。这个错误，造成美国的基础教育落后于其他一些发达国家。爸爸认识的一位在美国留过学的日本女博士，就是不肯把女儿送到美国读小学，她认为美国的中小学学得不如日本扎实。如今美国也正在搞教育改革，修补以前的漏洞。

4. 团队精神：中国学生不如美国学生

在美国学生口中，我经常听到的一个说法是 team spirit，意思是"团队精神"，说的是一个人与大家协同工作的能力或态度。一场篮球赛里，如果哪个家伙为了自己出风头，老爱独自卖弄球技，连累大家输了球，他就会被大家一致斥为"没有团队精神"。

体育和其他集体活动，都是美国学生培养"团队精神"的课堂。无论是圣安德鲁还是兰登，各种体育比赛一场接一场，一年四季，几乎每周不停。如果加上平时的训练，美国学生在运动队里累积度过的时间就非常可观。再加上各种广义的"运动队"——戏剧小组、乐队、舞蹈队、唱诗班……大概就找不出不具备团队经历的美国学生了。这对培养他们协同工作的好习惯起了很大作用。

把团队精神放大来看，如果一个国家的大多数公民，都具有与他人紧密协作的习惯，就会减少许多内耗，产生许多生机勃勃的企业和团体，使整个社会更有活力。

相比之下，中国的中小学生由于长期以来习惯于独自面对书本和考卷，长期缺乏与同学紧密合作的经历，就容易造成团队意识淡漠，从而影响到他们日后在工作岗位上与同事"拧成一股绳"的能力，并可能产生各种不必要的内耗。站在整个社会的角度看，也就不容易产生强大的"合力"。所以团队精神不足，既不利于个人发展，更不利于中华民族崛起。

我们的大中小学里，是否也有必要把"协作能力"列为培养目标之一，使"集体主义"的内涵变得更加实实在在？

5. 主动性和首创精神——美国学生好于中国学生

中国学生做事，往往先考虑是否有章可循。而美国学生则显得放得开，习惯于"只要没被禁止的，就都可以做"。因此他们玩起来花样百出，做起事来也较少有框框的束缚，敢想敢干。这样不仅做事容易成功，做学问搞研究也更容易有所创新。

6. 处理人际关系的能力——不少美国学生比中国学生强

这是因为美国学生之间的交往机会特别多的缘故。首先是课堂学习，大量的讨论式教学增加了学生间的交流机会。其次学校里各种名目的社团多，活动也多。办校报、搞演出、体育比赛令人目不暇接。此外，美国学生也喜欢自己在周末搞各种聚会。这使美国学生在交往时，往往比中国学生显得更轻松自如。而善于处理人际关系，对人的成功是一个重要的因素。

7. 动手能力——美国学生一般强于中国学生

美国学生在课内和课外都有很多动手实践的机会。不仅在学校有很多实验和操作项目可做，即使去博物馆、展览馆参观，也有不少展品是允许孩子们去摸、去动、去操作的。由于人工费昂贵，美国人在家里也喜欢凡事自己动手：油漆房子、修汽车、剪草坪，能干的通通自己干。于是，孩子们从小习惯于自己动手也就不足为怪了。

相比之下，中国学生无论在校内还是家里，动手实践的机会都太少了。众多"分数挂帅"的父母们对家务事全包全揽，更使很多孩子的动手能力"雪上加霜"。

8. 刻苦学习的态度——中国好学生胜美国好学生一筹

不爱学习的懒学生，想必各国都有，所以刻苦精神只能在好学生之间比。在圣安德鲁和兰登这样的好学校里，美国学生刻苦学习的态度跟我所知道的中国名校的学生相接近。多数学生放学后，都要自学 3—4 个小时。但美国学生通常比中国学生更注重对生活的享受。这样看来，中国学生勤学苦练的程度比美国学生要强几分。

就我有限的见闻来看，中国中小学生的某些素质目前还落后于美国学生。我真心希望这只是暂时的现象。既然这个问题已经引起了中国社会各阶层的高度重视，我相信，离解决它的日子也就不会太远了。

据我观察，美国学生的素质培养，主要靠的是合理的目标和有效的制度，对硬件的依赖程度并不大，其大多数素质的培养方法，在我国的学校里也是能够实行的。例如，实行多元化的奖励制度，大力加强体育活动，变填鸭式的授课方式为启发和探索的方式，加强协作精神的培养，鼓励创新精神，培养学生的公民意识和社会公德心等。

同时，家长如果想当"有心人"，也不必一切都坐等学校来做。我的亲身经历说明，许多良好的素质，完全可以通过家庭教育培养出来。

中国学生一点也不比欧美学生笨。从小学到大学，在很多美国学校里，华裔学生都是名列前茅。由于重视教育，美国华裔已经成为美国平均受教育程度最高的族裔，超过了当初居于榜首的美国犹太人，更在日裔之上。在美国加州的硅谷，由于大量华人高科技人员的聚集，汉语已经可以成为很多硅谷公司的工作语言了。

这样看来，只要有一个科学有效的教育体系，有良好的运行机制，使既定的素质教育目标得以实现，我们的中小学里也一定能培养出大量高素质的学生来。既然在抗日战争时期异常简陋的条件下，西南联大都能培养出杨振宁那样的英才，日后成为诺贝尔奖得主，就可见更关键的是如何发挥"软环境"的作用。

第十一章

挑战人生，冲刺哈佛

婷爸爸张欣武的话

  1998 年 2 月中旬，婷儿和欧鹏登上了回国的飞机。当他们还在太平洋上空飞行时，拉瑞的报喜邮件已经抢先一步飞到了成都外国语学校。婷儿他们一到家，报社的记者就连夜进行了采访。第二天，《成都晚报》在头版用大红标题登出了《蓉城中学生访美载誉归来》，其他媒体也争相报道。不论是学校的老师同学还是一般市民，都认为他们在美国的出色表现给中国青少年争了光，也给家乡人民争了光。

  欧鹏和婷儿在配合媒体工作的同时，心里却急得够呛：这次访美足足用掉了一个月呀！高三和高二的同学们在高考的峭壁上又攀登一大截了，他俩都需要加大油门尽快赶上。

拉瑞问：你是否愿意接受挑战

  1998 年 6 月，婷儿正忙着高中会考时，收到了一个电子邮件，是拉瑞发来的。拉瑞以他惯常的简捷方式，开门见山地说：

  "艾米，告诉你一个好消息，我得知哥伦比亚和威尔斯利都有专为中国学生设立的全额奖学金，当然，他们只接受最棒的中国学生。不知你是否愿意接受这个挑战：直接申请到美国大学读本科。"

  显然，婷儿到底愿不愿意到美国来读大学本科，拉瑞还没有把握，因为在美国的 C-SPAN 电视台答听众热线的时候，婷儿是唯一表示不打算到美国读大学的中国学生。在婷儿访美之前，我们全家曾经谈论过对婷儿读大学的设想，大家一致的看法是，在研究生阶段再考虑出国更合适。在C-SPAN，婷儿回答的就是她当初的这个设想。正因为如此，拉瑞感到有必要先征询一下婷儿的意见。

  对拉瑞的这个邮件，婷儿还是重申了原来的设想，并好奇地问：你认为我有多大的把握竞争美国名校的全额奖学金？

很快，拉瑞又来了一封邮件："竞争的成败不取决于我的推荐信，而在于你有多优秀。不过，我以前推荐过的两名学生，被录取后表现得都很出色，因此，我的推荐在学校方面应该有点信用。但这不是有绝对把握的事，这种竞争总是有些不确定的因素在里面。"接着，拉瑞进一步分析了婷儿在中国和美国读大学的利和弊。他毫不含糊地认为，婷儿如果能直接申请到美国一流大学读本科，显然更有利于将来的发展。他觉得这是一次有价值的冒险。不过拉瑞毕竟是个执业多年的律师，职业习惯使他没有把这个结论强加给婷儿，而是希望婷儿认真考虑他的建议。

当时婷儿才刚满17岁，做什么决定，都还需要考虑监护人的意见。所以拉瑞也没有忽略从法律的角度让婷儿征求父母的意见。

得知拉瑞的来信内容后，我们三个人先是感到兴奋——我们觉得，拉瑞的态度又一次证实了婷儿的发展潜力。接着很快就冷静下来。到美国读书，毕竟是关系到一生成败的重大决策，不仔细权衡利弊，是不能够草率做决定的。况且它涉及的具体问题也太多太多。一旦确定出国读书，婷儿现有的整个的人生计划都需要作出大调整，这就像一辆飞驰的汽车想急转弯一样困难。

再就是申请美国大学的条件。首先看的就是托福成绩。

除了其他各方面的优秀表现之外，拉瑞对托福成绩也比较重视，他给婷儿提出的标准是要考到640分——想得到美国名牌大学的奖学金，考到这么多才较有把握。这是一个很不低的要求！如果托福考得不好，或者其他方面达不到哥伦比亚大学和威尔斯利学院的要求怎么办？拉瑞也没忘了加上他的看法：如果不能被一所第一流的大学录取，就不如不到美国读书。

拉瑞爱惜人才，那份无私的程度就像洋雷锋，心情的殷切和执着也一点不亚于中国的伯乐。不过，拉瑞也像很多美国人一样，做事极看重效率和成果。他已经到了人生的"知天命"之年，也需要抓紧时间，多做几件有价值的事情。婷儿要是无法证明自己是一匹千里马，拉瑞也只好遗憾地把她从自己的名单上"刺啦"一声划掉。

由于在此之前，婷儿和我们都把出国读书看成是大学毕业后的事，以致婷儿除了学校安排的英语课之外，从来没有专门为考托福做过任何准备。

临阵磨枪，很容易变成败兆。在临近高三的门坎前，时间贵如黄金，仓促应战托福，能考出好成绩吗？

拉瑞的建议，既是一个机会，也是一次考验——不合格，就别"上岗"！

艰难的抉择：是否到美国读大学

在是否申请美国大学的问题上，婷儿和我们都曾经有过一段时间的犹豫不决。使她决定不下来的原因，是时间严重不足。

婷儿马上就要读高三了。在成都外国语学校读高三，用该校历届毕业生们的话来说，是一场"人生的洗礼"。有不少往届高三毕业生都说，正是由于经历了一年的艰苦拼搏，才使他们能自豪地宣称，这辈子没有什么苦是他们吃不下来的。高三学习的紧张，由此可见一斑。

学校的作息制度，要求学生早上六点半钟就要到操场参加早锻炼。紧接着，每天紧张的学习任务就像压路机似的，"轰隆轰隆"地碾将过来。除了午饭后和晚饭后有一个不长的休息时间之外，晚自习一直要持续到晚上 10 点半。

晚自习结束后，学生们还会自觉开"夜车"。11 年寒窗苦读，马上就是最后一搏了，大家都互相较着劲儿，你看书看到半夜 12 点，我就要做题做到凌晨 1 点才罢手。百米冲刺的最后关头，谁也不甘居人后。

这样一来，睡眠不足就成了普遍问题。一般情况下，婷儿在高三加上中午打个盹的时间，平均每天能睡上六个多小时就不错了。

如果决定申请美国大学，婷儿立刻就会面临"两条战线同时作战"的局面。学校的任务，一个字也不能少，这意味着每天要在早上六点一刻起床，午夜 12 点睡觉。另一方面，要填写的美国大学申请表，堆在一起差不多有一尺厚，同样也是一个字不能少。那又该到几点才能睡觉？

拉瑞只推荐婷儿申请名牌大学，而名牌大学即使在美国，也是严重供不应求的。在访问美国期间，婷儿亲眼看到美国学生准备"高考"的方式——由于美国中学都是学完一门课，就结业一门课，不像中国把 6 年的功课集中到一起"秋后算总账"。早在 11 年级（相当于中国的高二）美国中学生就已经相当轻松了。他们只要参加英语和数学两门课的"学者资质考试"(SAT I),就有资格申请读大学。婷儿跟美国学生用同样标准来选拔,有点像一名举着杠铃的运动员,与一群轻装的短跑运动员赛跑一样,从态势上看就很不利,不能保证成功。

国内大学,是万万不能放弃的。这样一来,就不得不硬着头皮"腹背受敌",这历来是兵家大忌。当年德国在两次世界大战中都打了败仗,一个重要原因,就是两条战线同时作战。

要解开这个死结,必须在两条战线上都打胜仗,而这又很难很难!

是否申请美国大学,成了婷儿面临的最大难题。不过,此时的婷儿已经比以前成熟多了,她知道作重要决定的方法。

还在初中阶段,我们就多次教过婷儿:面临重要抉择时,务必"集思广益"。她牢牢记住了这套方法。她善于遇事先开"家庭会",让我们各抒己见。等把方方面面的利弊都抖了个底朝天,她再当最后拍板的人。用这个办法,她不止一次解决过棘手的事,尝到了"借脑"的甜头。

我们开了好几次"家庭会",对是否响应拉瑞的提议的问题,虽然没有很快作决定,但思路却逐渐变得清晰了——

由于家庭财力的原因,只能考虑申请美国名牌大学的全额奖学金。即使能得到美国方面的半奖,也不能考虑,因为剩下的学费对我们来说,仍然无法承受。

1998 年,哈佛学费为 21342 美元,加上房费、书本费、健康保险、日常生活服务费,等等,总额是 33250 美元。这还不包括长达三个月的暑假生活费用。其他美国名校也大同小异。同年,哥伦比亚大学收费 33296 美元,比哈佛还高;普林斯顿大学收费 33040 美元;布朗大学稍低,也要交 31950 美元。它们任何一家每年收费的四分之一,都会使大多数中国工薪族裹足不前。

我们绝对不愿意让婷儿到美国去靠打工挣学费,这方面的教训已经看得够多了——面对沉重的生存压力,又处在身体疲劳和学习紧张的双重夹磨中,怎么可能把知识学好?何况餐馆之类的打工中还存在着不少安全隐患。成都有位在美国休斯敦留学的女孩,就是因为在餐馆打工,晚上归来时惨遭歹徒枪杀。

既如牛负重，又危机四伏，还到美国去干什么？

况且，婷儿也非常看重国内大学的价值。如果没有美国大学的全奖，就在国内考一所好大学读完本科也不错。国内名牌大学的扎实学风，同样能为婷儿一生打好基础。这样也可以避免两头落空！

几经商讨，婷儿清理出了自己的思路——在现有条件下接受挑战，一方面需要最大限度激发自己的潜能，把一分钟掰成几分钟来用。另一方面，爸爸和妈妈也要全力以赴，当好"后勤"。

如果时间还不够怎么办？那就适当降低国内高考目标，放弃北大，必要时准备接受二流大学。这对婷儿是个痛苦的决定，一想到可能会失去读北大的机会，她甚至流下了眼泪。

付出这些代价的目的，就是要对那些世界一流大学、那些似乎不可企及的目标发起一次冲击。即使失败了，也要败得无怨无悔！

颖——美国名校的中国女孩

6月底，拉瑞来了一个电子邮件，告诉婷儿一个新消息：

颖，一位威尔斯利学院二年级的学生，将要到成都来做暑假实习。拉瑞希望，颖能在语言和其他方面给婷儿提供帮助。

不久，婷儿接到了一个女孩的电话，声音很甜，一口挺标准的普通话。她就是刚从美国抵达成都的颖。颖希望尽快跟婷儿见面。

我们要婷儿邀请颖到家里来做客，希望这位远离父母的女孩能多感受到一点关爱之情。

几天之后的一个周末，颖来了。她看上去年龄跟婷儿差不多大，个子高高，面容清秀，是那种一眼之下，就让人感到清纯无邪的女孩。

颖是小学五年级随父母移居美国的，后来又加入了美国籍。无论是用中国标准还是用美国标准来看，颖都是一个出类拔萃的女孩。她到美国的时候是11岁，在短短的9年时间里，她从英语ABC开始，迅速把绝大多数同龄的美国女孩远远甩在了身后，考进了这所每年招生仅500多人的顶尖级美国女子学院。

如果不说英语，仅从外貌上，不容易看出颖是从小在美国长大的。她坐在那里微笑着，更像是邻居家的乖乖女。

有不少中国人出国之后，由于长期不说中国话，不仅口音会出现变化，而且在说中国话的时候，常常会出现"卡壳"的现象。可是颖一点也不这样。她的普通话讲得非常流利、自然，几乎没有一句词不达意。她告诉我们，她在美国经常看中文报刊，所以中文一点也没丢。

在颖的身后，我能想象到她的父母——尽管移居异国，仍然怀着对故土深深的眷恋，而且非常明智地使颖在融入美国文化的同时，也保留着对中国文化的了解和热爱。实际上，这种同时熟悉两种语言和文化的孩子，会比那些"比美国人还美国人"的华人子弟有更大的发展余地。

出于职业习惯，我很有兴趣地观察到，她跟一般中国女孩有一点明显区别——目光不同。

大多数中国女孩，在跟人谈话的时候，特别是面对认识不久的人时，极少有目不转睛注视着对方的习惯。但颖的眼睛就不是这样，她谈话时常常那么专注地直视对方，一点也没有目光的游移。这是西方人常见的习惯。而且她的目光显得既直率又坦诚，让人从目光的交流中，能很快了解她。这是她容易给人好感的一个原因。

颖和婷儿一见如故，很快就成了好朋友。每到周末，婷儿从学校一回家就给颖打电话，约好时间，邀请颖到我们家来。有时，颖也会打电话过来，很直爽地问："我到你们家来玩，好吗？"

"长春藤联校"和"超级微型学院"

颖向婷儿推荐了一批美国大学。她提出的名单中清一色都是第一流的大学。仔细看这些学校的名气和条件，只觉得每一所都让人怦然心动。

颖之所以推荐这样一批高档次的大学，不仅是因为她自己只看得上这种档次的大学，更主要的原因是她跟婷儿接触以后，了解了婷儿的实力，觉得婷儿有能力问鼎这些大学。

大体上，颖推荐的大学可以分成两大类：一类是著名的长春藤联校（Ivy League），以哈佛大学为首。另一类是被美国人称为"超级微型学院"（Super Minicolleges）的一批最有名的文理学院。

　　美国的"长春藤联校"，或称"长春藤大学"，是美国东北部开发最早地区的一批最负盛名的大学，一共有8所，即：哈佛大学、哥伦比亚大学、耶鲁大学、达特茅斯学院、普林斯顿大学、宾夕法尼亚大学、布朗大学、康奈尔大学。在它们的校园里，有许多早在殖民地时期就已建成的古老校舍，红砖的墙壁上爬满了浓密的长春藤，于是"长春藤"就成了它们的代称。在美国大学排行榜上，这8所大学无一例外地总是被排在最高的"明星级大学"的行列。颖向婷儿推荐了这8所长春藤联校中的大部分。

　　"文理学院"（Liberal Arts College），在美国是指那些只有文、理两科的学院。而美国人所说的"超级微型学院"，则专指美国东北部地区几所历史悠久的名牌小型文理学院。如威尔斯利学院、安姆赫斯特学院，等等。

　　"微型"，是说它们的规模都很小，其中，蒙特豪里尤克学院，目前在校学生只有2054人，全部是女生。威尔斯利学院只有2300人，也都是女生。安姆赫斯特学院是男女合校，规模更小，只有区区1600名学生。从在校学生人数上看，确实比那些动辄数万学生的很多美国大学都小得多，甚至比中国的很多重点中学人数都少。

　　"超级"，则是说它们的档次高。尽管规模都不大，也都没有设立研究生院，但由于它们都在长达一两百年里建立了极好的学术声誉，师资力量非常强，在它们的教授中，同样有获得诺贝尔奖的学术泰斗级的人物。它们的学生，毕业之后大都能考入出色的研究生院，或是找到颇不错的工作。所以它们在美国都是一流的名牌高校，历来是美国的尖子学生竞相角逐的目标。

　　颖建议婷儿也去申请几所"超级微型学院"。

　　颖向婷儿推荐的文理学院中，首先是她正在就读的威尔斯利学院。该校历来是美国公认第一的、带有贵族色彩的女子学院。肯尼迪总统的夫人杰奎琳·肯尼迪就是从这所学院毕业的。

　　当年蒋介石夫人宋美龄，之所以能在美国各阶层为中国抗战争取到广泛的外援，就跟她毕业于威尔斯利学院的履历和教养有很大关系。威尔斯利学院还出过不少名人，最近的一位，是美国有史以来的第一位女国务卿奥尔布莱特。

　　除了名气,该校还有许多吸引人之处:它对学生学业实行高标准的要求,使学生们普遍都能达到相当高的水平。它所实施的学术交流计划,使学生们有机会进入美国其他最好的大学去博采众家之长。与之交流的大学中,就包括美国的"清华大学"——MIT(麻省理工学院)。这对不满足于一般文科课程的婷儿,吸引力非常大。她希望自己的求学经历中,有一定程度的工科背景。

　　威廉姆斯学院是美国历史最悠久的著名文理学院之一。它的教授中,从哈佛、耶鲁、斯坦福这些著名大学获得博士学位的比例之高,在美国的文理学院中也是数一数二。这所学院教授与学生的比例大约是 10 比 1,这使学生们即使在课堂外也仍然有大量时间同教授们一起切磋学问。这所学院的学生中,有三分之一的人有机会到国外和校外从事自己选择的研究计划,学生们开阔眼界的机会之多可想而知。

　　达特茅斯学院,是长春藤 8 所大学之一。在美国的明星级大学中,它被排到第 8 位。许多美国名牌大学都排在它后面。它的学术声誉被列为最高的五星级。拉瑞当年就是这所大学出来的。达特茅斯的老校长迪基为该校确立了放眼世界的传统,这对培养能在国际舞台上驰骋的人才非常有利。在这种思想指导下,该校的很多课程都有机会到国外去做研究。除了每一门外语都要到相应的国家去提高以外,学哲学的到苏格兰的爱丁堡,学戏剧的到英国伦敦,学生物的到中美洲和加勒比诸岛国,学亚洲研究的要到中国的北京和日本。对世界的了解,融合在学习的过程中。它的数十门主修课和 1300 多门其他课程多姿多彩,令人眼花缭乱。

　　哥伦比亚大学,著名的长春藤联校之一。这也是拉瑞建议申请的主要目标。在强手如林的美国众多大学中,它的排名和学术声誉一直都被排在最高的一档。它的校长中出过一位美国总统艾森豪威尔,它的教授和毕业生中,诺贝尔奖桂冠获得者的人数,在美国各大学中名列前茅,有 56 人之多。由于它不同寻常的优越地位,它对生源的要求也极高。对海外学生,光是托福成绩,最低限度都要 600 分以上。如果想拿奖学金,各项要求之高,更是不难想象。

　　但是所有这些大学中,没有一所对婷儿的吸引力能超过哈佛。

富有魅力的哈佛

美国的《时代》周刊曾以"推动美国的 25 双手"为题，评选出了当代最有影响力的 25 位美国人。在入选的这些教授、科学家、宗教领袖、政治家、企业家、影业巨子等人物当中，哈佛大学的教授或毕业生就占了 7 人，超过了总数的四分之一。

哈佛的教育资源是得天独厚的。它的毕业生和教授，是世界上获得诺贝尔奖比例最高的群体之一。

在各个学术领域的前沿，在探索自然奥秘的实验室里，在叱咤风云的政坛上，在众多高科技产业、投资银行业……无数哈佛大学的毕业生，以他们的活力和智慧，使他们所在的领域生机勃勃、蒸蒸日上。

能到哈佛大学读书，实在是一种殊荣，一种不寻常的幸运！婷儿若想得到这样的幸运，最起码的条件，是要花费大量的时间和心血去精心准备，且不说她将要与之一较高低的竞争对手们，都是美国和世界各地高中毕业生里的精英。

而婷儿当时最缺少的，恰恰就是时间。

报不报哈佛大学呢？婷儿在犹豫。但是颖说："如果不申请哈佛，你会后悔的。"于是，婷儿把哈佛大学也列进了申请名单中。拉瑞得知婷儿把申请范围从两所大学扩大到 11 所，而且还包括了哈佛，马上表示支持。尤其令他高兴的是，向世界一流大学冲刺的设想，已经由拉瑞的建议变成了婷儿自己的计划。

这既是一个令人咋舌的目标，也是一副沉甸甸的重担。

"借脑"与预测

为了争取时间，婷儿先发出了一批索要入学申请表的电子邮件，然后开始征求我们对这个初步名单的看法，以便拟定一个更妥当的名单，用国际航空信去办理入学申请登记。

"你们觉得怎么样？"婷儿指着这份名单问。

"你呢？"妈妈反问道。"你喜欢这里面的哪一所？"

"任何一所！"婷儿向往地回答，"能被这里面随便哪家录取，我都够满意的了。"

确实，能被其中的任何一所录取，都是足以令学生自豪的成就。

我把名单反复看了好几遍，掂量着它们的分量。申请哪些大学，是事关婷儿未来发展的大事，需要有准确的预测。不论是估计得过高还是过于保守，都会带来损失。

那么，婷儿有多大把握被这些学校录取呢？根据多年的经验，对这个问题，我相信只要掌握了规律，对事物就有办法作出较准确的判断。古人常说"运筹于帷幄之中，决胜于千里之外"。就连战争这样高度复杂的事物，都是可以事先预测胜负的。

我心里像放电影似的，十多年来的往事一件件从心底浮现出来。我仔细掂量了婷儿在课内课外的表现，还有那些并不体现在成绩单上、却是成功者必不可少的各种良好素质。我心里渐渐觉得有底了。我认为颖对婷儿的评价是可信的。婷儿完全可以根据颖的这个大学名单去搏一搏。

后来的事态发展证明，这份精心筛选的大学名单对婷儿的定位是准确的，她报考的11所大学，大部分（大约70%）或者录取了婷儿，或者把婷儿列为候补录取者。

考"托"的根基在哪里

事情一旦决定，婷儿便说干就干。她面对的第一关，就是托福考试。婷儿的计划是一放假就开始准备托福。我的任务是帮婷儿报名。

7月2日下午，我提前下班赶到四川大学校园，中国国外考试协调处四川考试中心就设在这里。到这里来参加托福、GRE等国外标准化考试的考生，不仅来自四川，还有一些是来自云南、贵州和西北地区的。那一天我很悠闲，不慌不忙地在下午4点钟才来到报名地点。先是看了一下挨得最近的托福考试时间，8月8号的考试肯定来不及了。第二场考试呢？还早，要等到10月24日呢。再仔细看看报名截止日期，吓了我一跳——7月1日报名，7月2日截止报名。而今天，竟然就是7月2日，还差一个小时，就要截止了。这真是鬼使神差！

如果再晚来一天，甚至晚来一小时会怎么样？那可就非常非常糟糕了！

再下次托福考试的时间是在三个月之后——次年的元月16日！等那时再考，成绩就要到1999年3、4月份才能寄出来，这样一来，将会错过绝大多数美国一流大学招生允许的期限，其后果不仅是耽误整整一年时间，更大的可能是婷儿将会被迫放弃去美国读本科的整个计划，而改为先在国内读本科。那时，还会有哈佛大学的"戏"吗？

走出报名点，一路上我都在暗自庆幸：谢天谢地！谢天谢地！

这件事是婷儿申请留学过程中的一次"险情"。它提醒我们，小事也不能疏忽。

报上了名，我就忍不住想：婷儿的托福究竟会考得怎么样呢？

如果有足够的时间，婷儿肯定能得高分，因为外语能力也是我们从婷儿小时候到中学阶段一直注意培养的目标。这使婷儿学英语的表现明显胜过一般人（部分方法在小学和中学的有关章节中有介绍）。

另外，我们也十分了解成都外语学校的教学水平。该校学生掌握的词汇量比普通中学的学生高出一倍多，在此基础上，学校又十分重视听力和口语训练。而且从初一年级的第一堂英语课起，老师就要求学生们养成用英语思维的习惯。六年下来，大多数学生都养成了用英语思维的本能，说英语都能达到不假思索的地步。比那些需要先在脑子里把汉语翻译成英语的学生，显然强得多。这种学习方式本来就对托福考试十分有利，婷儿又是同学当中的佼佼者，考托福得高分当然不应该成问题。

同时，对婷儿英语水平的现状，我们也有不少机会耳闻目睹，能对此作出比较客观的判断。

1998年初应邀访美期间，婷儿曾经到著名的威尔斯利学院访问过，并且坐进该校的课堂，听过美国的大学课程。在一节微观经济学课上，美国老师对这位中国中学生的听课情况特别关心，专门过来问婷儿："艾米，我讲的课你听得懂吗？"

"是的，我听得懂。"婷儿答道。然后，她不慌不忙，把刚才老师在课堂上讲的内容要点用英语完整地复述了一遍。美国老师在惊讶之余，不禁连声称赞。

在华盛顿参观美国最高法院的时候，婷儿曾经跟肯尼迪大法官探讨过一件在最高法院引起争论的民权案例。使在场美国人留下深刻印象的，不仅是她思维的敏捷和清晰，也包括了她几乎无懈可击的英语口语。这一点，后来被拉瑞反复提到。

另外，在拉瑞提出到美国读大学的建议之前的一个月，我们刚刚接待了一位美国兰登学校的艺术课老师——我们的好朋友艾莉·庄森。艾莉的祖先是几百年前就开拓美国的早期英国移民。她说的英语是十分标准的美国东部口音。我从旁观察了很久，看着婷儿跟艾莉谈天说地，不时还互相开玩笑，发觉她对那种十分生活化的、听起来含含糊糊的英语口语也十分适应。说英语的流畅程度，跟她说汉语相比没有明显区别。

尽管基础良好，婷儿对10月份拿下托福高分还是心里没底。

这一方面是由于时间太仓促，只有短短两个多月，词汇量离托福高分的要求也还有一段不小的距离。托福要想考好，词汇量应该达到8000到10000。而婷儿在6、7月份掌握的词汇量还在5000多个单词的水平。两三个月里，拿下3000—5000个词汇，还要练得烂熟，难度非常大。

"你们觉得我能考到600多分吗？"婷儿问我们，口气显得不大自信，她毕竟只有17岁，压在肩上的担子确实太重了。

妈妈笑着给婷儿打气说："现在暂时还不知道。不过，你要是考到600分，咱们就到馆子里去好好吃一顿，庆祝庆祝。"

迎战托福，苦干加巧干

暑假里，高二统一安排留校补课半个月。为了争取时间，我赶紧到外文书店帮婷儿买了一本专门扩大词汇量的书，让她先背起来再说。

7月中旬婷儿一放假，自己又到外文书店买来了几种她所能见到的最好的托福教材和磁带，争分夺秒地学了起来。她用了15天的时间来扩大单词量，然后到四川大学国外考试中心参加了托福模拟考试——上次报名时，我同时给婷儿报了托福辅导班的名，这个辅导班的辅导方法只有一个：用过去的托福考卷进行模拟考试。这正是婷儿最需要的辅导。

第一次模拟考试结束后，婷儿调皮地拦住我说："猜猜我的得分吧！"

"570。"我故意说低点。

"哈，错了！是613分！"接过婷儿递过来的得分清单。我心里不禁涌起一阵欣喜——这一下，我对留学的把握开始有数了！

这次摸底测验，婷儿还高兴地发现，自己拥有一把"杀手锏"——对有些尚未掌握的词汇，她能根据上下文的语境，猜个八九不离十。这是访问美国带来的收获之一。

访美期间，婷儿天天都泡在美式英语的汪洋大海里。她是个有心人，尽管参观访问十分紧张繁忙，仍然时时注意提高自己的美语能力。短短一个月，她不仅进一步熟悉了美国口音，而且学会了不少美式英语特有的表达方式，无意之中给考托福做了个很好的铺垫。第二次模拟考试婷儿得了620分，随后的两次模考都达到630分（满分677）。这离她开始备战托福还不到20天。这个结果使婷儿信心大增。

然而即将从北大毕业的李响告诉婷儿，正式考试一般会比模拟考试低10—30分。婷儿要想考到拉瑞希望的640分，还有很长的一段路要走。

婷儿发现的第一个问题，是现有的托福教材都不实用，讲词汇多，讲语法多，可就是对托福实战讲得太少。学外语的实质，应该是实战重于理论，托福尤其如此。用现有的教材准备托福，有点隔靴搔痒，怎能奏效？

怎么办？婷儿思来想去，觉得应该换教材。可是哪儿有合适的教材呢？看来，还得去问李响。

李响说，北京能买到不错的托福教材，北大很多学生都在用这种教材。妈妈立刻打北京长途电话，把此事托付给了自己少女时代的密友——李苏芬。李苏芬的先生陆剑二话没说，马上撂下自己的事，开车直奔目标，用最快的速度买到了教材，火速寄了出来。

在等待新教材期间，婷儿毫不放松，争分夺秒用老教材扩大自己的词汇量。一个多星期后，引颈企待的托福教材和配套的二十多盘磁带终于寄到了。

这下子，婷儿如虎添翼，进度更快了。

高三开学后，婷儿原想请假两个月自学英语，妈妈出面和校领导谈了几次，计划仍未被批准（学校出于好意，主要是怕她两头落空，同时也不愿失去一位原计划冲刺北大的"状元苗子"），但校长们还是答应，在托福临考前一个星期特许婷儿不上课。

班主任张惠琴老师在这一特殊时期给了婷儿特别的支持——特许婷儿每天晚自习时在教师休息室准备托福，其他老师也在张老师的拜托下给予婷儿宝贵的理解和支持。

婷儿抓紧一切可能的时间，哪怕只有三五分钟，也要拿起托福教材来看几眼，戴上耳机听一段。集腋成裘，聚沙成塔。晚自习是难得的整块时间，婷儿在张老师的办公桌上争分夺秒地学啊，练啊，自我模拟考试的最好成绩终于达到了670分。

求保险，杀"鸡"用牛刀

10月下旬转眼就到。按婷儿的实力，已经可以正式上"战场"了。

临考前，我陪婷儿去看考场。同批参加这次托福考试的，大约逾千人，把川大的一个礼堂坐得满满的。他们当中的大多数看起来都是本科毕业生，有的年龄更大，是研究生。婷儿几乎是其中年龄最小的一个，"乳臭未干"地坐在这群人当中，显得很打眼。

我们旁边坐着一位川大的研究生，胡子苴刮得发青，看上去很老练。他发现了婷儿这个"小字辈"，很好奇，跟她聊了好一会儿，然后转过头来问我："你女儿这么小，就让她出国，放不放心？"

我笑着点点头说："她还行。应该能对付！"

考试那天，妈妈陪婷儿一起去考试中心，以免路上遇到偶然事件使婷儿不能顺利赶到考场。我们家习惯在重要的事情上加保险。

但是，考试结束后，婷儿带来的消息似乎不大乐观："唉，可能没考好！"她委屈地噘着嘴说："好倒霉呀！考试的过程跟模拟考试好多都不一样。害得我开头几题都没做好。第二部分开始的时候，一点思想准备都没有。"

多年来，每门课考完，婷儿总是埋怨自己考得不好，这道题做得不理想，那道题可能出错了。我们知道，这是她做事求精的表现。绝大部分情况下，考试结果都不错。对此我们早已习以为常。但是，这回可不敢掉以轻心。这毕竟是一次非常关键的考试，考得不好，将会满盘皆输。我宁可相信这次托福没考好，也不能盲目乐观，把计划建立在一厢情愿的沙滩上。

这次托福成绩，最早也要到 12 月份才能通过越洋电话查到。两个半月之后的下次托福考试，报名日期却近在四天之后。如果真的考得不好，必须马上决定是否需要再考一次。

"那你打算怎么办呢？"我问。

"元月再考一次吧？"婷儿犹豫地说。我知道她犹豫的是什么——托福报名费每次是 665 元。婷儿是个懂事的孩子，她既想保留再考一次的机会，又不愿意让父母为她花这笔可能不必花的钱。

"行！我再去给你报名。"我笑着同意了。尽管妈妈认为没必要，但还是支持婷儿用"牛刀"来杀这只"托福鸡"。

在等待托福成绩的日子里，婷儿度过了她有生以来最忙碌、最艰苦的两个月。每天，在完成了学校非做不可的一切学习任务之后，剩下的分分秒秒——短暂的课间、饭后、熄灯铃响过后的深夜……几乎都用到申请工作上了。

各式各样的表格，多得似乎无穷无尽。一篇又一篇的 Essay（作文、随笔），这一篇要 500 词，那一篇要 300 词，各种要求，变化无穷。字字句句都要反复斟酌，力求完美（详情请看附录"申请留美的方法和经验"）。白天，她要像其他同学一样迎战"地毯式轰炸"般的各种考试，上完晚自习回到家已过 11 点，她还得在电脑前填写十余家美国大学的入学申请表，用大大小小的英语作文回答无数个五花八门的问题。

比如说："假若你写了一本 300 页的自传，请提交第 217 页。""假如你招生要问问题，问什么问题？自己回答，字数不限。""描述你对第一年大学生活的展望，你的存在将会怎样在校园里被人知道？""讨论一个对你而言重要且关心的个人、当地、国内和国际的问题"……校方希望通过精心设计的种种问题，达到"以与各种成绩、分数和客观资料不同的方式认识你"的目的，婷儿怎敢掉以轻心！

那些日子里，婷儿经常凌晨三四点钟才能上床睡觉，有时候累得在电脑前直掉眼泪，但早上妈妈一叫，她仍会一骨碌爬起来赶到学校去上早自习。就这样，为了心中的梦想，她咬紧牙关挺过来了，不仅按计划完成了留学申请，而且以"全优"结束了高中的学习，并在高考"一诊"中仍然名列前茅。尤其令人欣慰的是，美国传来的托福成绩不多不少正是她想要的 640 分。

帮婷儿查询托福成绩的是她在美国读研究生的表舅丁丁。主办托福考试的 ETS（美国教育考试服务中心）开通了一个专门的查询电话。付 10 美元的查询费后，就可以通过打国际长途提前得知结果（该中心只接受用 VISA、Master 和 American Express 这几种信用卡付费）。电话查询的时间刚到，热心的表舅就把 ETS 的电话拨通了。一问，把他高兴坏了。

半个多月后，我到四川大学的考试中心去取婷儿的托福成绩通知单，顺便问了考试中心的一位老师：

"你们这儿托福能考到 640 分的每次有多少？"

"很少。大概百分之一二的样子吧！"那位老师答道。

在一群本科毕业生和研究生当中，婷儿考出这样的成绩，干得不错！

那位老师好奇地问我："你的娃娃得了好多分嘛？"

"640！"我不无自豪地答道，笑得嘴巴都合不拢了。

直觉告诉我——大局已定。

值得庆幸的决定

在婷儿填表的先后顺序上，哈佛大学原来被排在最后。因为哈佛大学要填的表格实在是太多了。它所要求和建议你提供的材料，也超过其他所有大学。别的大学特别注明"不要寄成捆的获奖证书""不要寄录音带、录像带"……哈佛却愿意接受你认为能证明你能力的各种东西。

当时，对其他已经选定的目标大学，申请工作已经紧锣密鼓地开始。婷儿的运转速度已经由"巴士"变成了"赛车"，只顾得上超速飞奔，顾不上停下来重新选择方向。偏偏哈佛大学的交表截止时间比哪家大学都早。随着时间流逝，哈佛大学的表格越来越难排上号了。

妈妈看在眼里，急在心里，忍不住问婷儿："你是不是因为没有信心，已经决定不报哈佛大学了？"

婷儿说："如果我报了哈佛，很可能不会被录取。但是如果不报哈佛，我一定会遗憾一辈子的！"

"既然如此，为什么还不填表呢？"

"你看我哪有时间嘛！"婷儿委屈地说："我每个星期只能在周六晚上回家才用得上电脑，就算我不洗澡、不睡觉，也填不完这么多表格呀！"说完又埋头忙她的去了。

是啊，现在决定胜败的不是干劲，而是时间。看来，光是由父母把她的生活琐事包下来还远远不够，还得另想办法，帮婷儿把赛车的油门踩到底。

如果婷儿能够每天晚上回来用几个小时电脑，第二天清早再赶回学校上早自习，问题不就解决了吗？问题是，我们家离外语学校并不近，不论是骑车还是赶公共汽车，单程都要一个小时以上。而且婷儿下晚自习之后，早就没有公共汽车了。在这样疲劳的情况下，骑车往返也不安全。怎么办？

妈妈提出了一个很好的建议：每天由妈妈坐出租车接送婷儿，这样，就可以每天多出至少4个小时的有效工作时间来，而且非常安全。我马上表示支持，婷儿忍不住欢呼道："妈妈简直是天才！"

妈妈又说："所以还是应该报哈佛！这样增加的负担不能说很多，但是可能得到的收获就太大了！"

我也分析说："我们固然对哈佛没有绝对把握，但凭婷儿的实力，希望还是相当大的。"

婷儿觉得我们的想法很有道理，立刻欣然点头同意。在多次面临重大决定的时刻，尽管不一定所有方案都是她自己提出的，但她总能敏锐抓住那个正确的答案拍板，并漂亮地付诸实施。就连拉瑞也经常称赞她的判断力灵敏而准确。这正是从初中以来我们有意让婷儿大量参与决策所预期的一大收获。

这样一来，哈佛的表格材料，反而完成得最早。对她的一生来说，申请哈佛真是一个值得庆幸的决定！

爸爸妈妈的"秘密武器"

为什么我们在困难重重的情况下还能下定决心，支持婷儿走出一步"腹背受敌"的险棋？

其中第一个重要原因，是我们深知，婷儿具有超乎常人的心理承受能力和良好的身体素质。这是在她读小学的时候就开始着意培养的重要素质。尽管当时婷儿还不能掂量出这种素质的重要价值——在需要冲锋陷阵的时刻，能咬紧牙关比别人多跑半步的人，可能就是胜利者！

那时我预感到，有朝一日，她必然会面临承受能力极限的考验，于是提前给她上完了这一课——承受力极限训练：跳绳、捏冰、跑步、长距离游泳……因此，不知不觉中，无论是身体上还是精神上，婷儿渐渐有了一股强韧的承受力。一般孩子所不能忍受的身体和意志的重负，她也能坦然承受。

小时候练出来的承受能力，现在该派上大用场了！我们认为，婷儿能挺得住！

第二个重要原因，是我们的"后勤保障能力"能帮助婷儿克"敌"制胜。

如同打仗一样，谁胜谁负，在相当大的程度上就是打后勤保障能力。在婷儿申请留学的过程中，我们精心制定了一套科学的"后勤保障"措施，也起到了重要的支撑作用。否则，也许她运转不到一个月，就会弄得疲惫不堪，不得不被迫步步后退，放弃有价值的人生追求。

婷儿能在长达两个多月的时间里，经常每天只睡三四个小时，最后竟然还能以不寻常的高效率完成了申请美国大学的复杂程序，并申报成功。很多认识的和不认识的人听说这一点后，都感到非常惊讶。

的确，睡眠不足是个大问题。有一个有名的动物对比实验，证明了睡眠甚至比食物都要重要。一只兔子如果得不到任何食物，只给它喝水，大约可以维持将近半个月的生命，才会被活活饿死。如果给它充足的食物和水，却得不到任何睡眠，每当它一想睡觉，就敲锣打鼓把它搞醒，那么熬不到一个星期它就会死去。

可是，我们自信拿得出一套十分有效的科学措施，能帮婷儿在极度疲劳的状态下，使疲劳得到相当程度的缓解。即使是一天只能睡 3—4 个小时，连续运转两三个月，也能保证她这根"弦"不至绷断！

这些措施尽管听起来简单，但它们综合到一起的效果却是很显著的。

第一个措施，是坚持适度的体育锻炼，无论多累多乏，每天仍然要求婷儿保持一定的运动量。因为在学习最紧张的时候，承受压力最大的不是肌肉，而是大脑。要想让大脑减轻疲劳程度，就需要通过体育活动来松弛紧张的脑神经，改换大脑兴奋点的区域。人类的大脑是一种奇特的"自动化设备"，当它疲劳过度，处在即将受到损害的边沿时，就会自动进入自我保护状态，就像电冰箱超负荷运转时就会自动停机一样。大脑的这种程序叫作"保护性抑制"。到了这一步，大脑会自动拒绝工作，于是，就哈欠连天，效率低下，昏昏欲睡，以便保护自己不受损伤。

婷儿采纳了我们的建议，在最紧张的阶段，每天都要跑步，课间就跑楼梯或练起蹲。动静结合，使大脑处于交替兴奋状态，避免了把"弦"绷断。

营养，是又一个有效的措施。如果把大脑比喻成汽车，营养物质就是发动机的燃料。这方面，我们多年来已经摸索到了不少规律，早已驾轻就熟。婷儿从小也在饮食方面养成了一套好习惯——懂得按科学的营养需要吃饭。从小学一、二年级开始，当别的孩子可能点着菜名吃口味、吃花样的时候，婷儿就已经习惯于问："我这顿饭吃什么蛋白质呀？"

在整个申请过程中，我们为婷儿精心安排了一套健脑的食谱，富含蛋白质和维生素，很容易消化；此外还有各种水果，全都洗净消毒，拿起来就能吃，又省时间又卫生。这套食谱，使婷儿的头脑在整个申请过程中始终营养充足，运转灵活。

另一个措施就是前面提到的"拿钱买时间"。原来为了培养婷儿的自立能力，上学放学一律坐公共汽车，每次大包小包的衣物、食品，一律自己想办法带走。而此时，则是每天晚上妈妈到学校传达室等婷儿下晚自习，然后坐出租车赶回家。婷儿一上出租车就靠在妈妈肩膀上打盹，一次能睡15分钟，还节约了原来途中的45分钟。妈妈每次看她累成这样，真是心疼。

不过，妈妈跟爸爸一样，也是个意志坚强的人，没有为婷儿的劳累而动摇决心。俗话说"慈不掌兵"，在孩子需要去"冲锋陷阵"的时候，只要不至于损害健康，我们从来不会屈从于内心的软弱和伤感。就是在这种精神的多年熏陶下，婷儿也养成了不轻易向任何困难屈服的性格。

此外，我们在这些年里，还找到了某些具有恢复疲劳功效的保健食品。通过自己的亲身体验，证实能在一定程度上帮大脑减轻疲劳。在超负荷运转的那几个月里，它也助了婷儿一臂之力。

需要强调的是，我们绝不主张其他的孩子以这样极度疲劳的方式去苦斗硬拼，而主张以"提前准备、改进方法、符合健康规律"的方式去"肯干加巧干"。假若当时的情况不是极其特殊，我们是不会赞成婷儿仓促上阵打这场"疲劳战"的。因为，如果能提前准备，婷儿完全可以用更从容的方式去实现同样的目标。

面谈，充满挑战的机遇

在哈佛大学的入学申请表上，有一个"是否希望面谈"的选项，婷儿毫不犹豫地在上面打了个钩——她非常希望有机会跟哈佛的代表见见面，她相信哈佛选派的面谈人一定会有一双慧眼。

不少美国大学都在招生指南中反复强调——"建议面谈及访问校园""强烈建议面谈"等。对有经验的招生人员来说，短短半小时的面谈，有时可能比几十页的材料还能说明问题。

面谈人（Interviewer），是每次面谈时，与申请人直接谈话的人，也是面对活生生的申请人直接下结论的人，他们是招生委员会延伸的耳朵和眼睛，对能否被录取有着不可忽视的影响。所以，如果你申请留学时得到了面谈的机会，一定要认真对待！

这些面谈人一般都是些什么人呢？

如果申请人直接访问大学校园，面谈人当然就是该校招生办公室的官员。但是很多情况下，面谈地点并不在大学校园，甚至不在美国本土。如果申请人分布的地点比较集中，美国大学还有可能派几名老师出来跑一圈，在美国之外的几个城市跟申请人见面谈话。可是如果申请人遍布全球，学校直接派老师来面谈就很难做到了。于是，很多美国大学形成了一个传统——起用本校的毕业生来当面谈人。这些毕业生既熟悉本校的招生要求，又对母校怀着深厚感情，一般都会忠实执行母校的使命，确实是非常恰当的人选。不言而喻，客观公正是必不可少的前提之一。

哈佛在1998年的招生中，就公布了在美国之外的30多个国家的80多位面谈人的姓名、住址、电话、电子邮件地址，并指明只能在当年9月15日以后，才能开始与面谈人联系。他们分布的地点包括巴哈马群岛、塞浦路斯、哥斯达黎加这样的小国和地区，但分布最多的还是西方发达国家。光一个德国，就有11个哈佛面谈人，比公布出来的整个非洲或亚洲的哈佛面谈人加到一起都多。这也大体上反映了哈佛在这些不同国家招生的数量或频率。

招生面谈到底谈些什么？很多有可能得到面谈机会的中国学生，对此都会很感兴趣。

说来很有意思——一般情况下，完全像是随意的闲聊，不拘形式，不限话题，天南地北、海阔天空。不过这种时候你却得留神，面谈人会一面和颜悦色地让你松弛紧张的心情，鼓励你叙述自己的见闻和经历，表达你的思考和观点，不时还引导一下偏离的话题，同时也会很认真地听你说的每句话，力图深入了解你的内心世界、你的潜力、你的素养……当你离去之后，他还会写出一份详细的报告，向母校叙述他在你身上观察到的一切，包括他得出的至关重要的结论——你是否值得录取。

不妨说，面谈很像是一次看似随意的全面"检验"。不用说，整个过程都用英语进行，而且英语本身也一定是检验的重要目标之一。

一般而言，那些名牌大学的面谈人都是些感觉敏锐、眼光犀利、富有经验的人，他们对申请者的观察不是入木三分，也是八九不离十。因此他们的意见也很受母校的重视。

要求面谈的表格是按时寄往哈佛了，可是回过头来看哈佛公布的面谈人清单上，中国的一栏只打了一个星号。这意味着，哈佛在中国目前还没有确定的面谈人。婷儿在此之前跟别的大学也要求过面谈，可是不幸被告知："抱歉，无法找到在中国的面谈人。"

真不知道哈佛是否也会这样答复婷儿！

初选过关的信号

其他的一切都在正常地进行着，电子邮件来来往往，一份又一份的表格照要求填好又寄出，不时会收到哈佛寄来的航空邮件，通知说哪些材料已经收到。可是，却久久没有提到面谈的安排。这使人隐隐感到担心。

到2月初的一天，哈佛招生办突然来了一个电子邮件，很抱歉地通知婷儿说，他们已经尽力找过，但却无法在成都找到一个能做面谈的哈佛毕业生，并问婷儿是否可以到上海或北京去面谈，还要求婷儿补充一份能让招生委员会了解她学业水平的论文。

这个邮件让我们又惊又喜，看来，婷儿已经在初步筛选中引起了哈佛招生办的兴趣！

我们马上把这个邮件转发给拉瑞，拉瑞的反应比我们还兴奋。他立即行动起来，拜托他在北京和成都两地认识的美国人，帮助婷儿查找在中国西南地区工作的哈佛毕业生——拉瑞深知婷儿正处于时间紧缺状态，也希望婷儿少跑点路，多点准备高考的时间，万一这次申请留学不成功，他还希望婷儿考进北大再重新申请。

我们也到处托亲拜友，希望在较近的城市找到一个哈佛毕业生当面谈人。

就在我们的长途电话快打出点眉目的时候，拉瑞来了一封电子邮件，带来了令人振奋的好消息。

"我找到了一个哈佛毕业生……"

迫不及待地赶快往下看：哈！这位哈佛毕业生竟然就在成都，是一位在成都工作的美国人，是由拉瑞的好朋友、热心的鲍勃找到的。这真是太巧了，太棒了！

本来我们打算，如果在近处找不到哈佛认可的面谈人，就豁出去 3 天时间在其他城市面谈也行。这一来，可真应了那句古话——"踏破铁鞋无觅处，得来全不费工夫！"

拉瑞找到的这位哈佛毕业生，就是在成都做新闻文化工作的乔（Joe）。

乔 20 世纪 80 年代毕业于哈佛，他的为人，正像我们所想象的哈佛毕业生那样——充满活力和激情，同时对与自己国家不同的文化，也抱有哈佛人的包容和理解。他对自己的事业非常热爱，知识广博，富于智慧，又温厚诚恳。他在哈佛读书的时候，就对中国历史和中国文化产生了浓厚的兴趣，立志将来要到中国工作，体验原汁原味的中国文化。像许多哈佛学生一样，他的人生蓝图得以实现。

对中国文化的热爱，也表现在乔对人生伴侣的选择上，乔的妻子小梁，是一位长于美国的华裔美国人，更是一位贤淑聪慧、风度优雅的年轻女性。他们的幼子小安德鲁，还在牙牙学语的婴儿阶段，就已经开始对汉语和英语"兼收并蓄"了。

乔不仅热爱中国文化，还特别喜欢四川和成都。他觉得成都比北京、上海更有中国味儿，更富于中国传统——他很能欣赏那种富有沧桑感，能体现中国悠久历史文化内涵的事物。他对四川的喜爱，甚至延伸到味道浓烈的麻辣川菜。

此外，非常重要的另一点，是乔接触过的中国人很多。我们相信，这有助于他在比较中发现婷儿的长处。我们对婷儿身上长期培养出来的种种素质抱有信心。

能与这样的一位哈佛代表面谈，当然是再理想不过了，只是不知道他有没有时间来做面谈的事。

拉瑞征询了乔的意见。乔听说此事后，立即欣然应允当婷儿的面谈人。一件大事，就这样水到渠成了。接着，拉瑞迅速把乔的情况和通讯地址告诉了哈佛招生办，哈佛招生办也以最快速度给乔寄去了面谈所需的一切材料。按哈佛规定，面谈人只有在看完了要求的材料后，才能进行面谈。

在这段时间里，我们全家只有伸长脖子，焦急等待——根据哈佛招生办的安排，正常情况下，申请哈佛的外国学生们，早在头一年的 9 月 15 日，就可以跟世界各地的面谈人约时间做面谈了。现在，已经迫近 2 月下旬，哈佛招生委员会投票拍板的日子——3 月份，一转眼就会来临，时间还来得及吗？

面谈：功到自然成

终于，材料寄到了，面谈的日子也跟乔商定了，2 月 22 日，春节过后的大年初八，是一个星期一。

当时，我们正赶上单位集资建房搞拆迁，春节一过，就要断水断电断通讯。而且，春节期间电信局不办理电话移机，网吧又要关门过节，婷儿与美国大学频繁的 E-mail 联系也要中断。于是，婷儿又熬更守夜地完成了此次申请的最后一篇论文，并赶在电话停机前发了出去。然后，婷儿回到我们在学校附近给她租的房子里准备高考的功课。

至于这次面谈，可准备的东西并不多，因为它需要的准备工作——培养优秀素质和综合能力，十几年来一直在进行。面谈像一道有无穷个解的数学题，无法预测对方会问些什么，可是只要你有深厚的积累，对方绝不会看不出来。我们相信，婷儿在面谈中展现本色就足够了。

面谈那天，妈妈把婷儿送到乔工作地点的大门口，便放心地回去忙搬家的事了。

三九寒冬，屋外寒风袭人，屋内却是暖意融融。乔和婷儿的面谈，进行了两个小时。乔说得不多，但听得非常专注。有时，他提一两个问题，把谈话引向他感兴趣的方向，然后就让婷儿自由自在地在各种话题中漫游——说学校里的趣事，说以前和近来的各种感受，说想法，说打算，也不回避自己曾经有过的苦恼和困惑……与乔谈话，有一种友善而又亲切的氛围，使婷儿畅所欲言。时间不知不觉过得很快。

两个小时，一晃眼就过去了。面谈结束时，乔说了几句代表他自己看法的话，像他的为人一样率直、诚恳："我相信，你会对哈佛作出贡献的……我希望你能被哈佛录取。"

这几句话，表明这次面谈是非常成功的。可以说，面谈使婷儿离哈佛又近了一步。到此为止，申请留学的过程就只剩下等了。

婷儿顾不上喘息，又马不停蹄地回校准备高考去了。她一算时间，离上考场还有足足4个月呢！经过了冲刺哈佛的磨炼，她对时间和人的潜能都有了新的认识，她觉得完全来得及向北大发起"猛攻"。等待申请结果，似乎成了爸爸妈妈的"专职"。

尽管对90%以上的申请者来说，失败都是不可避免的结局。尽管在最后1秒钟之前，谁也不知道招生委员会的幸运之星会闪烁在哪些人的头顶，但至少我们知道，婷儿已经极其出色地做完了她该做的一切，即使失败了，她也可以无愧于心了。

况且，许多迹象表明，她大有希望！

一个多月后，出现了本书开头的那一幕……婷儿人生历程中的新阶段就此开始。正如拉瑞在祝贺邮件里所说的：你们的女儿将要张开翅膀，飞向新的天空，迎接新的挑战！

——带着我们的祝福，也带着我们的期望。

附录

申请留美的方法和经验

婷爸爸张欣武综述

来信纷纷问留学

"我是一个高中学生……我也很想像刘亦婷那样去搏击人生。你们能告诉我报考美国大学需要办哪些手续吗？"

"我的女儿今年考上了××大学，是经济系一年级的学生，她也很想出国留学。作为一个父亲，我很希望在这方面得到你们的指点。"

"我是一名高二的学生。我看到申请美国大学的手续很复杂，特地想请教一下：究竟如何报考？何时投递申请？……"

"我是××大学×年级的一员。你能谈谈托福考试的经验吗？"

……

上面这些问题，都是在我们收到的大量来信中被反复问及的一部分。

我们很乐意在力所能及的情况下，使这些朋友都得到满意的答案。因为到国外去读一所有价值的大学，特别是读研究生，特别是到著名学府去深造，无论是对留学生自己，还是对中华民族的长远利益，都是有积极意义的好事。

不过，由于异常忙碌，我们很难通过"一对一"的方式，答复每一位读者的来信。出国留学是一项头绪繁多的"工程"，要想把方方面面都说清，需要若干本书才行。短短的一两封信是远远不够的。

在此，我们特地以书代信，以便帮助这些读者朋友从常见的问题入手，了解一些有关留学的基本情况和原则。

到哪儿去查找国外大学资料

到哪里去查找国外大学的基本情况和联系办法？

一旦打算留学，第一步就面临这个问题。

对一部分人来说，最简单的办法，是到书店去买书。在大一点的书店里，经常可以看到介绍国外大学的有关书籍，以介绍西方国家的大学为主，当然也就包括了美国大学。也有一些书籍是专门介绍美国大学的。在这些书里，不仅介绍学校历史、排名、专业特色、规模等基本情况，也往往提供联系途径：如通信地址、电话、电子邮件地址，等等。有兴趣者可以查阅这些书籍，选择自己感兴趣的大学，按图索骥，进行联系。

我国很多大学图书馆、市立或省立的大图书馆里，都有此类图书资料，可以查到所需要的国外大学地址和其他资料。

对那些有能力上网的朋友，查找国外大学的资料就更容易了。别的不说，在本书所介绍的电子表格"通用申请表"中，就提供了大约200家美国大学的招生基本要求，其中包括这些大学的地址、电话号码、传真号、电子邮件地址、网址、招生截止日、报名费等内容，可以据此方便地与这些学校联系，提出申请的要求。该通用申请表的电子表格，可以在国际互联网的相关网址方便地下载。

此外，如果你所在的城市里有美国领事馆或大使馆，也可以到该馆的资料室去查资料。这些地方一般每周都有固定的开放时间，只要带上身份证，就能进去查阅美国大学的资料。

择校三原则

美国大学多达3000余所，总不能每所都报吧！怎样从中选择对自己合适的大学？一次选多少所学校申请为宜？这是每个留学者都必须仔细考虑的问题。

根据经验，这里面有三条原则，对成败有比较大的影响，叫作"一要数量适当，二要量体裁衣，三要拉开档次。"

为什么要数量适当

每一位申请过国外大学的人，想必都有一个非常深切的体会：填写那些形形色色的申请表格，可绝不是一件轻松活儿，非常费时间。

在中国人的心目中，填表多半只是填写一两张纸的表格而已。但是申请美国大学，就不是这个概念了。一般每个学校的申请表都是厚厚的一大本。若干所学校的表格堆在一起，可能就是厚厚的一摞。它们沉甸甸地放在眼前，也沉甸甸地压在心里，让你不敢疏忽。要求填写的不仅有一般情况，还有大块的英文文章。于是你紧张思考，忙碌填写，再加东奔西跑，去准备那些层出不穷的附加材料。没有两三个月的时间休想"搞定"。

如果你同时面临不得不参加的高考，那就更是雪上加霜。"两条战线"同时作战的结果，等到把这一大堆表格填好、寄出去之后，你的感觉肯定像是得了一场大病，或脱了几层皮。而且过度的劳累，往往会降低你填表的质量，直接影响到申请的效果。

面对这种情况，还是缩短战线为好。也许，申请大学的数量限制在6家左右，可以明显减轻疲劳程度。如果顾得过来，也可以再多申请几家，但一定要保证申请的质量。毕竟，"伤其十指，不如断其一指"，质量高比数量多更重要。这就是"数量适当"的原因。

为什么要"量体裁衣"

"量体裁衣"的意思是，要尽量根据自己的实际水平选学校。

尽可能准确地判断自己的实际水平很重要。它是留学成功的前提之一。因为高才低报，也许会使你被一个不甚理想的学校录取而懊恼不已。更糟糕的情况是低才高报，手中没有"金刚钻"，却揽了"瓷器活儿"（你的实际状况达不到学校的招生要求），使你的申请归于失败。

要给自己准确定位，实践起来可能很难。但是至少，你应该把它作为一项重要目标去追求，也就可以减少一些失误。

为什么要"拉开档次"

这是针对申请过程中的不确定因素而采取的一种对策。

我们曾经问过不少被国外名牌大学录取的中国学生一个同样的问题："你的学校看中了你的哪些长处？为什么你会被这所学校录取？"得到的回答几乎都是相同的："我也不知道他们为什么录取我！""只不过是按要求把表填好、寄过去，不知怎么就被录取了！"

我们也见过，有一些看来似乎很不错的学生，申请名校却并没有被录取，而有些看起来不如他们的学生，反而被意外地录取了。美国的一些名牌大学对申请者的取舍，往往要经过招生委员会的集体投票来决定。这些掌握着投票权的"大学把门人"通过投票形成的合力，就是一个不大确定的因素。

　　比如，了解一下著名的威尔斯利学院（WELLESLEY　COLLEGE）1999 年招生的结果，这种不可捉摸的感觉就会更加强烈。在该校当年招收的新生中，除了包括一位为瑞典和挪威皇家演奏过的女小提琴家、一位为美国航空航天局工作过的女研究助理、一位飞碟射击女冠军之外，最不可思议的是一位职业女魔术师。特殊的天赋，是一部分学校所看重的东西。

　　知道了这些，你会更加感到，掌握着你的命运的那双手，是你所看不见、把握不住的。稳操胜券的情况确实不多。为了避免意外的失败，最好还是把自己申请的学校拉开档次，不要都集中在同一水平线上，而是高、中、低档适当分布。这就像打鱼撒网，撒宽一点，打到鱼的把握就会增加几分。

　　确定了学校，就可以索取你所需要的入学申请表了。

怎样得到入学申请表

　　我们收到的很多来信中，读者们常问到的一个问题是：怎样获取美国大学的入学申请表？由于这是出国留学的重要环节，在此也有必要作个介绍。

　　美国大学的招生方式和中国很不一样，申请人都是直接向想报考的大学提出入学申请。只要知道了通信地址，就可以直接给学校写信，发电子邮件。这一点，是许多中国学生所不熟悉的。

　　索取美国大学的入学申请表其实很简单——只需要直接给学校招生办公室写信表明你的要求（电子邮件一般不被看作正式的入学要求），向这些大学说明你的基本状况（年龄、性别、学校、年级、英文通讯地址、申请就读该校并索取申请表格的意向，等等），学校就会按你的地址寄来该校的入学申请表和学校情况简介，这些材料都是完全免费的。只有当你看过材料后，决定要正式申请入读该校，才需要通过信函提出书面申请，交一笔报名费，以便该校招生办公室为你建立一个正式的招生档案。报名费金额随学校的档次不同而不同，一般从 25 美元到 60 美元不等。

　　多数美国大学都是直接面向全美国和全世界招收学生的。由于美国本身就是一个多民族、多人种汇聚的"民族大熔炉"，并从多元文化的交汇中受益匪浅，再加上美国与其他国家广泛而多层次的联系，所以很多美国大学都愿意招收一部分海外学生，以利于培养美国学生与文化背景不同的人打交道的能力，在多种文化的交融碰撞中激发学生们智慧的火花。所以，作为一名中国学生，你在和美国大学直接打交道的时候，根本不必担心你是一个"外国人"而受到冷遇，完全可以理直气壮地提出自己的入学申请。只要你有足够的竞争实力，再加上适当的申请技巧，就已经够了。

如果你有条件上网，还能用更快、更简单的方式获取各大学的申请表，那就是从"网"上（INTERNET）下载（DOWNLOAD）。

一般而言，只要你知道了一所美国大学的名字，就可以到网上去查一查，看该校是否有可以下载的电子化申请表格。比较好的美国大学几乎都提供这样的电子表格，以利于提高入学申请效率。每多一个人使用它，学校就能节约一笔开支，申请人则可以大大节省时间，减少差错，是两全其美的好事。电子表格的优点也确实明显，只消十几秒钟到几十分钟的时间（根据网络的数据传输速度而定），就能下载到手，用打印机打出来，就可以立即着手填写，填错了，还可以再打一份重填。

多快好省的"通用申请表"

近年来，随着国际互联网蓬勃兴起和迅猛扩展，美国有一部分大学和学院联合起来，改进了它们的招生申请过程，以便借助国际互联网，大大提高招生工作效率。他们开发了一种电子申请表格，给申请者带来了很大的方便。这种电子表格就是通用申请表（COMMON APPLICATION）。

在美国3000多所高等院校中，目前使用通用申请表的大约有两百所院校，其中包括一批美国明星级的大学和学院。这里面首屈一指的当然是哈佛大学。此外，在美国8所"长春藤联校"（IVY LEAGUE）当中，还有达特茅斯学院（DARTMOUTH COLLEGE）和康奈尔大学（CORNELL UNIVERSITY）两家也使用通用申请表。女校中首屈一指的威尔斯利学院（WELLESLEY COLLEGE）也使用通用申请表。这种电子表格，就是通用申请表（COMMON APPLICATION）。

使用通用申请表有哪些优越性

第一，获取这种表格非常方便迅速。

无论你在地球上的哪个角落，无论距离你打算申请的学校有多远，只要你能使用电脑上网，你就能在几分钟左右，最多半小时之内，从网上下载你所需要的通用申请表。

对比一下，就可以知道这一点的重要性：从任何一座中国大城市向美国发国际航空邮件，一般都需要半个月甚至 20 天才能寄到。打一个来回要用多少天？美国是一个讲究效率的国家，但是却不包括美国的邮政系统。由于邮政的管理体制，其效率实在让人不敢恭维。延误和丢失邮件的情况都是可能发生的。因此，几乎每一所美国大学在招生时都要向申请者打招呼：请把你们的申请材料每一件都复印下来保存好，以便丢失时可以复印再寄。了解了这些情况之后，你大概就会更深地体会到，十几分钟之内就能得到你所需要的表格，是一件多么方便而令人愉快的事。

即使你没有电脑，没有上网，也不要紧。你可以只花很少一点钱，随便上街找一家"网吧"上网，就能把它下载到手。

第二，可以方便地大量复制。

通过学校寄来的申请表一次只有一份，如果不小心填错了，就很难办。但是通用申请表就没有这个问题。你可以在电脑上从容斟酌，反复修改，直到满意为止，然后鼠标一点，打印输出随便多少份都可以。这就完全解决了填错表的问题。通用申请表中的"学校报告"和"教师推荐表"也同样可以按你所需要的数量打印，不受限制，十分方便。凡是同意使用通用申请表的美国大学，都接受这些完全相同的格式和内容，填好一份表，就可以用于若干所学校。你的效率岂不是也提高了若干倍？

第三，附加了十分有用的说明资料。

在该表格的 INSTRUCTION（说明）部分，还包含了每一所有关院校简要的招生要求，诸如：招生截止日期、录取通知日期、要求申请者提交哪些推荐材料、需要何种考试成绩证明、是否提供经济资助、申请资助需要填写哪些表格、是否需要填写补充申请表，等等。这些资料随手可以查阅，实在给申请者带来了莫大的方便。

如果你打算使用通用申请表，就需要同时注意"补充申请表"（Supplement）的问题。

为什么需要补充申请表？哪些学校需要补充申请表

美国的大学在办校方针上，大多比较个性化，而不很强调那些全国统一的标准。这种特点体现在招生政策上，也是"萝卜白菜，各有所爱"，各大学想了解的申请人情况，也就因此而各不相同了。你爱昆山之玉，他重随和之宝。一份通用申请表当然无法涵盖200多所大学千差万别的具体要求。于是，那些不满足于通用申请表的大学，也就同时开发了符合自己要求的补充申请表格，用来了解通用申请表无法提供的情况。

一般情况下，凡是需要填写补充申请表的大学，大都有电子化的补充申请表，放在该大学自己的网站上，供需要的人下载使用。

在使用通用申请表时，要注意你所申请的大学是否还要求填写补充申请表。

也有一些大学，虽然在其网站上不能下载补充申请表，但当你的通用申请表寄达后，该校就会主动给你寄来需要的补充申请表，这当然也都是完全免费的。

怎样获取通用申请表

在网上用搜索引擎查找的办法，能更快找到并下载通用申请表。具体方法是：

首先进入一个常用的英文搜索引擎，例如 http：//www.google.com 或是 http：//www.yahoo.com 之类，在搜索框中填写"the U.S.，COMMON APPLICATION"，并开始搜索。搜索引擎会把搜索结果一一列出，往往在最前面的几个搜索结果中，就包含了"通用申请表"的网页。进入它们，按提示操作，就可下载通用申请表。

通用申请表的不足之处

通用申请表也有不足之处，主要问题是覆盖面尚不够宽。

目前，美国的高等院校共有3000多所，但通用申请表目前还只能包括其中的200所左右。把接受通用申请表的这200所美国高校的名单浏览一遍就会知道，这里集中了一批美国明星级和国家级的高等院校，还有其他一些不错的高校。但是同样也有另一批美国明星级和国家级的高校并没有被包括在内。例如：著名的麻省理工学院（号称"如果没有麻省理工学院，美国国力就会大打折扣"）、哥伦比亚大学（长春藤联校之一）、斯坦福大学（著名的理工科大学）、加州大学（多次荣居美国大学排行榜高位）、宾州大学（长春藤联校之一）、耶鲁大学（长春藤联校之一）、普林斯顿大学（长春藤联校之一）都还没有使用通用申请表。

尽管接受通用申请表的美国高校总的趋势是逐渐增多，但目前却还嫌不够多。这使申请人在需要更广泛选择的情况下，会感到有些美中不足。

美国大学的报名要求

尽管有一部分读者对美国大学的申请要求可能已经相当熟悉了，但是在我们的读者中确实还有相当多的人是初次接触到留学申请问题。为了帮助有志出国留学的中国学生和家长更好地了解美国大学招生的一些基本要求，下面以通用申请表中约翰·霍普金斯大学（JOHNS HOPKINS UNIVERSITY）的招生要求为例，逐项加以解释。

这是一所相当好的大学，位于美国马里兰州的巴尔的摩市。

在通用申请表中，该大学的报名要求全文如下：

JOHNS HOPKINS UNIVERSITY

JOHNS HOPKINS UNIVERSITY, BALTIMORE, MD 21218. Coed.$ 50. Deadlines：ED 11/15, notif 12/15；Reg 1/1, notif 4/15.Requires supplement；SAT I & 3 SAT II, or ACT；counselor & teacher-recom. Interview recommended；campus visit strongly encouraged. Phone：410-516-8171；fax：410-516-6025；e-mail：gotojhu@jhu. edu；URL：www. jhu. edu/admis

内容翻译如下：
校名：JOHNS HOPKINS UNIVERSITY
招生办通讯地址：(ADMISSION OFFICE)
JOHNS HOPKINS UNIVERSITY
BALTIMORE, MD 21218
U.S.A.

其余内容是：

Coed（男女合校）。

＄50（报名费 50 美元）。

Deadlines（报名截止日期）：ED 11/15（申请早期录取截止日 11 月 15 日）。notif 12/15（通知早期录取结果 12 月 15 日）。Reg 1/1（常规申请截止日期 1 月 1 日）。notif 4/15（常规申请通知日期 4 月 15 日）。

Requires supplement（要求填写补充申请表）。

SAT I & 3 SAT II, or ACT（要求呈交 SAT-1 以及三门 SAT-2 考试成绩，或者 ACT 考试成绩，中国学生在说明中国不开设这几种考试后，一般都可以免交，也有人到香港等地的考点参加考试）。

counselor & teacher recom（要求提交学校行政官员和老师的推荐信。这里的 Counselor 可以是中学的校长、副校长或教导主任之类的学校行政官员）。

Interview recommended（建议与该校指派的面谈人做招生面谈，以便该校更好地了解你。但这样的要求对中国学生而言，往往不大容易实现）。

campus visit strongly encouraged（极其希望你能访问该校校园，以利于你和该大学做"双向选择"）。

Phone：410-516-8171（招生办公室电话）。fax：410-516-6025（招生办公室传真号）。e-mail：gotojhu@jhu. edu（招生办公室电子邮件地址）。URL：www.jhu.edu/admis（该校网站地址）。

熟悉了这些格式之后，再去看通用申请表，或其他类似的美国大学要求，就问题不大了。

关于托福考试

托福考试（TOEFL），是一部分读者在来信中表示相当关心的问题，在这里也作一个简单介绍。

TOEFL（Test of English as Foreign Language）即"作为外语的

英语考试",是美国各高等院校在招收非英语国家的外国学生时,所要考查的重要内容。它较好地反映了申请者实际应用英语的能力,而这一点对在美国高校正常学习也极为重要。

不同高校对托福的要求高低不一

对中国学生来说,要想在美国顺利被一所大学本科录取,合格的托福成绩往往是必须的。不过,档次不同的美国大学,对托福成绩的要求也是高低不一。有的只提出"建议提交托福成绩",或者"需要托福成绩",而不规定具体的托福分数线。有的则要求托福成绩必须及格(500分以上),有的名牌大学更进一步提出,"托福成绩不得低于600分"。如果打算申请较高数额的奖学金,由于竞争非常激烈,托福成绩更需要考出高分。

托福成绩重要,但它仅仅是学校衡量你的语言能力的标准而已。所以当你的托福成绩达到学校需要的水平之后,学校决不会只看谁的托福分高就录取谁,而是会综合衡量申请者的全面条件再作定夺。于是就经常可以看到这样的现象:同一所学校没有录取托福成绩高达670多分的学生,却录取了另一名托福只考到630分的学生。

毕竟,全面的素质状况,更重于单纯的语言能力。

托福考试是由谁举办的

在美国,举办托福考试的机构不止一家。例如,乔治敦大学的美国语言研究所,密执安大学的英语研究所都在举办这种考试。但是,目前最流行的,同时也是在美国各大学最受欢迎的一种,是由位于美国普林斯顿的ETS(即"教育考试中心")所举办的托福考试。

托福考试一般每年有五次,在全世界120多个国家和地区举行,每年全世界报考的学生约有十万之众。

托福考试的试题分为听力、语法、阅读能力三大部分。考试特点是:题目数量大、内容广、考试时间短。所以答题的速度相当重要。考试的题型多采用"多项选择"的方式,在每道题后面列出四种答案,听了之后需要迅速做出选择。

我国的托福考试近年已实行计算机化。

参加托福考试的资格是什么

不需要任何资格。任何人,只要愿意交纳托福考试费(最近的价格是人民币670元），无论其英语程度如何，都有资格去报名参加考试。无论你愿意考多少次都行，不过每次都得再交费。所有的考试结果，都属于你的个人隐私。不经你的允许，任何他人都无权查询。所以你尽可不必担心考得不好会没面子。什么时候你考出了满意的成绩，再通知ETS中心，该中心将根据你的要求，把你指定的该次成绩寄到你指定的大学。

每次参加考试，ETS中心都可以免费为你向3所大学邮寄成绩单，再要多寄，就需要付出每所大学11美元的手续费了。

美国大学都只接受由ETS中心（或别的考试机构）直接寄去的托福成绩，如果是由申请者本人寄去的，则不予承认。这是一项防止作弊的好办法。设在美国的ETS中心，将根据你所填写的美国大学的代码，从该中心直接寄给你指定的美国大学，以保证该成绩单有足够的可信度，这也是ETS中心信誉较高的原因之一。

到哪儿参加托福考试

在中国，要想参加托福考试并不难。在北京、上海、广州、大连、成都、西安、武汉等一部分大城市设立了举办各种国外考试的"国外考试中心"，共有48处。其中有三分之一的考点——即16处，设在北京的一部分大学里面。有少数省、区（例如西藏、贵州、宁夏等地）暂时还没有设立此类考点，当地考生就需要到临近的外省市考点去报名应考。

这些考试中心受国外各种考试机构的委托（包括ETS的委托），举办各种被国外承认的标准化考试，托福考试即为其中之一种。任何人，只要愿意，都可以交一笔考试费，交两张照片，登记上身份证号码，填写好必要的表格，就可以在指定的日期步入考场，去"搏"他一回了。

有的考生在参加过托福考试之后，由于种种原因，急于知道自己的托福成绩。有人是由于填写美国大学申请表时需要填报托福成绩，有人是担心自己考得不够好，需要决定是否应该再考一次。为此，ETS中心专门开设了电话咨询考试成绩的服务，既可以通过口头查询，又可以通过电传打字机直接传送成绩，咨询一次的费用是10美元，要用外汇信用卡付账。

怎样预测你的托福考试成绩

根据经验，有一个简单的办法：

在全国各大城市里，几乎都有一些托福培训班，除了训练学员的托福应试能力和技巧以外，另一个重要内容，就是举行托福模拟考试。模拟的内容一般是以前曾经考过的托福试题。通过这样的模拟考试，你就可以大致了解自己实际的托福水平。只要你在参加实际考试的时候，能够保持跟平时差不多的稳定心态，那么一般来说，模拟考试的最高成绩减掉10—30分，大概就是你实际能达到的托福成绩了。这一方面是因为新的考题中可能包含了一些你不熟悉的内容，另一方面，参加真实的考试，难免比模拟考试时更紧张，对成绩多少会有些影响。

关于 GRE 考试

如果你是一位中国的大学本科毕业生，准备报考美国或加拿大的大学研究生院，那就多半需要参加 GRE 考试（GRADUATE RECORD EXAMINATION，即"研究生成绩考试"）。有些大学对申请读本科的外国学生也表示"欢迎你提供 GRE 成绩"。

一般情况下，美国多数大学的研究生院都把 GRE 成绩作为录取研究生的重要依据之一。

GRE 考试，也是由美国 ETS 考试中心开设的一项标准化考试，国内每年举办五次 GRE 考试，报名地点和考试地点与托福相同。参加考试的次数不限，所以考生可以多次参加考试，直到取得的成绩满意为止。

每次 GRE 考试时间为一天，上午是能力测验，包括英语、数学和逻辑两项内容。下午的考试内容是专业测验，共分为 20 个专业。其中有 9个专业还分科考查。每个考生都需要参加能力测验和本人打算申请的专业测验。

一般来说，能力测验的内容不会太难，属于各科学生都要参加的统考。但是数学和逻辑成绩的好坏，对理工科的考生就非常重要。而英语成绩的好坏，对社会科学的考生也非常重要。

专业测验的主要内容是相关专业的基本知识，所以这部分成绩的好坏，直接影响到能否被录取。因为，美国各大学录取研究生的权利不在学校，而在有关的系和专业的教授们手中。每个专业的教授都会把自己的专业看得特别重，所以考生对专业测验也是马虎不得的。

关于 SAT 和 ACT 考试

中国学生在申请美国大学填写申请表时，最常见的问题，就是几乎每一所美国高等院校都要求申请者提供"标准化考试成绩"，例如 SAT I、ACT、SAT II 成绩，等等。由于中国没有开设这些考试，所以中国学生面对这些要求，往往会感到愕然，像是遇到了拦路虎。

这些标准化考试是怎么回事

美国高等院校在招生时，除了在一些特殊专业，比如美术、声乐、建筑等专业，会对申请者进行当面考试以外，一般是不对学生设置入学考试的。在美国也没有由政府组织的全市统考、全省统考的说法，更没有中国这样每年一次的大规模全国性的高校入学统考。另外，美国大学录取和通知的时间都比中国要早得多。很多学生人还在中学 12 年级（相当于中国的高三）上课，高中毕业成绩还没有到手，大学录取的通知就已经寄到了手上。这样的情况下，大学当然无法考查学生的高中毕业成绩。但是在美国仍然有一些办法来考查学生的文化知识和技能水平，那就是看学生的标准化考试成绩。

美国的标准化考试名目很多。其中 SAT I (SCHOLASTIC APTITUDE TEST，即"学生资质考试"）流行于美国全国，但却跟中国的高考有很多不同。中国的高考是全国各地在同一时间开始，而美国的 SAT 却是按各个时区时差的不同，从东到西，先后开考。由于美国全国共分为四个时区，最早开始考试的东部地区，比最晚开始的西部地区要早三个小时。考试课程也只有两门：英文、数学。SAT I 考试一年可以参加多次，可以选择考得最好的一次成绩呈报。另外，中国的高考一年只考一次（现在正在试点一年考两次），而美国的考试却一年有五次机会，考生可以多次参加考试，选择其中最好的一次作为成绩的代表。不过，也有一些美国大学不是以最好的一次成绩作为代表，而是以所有考试的平均成绩为考生的成绩。

ACT 考试（American College Testing，即"美国大学考试"）在美国不如 SAT I 那么流行，主要流行于美国南部和中西部地区。考试内容也是英文和数学两门。

另外还有一种常见的标准化考试，叫作 SAT II（Achievement Test，即"成就考试"），难度高于上述两种标准化考试，涉及数学、化学、物理、英文各科。学生可以根据所申请大学提出的要求，选择必要的科目参加考试。但是，绝大多数美国大学都不以 SAT II 作为决定录取与否的依据，而只是用来决定学生录取之后是否可以免修某些基础课程的依据。

对美国大学入学申请表中所提出的 SAT I、ACT、SAT II 成绩的要求，中国学生应该怎么办？

其实，办法也很简单，你可以直截了当地向所申请的美国大学说明情况，指出由于中国内地没有开设上述的标准化考试，所以中国学生也就无法提交上述考试的成绩。大多数美国大学在知道了上述情况之后（他们当然不可能对世界各国的考试制度都了如指掌），一般都会通情达理地允许中国学生免交上述考试成绩，而尽量通过其他方法来考察申请人的真实水平，但现在到香港参加此类考试的中学生越来越多了。

申请奖学金的一般规律

对一部分中国学生来说，到发达国家去读书，是跟申请经济资助相关联的。自费到发达国家读书，对有些家庭来说确实太贵了！若不申请经济资助是读不下来的。所以，能申请经济资助，当然应该尽量申请。

美国大学(包括研究生院) 对外国学生提供经济资助大致有如下规律：

本科阶段，对外国学生的经济资助很少，全额经济资助（全奖）就更少，所以竞争特别激烈。除非很优秀，一般申请者是不易得到的。不过，这仅仅是对外国学生而已。如果是美国公民或绿卡持有者，就大不一样了。以普林斯顿大学为例，即使是那些年收入高达 15 万美元，家庭财产总额达到 40 万美元以上的美国家庭，仍然能够享受相当于学生在校总开销三分之二的长期低息贷款，等把大学读出来以后，可以在十多年里慢慢还清。那些家庭收入低于 4 万美元的美国学生，可以基本上不花钱，就在这所著名学府一直读到毕业。就连资助的类型都特意不设贷款类，以免除学生日后偿还的负担。前提是——你必须优秀。

可是一到研究生阶段，外国学生得到资助的机会就明显增加了。由于美国政府、很多美国企业和基金会都在投入经费，资助的总额与本科阶段不可同日而语。教授们也往往直接掌握着大笔经费的使用大权。对相当多的专业而言，中国学生只要能被录取为研究生，就能得到数额不等的经济资助。

当然仍有一些热门专业不是这样。比如对电脑、医科、法律等专业来说，即使是美国公民，一般也不可能得到经济资助。因为校方认为你毕业后有很多机会挣大钱，既然如此，为你的教育提前付出代价，也是理所当然的。反正这些专业都是"皇帝的女儿不愁嫁"。

根据以上规律，相应的对策应该是什么呢？

对那些有足够经济实力的中国家庭而言，当然可以不受奖学金的局限，只要其他条件也都合适，无论本科阶段还是研究生阶段，都是可行的留学时机。不过中小学就出国留学，我们认为一般情况下是弊大于利。

可是对那些不同程度地依赖于奖学金的中国学生来说，由于本科阶段获得奖学金的概率很低，就不得不做两手准备了。能获得足够的奖学金当然再好不过。如果不行，就先在国内完成本科学业，再争取到国外拿奖学金读研究生，仍然是一条康庄大道。

所以对很多急于在高中刚毕业就留学海外的中国学生来说，在积极争取出国的同时，可千万别轻易放弃了国内的高考机会！

奖学金的类别

美国大学的"奖学金"，更准确的说法叫"经济资助"（Financial Aid）——即学校特许你免交某些应交的费用。从来源看，一般可分两类。

一类是学校所给，通常主要是看学业成就。

另一类则是各种企业、基金会、私人提供的奖学金，或政府提供的资助，往往会有五花八门的先决条件，或给美国公民，或指定族裔、年龄、性别，等等。其授予标准也往往不以学业为限，可能会强调领导才能、社区服务精神、特殊天赋等，全看出钱者怎么规定。对这一类奖学金，条件一经确定，校方只是"照既定方针办"而已。

中国留学生去美国留学，经常申请的有以下四种形式的经济资助。

首先是"免学费"（Tuition – Waiver）。有的学校把它作为Scholarship（奖学金）的一种，有的学校则把它单独列出。免交学费，是在奖学金中较容易申请到的一种，但学费只是总费用中的一部分。

其次是助学金（Fellowship）。它除了免学杂费、食宿费、书本费外，还给获奖者一定的零星个人费用。但助学金比较"金贵"，竞争非常激烈。除了要求申请者有较高的 TOEFL、GRE 或 GMAT 成绩外，还要有出色的国内学习成绩、了解你的人有力的推荐信等。

再就是奖学金（Scholarship）。学业成绩是奖学金颁发的主要依据之一。同一所大学可能设置几种或更多种不同的奖学金。奖学金的具体金额，也随具体学校规定的学杂费高低而不同。奖学金的数额一般比助学金少，但申请到的概率比助学金高。

最后，是助研金与助教金（Research Assistantship and Teaching Assistantship）。绝大多数美国高校的研究生院，都设置这两种经济资助。申请者可以直接向有关大学的有关院、系索取说明材料。材料中将会说明申请者的资格、申请手续和金额。

申请奖学金的手续

申请奖学金的程序并不复杂。只需要申请者把相关的成绩单、申请表格、推荐信等寄到学校的经济资助办公室（Financial Aid Office）即可。也有的学校是由招生办公室（Admission Office）办理此事。也有直接寄给有关院校具体的系、研究所的，学校对此都会加以明确说明。

等申请者寄来的各种材料汇齐后，有关工作人员会对材料先进行初审，看申请者以前的在校学习成绩，TOEFL、GRE 等标准化考试成绩是否达到学校的"底线"，低于标准线就不免被筛选掉。如果符合起码标准，你的材料就会被呈交给专门的委员会审议，然后就看委员们投票的结果了。

美国一些著名的大学，如哈佛大学、普林斯顿大学等，学生要想入学，必须经过异常激烈的拼搏，因此，凡是能被录取的，校方一般都会不同程度地给予奖学金。而有些大学的某些院系由于经费充裕，申请读研究生如果被录取，几乎人人都会有数量不等的奖学金。

在有些美国大学申请经济资助填表时，要注意这样的问题：

当你填写有关申请表格时，通常不仅要填写专门的"经济资助申请表"（Financial Aid Form），而且还要在入学申请表（Application Form）的指定位置，明确填写你要求申请经济资助的意向。如果你没有这样做，学校将不会考虑对你的资助。有的学校明文规定：入学时没有申请财政资助的学生，以后只有在家庭情况发生剧变时，才有资格申请经济资助。还有的学校更进一步规定：入学时没有申请经济资助的学生，在大学的整个4年期间都不能再次申请经济资助。所以，这肯定是一个不可疏忽的问题。

招生工作人员看到了你在上述申请表中表达的申请经济资助的意向之后，多数美国大学都会给你寄来一份 CSS 表格让你填写，以便了解你的经济状况。

什么是 CSS 表格

CSS 表格是美国"大学奖学金中心"（COLLEGE SCHOLARSHIP SERVICE）所印制的一种法定表格，表格以该中心的缩写字母"CSS"作为代称。这种表格的正式名称则是"外国学生经济资助申请表"（Foreign Student Financial Aid Application）。除了少数例外，需要申请美国大学经济资助的外国学生，多数都需要填写这种表格。需要填写的内容共有六大部分，共包括30多个具体问题，是对申请人的家庭一般状况和经济状况的一次全面了解。

亲爱的读者朋友：

在结束本书的时候，我们衷心希望它对您或您孩子的成长或多或少有所帮助，并为您或您的孩子真诚祝福！

图书在版编目（CIP）数据

哈佛女孩刘亦婷：素质培养纪实：纪念版 / 刘卫华，张欣武著 . -- 北京：作家出版社，2009.6（2025.6重印）

ISBN 978 - 7 - 5063 - 4603 - 0

Ⅰ. ①哈… Ⅱ. ①刘…②张… Ⅲ. ①纪实文学 - 中国 - 当代 Ⅳ. ①I25

中国版本图书馆 CIP 数据核字（2009）第 015159 号

哈佛女孩刘亦婷——素质培养纪实（纪念版）

作　　者：刘卫华　张欣武
责任编辑：李宏伟
装帧设计：蒋　艳　张晓光
出版发行：作家出版社有限公司
社　　址：北京农展馆南里 10 号　　　　邮　编：100125
电话传真：86-10- 65067186（发行中心及邮购部）
　　　　　86- 10-65004079（总编室）
E-mail:zuojia @ zuojia.net.cn
http://www.zuojiachubanshe.com
印　　刷：唐山嘉德印刷有限公司
成品尺寸：152 × 230
字　　数：340 千
印　　张：23.5　　　　　　　　　　　插　页：2
印　　数：303801-306800
版　　次：2009 年 6 月第 1 版
印　　次：2025 年 6 月第 28 次印刷
ISBN 978 - 7 - 5063 - 4603 - 0
定　　价：48.00 元